KB252035

황금제국

황금제국 ❸

초판 1쇄 : 2014년 11월 27일

지은이 : 이원호
펴낸이 : 박연
펴낸곳 : 스토리뱅크

등록일자 : 2009년 11월 17일
등록번호 : 제 313-2009-250호
주소 : 서울시 마포구 모래내로 83, 한올빌딩 6층
전화 : 02 · 704 · 3331
팩스 : 02 · 704 · 3360

ISBN 978 - 89 - 6840 - 176 - 3   04810
ISBN 978 - 89 - 6840 - 173 - 2   (세트)

황금제국

❸

야망과 배신

이원호 장편소설

스토리뱅크
story bank 2010

차례

1.
대습격

LA에 거주하는 한국 교포가 50만 명이라고도 하고 누구는 70만 명이라고도 하였으나 이민국이나 주정부에서도 정확한 통계 숫자를 내지 못하고 있었다.

그만큼 불법 체류자들이 많기 때문인데, 관광비자로 들어와서 몇 년씩 눌러 살고 있는 교포들이 있는가 하면 남미로 이민 갔다가 멕시코를 통해 밀입국한 교민들도 적지 않았다.

사람이 모여 살게 되면 자연스럽게 조직이 만들어지게 마련인데, LA라고 해서 예외는 아니었다.

한국의 도시를 옮겨놓은 것처럼 한국어 간판이 수두룩했고 한국어 신문이 발행되었으며, 필요한 것은 무엇이나 있었다. 미국에서 영어를 쓰지 않고도 살아가는 데 지장이 없는 것이다.

최대광과 신용만은 코리아타운의 중심가에 있는 국제 빌딩의 커피숍에 앉아 있었다.

주위에 앉아 있거나 오가는 사람들 대부분이 한국 사람이었고, 가끔씩 눈에 띄는 흑인이나 백인이 오히려 이방인처럼 느껴지고 있다.

"야, 몇 시냐?"

시계를 내려다보던 최대광이 신용만에게 불쑥 물었다.

"2시 5분."

시계를 보지도 않은 신용만이 대답하자 그는 이맛살을 찌푸렸다.

LA에 도착한 지 사흘째가 되는 날이다.

고영무를 만날 것을 기대하고 온 그들은 아침에 그의 전화를 받고는 식사도 하는 둥 마는 둥 하고 오후 2시 약속인데도 1시도 안 되어서부터 기다리고 있었다.

"이거, 형님이 늦는데."

다시 커피숍의 입구를 바라보던 최대광이 혼잣소리처럼 중얼거리다가 물었다.

"안 그러냐?"

"안 그래."

"야, 인마, 10분이나 늦었단 말이다."

"7분이야."

"형님이 혹시."

"이런 돼지 같은 자식이 잔소리는 그저."

"이 쥐새끼 같은 놈이."

그러다가 최대광이 자리에서 벌떡 일어섰다. 그 서슬에 탁자가 들썩 한쪽으로 들렸고, 커피잔은 흔들리다가 겨우 멈췄으나 엽차잔이 털썩 넘어졌다. 그러나 최대광은 이미 통로 쪽으로 바지에 물을 적신 채 달려 나가고 있었다.

자리에서 몸을 일으킨 신용만은 입구를 들어서서 이쪽으로 다가오는 고영무를 바라보았다.

"형님!"

제 딴에는 조심한답시고 소리를 죽였으나 최대광의 목소리는 그래도 컸다. 주위 사람들이 모두 그들을 돌아보았다. 더구나 최대광의 얼굴은 잔뜩 찌푸려져 있는데다가 검은 얼굴에 상기까지 되어 검붉어져 있었다.

"형님!"

최대광이 고영무의 한 팔을 두 손으로 감싸 쥐었다.

"대광이 오랜만이구나."

고영무가 이를 드러내며 웃었다.

신용만이 테이블 사이로 다가왔다. 그는 한 발짝쯤 떨어진 곳에 멈춰 서더니 허리를 숙여 절을 하고는 고영무가 내민 손을 잡았다.

"그래, 잘들 왔다."

"형님, 얼마나 고생이 많으셨습니까?"

신용만이 그를 따라 자리에 앉으며 다시 인사를 차렸으나 최대광은 아랫입술을 잡아 뜯을 듯이 우물거리면서 머리를 숙이고만 있다.

"너희들이 왔다는 이야기를 정환이한테서 어제 들었다. 바쁜 일이 있어서 어제는 전화를 못했는데."

고영무가 그들을 둘러보며 말했다.

그와 시선이 마주친 신용만이 눈을 깜박이다가 시선을 내렸다. 일 년도 안 된 기간이었으나 고영무는 다른 사람처럼 느껴졌다. 얼굴의 생김새는 물론 그대로였으나, 피부는 검게 타 있었고 부딪치는 시선이 섬뜩했다. 짧게 깎은 머리에 베이지색 바바리코트를 걸쳤고 노타이 차림이었다.

"너희들을 만나니까 든든하다."

고영무가 그들을 둘러보며 이를 드러내고 웃자 신용만의 가슴이 가라앉았다. 웃는 모습은 하나도 변하지 않은 것이다.

"형님."

최대광이 머리를 들어 그를 바라보았다.

"형님. 죽을죄를 지었습니다. 저희들 때문에 어머님이."

신용만이 그를 따라 머리를 숙였다.

"어머님이 돌아가신 것은 저희들 책임입니다."

최대광의 부리부리한 눈에서 굵은 눈물방울이 떨어져 내렸다.

"어머님의 원수도 못 갚고 이렇게 도망쳐 와 가지고."

그가 소맷자락으로 눈을 훔쳤으므로 주위에 앉은 사람들이 다시 힐끗거렸다.

고영무는 한동안 최대광을 바라본 채 입을 열지 않았다. 무표정한 얼굴이었으나 그를 바라본 신용만의 가슴이 다시 뛰었다.

커피숍이 내려다보이는 2층의 라운지에서 김영지는 그들을 내려다보고 있었다. 아래층에 가득 찬 사람들의 소음이 올라오고 있었으므로 그들의 말소리는 들리지 않았다.

그러나 거인이 뛰어나가 맞아들이는 상대가 고영무인 것만은 확실했다. 그들은 겉으로 보아도 감격적인 해후를 나누고 있다는 것을 알 수 있었다.

거인이 감정이 북받치는지 소매로 눈을 닦는 것이 보였다. 다른 사내도 머리를 숙인 채 앉아 있었다. 고영무의 얼굴은 전보다 많이 여위어 있었고, 제 딴에는 고생을 한 때문인지 검게 그을어 있다. 그가 갑자기 흰 이를 드러내며 웃었으므로 김영지의 가슴은 철렁 내려앉았다.

그는 그렇게 웃을 수가 없는 사람이었다. 오빠를 죽이고 나중에는 항구에서 아버지까지 살해하고 도망친 놈이었다. 어머니는 지금도 실어증에 빠진 폐인이 되어 있다.

김영지는 베란다의 기둥에 어깨를 기대고는 길게 숨을 내쉬었다.

고영무를 만나 복수를 하겠다는 것이 지금까지의 삶의 목표였고 기력의 원천이었다. 그를 찾기 위해서는 어떤 수단이든 가리지 않았고 필요하다고 생각될 때에는 몸도 버렸다. 그러나 막상 그의 얼굴을 내려다보고 그가 풍기는 분위기를 보자 온몸에 퍼지는 전율을 느낀 것이다.

놈은 가벼운 상대가 아니었다. 잡초처럼 끈질긴 생명력과 야수 같은 거친 힘이 그에게서 번져 나오는 것 같았다. 다시 아래쪽을 내려다본 김영지는 눈을 동그랗게 뜨고는 숨을 죽였다. 그가 자리에서 일어난 것이다.

그의 동생들이라는 두 사내도 따라 일어났는데 그들과 작별할 모양인지 악수를 나누고 있다. 옆자리에 놓인 핸드백을 움켜쥔 그녀는 자리에서 일어났다.

라운지의 입구는 안쪽에 있었으므로 빠른 걸음으로 다가간 그녀는 계산을 치르고 계단을 걸어 내려왔다.

커피숍의 측면은 유리벽이었으므로 그녀는 안쪽을 들여다보았다. 세 명의 사내는 자리에 있지 않았다. 서둘러 빌딩의 현관으로 나간 김영지는 현관 계단에 우두커니 서 있는 두 사내를 보았다. 그녀는 그들에게 다가갔다.

"야, 가자."

말끔한 사내가 거인에게 말하는 소리가 들렸다.

거인은 대답하지 않았다. 그녀는 오가는 행인들에게 어깨를 부딪치며 아래쪽을 내려다보았으나 고영무는 보이지 않았다.

"야, 인마, 뭐해?"

다시 사내가 소리치자 거인이 몸을 움직였다. 그들은 코리아타운 끝쪽에 있는 아파트로 갈 것이다. 아침부터 그들의 집 앞 카페에 앉아 있다가 미행해 왔던 터여서 이내 짐작할 수 있었다.

엘리베이터를 타고 지하 6층의 주차장으로 내려간 고영무는 서너 발짝 안쪽으로 발을 옮겼다. 넓은 주차장 안에는 수십 대의 차량들이 질서 있게 세워져 있었으나 사람은 보이지 않았다.

천장에 매달린 형광등 빛이 어둑한 주차장 안을 비추고 있었다. 다시 두어 걸음 안쪽으로 들어서자 그의 발소리가 벽에 부딪치며 울렸다.

고영무는 대여섯 줄로 늘어선 가지각색의 승용차를 훑어보았다. 그러자 왼쪽의 끝부분에서 승용차의 헤드라이트가 번쩍 비추고는 이내 꺼졌다. 검정색의 대형 승용차였다.

고영무는 그쪽을 향하여 발걸음을 떼었다.

승용차의 앞쪽으로 다가가자 운전석에 앉아 있는 알폰소가 보였다. 고영무는 그의 옆자리에 들어가 앉았다.

"고, 크링거 저택의 약도를 대충 그려 왔는데 참고로 하시오."

알폰소가 접혀진 종이를 캐비닛에서 꺼내더니 그에게 건네주었다.

"그 집은 크링거가 살기 전에는 할리우드의 유명한 배우가 살던 집이었어요. 그래서 구조가 꽤 알려져 있지요."

"고맙습니다, 알폰소."

"경비원은 10명에서 12명 정도요. 그런데……"

알폰소가 머리를 돌려 고영무를 바라보았다.

"각종 전자 경비장치가 시설되어 있다고 합니다. 레이저에 전기에, 진동에 반응하는 장치까지 설치되었다는데."

종이에 그려진 약도를 보면서 고영무는 잠자코 머리를 끄덕였다. 종이에는 경비장치가 그려져 있지 않았다.

"고, 정원에는 복사 세 마리를 기르고 있답니다."

"크라우스도 이 집에 있습니까?"

고영무가 묻자 그는 머리를 한쪽으로 누였다.

"글쎄, 그것은…… 그가 크링거와 자주 만나는 줄은 알지만."

"돈은 크링거가 가지고 있을까요?"

"아무래도 그렇지 않겠습니까?"

고영무가 다시 머리를 끄덕이며 물었다.

"알폰소, 무기는?"

"뒷자리에."

머리를 돌려 뒤쪽 자리를 보자 커다란 골프 가방이 놓여 있었다. 고영무는 문을 열고 나가 뒷좌석으로 자리를 옮겼다. 그는 골프 가방의 뚜껑을 열었다.

"좋군요."

그가 만족한 듯 눈을 치켜뜨고는 가방 안에서 총신이 짧은 기관총을 꺼내어 손에 쥐었다. 긴 탄창이 대여섯 개 쌓여 있었으므로 그는 탄창 한 개를 철컥 소리와 함께 끼웠다.

"이스라엘제 우찌요. 1분에 6백발이 나가는데, 탄창은 60발들이 다섯 개를 준비했어요."

알폰소가 그를 바라보며 말했다.

"고, 쏘아보았습니까?"

"쏘아봤어요, 군대 시절에."

고영무는 가방 안에서 수류탄을 꺼내어 손에 쥐어 보았다. 겉부분이 매끈한 미 육군용 수류탄이었다.

"수류탄은 10개 준비되었고, 혹시 몰라서 소음기를 끼운 리볼버 신형을 넣어두었소. 열 발들이 탄창 다섯 개하고."

"됐습니다, 알폰소."

"언제 할 겁니까?"

"내일 밤이 될지 모레가 될지 그것은 아직 알 수 없어요. 우선 그쪽을 내 눈으로 한번 보고 싶으니까. 크링거를 만나기도 전에 당신 말대로 개죽음을 당하기는 싫습니다."

"정말 혼자 하는 겁니까?"

"혼자 하는 것이 낫습니다. 나 외에는 모두 적이니까 구분하기도 쉽고."

"……"

"난 내 돈을 찾아야 됩니다. 그것은 내 몫이니까. 그러려고 이미 밀리카는 페르난도에게 돌려보냈어요."

알폰소가 퍼뜩 머리를 들어 고영무를 바라보았다.

"고, 2억 달러는 대형 가방으로 여덟 개나 되는 부피요. 짐의 이야기로는 그것을 열네 개의 가방으로 나눠 담았다던데."

"대단하군요."

남의 일처럼 말하면서 고영무가 머리를 젓자 알폰소는 한동안 그를 바라본 채 잠자코 있었다.

"안에서 크링거를 만나게 되면 방법이 생기겠지요. 부피가 크다고 화물차를 집 앞에 대기시킬 수도 없지 않습니까?"

고영무가 리볼버의 무게를 달아 보듯 흔들어 보이면서 말했다.

"크링거는 그 돈이 누구 돈인지 이제 확실히 알게 될 겁니다."

"크라우스요, 고. 그놈이 크링거의 명령을 받고 집행을 하는 놈이오."

"크라우스."

머리를 끄덕이며 고영무가 그의 이름을 외우듯 다시 불렀다.

크라우스는 2층 서재에 앉아 앞쪽에 놓인 대형 TV 화면을 바라보고 있었다. TV에서는 삼각관계에서 다시 오각 관계로 발전되는 한심한 드라마가 방영되고 있는 중이었다.

그는 리모콘을 눌러 채널을 바꿔 보았으나 아이들과의 게임이나 가족 퀴즈 같은 것뿐이어서 다시 드라마로 채널을 옮겼다. 그의 좌측 앞쪽에는 10개가 넘는 TV 수상기가 진열되어 있었는데, 삼중으로 놓인 그것들은 모두 경비용 카메라로 찍혀지는 화면이었다.

그쪽의 테이블 앞에는 그의 부하인 행코크가 앉아 화면을 들여다보고 있었다.

제일 아래쪽은 담장 밖과 담장, 정문, 정원, 현관의 순으로 정렬되어 있었고 가운데의 화면들은 뒤층의 현관에서부터 로비, 뒤쪽 창문, 응접실, 서재로 나누어져 있고 맨 위쪽은 2층이었다.

행코크의 옆쪽에는 붉은 단추들이 진열된 금속 박스가 놓여 있었다. 그것은 집 안팎의 모든 부분과 연결된 전기 스위치였다.

크라우스는 이곳에서 마음만 먹으면 정원을 가로질러 가는 경비원을 감전시켜 즉사시킬 수도 있다.

"이봐, 행코크, 다저스의 로간이 지난 시즌에 홈런을 몇 개나 쳤지?"

크라우스가 묻자 행코크가 둥근 얼굴을 이쪽으로 돌렸다.

"세 개요, 보스."

"망할 자식, 연봉 값을 못하는군."

다저스의 팬인 행코크는 대답하지 않았다. 오늘은 크라우스가 저택의 야간경비를 맡고 있는 날이어서 경비원들은 긴장하고 있었다. 금발의 미남인 그는 겉으로는 말끔한 샐러리맨처럼 보여 누구에게나 첫눈에 호감을 샀다.

그러나 크라우스는 변덕이 심한 성격에 잔인했다. 그리고 언제 무슨 일을 저지를지 알 수 없었으므로 부하들은 그를 두려워하고 있었다. 웃다가도 권총을 뽑아 쏘는 사내인 것이다.

"행코크, 보스는 지금 어디에 있지?"

크라우스가 다시 묻자 행코크가 앞쪽 화면에 시선을 주었다.

"아래층 서재에 들어가 계십니다."

서재의 안쪽에는 카메라가 비쳐지지 않는다. 크링거는 서재에서 작년부터 할리우드에서 빛을 보기 시작한 여배우 수잔 버튼과 헐떡이고 있을 것이다.

크링거는 어느 영화에선가 단역으로 나온 그녀를 보고는 홀딱 빠져 있었다. 그녀에게 최신형 포르쉐를 사준 보상을 지금 받고 있을 것이었다.

전화벨이 울렸으므로 크라우스는 길게 뻗었던 다리를 움츠리고 두리번거리다가 이윽고 허리에 찬 휴대폰을 뽑아 들었다. 방 안에서 휴대폰의 벨이 울렸을 때는 가끔씩 착각이 온다.

"여보세요."

그가 응답하자 저쪽에서 잡음과 함께 부하인 퍼킨스의 목소리가 들려왔다.

"보스, 페르난도는 이쪽 산타모니카의 별장에 있습니다."

크라우스는 휴대폰을 고쳐 쥐었다.

"확실해? 확인했어?"

"네, 보스. 부하들이 경비를 단단히 하고 있어요. 별장 주변에 놈들이 쫙 깔렸습니다."

"흥."

크라우스는 어깨를 들썩이며 코웃음 소리를 내었다. 생각했던 대로였다. 그는 길길이 뛰었지만 이쪽을 공격하지는 못한다. 애꿎은 부하들만 희생시킬 뿐이고 그렇게 되면 마약부와 경찰들의 공개적인 표적이 되는 것이다.

이제 머지않아 콜롬비아의 고원지대에 있는 카를로스가 페르난도를 소환하게 된다. 크링거가 카를로스에게 전화를 해서 이쪽의 억울한 사정을 낱낱이 말해주었던 것이다.

"이봐, 퍼킨스, 놈들에게 눈을 떼지 말라구. 움직이는 걸 잘 감시해."

"알았습니다, 보스."

휴대폰의 스위치를 끈 크라우스는 두 손을 높이 치켜들고 기지개를 켰다.

벽에 걸린 시계가 밤 10시를 가리키고 있었다.

"밀리카, 이제 들어가 쉬어라."

페르난도가 말했으나 밀리카는 머리를 저었다.

"괜찮아요, 페르난도. 신경 쓰지 마세요."

그녀는 창가에서 몸을 떼어 소파에 앉아 있는 페르난도에게 다가갔다.

그가 머리를 들었다. 며칠 못 본 사이에 그의 얼굴에는 짙은 피로가 깔려 있었다.

"페르난도, 돈을 빼앗겨 어떡할 작정이죠?"

소파의 등받이에 두 손을 짚은 그녀가 그를 내려다보았다.

"넌 신경 쓸 것 없다. 어차피 나갈 돈이었다. 이놈한테든 저놈한테든."

"하지만 페르난도."

"글쎄, 괜찮다고 했잖아?"

페르난도가 몸을 돌려 그녀를 정면으로 바라보았다.

"밀리카, 매린의 장례식은 어제 부카라망가에서 치러졌다고 한다. 카를로스도 참석했으니까 그의 영혼도 만족했을 거다."

부카라망가는 그의 고향이었다. 고향에는 부모와 두 동생이 있었다.

"그래, 밀리카. 네 가슴이 아프겠다만 넌 어떻게 할 작정이냐?"

"페르난도, 내 걱정은 말아요. 나는 오빠가 걱정이 되어서. 나 때문에……"

밀리카는 그의 옆자리에 앉았다.

"카를로스가 문책하지 않을까요? 2억 달러나 빼앗겼는데."

페르난도는 이제 잠자코 앉아 있었다. 그는 밀리카와 시선이 마주치자 머리를 돌리고는 어깨를 늘어뜨렸다.

"카를로스한테서 전화가 왔다. 크링거 쪽에서 미리 그에게 선수를 친 모양이야. 내가 2억 달러를 강탈당한 것을 알고 있었다."

그의 말소리는 가라앉아 있었다.

"그는 단단히 화가 난 눈치였어. 그의 말투를 들어 보면 안다. 밝은 분위기로 이야기를 하면 화가 난 증거다."

"……"

"내가 크링거 이야기를 해도 믿어주지 않더구나. 어쨌든 나는 독단으로 개인적인 용도로 공금을 썼다. 그 책임을 져야 할 것 같다."

"페르난도."

페르난도는 며칠 사이에 깊어진 듯한 눈으로 밀리카를 바라보았다.

"그놈, 고영무라고 했던가? 그 한국놈, 나는 웬일인지 그놈에 대해서 원한이 엷어진다. 물론 매린을 죽인 복수는 해야겠지만."

"……"

"널 놓아준 걸 보면 은혜와 원수는 분명히 가리는 놈이야."

"난 그놈에게 복수하겠다고 맹세했어요, 페르난도."

"해야지. 매린을 위해서, 그리고 네 뱃속의 아이를 위해서도."

"페르난도."

밀리카가 그를 똑바로 바라보았다.

"아이를 지우겠어요."

턱을 번쩍 치켜든 페르난도와 그녀의 시선이 마주쳤다.

“애비 없는 자식은 키우기가 싫단 말이냐?”

그의 말끝이 조금 떨렸다.

“매린이 죽어서 어제 땅에 묻혔다. 그런 말이 네 입에서 나오다니.”

“……”

“난 너희들을 자랑스럽게 여겼었다.”

“그렇지 않다는 것을 이제 오빠도 알고 저도 알아요. 그리고 죽기 전의 매린도 알았을 거예요.”

그녀의 말소리는 차분했고 눈빛은 가라앉아 있었다.

“페르난도, 우리 중에 아무도 자랑스러운 사람은 없어요.”

갑자기 페르난도가 입을 벌리고 소리 없이 웃었다.

“밀리카, 난 콜롬비아로 돌아가면 카를로스에게 처형당할지도 모른다.”

“가지 말아요, 페르난도.”

“난 배신자가 될 수는 없다.”

“……”

“그래도 매린의 아이를 뗄 테냐?”

페르난도가 낮게 물었다.

한동안 그의 얼굴을 들여다보던 밀리카는 이윽고 머리를 끄덕였다.

“그래도 떼겠어요, 페르난도.”

최대광은 한국인이 경영하는 카페 수선화를 나와 좌우를 두리번거렸다. 화장실에 들렀다가 나왔으므로 먼저 나간 홍성희를 찾는 것이다.

밤 11시가 넘어 있었으나 코리아타운의 번화가는 사람들로 들끓고 있었다. 길 건너편의 모퉁이에는 사람들이 몰려 서 있는 것이 싸움이 일어난 모양이었다.

그것을 보려고 이쪽에서 뛰어가는 사람들을 보면 영락없는 신촌이나 방배동 거리의 풍경이었다.

목을 뽑아 두리번거리던 최대광은 이윽고 홍성희의 모습을 찾아내었다. 카페 옆의 샛길에 서 있었는데 두어 명의 사내에게 둘러싸여서 이야기를 나누는 것처럼 보였다.

홍성희는 코리아타운에서 음식점이나 카페, 장사가 잘 된다면 룸살롱이라도 차릴 작정이었다. 그래서 신용만을 아파트에 남겨 두고 그녀에게 이끌려 업소들의 순례 길에 나선 것이었다.

휘적이며 그녀에게 다가간 최대광은 그녀가 말하는 소리를 들었다.

"이봐요, 쓸데없는 수작 부리지 말고 어서 가 봐요. 난 동행이 있어."

"오, 뎀."

머리에 질끈 끈을 동여맨 사내가 낄낄거리고 웃었고, 홍성희 앞에 선 가죽점퍼의 사내는 그녀 쪽으로 턱을 뽑아 내밀고 있다.

"무슨 일이여?"

최대광이 다가가 그들을 내려다보자 사내들은 주춤하는 눈치였다.

"아니 글쎄, 이 작자가 나보구 드라이브하자고 하는데."

홍성희는 화가 나 있었다. 최대광에게 바짝 붙어 서서는 가죽점퍼의 가슴을 손가락으로 가리켰다.

"동행이 있다는데도 부득부득 팔까지 잡고."

"비치."

점퍼 입은 사내가 뱉듯이 말하고 몸을 돌렸으나 최대광이 팔을 뻗어 그의 목덜미를 잡았다.

어젯밤 신용만으로부터 영어 욕부터 배워 놓은 참이었다.

목덜미를 잡힌 사내가 주춤 반발짝쯤 뒤로 끌려오자 띠를 두른 사내와 반코트의 사내가 아연해 긴장을 하고는 최대광 쪽으로 몸을 돌렸다.

길이어서 행인들은 별로 없었으나 지나는 사람들은 모두 그들을 바라보았다. 그러자 이쪽은 미국이고 영어를 쓰는 경찰이 올 것이라는 생각이 최대광에게 떠올랐다.

그는 점퍼의 목덜미를 쥐었던 팔을 놓자마자 불끈 주먹을 쥐고는 사내의 머리끝을 내려쳤다. 장도리로 대못을 박는 자세였는데 장도리에 잘못 맞은 대못처럼 점퍼는 허리를 휘청하더니 앞으로 한 발짝 우측으로 두 발짝 걷고는 땅바닥에 주저앉았다.

"비치가 뭐여, 이 씨발놈아."

눈을 부라리며 주저앉은 사내에게 점잖게 훈시하듯 말하고는 앞쪽의 두 사내에게 한 걸음 다가섰다.

그러자 그들은 펄쩍 뛰듯이 몸을 물리고는 샛길의 좌우로 온몸을 공중에 띄운 것처럼 줄행랑을 쳤다.

"대광 씨, 저 사람 봐."

최대광의 팔을 끼고 서너 발짝 걷던 홍성희가 키득거리며 턱으로 옆쪽을 가리켰다.

점퍼가 땅바닥에 주저앉아 머리를 건들거리고 있는 것이 술에 만취한 사내 같았다.

이제는 싸움판에 익숙한 것이 최대광만은 아니었다.

낡은 왜건의 운전석에 앉은 고영무는 50미터쯤 앞의 철문을 바라보고 있었다. 철문의 양쪽은 2미터쯤의 벽돌담이었는데, 담의 어느 부분엔가는 고압선이나 레이저 광선이 뻗쳐 있을 것이다.

고영무는 시계를 내려다보았다. 저녁 8시 반이었다. 철문의 안쪽은 1백 평쯤 되는 널찍한 잔디밭이었고, 잔디밭 건너편의 흰 대리석으로 지은 2층 건물 안에는 크링거가 들어가 있었다. 건물의 구조와 집 안팎의 사정은 어제 저녁에 세 시간 동안이나 약도와 맞춰서 눈에 익혀 두었다.

고영무는 어깨를 잔뜩 치켜 올리면서 숨을 들이마셨다가 길게 숨을 뱉어 내었다. 차 안에서 맴돌고 있을 자잘한 먼지들이 몽땅 폐 속에 들어갔다가 나왔을 것이다.

저택의 철문 앞에서 도로까지는 10미터쯤의 거리였다. 거리에는 십여 대의 차량들이 길가에 세워져 있었는데, 아무래도 경호원들이 타고 온 승용차들 같았다. 고영무는 핸드브레이크를 풀고는 슬그머니 가속기를 밟았다.

왜건은 시동이 걸려 있던 참이라 소리 없이 철문 쪽으로 다가갔다. 철문이 눈앞으로 다가왔고 안쪽에 뒷짐을 지고 서 있는 경비원의 모습이 보였다. 양복의 호주머니 부근이 두툼한 것으로 보아 무기를 찔러 넣고 있는 모양이다.

그는 철문에서 조금 떨어진 곳에 차를 세웠다. 차들이 주차해 있는 열의 제일 앞부분이었다. 경비원이 철문 안쪽에서 그를 바라보고 있었다.

고영무는 긴 코트 자락을 펄럭이며 철문으로 다가갔다.

"누구십니까?"

"크링거 씨의 손님이오. 오늘 저녁에 초대를 받았는데."

"잠깐만 기다려주십시오."

사내는 의심쩍은 시선을 힐끗거리면서 허리에 찬 휴대폰을 들었다.

고영무는 재빨리 안쪽을 둘러보고는 철문의 쇠창살을 한 손으로 움켜쥐었다. 전화기를 귀에 대었던 경비원이 전화기를 내리더니 허리춤으로 손을 옮겼다. 그러나 고영무가 코트 속에서 빼낸 한 손이 그보다 빨랐다.

"픽."

5미터도 떨어져 있지 않은 거리여서 가슴을 움켜쥔 경비원이 뒤로 넘어졌다. 한 손에 소음기가 끼워진 리볼버를 들고 고영무는 철문의 쇠창살 위로 기어올랐다. 그러자 저택의 2층 창에서 갑자기 고함소리가 터져 나왔다. 철문의 맨 꼭대기는 지상에서 3미터 정도였다. 그 끝에 겨우 발을 믿고 선 참이다.

2층의 창에서 두 사람의 모습이 보였다. 그리고 그들이 지르는 고함 소리도 똑똑히 들렸다.

"잡아라! 저놈을 쏴 죽여라!"

고영무는 저택의 좌우에서 그를 향해 달려오는 사내들의 흐릿한 윤곽을 보았다. 어두운 밤이었으나 정문의 양쪽 기둥에서 빛나는 등의 빛에 의해 자신은 무대 위에 선 연극배우처럼 온몸으로 조명을 받고 있다.

그는 철문의 꼭대기에서 앞과 뒤 중 어느 쪽으로 떨어져 내릴까를 한 순간에 결정해야 했다. 그는 안쪽으로 코트 자락을 날리며 떨어져 내렸다. 요란한 총소리와 함께 번쩍이는 빛이 보였고 쇠창살에 맞아 총알이 튀었다.

2층 저택은 금방 수라장이 되었다. 이쪽저쪽에서 고함 소리가 들리고 총소리가 났다. 그리고 저택에 있는 방의 불은 모두 켜졌다. 고영무는 어제 보아 두었던 철문 안쪽의 차도 옆으로 몸을 날렸다. 그의 손에는 수류탄 한 개가 이미 쥐어져 있었다. 차도 가에는 조그만 대리석 받침과 동상이 세워져 있었는데, 아마 이 저택의 전 주인이었던 배우의 어설픈 수집품 과시일 것이다.

동상 옆으로 몸을 붙이자 총알이 여러 발 대리석 받침에 맞아 튀었다.

고영무는 저택을 바라보았다. 거리는 50미터 정도였다. 그는 수류탄 의 안전핀을 뽑고는 팔을 한껏 젖힌 다음 2층의 둘째 방을 향해 수류탄 을 던졌다.

그를 향해 처음 고함 소리를 내던 방이고 아직도 두 사람이 그를 향해 소리치면서 총을 쏘아대고 있다. 수류탄이 나는 몇 초 동안이 그에게는 한없이 길게 느껴졌다. 그의 수류탄 최고 투척거리는 72미터였다.

총알이 다시 두어 발 대리석 받침에 맞아 튀었고 좌측에서 두 사나이
가 상체를 바짝 굽힌 채 다가왔다. 그러자 저택의 2층에서 엄청난 폭음
과 함께 수류탄이 폭발했다. 창가에서 이쪽을 향해 총을 쏘던 사내가 폭
풍에 휩쓸려 아래쪽으로 떨어져 내렸다.

두 손으로 우찌 기관총을 쥔 고영무는 좌측의 사내들을 향해 방아쇠
를 당겼다. 5초쯤 당기고 나자 탄창이 비는 철컥 소리가 들렸는데, 총탄
이 빗발처럼 날아가 다가오던 사내들을 만신창이로 만들어놓았다.

탄창을 바꿔 끼는 사이에 개 짖는 소리가 들려 왔다. 그것은 낮고 으
르렁대는 소리였다.

대리석 조각 사이로 머리를 내민 고영무는 검은 물체가 쏜살같이 이
쪽으로 달려오는 것을 보았다. 두 마리는 중앙에서, 한 마리는 좌측에서
였다. 탄창의 노리쇠를 잡아당기고 나자마자 고영무는 개들을 향하여
방아쇠를 당겼다. 중앙의 두 마리는 총알에 맞아 온몸을 뒤집으면서 허
우적거리다가 죽었으나, 좌측의 한 마리는 땅바닥에 자빠지더니 이쪽을
향하여 안간힘을 쓰듯 기어왔다.

기관총의 총알이 다시 바닥이 났다. 고영무는 허리춤에 끼워 둔 리볼
버를 꺼내자마자 가까이 다가온 복사의 이마를 향해 쏘아 대고는 다른
손으로 수류탄 한 개를 꺼내었다.

소낙비가 떨어지듯 대리석 받침대에 총알이 휩쓸고 지나갔고 요란한
기관총 소리가 났다. 안전핀을 뽑아 든 고영무는 힐끗 저택을 바라보았
다. 저택의 경비 기능과 전기에 이상이 있는 것같이 보였다. 2층과 아래
층에 켜진 불빛은 서너 개에 불과했고 2층의 창문에서는 불길이 치솟고
있었다.

고영무는 이제 불꽃이 번쩍이는 아래쪽 현관을 향해 수류탄을 힘껏
던졌다.

요란한 폭음을 내면서 수류탄이 현관에서 폭발하자 사내들의 어지러운 고함과 비명이 섞여 들렸다. 고영무는 주머니에 든 수류탄을 모조리 바닥에 털어 놓았다. 그러고는 한 개씩 저택을 향하여 던지기 시작했다.

저택은 불길에 싸이기 시작했다. 그를 향해 퍼부어지던 총탄도 뜸해졌다. 타오르는 불길이 보였고, 가끔씩 총성이 일어났으나 그쪽을 향해 던진 고영무의 수류탄에 이내 제압을 당했다.

이윽고 고영무는 열 개의 수류탄을 모두 던진 다음 우찌 기관총을 들고는 저택을 향해 허리를 숙이고 뛰쳐나갔다.

저택의 불길 옆에서 요란한 총성이 다시 들리더니 고영무의 어깨에 뜨거운 충격이 왔다. 휘청거리며 몸을 흔들던 고영무가 중심을 잡고 달리면서 그쪽을 향해 방아쇠를 당겼다. 저택은 이제 폐허가 된 것같이 보였다.

수류탄 열 발이 창마다 뚫고 들어가 폭발한 것이다. 탄창을 갈아 끼우는데 왼쪽 어깨에 통증이 밀려와 왼팔을 쓰기가 힘이 들었다. 오른손으로 우찌를 움켜쥐자 왼팔이 아래로 덜렁거리며 흔들렸다. 고영무는 부서져 내린 현관의 문짝을 뛰어넘어 저택의 안으로 뛰어들었다. 2층의 계단 위에서 불길과 함께 검은 연기가 쏟아져 나오고 있었다. 그는 눈을 치켜뜨고 재빨리 좌우를 살폈다.

아래층 서재에 앉아 장부를 보고 있던 크링거는 밖의 복도를 달리는 발자국 소리를 듣고는 머리를 들었다.

좀처럼 없는 일이었다. 그러다가 총소리가 났는데 2층의 상황실인 듯했다. 그쪽에서 무엇을 발견한 것 같았다. 그러자 다시 이쪽저쪽에서 십여 발의 총소리가 들렸는데 모두 이쪽에서 발사되는 소리였다. 크링거는 서류를 접었다. 그러자 엄청난 폭발음이 들리면서 온 집 안이 흔들렸고, 자신의 눈앞 벽에 걸려 있던 CIA 국장 제임스 워렌과 나란히 서서 찍은 사진들이 바닥으로 떨어졌다. 그러고는 집 안은 수라장이 되었다.

총알 소리가 요란했고 고함 소리도 들렸다. 크링거는 입을 벌린 채 자리에서 일어났다. 방의 불은 꺼졌다가 다시 켜졌는데 3초쯤 지나자 다시 꺼져버렸다. 상황실이 일격을 받아 전기와 보안 장비가 파괴된 것이다.

그러자 곧 무시무시한 폭음이 옆쪽에서 들렸고 닫혔던 서재의 문이 폭풍으로 활짝 열리면서 유리와 종잇조각들이 쏟아져 들어왔다. 크링거는 테이블 한쪽 귀퉁이에 등을 대고는 쪼그리고 앉았다. 오늘의 보안 책임자는 휴스턴이었다. 그는 2층 상황실에 있었을 것이다. 수류탄이 다시 집 안에서 폭발했다. 이제 부하들이 비명 같은 고함 소리를 지르고 있었다. 그리고 수류탄은 계속 떨어져 내렸다.

크링거는 페르난도가 30여 명의 부하들을 데리고 총공격을 하고 있을 거라고 믿었다. 그가 이렇게 무모한 놈이라는 것은 생각하지도 못했었다.

그는 미국의 LA에서 전쟁을 일으키고 있는 것이다. 집 안은 이미 불길과 연기에 싸여 있었고 총소리가 뜸해져 있었다. 대부분의 부하들이 페르난도에게 제압당한 모양이었다.

크링거는 서랍을 열고 안에서 소형 베레타를 꺼내어 손에 쥐었다. 이대로 죽을 수는 없는 노릇이었다. 기관총 소리가 들렸다가 이내 뚝 그쳤다. 그러고는 바로 옆쪽에서 고함 소리가 들려 왔다. 전기가 모두 나가 2층과 옆쪽 응접실에서 타오르는 불길로 겨우 사물을 분간할 수 있을 뿐이다.

"크링거! 크링거, 어디 있나? 나와라!"

크링거는 숨을 죽이고 손에 쥔 권총을 세웠다. 목소리와 함께 발자국 소리가 멀어졌다가 다시 다가왔다.

"크링거! 이 비겁한 놈! 나와라!"

도대체 누구의 목소리인지 알 수가 없었다. 페르난도의 목소리는 아니었다.

갑자기 요란한 총소리가 들렸다가 이내 그쳤다.

"크링거!"

목소리가 서재를 향하고 있었으므로 크링거는 온몸의 근육을 긴장시켰다.

베레타를 쥔 손바닥에 땀이 배어 있었는데 총을 겨눌 때 총이 미끄러질 것 같아 걱정이 되었다.

"크링거! 나오면 살려준다!"

크링거는 다가오는 소리를 향해 권총을 겨누었다. 곧 사내의 모습이 시야에 들어 왔다. 2층에서 번지는 불길로 사내의 얼굴이 보인 것이다. 크링거의 가슴이 갑자기 철렁 내려앉았다. 사내는 동양인이었다. 그렇다면 한국인이다. 며칠 전 페르난도의 부하를 납치해서 인질금을 요구하던 그놈일지도 모른다.

"크링거!"

성난 듯한 목소리가 가까이서 들리자 크링거는 자리에서 일어섰다.

"나 여기 있다. 쏘지 마라."

그는 베레타를 한 손에 쥔 채로 두 손을 들었다.

"내가 크링거 길패드릭이다."

"이 개새끼, 빨리 이쪽으로 와!"

동양인의 두 눈을 바라본 크링거의 온몸에서 기운이 빠져 나갔다.

그는 자신이 어떻게 그의 앞으로 다가갔는지 기억할 수 없었다. 동양인은 어깨에서 피를 흘리고 있었고, 한 쪽 볼은 짙은 검댕으로 얼룩져 있었다.

"자, 돈을 내라. 내 돈, 2억 달러."

기관총으로 배를 겨누면서 동양인이 말했다. 그는 응접실 기둥에 상반신을 기대고 있었다.

"시간이 없다. 빨리!"

그러고는 드르륵 하는 연속 발사음이 들리면서 크링거 옆쪽으로 총알이 흘러 나갔고 크링거는 신음 소리를 내면서 한쪽 팔을 움켜쥐었다. 총에 맞은 것이다.

"아아아."

도무지 실감이 나지 않았으므로 크링거는 입을 한껏 벌리고 커다랗게 비명 소리를 내었다. 그러나 아직 통증은 느끼고 있지 않았다.

"자, 마지막으로 묻는다. 대답하지 않을 땐 남아 있는 50발을 모두 네 뱃속에 처넣어주마. 돈은 어디 있어?"

사내의 한마디 한마디가 얼음송곳으로 쑤시는 것 같다.

"여기."

크링거는 서둘러 대답했다.

정문을 타고 넘었을 때부터 지금까지 걸린 시간은 아마 10분이 조금 넘었을 것이다.

벽에 기대 선 고영무는 크링거의 얼굴에서 일렁거리는 그림자를 보았다. 바깥쪽 응접실에서 타오르는 불빛이 그의 얼굴에 불 그림자를 만들고 있었다.

"크링거, 지금은 시간이 없다. 나하고 같이 나가야 돼."

고영무가 그의 앞으로 다가서서 기관총의 총구로 문 쪽을 가리켰다.

"네가 앞장을 서라. 정원으로 뛰어야 한다. 정문 앞에는 내가 타고 온 차가 있어."

"이것 봐, 차고에도 내 차가 있는데."

크링거가 팔을 감싸며 턱으로 옆쪽을 가리켰다. 이제 그의 얼굴에서는 놀람과 공포의 표정이 가셔 있었다. 바깥에서 사내들의 외침 소리가 들려오자 퍼뜩 시선을 그쪽으로 돌렸다.

"네 차고는 수류탄을 맞아 산산조각이 났다, 이 자식아. 자, 나가!"

고영무는 그를 앞세우고 서재를 나왔다. 갑자기 2층에서 총소리와 함께 총알이 날아와 앞쪽의 벽에 맞아 통겨 나갔다.

"난 크링거를 데리고 있다! 잘 들어라! 이쪽으로 한 번만 더 총을 쏘았다가는 이놈을 죽이겠다!"

고영무가 방아쇠를 반초쯤 잡아당기자 드르륵 하는 발사음과 함께 총알이 2층으로 쏟아졌다.

"네 부하들에게 소리 쳐라! 그렇지 않으면 널 죽이고 가겠다."

총구로 그의 등을 밀면서 고영무는 크링거에게 바짝 다가붙었다.

"쏘지 마라! 쏘지 마!"

크링거가 소리쳤고 그들은 현관을 빠져 나왔다.

밖은 어두웠고 멀리서 경찰차의 사이렌 소리가 다가오고 있었다. 집 안에서 발산되는 불의 열기와 일렁거리는 불빛이 잔디 위까지 넘실거렸다. 왼쪽의 숲속에서 사내 한 명이 소총을 겨누고 서 있는 것이 보였다.

"루크! 쏘지 마라!"

그를 발견한 크링거가 먼저 소리쳤고 그들은 정원을 가로질러 달려 나갔다. 크링거는 오른쪽 팔을 감싸고 있었는데 보폭을 크게 떼어 껑충거리며 잔디 위를 뛰었다. 그들은 점점 어둠 속으로 들어섰고 달려가면서 뒤를 돌아본 고영무의 시선에 현관과 집 모퉁이 근처에서 어른거리는 두어 명의 사내들이 보였다. 그들은 모두 이쪽을 바라보고 있었다.

"자, 그 차에 타라. 네가 운전을 해!"

정문의 앞쪽에 세워 둔 그의 낡은 왜건을 가리키며 고영무가 소리쳤다. 크링거의 몸을 방패로 하고 그는 한 바퀴 몸을 돌려 차안으로 들어갔다.

크링거가 운전석에 올랐다. 그는 총에 맞은 팔을 핸들 위에 올려놓았다.

"달려! 이 자식아! 곧장 달리란 말이다!"

고영무가 총구를 그의 귀에 대면서 버럭 소리치자 크링거는 힘껏 액셀러레이터를 밟았다. 차는 요란한 타이어의 마찰음을 내면서 통기듯이 달려 나갔다.

크링거의 집 쪽으로 뻗은 도로는 직선 도로로 좌우에 가로수만 세워져 있어서 어두웠다. 1킬로쯤 달리면 도시로 들어가는 공용 도로가 나온다.

"어디로 가나?"

직선 도로를 곧장 달려가면서 크링거가 물었다. 그의 백발이 이마 위로 한 움큼 흐트러져 내려와 있고, 와이셔츠 차림인 그의 한쪽 팔은 온통 피로 얼룩져 있었다.

"우회전하고 나면 간이 변소가 있을게다. 그곳에서 세워!"

1킬로는 금방이었으나 고영무에게는 오랜 시간처럼 느껴졌고 크링거가 꾸물대는 것처럼도 보였다. 그는 총구를 크링거의 귀에 대고 다시 밀었다.

"밟아라, 크링거. 허튼수작했다가는 시체를 버리고 간다."

고물 왜건은 머리를 불쑥 들어 속력을 내고는 공용 도로로 들어서자 오른쪽으로 뒤집혀질 듯이 기울어지면서 타이어가 터지는 듯한 소리를 내었다.

앞쪽에 희미한 간이 화장실이 보였고, 그들 옆으로 고속을 내는 승용차들이 스쳐 지나갔다. 고영무는 뒤쪽으로 시선을 주었다. 먼 쪽에서 번쩍이는 경계등이 보였다. 이쪽은 패사디나 경찰국의 소관이었다.

그가 이번의 공격에서 제일 불안하게 생각했던 것이 마지막 1킬로였다. 저택을 공격하는 과정에서 총에 맞거나 어디가 없어진다면 그것으로 그만이다. 그러나 크링거를 데리고 나온 후 공용 도로까지의 1킬로 사이에서 경찰들과 마주치게 되면 그것으로 끝장인 것이다. 경찰과 대치해서 크링거를 인질로 할 수는 없다. 따라서 고영무는 2층의 상황실을 먼저 공격하였고 작전 시간을 10분으로 잡았던 것이다.

패사디나 경찰국과 크링거의 집은 자동차로 15분 거리였으므로 상황이 벌어지자마자 자동으로 그쪽에 신고가 가면 직선 도로의 입구에서 그들과 만날 수도 있었다.

왜건은 간이 화장실의 입구로 들어서고 있었다. 일단 1단계는 성공한 셈이다. 고영무는 총알이 뚫고 들어간 어깨의 통증을 그제야 비로소 느꼈다.

크링거가 차의 속력을 줄이면서 주름진 얼굴로 힐끗 이쪽을 바라보았다.

"차를 세워, 엔진은 끄지 말고. 브레이크만 걸어놓아라."

한 마디씩 자르듯 말하고는 고영무가 주위를 둘러보았다. 주위는 짙은 어둠에 싸여 있었고 서너 대의 차량이 주차되어 있었으나 차의 불은 꺼져 있었다.

30미터쯤 앞쪽으로 간이 변소와 무인판매대가 희미한 등불 밑으로 겨우 보였다.

고영무는 그에게 총을 겨눈 채 차 뒤쪽에서 넓적한 테이프를 집어 들었다. 검정색 비닐론 테이프는 둥글게 말려 있었는데 금속이나 나무 조각을 이어 붙이는 강한 접착력이 있었다.

"팔을 뒤로 돌려."

고영무가 턱을 들며 말하자 크링거가 그에게 등을 보인 채 두 팔을 뒤쪽에서 모았다.

"내 팔에 총알이."

"죽지는 않아, 이 자식아. 닥쳐!"

크링거는 입을 열지 않았다. 테이프로 그의 팔을 여러 차례 휘둘러 감은 고영무는 총을 내려놓고는 윗도리의 단추를 풀었다. 다행히 총알이 어깨에 박혀 있는 모양이었다. 숨을 쉴 때마다 조금씩 피가 번져 나오고 있었는데, 만일 관통했다면 아파트의 양쪽 문을 열어 놓아 바람이 쏟아지는 것처럼 피가 뿜어 나왔을 것이다.

고영무는 넓은 테이프를 10센티쯤 이빨로 뜯어내었다. 그러고는 총알이 들어간 자국 위에다 테이프를 붙였다. 떼어 낼 때 어떻게 되더라도 이제 피는 흘러내리지 않을 것이다.

"당신아 그 한국인인가?"

언제부터인가 그것을 바라보고 있던 크링거가 낮은 목소리로 물었다. 고영무는 힐끗 그를 보고는 대답하지 않았다. 문을 열고 밖으로 나 온 고영무가 크링거를 내려다보았다.

"너는 뒷자리로 가서 누워 있어. 이제부터 운전은 내가 한다."

크라우스는 입을 쩍 벌리고는 앞쪽에 펼쳐져 있는 크링거의 저택을 바라보았다. 이제 저택은 사라졌고 폐허가 되어 있다.

살아남은 부하의 이야기에 의하면 서너 명의 사내가 수십 발의 수류탄 공격을 시작으로 쳐들어왔다는 것이다.

우아한 건축양식이어서 패사디나 근교에서는 볼 만한 저택으로 소문난 이곳이 이제는 처참한 쓰레기와 흉한 내부 구조를 드러내고는 곳곳에서 연기를 뿜어내고 있었다.

경찰차와 소방차들이 저택의 정원에 가득 들어차 있었고 앰뷸런스가 요란한 사이렌 소리를 내면서 그들 사이를 빠져 나갔다.

크라우스가 정원에 가득 차 있는 경찰들을 바라보면서 이맛살을 찌푸리는데 이마에 검댕을 묻힌 로벨이 절름거리면서 그에게 다가왔다.

"보스, 금고는 끄떡없습니다. 침실의 문짝이 부서졌지만 그쪽은."

크라우스는 정원의 구석으로 몇 걸음 자리를 옮기고는 그를 향해 섰다.

"몇 놈이었어, 로벨?"

"저는 2층의 주방에 있었기 때문에 자세히는…… 하지만 서너 명은 넘었습니다."

"페르난도 일당이었나?"

"그런 것 같았습니다."

"……"

"크링거 씨를 끌고 간 놈은 거인이었습니다. 그놈은 제가 보았습니다. 멕시코인 같더군요."

"콜롬비아인이야, 로벨."

그들 스페인계 혼혈은 가끔 멕시칸과 혼동될 수도 있다. 그러자 크라우스는 아랫입술을 깨물면서 정원의 어둠 속으로 다시 두어 걸음 물러섰다. 정원을 가로질러 경찰차 사이로 걸어가는 앨버트 존슨과 지미 골드를 보았기 때문이다.

그들은 서둘러 저택 쪽으로 다가가고 있었다.

"이런 빌어먹을."

벌써 몇 번째인지도 모르게 지미 골드는 입 밖으로 욕설을 뱉어 내었다.

그는 쓰레기 동산이 된 크링거의 저택을 보자 더욱 화가 치밀어 오르는 모양이었다. 앨버트의 뒤를 따르면서 얼굴을 잔뜩 찌푸리고 있었다.

그의 계산으로는 크링거가 이렇게 납치되고 공격을 받아서는 안 되는 것이다. 크링거는 집에 얌전히 엎드려 있으면 이틀 아니면 늦어도 사흘 후에 마약부의 소환장을 받도록 되어 있었다. 그러나 이쯤 되고 보면 크링거는 여론을 타게 된다.

크링거의 변호사 그룹들은 이런 호재를 놓칠 리가 없었다. 그들은 크링거가 약자이며 정의롭고 얼마나 봉사활동을 많이 했는가를 PR할 것이고, 여론이 그쪽으로 몰리면 주지사나 백악관도 생각을 바꿀지도 모른다.

그들은 경찰서장인 그렌트에게로 다가갔다. 정년을 얼마 남겨 놓지 않아서인지 그렌트는 호주머니에 두 손을 찌르고는 부서진 저택을 둘러보고 있었다. 그의 입에 물린 담배는 아래쪽으로 늘어져 있었다.

"그렌트, 나치들의 공격인가?"

앨버트가 그의 옆에 서서 주위를 둘러보며 묻자 그는 어깨를 한 번 들썩 올렸다.

"앨버트, 안 나타나는 데가 없군."

"크링거가 할리우드의 갈보하고 요즘 배를 맞춘다던데, 그것과 연관이 있을까?"

그렌트가 힐끗 앨버트를 바라보더니 아직 불똥이 남아 있는 나무토막 한 개를 들고 담배에 불을 붙였다.

"마일러한테 시달리게 생겼어, 젠장."

마일러 프랑크는 LA 시장이다. 크링거는 워싱턴에도 발이 넓었으므로 어느 놈이 또 나설지도 모른다.

"어느 놈들인지는 모르지만 적군의 진지를 공격하는 것처럼 철저히 부쉈어. 대단해."

연기를 내뿜는 그렌트의 주름진 얼굴에 웃음이 떠올랐다.

"목격자 말은 정신들이 나가서인지 어느 놈은 세 놈이 공격했다고 하고 어느 놈은 여섯 놈이라고 하는데, 이쪽은 다섯 명이 죽고 여섯 명이 부상이야. 온전한 놈은 세 놈밖에 없어. 그런데 저쪽은 사상자가 한 놈도 없어.”

앨버트와 지미가 잠자코 그를 바라보자 그렌트가 말을 이었다.

“놈들은 공격해 와서는 곧장 크링거만 채갔단 말이야. 인질로 하기 위해서 공격한 것 같아.”

“다른 건 손대지 않았나?”

앨버트가 주위를 둘러보며 묻자 그렌트는 머리를 저었다.

“손대지 않고 부쉈지. 수류탄으로. 요소요소 수류탄을 던진 솜씨를 보면 아랍권 테러단 같기도 하고.”

앨버트와 지미가 서로 얼굴을 마주 보았다. 부하가 그렌트를 찾아 그가 자리를 떠나자 지미가 머리를 저었다.

“알 수가 없어요, 앨버트. 크링거에게 이렇게 도전해올 세력이 있다는 것부터가 사건입니다.”

“기다려 보자구, 지미. 크링거를 납치해 갔으니 저쪽에서 무언가 연락을 해 오겠지. 조건을 내걸든가.”

지미가 머리를 돌려 정원의 한쪽을 살펴보았다. 조금 전까지 있었던 크라우스가 보이지 않았다. 그는 이제 1인자였다.

크링거의 위아래를 훑어보던 최대광이 다가가서 그를 번쩍 안아 들었다.

눈을 둥그렇게 뜬 크링거가 그를 내려다보았으나 입을 열지는 않았다.

“야, 인마. 앉아서 움직이지 마.”

손가락으로 크링거가 앉은 의자를 가리키며 최대광이 말했다. 야, 인마는 한국말이고 나머지는 영어였으므로 ‘야, 인마. 돈 무브’가 되었다.

“형님, 총알이 보이는데요.”

소파에는 고영무가 비스듬히 기대 앉아 있었는데 신용만이 그의 윗도리를 벗기고는 상처를 들여다보았다.

"이거, 병원에 가야겠는데."

"그것 빼면 된다. 알코올로 소독하고."

고영무가 가볍게 말했으므로 신용만이 입맛을 다셨다.

"영화에서는 보았지만 그게 어디 쉬운 일입니까?"

"그럼 놔 둬라. 소독이나 하고 덮어 둬."

"어디, 내가 한번."

최대광이 말하며 다가왔으므로 신용만이 눈썹을 찌푸리고 그를 노려보았다.

"넌 저쪽으로 가 있어. 불빛이나 가리지 말고."

"이 새끼는 괜히."

"거기 술병을 이리 내라."

고영무가 턱을 들어 선반 쪽을 가리켰으므로 신용만을 향해 으르렁거리려던 최대광이 몸을 돌렸다.

"형님, 그런데 저 새끼는 누굽니까?"

이윽고 신용만이 알코올을 적신 솜으로 그의 상처 부위를 조심스레 닦으면서 물었다.

어깨에서 3센티쯤 내려온 부분이 둥글게 부풀어 있었는데, 중심 부분은 10원짜리 동전만 하게 패어 있었다. 2센티쯤 안으로 반짝이는 총알의 뒷부분이 보였는데 끊임없이 붉은 피가 번져 나오고 있었다.

고영무는 위스키 병을 그의 손에 쥐어 주는 최대광도 자신의 대답을 기다리고 있는 것을 알았다.

고영무가 아파트 앞에서 전화를 해 온 것은 밤 11시가 되었을 때였다. 달려 나간 그들은 왜건에 앉아 있는 고영무와 뒷좌석에 묶여 누워 있는 크링거를 보고는 단숨에 상황을 알아차렸다. 이유는 알 수 없었지만 고영무가 사람을 납치해 온 것이다. 시키지 않았어도 최대광은 크링거를 쌀자루 메듯이 들고 아파트로 날랐고, 신용만은 왜건을 몰고 길도 알 수 없는 시내로 들어가서는 버리고 왔다.

고영무는 머리를 끄덕였다.

"저놈은 미국 마약조직의 거물이다."

턱으로 크링거를 가리키며 고영무가 입을 열었다. 간간이 병을 들어 한 모금씩 위스키를 삼키면서 고영무가 이제까지의 상황을 이야기해 주는 동안 그들은 긴장한 표정으로 그를 바라보았다.

"과연 우리 형님이오."

그가 이야기를 마치자 최대광이 크게 감동을 받은 얼굴로 머리를 끄덕였다.

"형님, 앞으로는 내가 나설 테니까 좀 쉬시지요."

고영무가 빙긋 웃었다.

"형님, 그럼 돈을 받으면 돌려보내실 계획입니까?"

힐끗 크링거를 바라본 신용만이 물었다. 고영무가 머리를 끄덕였다.

"어차피 저놈 돈도 아니니까 우릴 어떻게 하지는 않겠지. 물론 그때 가봐야 알겠지만."

크링거는 분위기로 자신의 이야기를 하는지 알아차린 것 같았다. 묶여 있는 몸을 흔들면서 이쪽을 바라보았다.

"이봐, 한국인. 날 인질로 해서 돈을 받을 생각이라면 크라우스를 통해주게. 그의 휴대폰 번호를 내가 알려주겠네."

"친절하군, 크링거. 그 돈은 네 금고에 있나?"

크링거가 머리를 끄덕였다.

"잘 아는군. 이번의 폭격에도 금고는 멀쩡할 걸세."

"금고에 얼마나 들어 있지?"

“글쎄, 3억 달러쯤 될까? 난 건설업을 하기 때문에 현금이 많이 필요하다네.”

“마약을 판 돈이겠지. 그중 2억 달러는 내 몫이야, 크링거.”

크링거는 이제 진정이 되어 가고 있는 듯 입술 끝으로 보일 듯 말 듯한 웃음을 띠었다.

“자네에게 ‘노’라고 대답해야겠지만 지금은 상황이 이렇게 되었으니 대답하지 않겠네.”

“널 보고 싶어하는 사람들이 있어, 크링거. 너는 대답을 선택할 여유가 없다.”

고영무가 그를 향해 빙그레 웃었다.

“유명 인사라는 놈이 애들에게 마약 판 돈을 긁어모아 치부를 하고, 나중에는 돈을 강도질해 가다니 치사한 놈이야, 너는.”

“……”

“널 페르난도에게 보내 줄까?”

“당신이 그와 그만큼 가까운 사이인가?”

“네 부하에게 다섯 명이 죽었다. 그 보상은 어떻게 할 테냐?”

“돈 때문에 생긴 일이야. 돈으로 보상해주겠다.”

크링거가 가라앉은 목소리로 말했다.

“가족에게 백만 달러씩만 주면 평생 은인으로 생각하게 될 거다.”

“대단하군, 크링거.”

“난 이런 경험이나 기반을 쌓아올리는 데 네 나이보다 많은 30년이란 세월이 걸렸다. 난 어서 이곳을 나가고 싶다.”

“오늘은 안 돼, 크링거.”

고영무가 머리를 저었다.

“돈을 받아야 하고, 그것을 받는 장소와 시간을 정해야 하니까.”

“……”

“그리고 너는 돈으로 해결이 된다고 했지만 당사자들한테 물어 봐야 할 것 같다. 네 마음대로 정할 문제가 아냐, 크링거.”

신용만은 그들의 말을 주의 깊게 듣는 중이었고 최대광은 하품을 했다.

가방의 뚜껑을 닫고 지퍼를 끌어올린 페르난도가 허리를 펴고 밀리카를 바라보았다.

“밀리카, 마르코에게 부탁해 놓았으니까 안심은 된다마는 콜롬비아로 돌아올 생각은 하지 말아라.”

그는 답답한 듯 넥타이를 잡아당겨 매듭을 느슨하게 내렸다.

“그리고 내 걱정은 하지 말고. 사업을 하려면 카를로스는 내가 필요해.”

“페르난도, 난 어린애가 아니에요.”

눈썹을 치켜 올린 밀리카가 그를 쏘아보았다.

“콜롬비아에서는 벌써 소문이 퍼졌다고 해요. 오빠는 돌아가면 죽어요.”

페르난도가 어깨를 들썩이며 얼굴에 웃음을 띠었다.

“넌 어려서부터 고집쟁이였지. 아마 우리 가문의 피가 그런가 보다. 나도 남 못지않으니까. 그렇지만 너는 내 말은 잘 들었지, 밀리카.”

“……”

“애를 떼는 것까지는 네 뜻대로 해라. 하지만 내 일에 대해서는 그만 걱정하고 여기 남아 있어라. 이것은 내가 너에게 마지막으로……”

힐끗 시선을 들었던 페르난도는 입맛을 다시더니 가방의 고리를 채웠다.

노크 소리가 다급하게 들리더니 문이 벌컥 열리고 마르코가 들어섰다. 얼굴의 표정이 놀란 것처럼 눈을 치켜뜨고 입을 조금 벌리고 있다.

“페르난도, 크링거가 납치됐습니다.”

그가 소리치듯 말했다. 페르난도가 눈썹을 모으고는 그를 찬찬히 바라보았다.

"어떤 조직들에게 공격을 받았답니다. TV 뉴스에 지금 나오고 있습니다."

페르난도는 그의 말이 끝나기도 전에 방을 나와 서재로 들어섰고 밀리카도 그의 뒤를 따랐다. 부하 서너 명이 TV 앞에 몰려 앉아 있다가 그들에게 자리를 비켜주었다.

TV에는 폐허처럼 된 주택이 나오고 있었다. 서너 군데에서는 아직도 흰 연기가 오르고 있고 소방차와 경찰차, 앰뷸런스가 화면에 가득했다. 현장에서 보도하는 듯 마이크를 쥔 여기자가 흥분된 말투로 말을 이었다.

"……따라서 크링거 씨를 납치한 일당들이 곧 그들의 요구 조건을 제시할 것으로 경찰은 추측하고 있습니다."

그녀는 옆에 서 있는 삼십대의 사내에게 마이크를 대었다.

"리치먼드 씨, 공격한 일당은 어떤 사람들이라고 생각하십니까?"

TV 카메라를 의식한 듯 굳은 얼굴의 사내가 똑바로 이쪽을 바라보며 말했다.

"잘 훈련된 조직입니다. 제 경험으로는 이 정도의 파괴와 납치를 하기 위해서는 최소한 일곱 명 이상의 조직적인 그룹이 필요했을 것이라고 믿습니다. 그들은 순식간에 밀려 와서 일을 치르고 크링거 씨를 납치한 후 재빠르게 빠져 나갔습니다. 집 안의 귀중품에는 손을 대지 않았습니다."

"잘 알았습니다, 리치먼드 씨. 지금까지 지방검사인 존 리치먼드 씨였습니다."

화면이 바뀌고 공장의 굴뚝이 나왔다.

"어떻게 된 거냐?"

페르난도가 부하들을 둘러보며 물었다. 그들은 처음부터 TV를 봤을

터였다.

"다섯 명이 죽고 여섯 명이 부상당했습니다. 저택이 완전히 박살이 났구요."

부하 한 명이 대뜸 대답했다.

"목격자 이야기로는 그들이 30발도 넘는 수류탄을 던졌답니다. 개 세 마리도 모두 쏘아 죽였다는데요."

다른 부하 한 명이 나섰다.

잠자코 그들의 얼굴을 둘러보던 페르난도는 몸을 돌렸다. 다시 침실로 들어서자 밀리카와 마르코가 따라 들어왔다. 침대 위에는 대형 가죽 가방 두 개가 덩그러니 놓여 있었다.

그때 어디선가 벨소리가 들렸다. 그들은 서로 얼굴을 돌아보다가 이제는 모두 방 안을 두리번거렸다.

이윽고 마르코가 의자 위에 놓인 휴대폰을 찾아 페르난도에게 넘겨주었다. 휴대폰이 계속해서 울리고 있었다.

"여보세요."

스위치를 켠 페르난도가 가라앉은 목소리로 대답했다.

"페르난도, 나다."

페르난도가 눈을 치켜떴고 마르코와 밀리카가 그를 바라보았다.

"아, 고, 무슨 일이냐?"

"TV 보았지?"

페르난도의 시선이 굳어진 듯 움직이지 않았다.

"그래, 보았다."

"내가 크링거를 데리고 있다."

"네가?"

"그렇다."

“그렇다면 네가 네 부하들하고.”

“그렇다. 내가 내 부하들하고.”

페르난도의 말을 흉내 내듯 따라하면서 고영무가 낮게 웃었다.

“페르난도, 나는 놈에게서 돈을 받아낼 작정이다. 그놈도 어쩔 수 없었겠지만 동의를 했고. 그런데 페르난도……”

“무언가?”

“넌 크링거에게 갚을 빚이 있을 것 같은데.”

페르난도는 침을 끌어 모아 삼켰다. 좀처럼 드문 일이었으나 가슴도 두근거렸다.

“난 일이 끝나면 크링거를 너에게 넘겨줄 생각인데, 받겠나?”

“받겠다.”

페르난도가 무의식중에 머리를 끄덕였다.

“좋다. 내일 다시 연락하겠다.”

그러고는 전화가 끊겼으나 페르난도는 휴대폰을 쥔 채 한동안 입을 열지 않았다.

“페르난도, 무슨 일이에요?”

참지 못한 듯 밀리카가 묻자 그는 머리를 들었다.

“고영무였어, 크링거를 습격해서 납치한 것이.”

밀리카와 마르코가 잠자코 그를 바라보았다.

“그가 부하들하고 공격했다는군. 크링거를 데리고 있대.”

“……”

“돈을 받을 모양이야. 그러고 나선 우리에게 넘겨주겠다는데.”

“……”

“복수를 하라고 말이야.”

“받지 말아요, 페르난도. 놈은 우리에게 사건을 떠넘기려 하고 있어요.”

밀리카의 말에 페르난도가 물끄러미 그녀를 바라보았다.

"우리가 뒤집어쓴단 말이에요, 페르난도."

밀리카가 다시 다부지게 말했다.

발끝으로 걸어 응접실을 지나면서 홍성희는 소파에 누워 있는 사내를 곁눈질로 바라보았다.

사내가 누워 있는 아래쪽 바닥에는 최대광이 네 활개를 펴고는 깊은 잠에 떨어져 있었다.

"어딜 갑니까?"

응접실의 끝 쪽에 앉아 있던 신용만이 나지막한 목소리로 물었다.

"저, 아침식사 준비를 하려구요. 손님도 오셨는데."

주방 쪽으로 다가가면서 그녀가 말하자 신용만이 머리를 저어 보였다.

"손님이 아니고 형님이오."

"그런데 왜 방에서 주무시지 않고."

아파트는 방 두 개에 커다란 응접실과 서재가 있었다. 평수로 따지면 70평은 될 것이다. 방 하나는 자신이 쓰고 있었으므로 응접실 옆방은 비어 있을 터였다.

"방에 손님이 계셔서. 그건 정말 손님입니다."

신용만이 빙긋 웃었다. 그가 방 앞에 지켜 앉아 있었던 것이다.

그러자 소파에 누워 있던 고영무가 어깨를 힘들게 세우면서 일어나 앉았다.

홍성희가 그를 향해 돌아서서 머리를 숙였다.

"안녕히 주무셨어요?"

빙긋 웃어 보인 고영무가 머리를 끄덕였다.

"갑자기 들어와서 불편하지 않으십니까?"

“아녜요. 그렇지 않아요.”

그녀는 머리를 저었다. 그의 시선이 몸의 어느 한 곳에 닿을 때마다 그 부분이 저리는 느낌이 들었다. 그동안 최대광한테서 자주 이야기를 들어서 이런 영향이 오는 것이었다.

사람은 나름대로 주관이 있는 법이어서 자신의 기준으로 이야기를 풀어 나가게 마련이다.

최대광이 말하는 고영무는 신판 홍길동이었다. 그는 복수의 화신이었고, 본의는 아니었으나 사람을 죽이는 것을 파리 잡는 것처럼 하는 무자비한 인물로 홍성희의 머릿속에 박혀져 있다.

“용만아, 핀셋을 찾아와라. 아무래도 이것을 빼내야겠다. 움직일 때마다 그것이 걸려.”

고영무가 말하자 신용만이 자리에서 일어섰고 최대광도 잠에서 깨었다.

“형님, 의사를 부르는 것이……”

신용만이 말했으나 그는 머리를 저었다.

“나중에. 빼내기만 하면 된다.”

홍성희는 그들이 무슨 이야기를 하는지 알아들을 수가 없었다. 그녀는 방 안에 있다는 손님이 마음에 걸렸다.

“제가 약국에 가서 붕대하고 탈지면, 소독액을 사 와야겠습니다. 다른 약품들도 있나 보구요.”

신용만의 말에 고영무가 머리를 끄덕였다.

“나가는 길에 렌터카에서 밴을 한 대 빌려 와라. 조심하고.”

고영무는 호주머니에서 1백 달러짜리 묶음을 꺼내어 탁자 위에 던져 놓았다.

“돈은 내게 충분히 있다. 자금을 대주는 사람이 있어서.”

“저희들도 많습니다.”

그러나 1억짜리 CD를 아직 달러로 바꾸지 못해서 현금이 달랑거리는 실정이었다.

"크링거를 깨워서 이리 데려와라."

고영무의 말에 최대광이 벌떡 일어섰다. 아침 8시가 조금 지난 시간이었다.

크라우스는 벨소리에 잠이 깨었으나 한동안 꼼짝 않고 누워 있었다.

눈을 깜박여 천장을 바라보자 눈에 차츰 초점이 잡혔고 갓을 씌운 전등이 제대로 시야에 들어 왔다.

옆에 누워 있던 제인이 부스럭거리면서 상반신을 세우자 침대가 출렁거렸고, 그녀의 몸에서 오렌지 향이 섞인 체취가 맡아졌다. 제인의 날씬한 팔이 자신의 눈앞으로 뻗어 나가면서 두 개의 풍만한 유방이 얼굴 위에 떠 있었다.

"크라우스, 전화 받아요."

그녀의 알몸을 바라보는 순간 다시 울컥 목이 메는 느낌과 함께 온몸에 열이 났으나 그는 손을 내밀어 그녀가 넘겨주는 휴대폰을 받았다.

벽에 걸린 시계는 아침 8시 반을 가리키고 있었다.

"여보세요."

느릿한 목소리로 대답했다.

"크라우스, 나다."

크링거의 목소리가 흘러나왔다.

"아, 보스."

그는 눈을 번쩍 치켜떴으나 몸을 움직이지는 않았다. 어차피 이것은 전화여서 움직임은 보이지 않는다.

"크라우스, 너 지금 혼자 있나?"

"네, 보스. 혼자 있습니다."

그는 한 팔을 뻗어 제인의 젖가슴을 부드럽게 쓸었다. 플레이보이지의 모델로 나온 적이 있는 그녀의 젖가슴은 그의 취향에 딱 맞았다. 크고 탄력 있는 가슴이었다.

"크라우스, 금고는 이상이 없겠지?"

"네, 보스."

"너는 지금 어디에 있나?"

"집입니다, 보스."

"잘 들어라, 크라우스. 넌 지금 당장 패사디나로 가서 금고를 열어야한다. 경찰이 아직 지키고 있겠지?"

"네, 보스. 하지만 제가 관리인인 줄 알고 있으니만치."

"그래, 경찰이 모르게 해야 한단 말이야. 무슨 말인지 이해가 가나?"

"알고 있습니다, 보스."

크라우스는 상반신을 일으켜 침대 머리 부분에 등을 대고 앉았다.

"크라우스, 금고 번호를 일러줄 테니까 적어라."

"잠깐만 기다리세요, 보스."

그는 시트를 젖히고는 침대에서 일어나 탁자로 다가갔다. 군살이 보이지 않는 알몸이었고, 제인이 그의 몸매를 찬찬히 바라보았다.

"됐습니다, 보스."

볼펜을 쥐고 소파에 앉은 크라우스가 말하자 크링거는 천천히 숫자를 불러 나갔다. 이윽고 크라우스는 머리를 들었다.

"됐습니다, 보스."

"크라우스, 내 생명이 걸린 일이야. 신중하게 처리하도록. 절대로 트릭을 써서는 안 된다. 알았나?"

크라우스는 제인을 바라보며 머리를 끄덕였다.

"알겠습니다, 보스."

"내가 다시 연락하겠다."

전화가 끊겼으므로 크라우스는 자리에서 몸을 일으켰다. 그는 자신을 바라보고 있는 제인의 시선이 어디에 부딪치고 있는가를 깨닫고는 싱긋 웃었다. 그의 남성은 그녀의 시선에 자극을 받았는지 서서히 머리를 들고 있었다. 제인이 하반신을 가리고 있던 시트를 활짝 젖히고는 두 다리를 벌렸다.

그녀의 깊은 숲과 힘을 주어 굽혀진 발가락이 보였다. 휴대폰을 의자 위로 던진 크라우스는 그녀를 향해 서두르지 않고 다가갔다. 온몸이 뜨거워져 있었는데, 크링거의 전화가 자극을 주었기 때문이다.

김영지는 자신의 알몸을 쓸어내리는 박정환의 손길을 느끼면서 눈을 감고 있었다. 그의 손은 젖가슴과 젖꼭지를 부드럽게 어루만지고 있었는데 그녀는 자신의 젖꼭지가 탱탱하게 일어나 있는 것이 느껴졌다. 그의 손길은 이제 아래쪽으로 내려오고 있었으므로 김영지는 긴장해서 발가락 끝에 힘을 주어 오므렸다.

아침 시간이 되어서 일어나야 할 것이지만 온몸이 나른해서 움직이기가 싫었다. 어젯밤의 쾌락의 여운이 아직 남아 있었고, 그것이 그의 손길이 닿자 다시 살아나고 있었다.

박정환의 입김이 자신의 귀에 부딪쳐 왔다. 뜨겁고 가쁜 숨결이었다. 아랫배를 쓸던 그의 손이 아래로 내려와 깊은 곳을 만졌고, 김영지는 그곳이 이미 젖어 있음을 알고 있었다.

"정민 씨, 잠 깬 것 알고 있어."

그녀의 귀에 대고 뜨거운 숨을 뱉으면서 박정환이 속삭였다. 그의 손끝이 부드럽게 움직이기 시작했으므로 김영지는 두 다리에 힘을 주었다. 그러나 아직 눈은 뜨지 않았다. 박정환은 머리를 들어 올리고는 그녀의 젖가슴에 얼굴을 묻었다. 그의 입 안에 들어간 자신의 젖꼭지는 이미 단단해져 있다. 이윽고 견뎌 내지 못한 김영지는 두 다리를 벌렸다. 그의 손은 이제 조금씩 깊게 움직이고 있는 중이다. 자신의 숨소리가 거칠어지고 있다고 느꼈으나 이제는 억제할 수가 없었다.

그녀는 그의 손에 맞추려는 듯 허리를 치켜들었다.

젖가슴에서 입을 땐 박정환이 헐떡이며 물었다.

"이봐, 새침데기. 지금 해도 돼?"

이미 붉게 달아오른 김영지는 머리를 끄덕였다. 그러나 아직도 눈은 감은 채였다. 박정환은 상반신을 그녀의 몸 위로 끌어올렸다. 시트를 움켜쥐고 있던 그녀의 두 손이 어느덧 그의 어깨를 안았고 두 다리는 활짝 벌려져 있었다. 이윽고 그의 남성이 진입하자 그녀는 가느다란 신음 소리와 함께 두 팔과 다리로 그의 온몸을 감싸 안았다.

그의 허리가 거칠게 움직이기 시작하자 김영지는 움직임에 맞추려는 듯 끊어지는 듯한 신음 소리를 뱉어 내기 시작했다. 이제 그녀의 두 눈은 뜨여 있었으나 무엇을 바라보는 시선은 아니었다.

방 안은 끈끈하고 비린 듯한 공기에 덮여 있었다. 그들의 몸은 땀에 젖어 있어서 에어컨 바람이 선뜻하게 피부를 스치고 지나갔다. 박정환은 자신의 팔을 베고 누운 김영지를 바라보았다.

눈을 감고 있는 그녀의 두 볼은 빨갛게 상기되어 있었고 땀에 젖은 이마에는 대여섯 가닥의 머리칼이 붙어 있었다. 그녀의 코로 뱉어지는 호흡이 자신의 가슴 부근에 살랑이며 닿았다. 박정환은 손을 들어 그녀의 이마에 붙은 머리칼을 쓸어 올렸다.

김영지가 눈을 뜨고는 자신을 바라보고 있는 그를 향해 입술 끝으로 웃어 보였다.

"누나가 정민 씨를 데려오라고 하던데. 내가 이야기를 했거든."

그녀의 입술을 손끝으로 쓸면서 박정환이 말했다.

"저녁이나 함께 하자는 거지. 하지만 굉장한 관심을 숨기고 있어, 누나는."

"신부 후보감으로 체크하시려는 거겠지요?"

김영지가 눈을 뜨고 물었다.

"곧 갈게요."

"언제?"

"일이 끝나면. 조금 더 이곳 사정을 알아보구요. 그래야 마음 놓고 인사도 하고 그럴 수 있을 것 같아요."

"정민 씨는 내성적인 성격인 것 같으면서도 집중력이 강해. 그렇게 보여."

박정환은 다리 한쪽을 들어 올려 그녀의 하반신을 감싸 안았다.

"당신은 얼굴뿐만이 아니라 몸매도 아름다워. 정말이야."

그들은 알몸으로 엉긴 채 한동안 서로의 얼굴을 바라보았다. 갑자기 김영지의 얼굴에 미소가 피어올랐다. 살이 닿고 있었으므로 그의 하체에서 일어나는 변화를 느낄 수 있었기 때문이다.

그녀는 두 손바닥으로 그의 가슴을 떼밀고는 침대에서 몸을 일으켰다.

"정민 씨, 30분만 더."

그가 누운 채로 사정하듯 말했다.

"정민 씨는 어디 출근할 것도 아니잖아? 어서 이리 와."

"갈 데가 있어요. 약속해 놓아서 늦으면 안 돼요."

팬티를 찾아 다리에 꿰면서 그녀가 말했다.

"어딘데?"

"다운타운에 가서 친척을 만나야 돼요."

"요즘은 친척을 자주 만나는 것 같군."

박정환이 할 수 없다는 듯 침대에서 상체를 일으켰다.

"요즘은 콜롬비아에 있었다는 친구한테서 연락 오지 않아요?"

돌아서서 브래지어를 채우며 김영지가 묻자 그는 머리를 저었다.

"아니, 요즘은 소식이 없어. 아마 동생들을 만났겠지."

"정환 씨가 그 사람하고 자주 접촉하는 것, 경찰이 알면 귀찮아질 텐데. 안 그래요?"

"콜롬비아에서 있었던 일이야. 미국법에는 밀입국한 것만 문제가 돼. 콜롬비아 정부에서 이쪽 정부에 정식으로 협조 요청을 해 온다면 모를까."

"정환 씨가 걱정이 되어서 그래요."

박정환이 그녀의 뒷모습을 바라보며 입가에 미소를 지었다.

"내일은 내가 알아서 챙길 테니까 걱정하지 마. 그나저나 놈이 걱정이 되는군. 어디에 박혀 있는지."

"그 사람, 무섭지 않아요?"

"무섭기는 뭘? 내 친군데. 그 자식 생각하면 안됐어. 어머니가 돌아가셨는데도 고향으로 돌아가지도 못하고."

"……"

"언젠가 시간 있으면 내가 소개시켜줄게. 겉은 무뚝뚝하게 보이는 놈이지만 재미있는 놈이야."

"싫어요. 정환 씨의 유일한 친구래서 그냥 물어본 것뿐이에요."

그녀가 스커트를 입으며 머리를 젓자 박정환은 그럴 줄 알았다는 듯이 빙긋 웃었다.

창가에 앉아 거리의 행인들을 바라보던 알폰소가 카페로 들어서는 고영무를 발견하고는 머리를 끄덕여 보였다.

"고, 해치웠군요. 어젯밤 뉴스를 보고는 나 혼자 축배를 들었소. 놀랍소, 고."

"크링거는 내가 데리고 있습니다. 그런데 알폰소, 병원에 가서 이곳을 치료해야겠는데."

고영무는 눈으로 왼쪽 어깨 부근을 가리켜 보였다.

"오늘 아침에 총알은 빼내었는데 출혈이 꽤 심합니다. 그래서……"

알폰소가 이맛살을 찌푸리며 옷에 덥인 그의 어깨를 쏘아보더니 자리에서 일어섰다.

"갑시다, 고. 믿을 만한 의사가 있어요."

그들은 카페를 나와 지나가는 택시를 세웠다.

"고, 페르난도가 궁지에 몰렸다는 것 알고 계시지요?"

신호등에 걸려 멈춰 섰던 택시가 출발하자 알폰소가 그를 바라보았다.

"카를로스한테 소환 당했습니다. 덕분에 우리의 지원금도 보류가 되었는데."

"……"

"그런데 어젯밤 일이 일어나고 나자 갑자기 출국을 보류했다는군요. 그쪽에서 흘러나온 정보요. 우리하고는 경계할 것도 없는 사이니까."

"내가 그에게 전화를 했습니다. 크링거를 넘겨줄 용의가 있다고 했지요."

알폰소가 눈을 둥그렇게 떴다.

"그래, 뭐라고 합디까?"

"좋다고 하더군요. 내가 다시 연락을 하겠다고 한 후 끊었습니다."

"페르난도는 최소한 크링거가 돈을 강탈했다는 사실은 확인했겠군요."

"돈은 내가 갖습니다. 크링거가 3억 달러를 내겠다고 했으니까."

"……"

"놈은 우리의 돈을 강탈했다는 자백을 했습니다. 크라우스를 시켜서 한 짓이라고 하더군요. 선선히 털어놓습디다."

"하지만 놈은 카를로스한테 연락을 해서 페르난도가 한 일을 모두 이야기해주었어요. 그리고 자신은 억울하다고 말입니다. 그래서 카를로스가 페르난도를 소환한 겁니다."

"……"

"내가 알기로는 페르난도는 귀국하자마자 카를로스에게 처형당합니다."

고영무는 잠자코 그를 바라보았다. 당연한 일이 아니냐는 표정으로도 보였다.

택시는 신호에 걸려서 멈췄고 늙은 흑인 운전사는 구시렁거리며 혼잣소리로 욕을 늘어놓는 모양이었다.

"처형당하기 전에 분풀이는 할 수 있겠군요. 크링거를 인계받으면."

생각난 듯 머리를 돌린 고영무가 말하자 알폰소가 빙긋 웃었다.

"크링거 하나로는 분이 풀리지 않을 텐데요, 미스터 고."

"그럴까요?"

고영무가 따라 웃었다.

"그렇다고 나까지 같이 가줄 수는 없지 않겠어요?"

"페르난도는 크링거를 받지 않을지도 모릅니다. 사건을 떠넘기려는 의도로 생각할지도 몰라요."

"그렇겠군."

"그나저나 3억 달러는 꽤 많군요, 고."

"당신의 죽은 부하들에게 나눠줄 조의금이 추가된 것이지요."

"고, 죽은 놈들한테 어떻게 나눠줍니까?"

눈을 껌뻑이며 알폰소가 그를 향해 물었으나 입술은 웃고 있었다.

"가족이 있을 것 아닙니까?"

"5만 달러씩만 나눠줘도 충분합니다. 그만한 현찰이면 금방 부자가
될 테니까."

"그건 당신한테 맡겨 드리지요. 당신에게 약속대로 1억 달러를 드리
겠소."

"고, 난 한 일도 없습니다."

알폰소가 머리를 저었다.

"내가 당신을 대리인으로 고용한 것이 오히려 주객이 전도된 것 같소.
난 그 돈을 받을 수가 없습니다. 부하들의 조의금으로 5만 달러씩을 준
다면 그건 받겠지만."

잠자코 창으로 머리를 돌린 고영무는 스쳐 지나가는 거리를 바라보았다.
택시는 다운타운으로 깊숙이 들어서고 있었다.

저택의 부서진 부분에는 임시로 천막을 쳐서 흉한 부분을 가렸으나
싸구려 천막이 십여 군데에 둘러씌워져 있었으므로 저택은 기묘한 모습
이 되어 있었다. 더구나 천막의 색깔이 파란색도 있고 흰색도 있었다.
그것들은 바람을 받아 불룩 배를 내밀다가 안쪽으로 홀쭉한 모습으로
꺼져 들어가기도 했다.

정원의 잔디밭은 소방차와 갖가지 차량들의 바퀴 자국으로 깊게 패어
있었는데, 소방차에서 흘러나온 물이 차바퀴에 팬 웅덩이에 아직도 고
여 있었다.

크라우스와 세 명의 부하가 탄 차가 정문에 멈춰 서자 패사디나 경찰
국에서 파견 나온 경찰관 두 명이 다가왔다. 한 명은 흑인이고 다른 한
명은 백인인데 모두 애송이로 보였다.

"난 크라우스요. 이 집 관리인이지. 집안 정리를 하려고 온 거요."

"연락받았습니다. 들어가시지요."

선임자인 듯한 흑인이 머리를 끄덕였다. 그들은 울퉁불퉁해진 차도로 차를 몰아 현관에서 멈췄다. 문이 열리더니 바바리코트 차림인 짐머만 경위가 그들을 바라보았다. 이번 사건의 담당 경위였다.

"크라우스, 오늘부터 이 도깨비 집에서 머물겠단 말이지?"

안으로 들어서는 그를 따르며 짐머만이 물었다. 그는 살인전담반 소속으로 크라우스와는 전부터 안면이 있던 터였다.

"짐머만, 이젠 자네가 자네 도깨비 소굴로 돌아갈 차례야. 여긴 우리가 알아서 정리할 테니까."

크라우스는 로비의 천장에서 금방이라도 떨어져 내릴 것 같은 샹들리에를 피해 서재로 들어섰다. 서재의 의자에 앉아 있던 부하 두 명이 일어섰다. 창가에 서 있는 낯선 사내는 짐머만의 부하같이 보였다.

부서진 가구는 모두 한쪽 벽에 쌓아 놓아서 서재의 한복판에는 대여섯 개의 의자만 놓여 있을 뿐이었다.

크라우스가 부하가 앉았던 자리에 앉자 짐머만이 의자를 들어 그의 앞자리에 놓고는 마주보고 앉았다. 부하들은 제각기 멀찍이 물러났는데 서재는 가구를 치워서인지 훨씬 넓어 보였다.

"크라우스, 어디서 연락 온 것 없나? 지금 그렌트 서장이 곤욕을 치르고 있어. 마일러가 벌써 열 번이나 전화를 했다는 거야."

짐머만이 이맛살을 찌푸리며 말했다.

그가 아침부터 이곳을 지키고 있는 이유도 납치범들한테서 무슨 연락이 오지나 않을까 알아보려는 것이었다.

"연락 온 것 없어. 있다면 내가 당신한테 이야기를 했지, 안 그래?"

크라우스가 되묻자 그는 머리를 저었다.

"안 그래, 크라우스. 너는 그럴 놈이 아냐. 하긴 그걸 물어본 내가 멍청이지."

"이봐, 보스를 찾는 것은 너희들 경찰이 해야 할 일이야. 우리는 이런 일에 대비해서 세금을 내고 있었어."

창가에 서 있던 부하들이 입 끝으로 웃었다. 짐머만이 혈색이 좋은 얼굴로 머리를 끄덕였다.

"세금 이야기가 나왔으니 말인데, 이런 집에 살면서 크링거는 10만 달러짜리 시민과 비슷하게 세금을 내었더군. 작년에 LA 타임스에서 읽었어."

"LA타임스를 고소했다는 것은 잊었나, 짐머만?"

"고소했다는 것을 여론에 알리려고 했던 수작이지. 결과는 10년 후에나 알게 될 것이고."

"너희 보스에게 네가 협조적인 태도로 수사하고 있다고 전해 주지, 짐머만."

"보스는 몇 달 후에 정년이야. 좋은 소식만 들을 거야."

"로벨!"

크라우스가 부르자 창가에 서 있던 부하가 다가왔다.

"짐머만 경위님께 문을 열어 드려라. 그리고 앞으로 집으로 들어오시는 경찰관 나리들한테는 꼭 수색영장이 있는가를 확인하도록."

로벨이 머리를 끄덕이자 짐머만이 문 쪽을 바라보았다.

"열어줄 문짝이라도 달고 거드름을 피우라고, 크라우스."

문짝은 수류탄 폭풍에 날아가서 달려 있지 않았다.

"미리 말해 두지만 크라우스, 납치범들한테서 연락이 왔을 때는 즉각 나에게 말해 주어야 하네. 그렇지 않으면 우린 자네를 기소할 수 있어."

의자에서 일어선 짐머만이 말했다.

"뒤가 구린 것이 없다면 우리에게 이야기해 주는 것이 신상에 좋을 거야."

“이야기 안 해 줘도 너희들이 도청하고 있잖아?”

“그 빌어먹을 휴대폰은 가끔 옆집 마누라가 놀아나는 것은 들리게 해도 필요할 때는 감이 잘 안 잡히거든.”

크라우스를 흘겨본 짐머만이 살찐 몸을 돌려 문짝 없는 문으로 나갔다. 창가에 서 있던 그의 부하도 뒤를 따랐다.

“마빈, 버틀러, 너희 둘은 집안 경비를 맡아라. 찰스, 헨디, 너희들은 바깥 경비다.”

크라우스가 턱을 들고 자르듯 말하자 부하들은 우르르 서재를 나갔다.

지미 골드가 점심을 마치고 해안경비대에 들렀다가 본부에 들어왔을 때는 오후 5시가 되어 있었다. 그는 앨버트의 사무실 문이 열려져 있는 것을 보고는 그의 비서인 로잘린에게 다가갔다.

“로잘린, 앨버트는 아직 들어오지 않았나?”

“네, 아직, 연락만 왔었어요. 늦으실 것 같다고.”

“젠장, 지금이 5신데 언제 들어오겠다는 거야? 곧장 집으로 간다고 할 것이지. 안 그래?”

그녀의 가발을 내려다보면서 말하자 로잘린이 어깨를 움찔하고는 다시 타이프를 두드렸다.

지미는 바로 옆쪽에 있는 자신의 방으로 들어가 의자에 앉았다. 두 다리를 책상 위에 올려놓고 의자에 붙인 허리를 뒤로 젖히자 하반신이 편안해졌다.

앨버트는 본부에서 내려온 마약부 차장인 엘리엇을 만나고 있었다. 워싱턴에 본부를 둔 마약부는 재무성 산하 조직이었으나 독자적인 기관이다. 재무 장관은 예산만 결재해줄 뿐 마약부 부장은 백악관의 안보보좌관과 대통령의 직접 지시를 받고 있었다. 어떤 면에서 보면 의회나 행정기관의 사정을 받고 있는 FBI나 CIA보다 더 활발하게 업무를 추진할 수 있는 체제였다.

마약부의 2인자인 엘리엇은 크링거 사건 때문에 내려온 것이었다. 막상 증인과 증거를 준비해 놓고 소환시키기 직전에 이런 사건이 발생했으니 엘리엇 같은 워싱턴의 거물들은 크링거가 눈치를 채고 위장 납치극을 벌이고 있다고 생각할는지도 모른다.

전화벨이 울리자 다리를 치우고 상체를 바로 세우기가 귀찮아진 지미는 책상 위의 전화기를 물끄러미 바라보았다.

"지미, 전화 받아요. 앨버트를 찾는 전환데, 급하대요."

인터폰에서 로잘린의 목소리가 들렸으므로 그는 입맛을 다시고 다리를 내려놓았다. 외부 전화인 검정색 전화기가 불을 반짝이고 있었다. 그는 수화기를 들었다.

"여보세요, 지미 골드입니다."

"마약부 책임자 되세요?"

여자의 목소리였다.

"네, 제가 지금은 책임자가 됩니다."

지미는 머리를 들어 벽시계를 바라보았다. 오후 5시 반이었다.

하루에도 수십 통씩 전화가 걸려오고 있었다. 거리에서 누가 마약을 샀다는 것에서부터 위층의 건달이 마약상습자라는 신고가 줄을 잇는 것이다.

"저, 신고할 것이 있는데요."

여자가 차분하게 말했다. 또렷하고 정확한 영어를 쓴다. 발음으로 보면 영국계 가정에서 자란 것 같고 학력은 대학을 졸업했거나 중퇴이다. 나이는 이십대 후반쯤이거나 아니면……

종이와 펜을 준비하면서 지미는 머리를 굴렸다. 이것은 신고 전화를 받을 때의 그의 버릇이었다.

"말씀하십시오, 부인."

"이번에 크링거 씨를 납치한 범인을 알고 있어요. 그는 한국인이에요."

하마터면 어깨와 귀 사이에 끼워 놓았던 전화기를 떨어뜨릴 뻔한 지미는 겨우 수화기를 손으로 쥐었다.

의자에 바로 앉느라고 의자가 삐걱거렸다.

"뭐라고 하셨습니까, 부인?"

"그의 이름은 고영무라고 콜롬비아에서 밀입국해 온 사람입니다. 아마 마약부에서도 잘 알고 있을 거예요."

"그렇다면 당신은."

지미의 머리에 비오는 날 밤 번개가 번쩍이는 순간에 사물이 잠깐 드러나듯 밀리카의 얼굴이 떠올랐다가 없어졌다.

"고영무가 자신의 입으로 크링거를 납치했다고 했습니다. 누구와 함께 했는지는 모르지만 그가 주범이에요. 그가 크링거를 잡고 있어요."

"부인, 당신은?"

그제야 지미는 그녀의 이름이 생각났다. 밀리카였다. 영국계가 아닌 스페인계 혼혈이다. 예상의 대부분이 틀렸다. 그는 서두르듯 물었다.

"부인, 그가 지금 어디에 있는지 아십니까?"

"그건 당신들이 해야 할 일이죠."

"부인, 그가 왜 당신에게 그 이야기를 했을까요?"

"자랑하고 싶었겠지요. 크링거 씨와 마약대금 관계로 말썽이 있다고 그러더군요."

"부인!"

물어볼 것이 질문 용지로 10페이지는 되었으나 얼른 정리가 되지 않았다.

"부인, 다른 이야기는 없었습니까?"

"크링거에게 마약대금을 받는다고 했습니다. 그 외에는 없었어요."

"부인, 나는 당신이 누구인지를 압니다. 그것을 증언해주실 수 있습니까?"

"물론이에요. 하겠어요."

"부인, 지금 어디에 계십니까?"

"그건 아직 말할 수 없어요. 하지만 당신들이 그를 잡으면 가겠어요. 그리고 이건 경찰에 신고할 것이지만 당신에게 말해줄 것이 있어요."

"뭡니까?"

"그가 내 눈앞에서 매린을 쏘아 죽였습니다. 그리고 나를 납치했지요. 나는 간신히 탈출해 나왔어요. 이것도 증언할 수 있습니다."

"좋습니다. 그건 믿겠습니다. 그런데 언제 다시 전화나 연락 장소를……"

"다시 연락하겠어요. 나는 증언을 약속할 수 있어요."

"부인!"

그러는데 전화가 딸가닥 하고 끊겼다. 지미는 서둘러 의자에서 일어나느라고 정강이를 책상의 모퉁이에 세차게 부딪쳤다.

그가 입을 쩍 벌리고 눈을 부릅떴을 때 로잘린이 열린 문으로 들어왔다.

"지미, 또 치통이에요?"

시큰둥한 표정으로 물은 로잘린이 말을 이었다.

"앨버트는 밖에서 그냥 퇴근하겠대요. 중요한 일 있으면 9시 이후에 집으로 보고를 하라고 했어요."

"고영무의 서류를 찾아줘, 로잘린."

"고 누구라구요?"

"고영무 말이야!"

가발을 벗겨 던져버리고 싶다는 듯이 지미가 그녀의 번쩍이는 금빛 가발을 노려보자 로잘린은 황급히 몸을 돌렸다. 그의 성격을 잘 아는 그녀는 고 누구냐고 전화로 물어볼 것이다.

2.
야망과 배신

위스키 잔을 내려놓은 페르난도는 앞에 앉은 알폰소를 바라보았다.

"알폰소, 라파엘 씨에게 몇 달만 기다려달라고 해주세요. 물론 카를로스한테서도 연락이 갈 겁니다."

알폰소가 머리를 끄덕였다.

"이제까지 한 번도 이런 일이 없었으니까 라파엘 각하께서도 이해하시겠지요. 물론 저희들의 자금 계획에 차질이 있습니다만."

"콜롬비아에서 토레가 왔다가 오늘 아침 이오니아 호로 떠났습니다. 나도 그 배로 떠나려고 했는데."

페르난도는 빈 잔에 술을 채웠다.

"토레는 대금을 모두 가지고 떠났습니다. 난 2억 달러의 공급을 축냈지요."

"아니, 페르난도, 어떻게 하다가."

알폰소가 술잔을 내려놓고 눈을 둥그렇게 떴다. 입맛을 다신 페르난도는 술잔을 입에 털어 넣었다.

"처음부터 일이 잘못 풀렸는지도 모릅니다, 알폰소. 그 한국 놈을 이용한 것이 불운의 시작이었어요. 그놈은 악마 같은 놈이오. 그놈같이 끈질긴 놈은 처음 보았소."

"페르난도, 한국 놈이라면 지난번 이오니아 호를 타고 올 적에 배 안에 한국 놈이 하나 있었는데."

"바로 그놈이오, 알폰소. 신이 그놈을 통해서 나에게 저주를 내리는 것 같소."

페르난도가 이런 식으로 이야기하는 것을 처음 들었으므로 알폰소는 잠자코 그를 바라보았다. 그는 냉혹하고 계산에 빠른 인물이었다. 카를로스가 회계 업무를 맡길 정도로 신임을 받고 있었는데, 그는 결코 어려울 때 신을 찾는 사람이 아니었다.

"페르난도, 그렇다면 그놈이 마약 판 돈을."

"아니오, 알폰소. 일이 묘하게 되었소. 크링거가 관계된 일이오."

페르난도는 알폰소에게 약속한 자금을 전해주지 못하는 이유를 설명해주어야 했다. 페르난도의 이야기를 알폰소는 주의 깊게 들었다.

"페르난도, 우리끼리의 이야기지만 당신의 입장이 매우 난처하게 되었습니다. 카를로스가 토레를 보낸 것은 남은 대금을 가져가겠다는 것과 당신을 데리고 가겠다는 뜻인 것 같은데."

알폰소가 차분하게 말하자 페르난도는 머리를 끄덕였다.

"본래 이오니아 호는 우리가 대금을 가져가려고 밀입국자에 대한 정보를 이쪽 세관으로 흘렸지요. 우리는 이오니아 호가 LA로 끌려올 줄 알았고 그 배로 돌아가려고 했었습니다."

대충 짐작하고 있었던 일이어서 알폰소는 머리를 끄덕였다. LA 세관에서 철저하게 다시 검색을 당하고 난 이오니아 호는 경비정들이 두 번 다시 쳐다보지 않았다. 그들은 공해까지 배를 호위해 주기조차 했다. 검색이 끝난 이오니아 호보다 안전한 운송수단은 없다.

페르난도는 4억 달러를 싣고 이오니아 호로 귀국할 예정이었던 것이다. 그러나 토레만 떠나보내고 그는 남아 있었다.

"페르난도, 나도 나름대로 정보망이 있어요. 콜롬비아에서는 카를로스가 당신을 내버려 두지 않을 것이라는 소문이 났습니다. 당신이 공금을 유용했다고."

알폰소가 그를 바라보며 빙긋 웃었다.

"크링거가 그 돈을 가로챘고, 그 크링거를 한국인이 습격해서 납치했다니, 이건 도무지 누가 적인지 머리가 복잡하군요."

페르난도가 머리를 들었다.

"그놈은 크링거에게서 돈을 찾을 겁니다. 악착같은 놈이니까요."

"……"

"나에게 크링거를 넘겨주겠다고 했는데, 난 받지 않겠습니다."

잠자코 머리를 끄덕이며 알폰소가 그를 바라보았다. 그에게 필요한 것은 대금 2억 달러를 찾는 것이지 크링거의 몸이 아니다. 크링거에게 분풀이를 해본다고 해도 돈은 나오지 않는 것이다.

"……"

"알폰소, 난 이대로 처형당할 수 없습니다. 어제까지만 해도 토레와 함께 귀국해서 카를로스로부터 심판을 받으려고 했었지요. 하지만 그 한국인의 전화를 받고는 생각을 바꾸었습니다."

페르난도가 눈을 치켜뜨고 어금니를 물었다.

"태어나서 이런 모욕은 처음입니다, 알폰소. 그놈이 매린을 죽였을 때도 이렇게 분하지는 않았소. 그놈은 나에게 내가 무엇을 해야 하는지를 알려준 거요. 나는 그놈한테서 돈을 찾겠습니다. 그러고 나서 카를로스한테로 돌아가겠소. 알폰소, 당신은 곧 귀국할 것 아닙니까? 카를로스를 만나면 내 말을 전해주시오. 나는 내 명예를 찾은 뒤에 돌아가겠다고. 전화로 그런 이야기를 할 수는 없었습니다."

"알았소, 페르난도. 그렇게 전하리다. 하지만 그 한국인, 그는 밀리카를 그냥 돌려주지 않았습니까? 그리고 크링거를 보내 주겠다는 것, 그것은 그놈 나름대로의 호의인 것 같은데."

페르난도는 머리를 저었다.

"사람에 따라서 호의도 되고 악의도 되는 법이지요. 나한테는 그놈의 행동이 경멸과 철저한 무시로 보입니다. 그것이 아마 그놈의 본심일 것이오. 나는 모욕당하고 있습니다."

알폰소는 그를 바라본 채 머리를 끄덕였다. 이제까지 페르난도는 이런 대접을 받아보지 않았을 것이다. 그의 말대로 이것은 고영무의 의도적인 모욕으로도 보였다.

"형님, 저놈을 살려 두실 작정입니까?"

최대광이 불쑥 물었으므로 고영무는 머리를 들었다. 크링거는 응접실 구석에서 신용만과 함께 카드를 하고 있었다.

"그게 무슨 말이야?"

"저놈을 보내게 되면 우리가 집을 옮겨야 할 것 아닙니까? 저놈이 우리 얼굴을 외우고 있을 것인데 미국까지 와서 또 도망쳐 다니기가."

"그건 그렇군."

고영무는 옷을 들쳐 어깨의 꿰맨 상처를 내려다보면서 머리를 끄덕였다.

"네가 한국에서 도망쳐 다니느라고 고생깨나 한 모양이구나."

"말도 마십시오. 사는 것 같지도 않았습니다."

"거짓말하고 있네, 할 짓 다 하고 다닌 놈이."

카드에 정신이 팔려 있는 줄 알았던 신용만이 말했다. 그러나 시선은 여전히 카드에 두고 있다.

"뭣여? 내가 이 자식아 언제."

최대광이 눈을 부릅뜨고 얼굴을 붉혔다.

"나도 이제는 할 말 해야겠다. 형님, 저 자식이 여자 밝히는 것 말도 못해요. 저놈이 홍성희 만나러 다니는 통에 제가 간이 얼마나 졸아들었는지 아십니까?"

카드를 손에 쥔 신용만이 고영무를 바라보았다. 홍성희는 마침 슈퍼마켓에 나가 있었다.

"이런 여우같은 놈이."

얼굴이 말도 못하게 붉어진 최대광이 자리를 박차고 일어섰다. 그러자 신용만은 손바닥에 쥔 카드로 시선을 돌렸는데, 그의 앞에 앉아 있던 크링거가 놀라서 눈을 껌뻑이며 최대광을 올려다보았다.

"그래, 그건 좋은 일이다."

갑자기 고영무가 끄덕이며 말했으므로 최대광이 머리를 돌려 그를 바라보았다. 아직도 입과 눈이 크게 벌려져 있는 모습이다. 신용만도 카드에서 이쪽으로 시선을 돌렸다.

"책임져 줄 여자가 있다는 건 남자한테는 좋은 일이야. 특히 대광이한테는."

"형님, 저놈은 책임 같은 것은 모릅니다. 오직 그 짓을 좋아하는……"

참다 못 한 최대광이 와락 그쪽으로 달려가 주먹을 냅다 휘둘렀으나 방비를 하고 있던 참이라 신용만이 의자에서 몸을 비켰으므로 그의 주먹은 벽을 쳤다. 크링거가 자리에서 일어섰고 몸을 빙글 돌린 신용만이 최대광의 팔 사이로 빠져 나왔다.

씩씩거리면서 이쪽으로 시선을 돌린 최대광이 힐끗 고영무를 바라보았다. 그러고는 치켜들었던 두 팔을 천천히 내렸다. 다시 머리를 끄덕인 고영무가 신문을 펼쳐 들었다. 주춤거리면서 최대광이 다가와 앞자리에 앉았고 신용만은 떨어진 카드를 줍고는 의자를 끌어당겨 앉았다.

"대광아, 저기 내 저고리 안주머니에 1백 달러짜리 한 뭉치가 있을 게다. 그걸 내와라."

신문에서 얼굴을 뗀 고영무가 말하자 최대광은 몸을 일으켰다.

"그걸 네가 가지고 있어."

돈뭉치를 꺼낸 최대광에게 그렇게 말하자 신용만이 힐끗 이쪽을 바라보았다.

"홍성희 씨 오면 그 돈을 주고 어디 좋은 곳에서 머물라고 해라. 당분간 말이야."

최대광이 잠자코 그를 바라보았다.

"네 말대로 우리는 어떻게 될지 모른다. 홍성희 씨를 데리고 다닐 수는 없어. 그렇지, 이곳이 좋겠다."

고영무는 탁자 위에 놓인 펜을 들어 신문지 끝 부분에 몇 자 적고는 찢어서 그의 앞으로 내밀었다.

"저 친구 때문에 말을 못하겠구나. 이곳은 일류야. 한국인도 많고. 돈만 있으면 최고의 대우를 받는 곳이다."

최대광은 종이를 받아 돈뭉치와 함께 주머니에 집어넣었다.

"그녀가 너를 의지해 온다면 책임을 져야 돼. 널 따라서 이곳까지 온 걸 보면 넌 그래야만 된다."

"형님, 그것은."

"잔소리 말고."

입맛을 다시고 나서 침을 삼킨 최대광은 입을 다물었고, 카드 한 장을 뽑아 크링거 앞으로 던지면서 신용만은 히죽 웃었다.

고영무는 시계를 올려다보았다. 저녁 7시가 되어 있었다.

다이얼의 번호를 맞추고는 오른쪽으로 일곱 번 돌리고 다시 왼쪽으로 다섯 번을 돌렸다. 그러자 금고의 핸들 윗부분에 달린 두 개의 스위치에 불이 들어 왔다.

크라우스는 눈을 껌벅이며 동작을 멈췄다. 크링거는 스위치에 불이 들어온다고는 말해주지 않았던 것이다.

뒤쪽에 서 있던 마빈과 찰스가 머리를 내밀고 스위치를 바라보았다.

금고는 은행의 금고만큼 견고하고 컸는데, 크링거가 금고 제작회사에 특별주문을 하여 들여온 것이었다.

높이가 2미터에 길이는 6미터였고 폭은 4미터였는데, 금고의 강철판 두께가 10인치가 되었으므로 로켓포로도 부서지지 않는다. 스위치의 불이 켜진 채로 있었으므로 크라우스는 마음을 다져먹고 금고의 핸들 옆에 붙은 다이얼 앞으로 다시 다가섰다.

그의 손에 든 종이쪽지에는 크링거가 불러준 숫자가 적혀 있었는데 여덟 자리 숫자가 세 줄이나 되었다. 이제 마지막 숫자를 누르는 일만 남은 것이다. 그는 하나씩 숫자를 눌러 나갔다.

이제까지 크라우스는 금고를 직접 열어본 적이 없었으므로 긴장하고 있었다. 그가 마지막 숫자를 누르자 찌잉 하면서 쇠가 울리는 소리가 났다. 그러고는 빨간색의 불이 꺼졌다. 크라우스는 만족하듯 어깨를 늘어뜨리며 긴 숨을 뱉어 내었다.

"열어라."

그가 뒤를 돌아보며 말하자 마빈과 찰스가 핸들을 움켜쥐었다.

쿠웅 하는 소리가 묵직하게 울리면서 금고의 거대한 강철 문이 천천히 열렸다. 문의 두께가 20인치 가까이 되어 보였으므로 핵폭발이 일어나도 부서지지 않을 것 같았다. 크라우스는 금고의 안쪽을 바라보고는 눈썹을 치켜 올렸다.

크링거는 은행을 신용하지 않는 편이었다. 그는 카드나 수표보다도 현금을 좋아했는데, 그가 제일 좋아하는 것은 1백 달러짜리와 10달러짜리 지폐였다. 50달러이나 5달러, 또는 20달러짜리 지폐는 어중간해서 싫다는 것이었다.

금고의 안쪽에는 돈자루가 들기 쉽도록 5, 60개 쌓여 있었는데 그중 절반 정도는 이번에 탈취해 온 돈이었다. 마빈과 찰스는 넋을 잃은 얼굴로 금고의 문을 잡고 서 있었다. 그들로서는 이런 구경은 난생 처음 해 보는 것이었다.

그것은 크라우스도 마찬가지였다. 금고의 오른쪽 선반에는 눈이 부실 듯한 빛을 내면서 금괴가 2백 개쯤 보기 좋게 쌓여 있었다. 왼쪽의 선반에 쌓여 있는 상자들은 보석류와 중요한 서류일 것이다.

이윽고 크라우스는 정신을 가다듬고 부하들을 바라보았다.

"안쪽의 자루들을 꺼내라. 그렇지, 30개를 꺼내."

자루 한 개가 1천만 달러였다. 1백 달러와 1천 달러짜리 지폐가 뒤섞여 있었는데 크링거가 즐겨 사용하는 방식이었다. 부하들이 금고를 들락거리며 돈자루를 꺼내 오는 동안 크라우스는 팔짱을 끼고 서서 그들을 바라보았다.

현관 앞에는 꽁무니를 안쪽으로 들이댄 밴이 기다리고 있었다. 짐머만이나 마약부의 지미 골드 같은 귀찮은 녀석들이 저택 밖에서 감시하고 있는지는 알 수 없었지만 시간에 맞춰 움직이려면 어쩔 수 없는 일이었다.

크라우스는 시계를 들여다보았다. 밤 9시 10분 전이었다. 마빈과 찰스는 거의 일을 마쳐 가는지 침실 옆쪽에 쌓아 놓은 돈자루를 세어 보고 있었다.

"하나가 부족해. 스물아홉 개다."

마빈이 말하자 크라우스가 머리를 끄덕였다.

"맞다, 마빈. 하나를 더 내와라."

그도 세어 보고 있었던 것이다.

밴의 시동을 걸어 놓고 신용만은 아파트의 현관을 백미러로 바라보았다. 밤 9시가 되어 가고 있었다. 아파트의 모든 창에는 빠짐없이 불이 켜져 있었는데, 하루 스물네 시간 중 가장 가족적인 시간이라고 누구에게선가 들었던 기억이 났다.

이윽고 105호의 문이 열리더니 중절모에 코트를 걸친 크링거와 최대광이 함께 나왔고 그의 뒤를 따라 고영무가 나왔다. 그들은 밴의 뒤 쪽 문을 통해 안으로 들어와 자리에 앉았다.

"곧장 나가라. 내가 길을 알려줄 테니까."

뒷자리에 앉은 고영무가 신용만에게 말했다.

"큰길로 나가면 된다."

신용만은 천천히 아파트의 입구를 빠져 나왔다. 거리에는 행인들이 많았으나 아파트 단지를 아직 벗어나지 않아서 차량들의 통행은 뜸한 편이었다.

"크링거, 널 페르난도에게 보내줄까 했는데 그가 거절했다. 당신은 운이 좋은 사람이야."

마주 보고 앉은 크링거를 향해 고영무가 말했다.

"자존심이 강한 사내야, 페르난도는. 나한테 모욕을 당했다고 느끼고 있어."

"당연하지. 미스터 고, 그는 감히 내 저택을 습격할 수 없어. 우선 명분이 없었기 때문이지. 두 번째는 자신이 없었고."

고영무는 입술 끝으로 웃으면서 앞쪽을 바라보았다.

"오른쪽으로 꺾어서 곧장 달려라."

신용만이 끄덕이며 오른쪽 깜빡이를 켰다.

"난 당신이 혼자인 줄 알았는데 부하들이 있는 것을 보고 조금 놀랐어."

크링거가 옆자리에 앉은 최대광을 힐끗 쳐다보았다.

"이 친구는 미국의 프로 레슬링에 나와도 한몫 하겠어."

최대광이 이맛살을 찌푸리고 크링거를 노려보았다. 그는 프로레슬링이라는 말을 알아들었다.

그가 투덜거렸다.

"씨발놈아, 나는 그런 장난은 안 해."

"고, 이 친구가 뭐라고 하는 거야?"

"레슬링은 장난이라는군."

"맞는 말이야. 애들이 좋아하지."

밴은 고영무가 잠자코 있었으므로 빠른 속력으로 달려 나갔다.

"크링거, 당신은 내가 어떻게 할지 생각해 보았나?"

고영무가 머리를 들어 그를 바라보며 물었다.

"물론. 당신은 돈만 받으면 나를 놓아줄 거야. 나는 당신에게 보상금도 함께 지불할 테니까."

크링거가 자신 있게 말했다. 그는 손가락으로 백발이 된 머리를 쓸어 올렸다.

"난 3억 달러를 내 몸값으로 지불했다고 말할 입장이 못돼. 차라리 당신에게 빼앗기고 말지. 그 지긋지긋한 세무사들과 재무성의 감사에 걸릴 수는 없어."

"네 몸값이 아냐, 크링거. 넌 강도질해서 빼앗아 간 돈과 다섯 명을 죽인 보상금을 내는 것이니까."

"그렇군. 내가 실수했네, 고."

크링거가 머리를 끄덕였다.

"날 페르난도에게 넘긴다고 했을 때 조금 어리둥절했었어. 그가 원하
는 건 돈이지 내 몸뚱이가 아니거든."

"……"

"난 그 친구를 겪어 봐서 잘 알아. 자존심이 강한 친구야. 당신은 그
의 적개심을 더욱 높여주었네."

"그럴 테지."

고영무가 빙긋 웃고는 앞쪽을 바라보았다.

"우측에 주차장이 있을 게다. 그곳으로 들어가라. 저기 코카콜라 네온
사인의 바로 옆길이다."

말을 마친 고영무가 다시 크링거를 바라보았다.

"크링거, 당신 옆에 앉은 사내는 돈을 받고 당신을 죽이는 것이 낫다
고 주장하고 있네. 살려 두어서 이로울 것이 하나도 없다는 거야."

크링거가 힐끗 최대광을 바라보았다. 담배를 입에 물고 불을 붙이던
최대광이 눈을 치켜떴다.

"전형적인 킬러로군. 사람을 가볍게 죽일 수 있는 기질이야."

크링거가 머리를 끄덕이며 말했다.

"하지만 당신은 보스이고, 날 죽일 필요가 없다고 믿고 있네. 안 그런
가?"

잠자코 그를 바라본 채 고영무는 대답하지 않았다. 밴은 속력을 줄이
면서 길가를 달리고 있다.

"당신은 혼자서 온갖 첨단 장비가 달린 내 집을 부숴버리고 날 빼온 사
내야. 날 죽이려고 마음만 먹는다면 언제라도 해치울 수 있는 사람이지."

“……”

“당신은 내 옆의 짐승 같은 놈처럼 필요 없는 살인은 안 하는 사람이야.”

“저 망할 자식이.”

힐끗 백미러를 올려다본 신용만이 욕설을 했다.

“왜, 왜 그러냐?”

놀란 최대광이 상체를 그에게로 숙였다.

“아니야.”

신용만이 머리를 젓고는 우측으로 핸들을 꺾었다.

“빌어먹을 놈들, 일곱 명이 공격했다고 하다니…… 얼굴을 들 수가 없어. 사람 한 명 죽여 본 일도 없는 놈들이라 모두 병신들이야. 모두 내보내고 예비역 군인들로 바꿔야겠어.”

이맛살을 찌푸린 크링거가 투덜거렸다.

하루 종일 TV만 본 터라 부하들이 나와서 습격당할 때의 상황을 설명하는 것을 들었던 터였다.

밴은 주차장의 구석 자리에 가서 멈췄다. 근처에는 극장이 있었으므로 주차장에는 관객들이 타고 온 차들이 3, 40대 주차되어 있었다. 고영무는 문을 열고 밖으로 나왔다. 시계는 10시가 가까워져 있었다. 주머니에서 휴대폰을 꺼낸 그는 버튼을 눌렀다.

“이런, 빌어먹을!”

핸들을 잡고 있던 마빈이 백미러를 바라보며 욕설을 했다.

“보스, 뒤에 순찰차요. 두 대가 붙었는데 정지 신호를 보냅니다.”

“나도 보았어, 마빈.”

크라우스는 창으로 머리를 내밀고는 뒤쪽을 바라보았다. 직진 도로의 어디에 숨어 있었는지 경고등을 번쩍이며 순찰차 두 대가 바짝 따라와 있었다.

"마빈, 세워라."

크라우스가 말하자 마빈은 브레이크를 밟았다. 정지당했을 때는 잠자코 차 안에 앉아 있어야 한다. 차 안에 있던 마빈과 찰스는 굳어진 얼굴로 앞쪽을 바라보았고 크라우스는 담배를 꺼내어 입에 물었다.

뒤쪽의 순찰차에서 사람들이 다가오는 발자국 소리가 들렸다. 밴의 양쪽으로 두 사내가 다가오고 있다.

"여, 크라우스, 밤중에 무슨 급한 일이 있는 모양이지?"

차창으로 얼굴을 디민 것은 짐머만이었다. 그는 두툼한 얼굴을 부풀려 잔뜩 웃음을 띠고 있다.

"더구나 당신이 밴을 타다니, 고급 승용차에는 질렸나?"

"이봐, 짐머만, 그 빌어먹을 농담을 하자고 차를 세웠나?"

"아냐, 나도 내 농담이 재미 없다는 건 알아. 패사디나에서 내 농담에 웃는 놈은 루돌프뿐이라네. 가는귀가 먹었지만."

"그것도 우습지 않아, 짐머만."

크라우스가 쏘아보자 짐머만의 얼굴에서도 웃음기가 사라졌다.

"밴에 무엇을 실었나, 크라우스?"

그는 얼굴을 차 안으로 디밀고 뒤쪽을 바라보았다.

"타이어가 깔리도록 잔뜩 실은 저 자루들은 무언가?"

"대답할 필요는 없지만 자네를 좋아하고 있다는 증거로 알려주지. 감자가 들어있어."

짐머만이 눈썹을 치켜 올렸다. 한동안 크라우스를 쏘아보던 그의 얼굴에 다시 웃음이 떠올랐다.

"그 빌어먹을 휴대폰의 통화는 들을 수가 없었어. 두 번이 오고 네가 두 번 했다는 것밖에 잡히지 않더군."

"곧 개발이 될 거야, 짐머만. 실망하지 말고 기다려."
"내가 저 감자 부대를 열어봐도 되겠나? 몇 개 얻어 갔으면 좋겠는데."
"켄터키에 있는 네 어머니한테 보내달라고 해."
크라우스는 휴대폰을 꺼내어 버튼을 눌렀다. 신호가 가는 소리가 들렸다. 크라우스는 짐머만을 쏘아본 채 수화기를 귀에 대었다.
"여보세요? 그렌트 서장님, 나 크라우스입니다. 여기 짐머만 경위와 같이 있습니다만, 하실 말씀이 있으실 것 같아서요."
짐머만의 얼굴이 찌푸려지기 시작하더니 크라우스가 수화기를 넘겨줄 때에는 금방 토할 것 같은 얼굴이 되었다.
"이봐, 자네 보스야. 자네한테 할 이야기가 있다네."
"짐머만이 수화기를 받아 귀에 대었다.
"네, 짐머만입니다, 그렌트."
그러고는 한 걸음 차에서 떨어지더니 등을 돌렸다. 크라우스는 라이터를 꺼내어 담배에 불을 붙였다. 그가 세 모금쯤 담배 연기를 내뿜었을 때 짐머만이 몸을 돌렸다.
"자, 가거라. 이 뚱쟁이 놈아."
휴대폰을 차 안으로 던지면서 그가 말했다.
"너희들 멋대로 해 봐."
마빈이 브레이크를 풀었다.
"이봐, 짐머만. 내가 다음에 감자는 보내주겠네."
크라우스가 창밖으로 소리쳤으나 짐머만은 못 들은 척 등을 돌렸다.
"자, 달려라. 시간에 맞게 대어야 한다."
시계를 내려다본 크라우스가 말했다.

앨버트의 실내복이 짧았으므로 그의 털북숭이 다리가 온통 드러나 있었다. 그는 한동안 물끄러미 지미 골드의 얼굴을 바라보았다.

"지미, 그 빌어먹을 한국 놈이 크링거를 납치한 이유가 뭐라고 하던가? 그 암캐가 말이야."

지미는 앨버트가 엘리엇에게 싫은 소리를 들은 것이 틀림없다고 믿었다.

"크링거에게 마약대금을 받기 위해서 그랬다는데요, 앨버트."

"이런 빌어먹을."

앨버트의 얼굴은 무언가를 생각하는 표정이었다. 눈을 끔벅이며 지미를 바라보고 있었으나 초점이 없다.

"그럼, 그놈이 한국군을 끌고 왔단 말인가? 어디서 총잡이들을 구했지?"

이윽고 눈의 초점을 잡은 그가 다시 물었다.

"글쎄요, 그것이……"

"그년이 미스터 고에게 유감을 품고 지어낸 말이 아닐까?"

"그럴 리가 있습니까? 그 여자는 미스터 고가 제 입으로 말했다던데요."

"도대체 왜?"

"자랑하고 싶었는지도 모르지요."

"미쳤군. 그놈 아니면 그년이 말야. 그런데 그 친구는 지금 어디에 있는 거야?"

"지난번 사건 이후로 잠적해버렸습니다. 매린을 쏘아 죽인 이후로."

"틀림없어. 그 여자가 지어낸 이야기야. 제 애인을 죽인 그 친구에게 앙갚음을 하려는 거야."

"하지만 앨버트, 그 여자는 증언이라도 할 수 있다고 했습니다. 크링거와 마약거래에 말썽이 있다고 했는데, 어쨌든 크링거와 마약이 연결됩니다. 우리는 또 다른 증거를 잡을 수가 있을지도."

"좋아, 그놈을 찾아. 그리고 크링거 쪽에서는 연락 온 것이 없나?"

“크라우스가 집에 있습니다. 짐머만이 집 앞에 드러누워 있구요.”

“누가 납치했건 목적이 있을 것이고, 곧 연락이 올 거야. 우리 측에서는 그쪽에 올리버가 가 있나?”

“네, 올리버하고 밴스가.”

“짐머만이 싫어하겠군.”

“놈의 눈에 띄지 않는 곳에 있으라고 했습니다.”

“엘리엇이 부들부들 떨더군.”

갑자기 가라앉은 목소리로 그가 말했으므로 지미가 머리를 들었다.

“대통령한테까지 이야기를 했다는 거야. 소환하겠다고. 놈이 CIA의 워렌 국장하고도 통하는 놈이라 백악관에서도 신경을 썼던 모양인데 이 꼴이 되어 버려서 로스만 부장도 안절부절못하고 있다고 그래.”

“……”

“철없는 마일러는 크링거를 선량한 피해자로 여론을 몰아가고 있어. 빌어먹을 놈.”

그러자 지미의 주머니에 든 휴대폰이 울렸다. 스위치를 켜고 귀에 댄 지미의 얼굴이 점점 딱딱해졌다.

눈살을 찌푸린 앨버트가 그를 바라보았다.

“앨버트, 나가보겠습니다.”

자리에서 일어선 지미가 말했다.

“크라우스가 밴을 가지고 시내로 들어오고 있답니다. 짐머만이 막았는데 웬일인지 그냥 보내고는 따라붙지도 않는답니다.”

“……”

“지금 다운타운 쪽으로 오고 있다는데, 크라우스가 말입니다. 올리버가 뒤를 따르고 있습니다.”

“납치범의 연락을 받은 모양이군.”

앨버트도 자리에서 일어섰다.

"본부에 연락을 해. 미행을 늘려."

"그러려고 합니다."

지미는 다시 휴대폰을 꺼내 들었다.

주차장에 멈춰 서 있는 그들의 밴 앞으로 승용차 한 대가 다가오더니 앞쪽의 가로로 세워져 있는 차량과 열을 맞추듯이 정지하고는 곧 라이트를 껐다. 밴에 타고 있던 그들은 모두 그쪽을 바라보고 있었다.

"크라우스는 미행당하지 않아. 내가 그렌트에게 연락을 했으니까."

크링거가 문득 입을 열었다.

"나에게 무슨 일이 생기면 책임을 지라고 했어. 몇 달 후면 은퇴할 사람이라 그렌트는 책임질 일은 하지 않을 거야."

그때 앞쪽의 승용차에서 두 명의 사내가 나오더니 이쪽을 바라보았다.

신용만이 그것을 보고는 이맛살을 찌푸렸으나 고영무가 머리를 끄떡였다.

"온 모양이군."

"네? 오다니요? 저 사람들이."

그들에게 시선을 떼지 않은 채 신용만이 중얼거렸으나 어느 사이에 고영무는 옆쪽의 문을 열고 어두운 밖으로 나가고 있었다. 고영무는 그들에게로 다가가면서 물었다.

"누가 게리인가?"

"제가 게리이고 이놈이 밥입니다."

오른쪽에 선 사내가 정중히 대답했다.

"좋아, 이야기는 들었어. 자네들이 크링거를 맡고 있어. 내가 연락을 할 때까지. 자네 번호는 어떻게 되나?"

“여기 있습니다.”

게리라고 불린 중년의 백인이 쪽지 한 장을 그에게 내밀었다.

왼쪽에 서 있는 흑인은 짙은 어둠 속에 서 있어서 얼굴의 표정도 보이지 않았다.

“좋아. 그럼 준비해. 10분 후에 그쪽으로 보낼 테니까.”

밴으로 돌아오자 신용만이 물었다.

“형님, 누굽니까?”

“경찰이야.”

그러자 최대광이 이쪽으로 머리를 돌렸고 신용만이 다시 물었다.

“경찰이라니요? 정말입니까?”

“아니야.”

짧게 말한 고영무는 크링거를 바라보았다.

“크링거, 당신은 저쪽 차로 옮겨 타야겠어. 우리가 돈을 받을 때까지. 우리가 안전하게 될 때까지 저쪽에 있는 사람들이 당신을 보호할 거요.”

“좋아. 1분이라도 빨리 나는 당신들과 헤어지고 싶으니까.”

크링거가 머리를 끄덕였다.

“그런데 저 사람들도 당신 부하요?”

“그렇다.”

크링거는 창을 통해 그들을 바라보았다.

“경찰같이 보이는데. 저런, 모자까지 쓰는군.”

“경찰이오, 크링거.”

“매수된 경찰이군.”

그가 힐끗 고영무의 얼굴을 바라보았다.

“경찰에까지 손을 뻗쳐 놓았다니, 놀랍군.”

“당신과는 비교가 안 되지, 크링거. 당신은 우두머리하고 친하지 않나?”

"크라우스는 틀림없이 돈을 가져올 거다. 들었다시피 내가 직접 지시를 한 것이니까."

고영무는 입술 끝으로 웃었다.

"당신은 나하고 똑같은 조건으로 행동할 수가 없어. 나는 당신에게 이야기했던 것처럼 돈부터 찾고 나서 당신을 풀어줄 거야."

고영무는 시계를 내려다보았다. 11시가 되어 가고 있었다.

"우리는 여기를 떠난다. 약속한 장소는 여기가 아니야."

머리를 든 고영무가 최대광을 보았다.

"크라우스가 곧 도착할 시간이야. 자, 저쪽이 준비가 됐는지 모르겠군. 대광이 네가 이 친구를 저쪽으로 데리고 가라."

최대광이 크링거의 팔목을 움켜쥐었다.

"가자."

"뭐라고 했나, 이 친구가?"

최대광이 못마땅한 크링거가 신용만과 고영무를 번갈아 바라보았다.

그의 행동을 보고 눈치를 채었으면서도 시치미를 떼는 것이다.

"'가자' 라는 한국말은 죽인다는 뜻이오."

신용만이 영어로 말하자 크링거가 힐끗 고영무를 바라보고는 어깨를 한번 치켜 올렸다.

"내가 듣기에는 다른 뜻 같은데."

"가자, 이 자식아."

은근히 부아가 치민 최대광이 크링거의 팔을 움켜쥐고는 힘을 주어 일으켰다. 크링거가 이맛살을 찌푸리며 따라 일어섰다.

크라우스가 창문을 열고 막 담배를 버리려는데 앞쪽에서 밴이 다가왔다. 밴은 속도를 줄이고는 천천히 다가와 옆쪽에 섰다. 마빈이 힐끗 크라우스를 바라보았다.

"너희들은 차 안에 앉아 있어."

크라우스가 차의 문을 열면서 말했다. 저쪽에서도 문이 열리는 참이었다. 빌딩의 뒤쪽 주차장은 넓었으나 주인이 버리고 간 것처럼 보이는 두어 대의 낡은 승용차만 세워져 있을 뿐 한산했다.

크라우스가 차에서 내리자 앞쪽의 차에서도 장신의 동양인이 내리더니 이쪽을 바라보았다. 5미터도 채 안 되는 거리였다.

"네가 크라우스인가?"

어둠을 뚫고 그쪽에서 묻는 소리가 들려 왔다.

"그렇다. 넌 한국인 고인가?"

"맞다. 차에 돈은 실려 있겠지?"

"물론이다."

"내가 처음에 전화한 대로 돈이 틀림없으면 크링거를 보내 주겠다. 만일 돈이 조금이라도 모자라면 크링거는 죽는다. 알겠지?"

크라우스가 빙긋 웃는 것이 어둠 속에서 보였다.

"좋다. 그것은 세 시간 전에 이야기 들었다. 그럼 차를 바꿔 타고 떠나면 되겠나?"

머리를 끄덕인 고영무가 이쪽을 바라보고 있는 최대광과 신용만을 손짓해 불렀다. 저쪽에서도 사내들 두 명이 내리고 있었다.

"자, 그럼 우리 먼저 가겠다."

크라우스가 차에 오르면서 말했고 고영무도 저쪽 편의 밴에 올랐다. 밴에는 앞뒤로 가득히 자루가 쌓여져 있었으므로 최대광이 입을 떡 벌렸다.

"자 가자."

고영무가 말하자 핸들을 잡은 신용만이 머리를 돌려 그를 바라보았다.

"어디로 갑니까?"

"우선 아파트로 간다."

밴이 움직였고 그들 앞쪽에서는 그들이 타고 온 밴이 주차장을 빠져 나가고 있었다.

"대광이 네가 돈을 체크해 봐라."

고영무가 뒷좌석에 타고 있는 최대광에게 말했는데, 그는 이미 팔을 뻗어 자루를 내리는 중이었다. 그의 행동은 활기에 차 있었다. 3억 달러면 3천억 원이다. 그것을 생각하면 정신이 어찔어찔했다. 1억 5천만 원을 강탈하고는 목숨을 걸고 쫓고 쫓기던 것이 바로 며칠 전이다.

그는 지난날의 자신이 쪽팔렸다.

밴이 주차장 입구를 빠져 나가면서 무엇엔가 걸려 덜컹거렸고, 그 서슬에 머리를 천장에 세게 박았으나 최대광은 하나도 아프지 않았다. 그는 자루의 끈을 묶은 매듭을 찾다가 어둠 속에서 이내 발견되지 않자 자루의 윗부분을 양 손으로 움켜쥐었다

자루는 단단한 헝겊으로 만들어져 있었다. 그는 양 손에 힘을 주어 자루를 힘껏 벌렸다.

둑! 둑! 하고 어딘가 터지는 소리가 들리더니 이내 두두둑 하고 자루가 양쪽으로 찢어졌다.

"형님!"

목쉰 소리로 최대광이 부르자 고영무는 몸을 돌렸다. 신용만도 백미러로 뒤쪽을 바라보았다.

"이것!"

최대광은 한 손에 책을 들고 있었다. 눈을 부릅뜬 얼굴이었다.

"이것 보세요!"

그는 이제 두 손으로 자루 속에 든 책더미를 꺼내 들었다. 그러고는

책더미를 바닥으로 내동댕이쳤다.

신용만이 엉겹결에 브레이크를 밟았다가 정신을 차리고는 우측의 깜박이를 켜고 길가에 차를 붙였다.

고영무는 호주머니에 넣었던 휴대폰을 꺼내고는 버튼을 눌렀다.

크링거는 고영무를 바라보고 있었으나 입을 열려고 하지 않았다. 그의 흰 머리칼은 이마 위로 널려져 있었고 셔츠의 깃은 한쪽이 재킷의 위로 밀려 올라와 있다. 신용만이 자리에서 일어나 창밖을 내다보았다. 어딘지 불안한 태도였다.

"크링거, 크라우스는 내가 당신을 죽이기를 바라고 있어."

고영무가 입을 열었다.

"아마 내가 두 번째로 제의하는 협상은 들으려고 하지도 않을 거야."

크링거는 시선을 탁자 위로 내렸다.

"이제 자신의 의도가 밝혀진 이상 어떻게든 당신을 죽이려고 하겠는데?"

"……"

"당신은 인과응보인지는 모르지만 나는 이게 뭐야? 당신을 죽여줄 테니까 크라우스더러 돈을 내라고 할까?"

"……"

"남을 배신하는 놈은 언젠가는 자신이 당한다는 교훈이군. 그것도 믿고 있던 심복한테서."

"미스터 고, 나를 도와주게."

머리를 든 크링거가 불쑥 말했으므로 창가에 섰던 신용만도 이쪽을 바라보았다.

"날 내보내주면 그놈을 죽이고 돈을 주겠다. 내가 맹세하지."

고영무가 입술 끝을 올리며 얼굴에 웃는 모습을 만들었다.

"당신은 그야말로 온실에서 자란 사람이군. 내 나이보다 많은 세월에 온갖 풍상을 겪었다고 하더니."

"……"

"당신이 크라우스를 만나면 그 자리에서 죽을 거요. 아니, 당신이 나왔다는 소문이라도 나면 크라우스가 쫓아오겠지."

"전화를 하게 해줘. 부하를 모으겠어. 시장하고 서장한테도 전화를 하고."

"좋아. 해보라구."

고영무는 휴대폰을 꺼내어 그의 앞에 내려놓았다. 크링거가 서둘러 전화기를 쥐었다.

"형님, 그래도 괜찮습니까?"

신용만이 창가에서 이쪽을 바라보며 물었다. 그는 크링거와 크라우스가 짜고 돈자루에 책뭉치를 넣는 수작을 부렸다고 믿는 눈치였다.

"괜찮다. 두고 보자, 어떻게 되나."

그러자 한쪽에서 입을 다물고 있던 최대광이 나섰다.

"형님, 그까짓 돈은 잊어버리고 저놈 모가지나 딱 분질러서 내던집시다."

그로서는 크링거가 염병귀신처럼 싫은 모양이었다. 붙잡혀 있으면 얼마쯤은 겁을 내고 주춤주춤해야 붙잡고 있는 사람들의 체면이 서는 법이다. 이건 도무지 능글능글한데다가 영어를 모르는 자신을 비꼬는 눈치마저 보인다. 그러나 돈을 받지 못했으므로 약속대로 크링거를 죽이기를 바라는 것이다.

고영무는 시계를 내려다보았다. 새벽 2시가 되어 가고 있었다.

크링거는 계속 버튼을 누르고 누구에겐가 전화를 하고 있었다. 신용만이 귀를 잔뜩 세우고 그의 통화 내용을 듣고 있었는데, 행여나 이쪽

사정을 알리지나 않을까 하는 의심에서였다.

고영무는 앞에 앉은 크링거를 바라보던 시선을 돌렸다. 크링거나 크라우스나 이쪽에서 보면 애착이나 기대를 가질 필요가 없는 사내들이었다. 이쪽은 페르난도처럼 그들과 사업관계에 있지도 않다. 따라서 크라우스에게 어떤 조건을 걸든지 해서 돈을 받을 가능성도 있었다.

이제 크라우스의 의도는 분명해졌다. 크링거가 잡혀 있는 것을 이용하여 어떻게든 그를 제거하려는 것이었다.

고영무는 피곤한 듯 눈을 감았다. 그러자 크링거의 절박하고 열띤 목소리가 귀에 들렸다. 누군가에게 상황을 설명하고 있었는데, 저쪽이 잘 이해하지 못하는 모양이었다.

크링거는 그렌트에게 크라우스가 배신하여 자신을 버렸다고 이야기를 하였다가 어떻게 배신했느냐고 묻자 말문이 막혀 쩔쩔매었고, 지금 납치범과 같이 있다고 크링거가 대답하자 그렌트는 아예 크링거의 말을 반대로 해석하려 들었다. 크링거는 이제 얼굴에서 땀을 흘리고 있었다.

"모두 몇 명이었다구?"

지미가 묻자 올리버가 머리를 한쪽으로 누였다.

"멀리 있어서 확실히는 보지 못했는데 네 명인 것 같았습니다. 놈들은 서로 만나더니만 밴을 바꿔 타고는 헤어지더군요."

"그래, 크라우스가 타고 나간 밴을 탄 놈들은 그것을 버리고, 크라우스는 다른 밴을 타고 들어 왔단 말이지?"

"그렇습니다, 지미."

"밴을 버린 놈들은 택시를 탔다구?"

"네. 그래서 추적팀을 세 개로 쪼개야 했습니다. 택시, 길거리의 밴, 그리고 크라우스의 밴, 이렇게 말입니다."

“결국은 택시 탄 놈들만 놓쳤구만.”

“지미, 놈들이 눈치 챈 것 같았습니다. 놈들은 택시를 두 번 바꿔 타더니 리틀 도쿄 근처에서 자취를 감추었다고 합니다.”

지미는 머리를 끄덕이며 한동안 생각에 잠겼다.

크라우스가 타고 나간 밴에는 산더미 같은 자루가 쌓여져 있었는데 몇 개 뜯어진 자루 안에는 책들이 들어 있었다. 그러나 크라우스가 바꿔 타고 들어온 밴에는 무엇이 들어 있는지 알아볼 수는 없었다.

이윽고 지미는 머리를 들었다. 새벽 2시가 넘어 있었고 길거리에서 머리를 싸매고 있을 수는 없는 일이었다.

“올리버, 넌 다른 부원하고 교대해. 저 빌어먹을 저택에서 눈을 떼지 말라고 전해.”

지미가 멀리 보이는 크링거의 저택을 턱으로 가리키며 말했다. 직진 도로에는 길가에 드문드문 차량들이 주차되어 있었으나 짐머만이 그중의 하나에 있는지 없는지 알아볼 수가 없었다. 책 속에 무엇을 숨기고 나갔는지도 모른다. 그리고 크라우스는 그 대가로 어떤 것을 받았을 것이다.

지미는 입맛을 다시면서 차에 올랐다. 그러자 호주머니의 휴대폰이 울렸다. 앨버트일 것으로 짐작한 지미는 이맛살을 찌푸리며 스위치를 켰다.

“여보세요.”

“지미, 나야, 그렌트.”

“아니, 서장, 웬일이시오? 이 시간에.”

지미가 눈을 둥그렇게 떴다. 심상치 않은 예감이 들었으므로 정신이 번쩍 났다.

“글쎄, 내가 찜찜해서 전화하는 거야. 금방 크링거의 전화를 받았거든.”

"크링거?"

"그래, 그런데 크라우스가 배신을 했다고 그래. 납치범하고 같이 있으면서 전화를 한다고 그러더군."

"그렌트, 어떻게 배신을 했다고 합디까?"

"글쎄, 그 이야기는 하지 않았어. 도대체 무슨 영문인지 모르겠어. 자네들 마약부에서는 뭐 짚히는 것이 없나?"

"우리야 수사에 상관할 수도 없는 처지 아닙니까?"

"이봐, 크링거가 마약부의 감시 대상이라는 건 나도 눈치는 채고 있어. 다른 사람은 몰라도 나는 서장이야."

"글쎄, 그렌트, 저는 잘…… 그런데 다른 말은 없었습니까?"

"크라우스가 자신을 죽이려고 한다는 거야. 버렸다고도 하고 배신했다고도 하고 횡설수설이야. 크링거답지가 않아."

"……"

"납치범이 시켜서 하는 것도 같고 말이야."

지미의 머리에 돈 자루에 든 책이 떠올랐으나 어떻게 연결시킬 수가 없었다. 크라우스가 인질을 교환하러 나갔다면 바꿔 탄 밴에 크링거를 싣고 와야 했다. 그러나 크링거는 어디에도 보이지 않았던 것이다.

답답한지 그렌트는 투덜거리다가 전화를 끊었고 지미는 한동안 우두커니 차 안에 앉아 있었다.

"크라우스, 네가 약속을 어겼으니 할 수 없다. 넌 크링거의 시체를 원하는 모양이야. 그래야 네가 금고 안에 든 모든 것을 갖게 될 테니까."

고영무는 휴대폰의 볼륨을 높이고는 귀를 기울였다.

"이것 봐, 그건 오해야. 경찰의 감시가 심해서 돈을 가져갈 수가 없었다구. 자루에 책을 넣었던 것은 경찰의 눈을 속이기 위한 위장이었어.

조금만 기다려."

크라우스의 목소리가 곁에 앉은 사람들에게 똑똑히 들렸다. 크링거가 손을 뻗어 수화기를 건네 달라는 시늉을 했다. 그는 수화기를 귀에 대었다.

"크라우스."

"아, 보스."

놀란 듯 그의 목소리가 커졌다.

"넌 내 금고에 손을 대지 못해, 크라우스. 방금 워렌에게 전화를 했는데, 네가 금고에서 1달러만 가져가도 종신형을 받게 만들겠다."

"보스, 오해입니다. 짐머만이 끈질기게 따라붙어서 그를 따돌리려다가 그렇게 되었어요. 난 보스에게 칭찬받고 싶었습니다."

"비열한 놈."

크링거의 얼굴이 붉게 상기되었다.

"넌 그 책 자루를 보면 이쪽에서 홧김에 날 처형할 줄 알았겠지? 넌 그렌트에게 내가 납치범들에게 협박당하고 있다고 말했어."

"보스, 그건 사실 아닙니까?"

크라우스의 목소리가 느글느글해졌다.

"보스, 보스가 본심에서 그런 말씀을 하시는 것이 아닌 줄 알고 있습니다. 저는 이해합니다. 옆에 납치범이 있으니까 그렇게 말씀하시는 겁니다. 보스는 틀림없이 협박당하고 있습니다."

"크라우스!"

"난 보스가 지시하신 대로 하겠습니다. 그것만은 믿어주셔도 됩니다."

그러면서 전화가 끊겼다.

"당신이 지시한 일이라는 것이 뭐야?"

수화기를 든 채 멍한 얼굴로 앉아 있는 크링거에게 고영무가 물었다.

크링거가 머리를 저었다.

“없어, 아무것도.”

“교활한 놈이군. 그놈은 내가 아무런 보장이나 대가도 없이 당신을 놓아주지 않을 것이라는 것을 알고 있어.”

고영무가 눈가에 주름을 잡으며 웃었다.

“그놈은 바쁘겠군, 크링거.”

“고, 내가 이렇게 꼼짝 못하고 갇혀서 배신당할 수는 없어. 날 놓아주게나.”

크링거가 머리를 들고 그를 바라보았다. 그의 푸른색 눈이 깜박이지도 않고 고영무를 바라보고 있었다.

“내가 내 이름을 걸고 약속을 하겠어. 돈을 내겠어. 당신으로부터 탈취한 2억 달러와 보상금 1억 달러를 내가 돌아가자마자 지불하지.”

그는 손끝으로 이마에 맺힌 땀방울을 닦아 내었다.

“당신은 너무 욕심이 많아, 크링거.”

고영무가 머리를 저었다.

“여기서 나가 경찰한테 달려갈 건가? 크라우스한테 살해당할 위험이 있으니까 지켜달라고? 아니면 누구 다른 친구라도 있어?”

“뉴욕의 로베르토한테 연락을 할 작정이오. 그는 뉴욕 마피아의 대부요. 날 지키러 와줄 거야.”

“그렇게 친한가?”

“그리고 워렌한테도. 그는 내 친구야. CIA 요원들이 날 보호해줄 거야.”

고영무가 주위를 둘러보았다.

“CIA라니 겁나는군. 당신이 이렇게 잡혀 있는데, 그 사람들이 찾고 있을까?”

“물론 이번 일이야 FBI 소관이지만 워렌은 내 부탁을 거절하지 못해.”

“그러면 경찰과 마피아, CIA 요원들을 데리고 집으로 돌아간단 말인가? 당신의 부하들한테?"

크링거가 아랫입술을 깨물며 고영무를 찬찬히 바라보았다.

벽에 걸린 시계가 열두 번을 쳤다. 최대광은 오늘따라 시간 가는 것이 무척 더디다는 생각을 하고 있었다. 새벽부터 바짝 긴장하고는 아파트의 주변을 신용만과 함께 교대로 감시하러 나갔다 왔고, 고영무의 심부름까지 다녀온 참이었다.

한동안 방 안에 침묵이 흘렀다. 시계의 초침 소리가 들려 왔다.

크라우스는 전화기의 전원을 끄고는 한동안 창 밖을 바라보았다. 창 밖에서는 인부들이 부서진 나무더미와 대리석 조각들을 치우느라 분주하게 오가고 있었다. 집 안은 어느 정도 정돈이 되어 새로 칠한 페인트 냄새가 숨을 쉴 때마다 맡아지고 있다. 이윽고 그는 책상 위에 놓인 전화기를 집어 들었다.

정문 앞의 우체통에 등을 기대고 서 있던 짐머만은 지미 골드가 탄 승용차가 그의 앞에 멈추자 쓴웃음을 지었다.

"지미, 오늘은 아예 마약부 간부 회의를 이곳에서 할 모양이군 그래. 조금 전에 앨버트도 다녀갔어."

"알고 있어."

지미는 굳게 닫힌 정문 너머의 저택을 바라보았다. 정원에서 대여섯 명의 인부들이 일을 하고 있는 것이 보였다. 서너 명의 사내들이 군데군데 서 있었지만 어딘지 모르게 가라앉은 분위기였다. 하지만 정문의 바깥쪽은 그와는 반대였다. 10여 명의 카메라맨들이 저택을 기웃거리고 있는데다 한쪽에선 TV 카메라를 들여다보면서 사내 한 명이 현장 보도를 하고 있었다.

"조금 전에 CNN 방송하고는 크라우스가 인터뷰를 했어. NBC에서는 핏대가 올라 펄펄 뛰었는데.”

짐머만이 느긋하게 담배를 입에 물면서 말했다.

“그놈, 머리가 좋아. 차에서 TV를 보았는데 요령 있게 인터뷰를 했어. 아마 놈이 제 말 다 하는 조건으로 독점 방송권을 준 모양이야.”

“어떻게 했는데?”

내용은 알고 있었으나 TV는 보지 못한 지미가 물었다.

“우선 납치범이 한국인 고영무라는 것인데 콜롬비아에서 살인을 한 놈이라는군. 자넨 모르나?”

“난 몰라.”

지미가 머리를 저었다.

“콜롬비아에서 온 놈은 내가 다 알아야 하나?”

“마약을 팔러 왔다고 그러지 않아? 자네도 방송은 들었을 것 아니야? 크링거의 몸값을 준비하느라고 최선을 다하고 있다고 그랬는데, 실감이 났어.”

“……”

“볼 만했다구. 납치범에게 부탁한다면서 크링거의 몸에 손대지 말아 달라고 할 때 목소리가 떨리고 눈물이 글썽거렸어. 이봐, 시치미 떼지 말고 말해. 도대체 어떻게 된 거야?”

“젠장, 그걸 내가 어떻게 알아?”

지미는 정문으로 다가갔다. 굳게 닫힌 철문 사이로 저만치 서 있는 건장한 사내 두 명이 보였다.

“이봐, 이리 와봐.”

지미가 소리쳤으나 그들은 멀뚱한 얼굴로 그를 바라볼 뿐 움직이지 않았다.

“이봐, 난 마약부의 지미 골드야. 네 보스인 크라우스가 잘 알 거다.

내가 만나고 싶다고 전해.”

“영장을 가져와요.”

키가 작달막한 사내가 불쑥 말했다.

“그리고 아까 당신의 보스인 앨버트가 다녀갔어.”

철문에 몰려든 카메라맨과 기자들이 모두 지미를 바라보고 있었다.

“야 이 개자식아. 당장에 널 처넣을 수가 있어. 네가 마약 먹었던 것을 조사해서 말이야. 빨리 문 안 열 테야?”

지미가 악을 쓰자 어느 사이에 옆에 와 서 있던 짐머만이 두툼한 눈꺼풀을 내리며 싱긋 웃었다. 사내는 당황한 듯 이쪽을 둘러보더니 비스듬히 몸을 돌렸다.

사내 한 명이 주머니에서 무전기를 꺼내는 것이 보였다.

“이봐, 만나서 뭘 하려고 그래?”

짐머만이 그에게만 들리는 소리로 물었다.

“앨버트도 다녀갔는데 저놈이 갑자기 TV 회견을 요청하고 떠들어대는 것이 마음에 들지 않아. 수상하단 말이야.”

무전기를 내린 사내가 이쪽으로 다가왔고 어느 틈엔가 저택에서 대여섯 명의 사내들이 뛰어나왔다. 그들은 모두 안쪽의 철문을 단단히 잡고 있었다.

“지미 씨, 당신만 들어오시랍니다.”

사내가 말하자 짐머만이 버럭 소리를 쳤다.

“야, 이 자식아! 나는 강력계 짐머만이야. 날 빼놓았다가는 성치 못할 줄 알아!”

카메라맨 둘이 끼여 들어가려고 이우성치는 사이를 지미는 겨우 뚫고 저택 안으로 들어섰다. 숨을 돌리며 뒤를 돌아보자 넥타이가 늘어진 짐머만이 따라오면서 쓴웃음을 지었다.

"빌어먹을 놈, 크링거를 대신해서 벌써부터 위세를 부리고 있어."
"짐머만, 난 크라우스하고 둘이서 할 이야기가 있단 말이야."
"좋아, 자네가 이야기를 마치면 나도 할 말이 있어."
그들은 저택으로 들어섰다.

"지미 씨, 난 보스를 살리기 위해서 이러는 겁니다. 어떻게든 보스의
목숨은 살려야 합니다."
크라우스가 정색을 한 얼굴로 지미를 바라보았다.
"나는 그놈에게 어떻게든 돈을 마련하겠다고 말했습니다. 그런데 놈
은 좀처럼 고집을 굽히지 않아요."
"조건은 뭐요, 크라우스?"
이맛살을 찌푸린 지미가 물었다.
"3억 달러입니다. 하지만 그런 돈이 어디 있습니까? 잘 아시다시피."
"내가 어떻게 안단 말이오? 당신의 주머니 사정을."
"보스는 어떻게든 시간을 끌려고 나에게 금고에 돈이 있으니까 꺼내
오라고 하지만, 정말 답답한 노릇이오, 지미 씨."
"도대체 3억 달러라는 거금은 왜 요구한답디까?"
"그걸 알면 내가 TV 회견까지 하겠습니까? 잔인한 놈이라고 들었어
요. 어떻게든 시간을 끌어야 합니다."
"그건 누구에게 들었소? 그놈이 잔인하다는 이야기는?"
"콜롬비아에서 살인하고 도망쳐 나왔다는 소문이 신문에도 났다고 하
더군요."
"친구 중에 콜롬비아 신문을 보는 사람도 있는 모양이군. 그놈이 마약
거래를 하러 왔다고 했는데, 그것은 어떻게 알았소?"
크라우스가 눈썹을 찌푸리며 입맛을 다셨다.

"그 말은 빼라고 했는데 기자들이 넣었더군요. 난 그 이야기를 그놈한 테서 직접 들었습니다."

그는 말을 멈추고 한동안 지미의 얼굴을 들여다보았다.

"지미 씨, 그놈은 페르난도의 마약 운반책이오. 그 이야기는 조금 전 에 앨버트가 다녀갔을 때 그에게만 해주었습니다."

"……"

"보스의 금고를 보여 드릴 수도 있어요. 크기만 하지 몇 만 달러밖에 들어 있지 않아요. 그런데 보스는 3억 달러를 꺼내 오라고 하고…… 이 젠 시간 끌기에도 지쳤습니다."

"크라우스, 나는 크링거가 마약 거래하는 증거를 잡고 있어. 거기엔 당신도 포함이 돼."

문득 크라우스가 머리를 들어 지미를 올려다보았다. 그의 잘생긴 얼 굴이 조금도 흔들리지 않자 지미는 슬그머니 짜증이 났다.

"무슨 영문인지 모르겠다는 둥 시치미를 떼지 마. 그리고 당신은 은근 히 크링거가 마약하고 관계가 있다는 것을 언론에 내비치고 있어. 마약 거래하려고 온 고영무가 크링거를 이유 없이 납치한다? 이것은 어린아 이도 짐작할 수 있는 이야기야."

"할 수 없었어요, 지미 골드."

의자에 등을 기댄 크라우스가 피곤한 듯 머리를 저었다.

"경찰에 시달려서 감추고만 있을 수가 없었어요."

"짐머만 이야기하고는 다른데? 그는 집 안으로 들어오지도 못하고 있 었어."

"내 전화를 도청하고 있었어요. 감추기만 하다가는 나까지 공범으로 몰려갈 판이오, 지미."

"크라우스, 이제 본심을 보이는 게 어때? 크링거가 만일 풀려 나온다면 자네가 언론에 터뜨린 것을 용서할 것 같은가?"

"난 최선을 다하고 있어, 지미."

크라우스의 눈이 똑바로 지미를 바라보았다.

"자네가 증언만 해준다면 자네를 외국에 나가서 살게 해주지, 크라우스."

지미가 담배를 꺼내어 입에 물면서 말했다.

"나에게는 직선적으로 말하는 게 나아. 쓸데없는 소리 했다가는 너까지 집어넣어 버릴 테니까. 너도 20년은 살아야 돼, 크라우스."

"……"

"자네가 언론에 슬슬 터뜨리는 걸 보고 감을 잡은 거야. 이젠 딴전 부리지 말고 증언해 줄 것인가 아닌가만 말해. 아마 너도 내가 이렇게 말해오길 기다렸을 거야. 그렇지 않나?"

담배에 불을 붙인 지미가 길게 연기를 내뿜었다. 연기는 흑갈색 책상 위로 뻗어 나가 크라우스의 몸에 닿았다.

"좋아, 지미. 하지만 크링거가 납치에서 풀려나야 하는 것 아닌가?"

크라우스가 입술 끝으로 웃으며 말하자 지미가 머리를 끄덕였다.

"그래야겠지. 그 한국인이 왜 크링거를 잡고 있는지 그것만 알면 쉬워지겠는데. 그놈은 노리는 것은 어떻게든 잡는 놈이야. 산고양이처럼 잔인하고 독한 놈이지."

크라우스가 머리를 들고 물었다.

"당신이 어떻게 그리 잘 아나?"

"네가 잘 아는 것하고 비슷한 이유야, 크라우스."

지미가 이를 드러내며 웃었다.

"이제 크링거는 끝났군. 풀려 나와도 갈 곳은 형무소야."

잠옷으로 갈아입은 크라우스는 선반에서 꺼낸 위스키 병을 들고 침실로 들어왔다. 금방 샤워를 한 후여서 머리에는 아직 물기가 남아 있었다.

"여보, 마거릿한테서 전화가 왔었어요. 당신이 TV에 나오는 걸 봤다고 하더군요."

침대에 앉아 있던 제인이 그를 향해 웃었다.

"멋있다고 했어요. 감동했다고."

마거릿은 제인의 친구로 파라마운트의 단역 배우이다. 용모는 빼어나게 아름다웠으나 그녀가 입을 벌리면 정신이 번쩍 들게 된다. 목소리가 갈라진 남자 목소리여서 감독들은 대화가 없는 신에만 그녀를 고용하고 있었다.

한때 마거릿과 같이 단역 배우였던 제인은 지금도 TV에 나오는 사람이면 누구에게나 관심을 보인다. 그녀에게는 어떤 사연이었든 간에 크라우스가 TV에 나온 것은 사건이었다.

"여보, 크링거 씨가 마약사업을 했어요?"

잔에 술을 채우는 그를 향해 제인이 물었다. 부드러운 금발을 어깨 위에 늘어뜨리고 있었고 얇은 잠옷 밑으로 젖꼭지가 보인다. 잠자리의 기교가 기가 막힌 여자였다.

"왜? 난 그런 소리는 안 했는데 그렇게 들렸어?"

그녀에게 술잔을 내밀면서 크라우스는 눈을 둥그렇게 떴다. 그녀는 머리의 회전이 더디지만 심성은 착했다.

"모두 그렇게 알고 있어요. 납치범하고 크링거 씨가 마약 때문에 그렇게 되었다고. 아니에요?"

"글쎄, 나도 모르겠어."

이쯤 해 두면 내일 아침부터 제인은 할리우드의 모든 단역에서 조감독, 촬영기사, 그리고 단골의상실과 미용실에 나발을 불 것이다. 술잔을 손에 쥔 크라우스는 침대의 시트를 젖히고 들어왔다. 제인의 손이 부드럽게 아래쪽으로 미끄러져 왔다. 앞쪽의 벽에 걸린 시계가 12시 반을 가리키고 있었다.

"벤스, 보스는 아무래도 풀려나지 않을 것 같지?"

래리가 목을 좌우로 흔들며 물었다.

"글쎄, 그걸 내가 아나?"

벽에 등을 기대고 서서 팔짱을 낀 벤스가 입맛을 다셨다.

"나 같은 말단은 누가 보스가 돼도 마찬가지야. 젠장."

그들은 빌라의 엘리베이터 입구에 서 있었는데, 고급빌라라 5층 건물인데도 가구 수는 열 가구밖에 되지 않았다.

그들이 서 있는 곳은 로비의 안쪽이어서 현관과 현관 옆의 경비실이 한눈에 바라보였다. 경비원이 책상을 향해 머리를 숙이고 있는 것이 졸고 있는 모양이었다.

"보스가 마약사업을 하고 있었다는 소문이 났어. 마누라도 저녁때 나한테 물어보더라구."

래리가 눈을 깜박이며 말했다.

"크라우스는 아마도 정리를 할 것 같아. 그러니까 TV에 그런 식으로 이야기를 했지."

"잘됐어, 래리. 돈 몇 푼 더 받는다고 그 일 거들었다가 언제 끌려갈지 몰라."

벤스가 힐끗 계단 쪽을 바라보았다. 2층에 크라우스가 살고 있는 것이다.

"마빈하고 찰스는 요즘 이상해졌어. 놈들, 저희끼리만 몰려다닌단 말이야."

"언제는 안 그랬나? 크라우스가 브루클린에서 데려온 놈들인데."

"빌어먹을, 이젠 크라우스 세상이야. 놈이 보스라구."

래리는 살찐 턱을 들어 올리며 대답하지 않았다. 그때 현관문이 열리더니 여자들의 웃음소리가 들렸으므로 그들은 몸을 바로 세우고는 그들을 바라보았다.

여자 세 명이 들어오고 남자 두 명이 따라 들어왔다. 모두 정장 차림이었는데 빌라의 주민 같아 보였다.

경비원이 잠에서 깨어 엉거주춤 일어났다. 여자 두 명이 경비원에게 바짝 붙어서더니 다시 까르르 웃었고, 다른 여자는 두 사내의 팔을 양팔로 끼고는 엘리베이터로 다가왔다. 모두 어지간히 취해 있었다.

벤스가 입맛을 다시더니 그들에게서 시선을 돌렸고, 래리는 날씬한 몸매의 여자를 힐끗거렸다. 벤스는 그들이 엘리베이터 앞에 선다고 생각하는 순간 갑자기 양쪽으로 벌어지는 것을 보았다. 머리를 돌리자 턱에서 털컥 소리와 함께 눈앞에 무수한 불똥이 튀었다. 다시 아랫배에 강한 충격이 왔으므로 벤스는 털썩 한쪽 무릎을 꿇었다.

래리는 조금 더 운이 나빴다. 사내가 쳐올린 주먹을 머리를 누여 피한 것까지는 좋았다. 여자에게 신경을 썼으므로 사내의 움직임이 눈에 들어왔던 것이다. 그는 허리를 틀어 벽에서 떨어지면서 한 손으로 혁띠 사이에 끼워 넣은 베레타를 쥐었다. 그러자 사내의 발길이 사타구니 사이를 정확하게 올려 찼고 얼굴이 하얗게 된 그는 허리를 숙였다.

두 다리가 저절로 꼬여지면서 숨이 몰아 삼켜졌다. 다시 래리의 뒤통수에 둔한 충격이 왔고 그는 엘리베이터 앞에 얼굴을 대고 엎드렸다.

경비원은 여자 중의 한 명이 코앞에서 겨누고 있는 총구를 바라보느라고 두 눈이 사팔뜨기가 되어 있었다. 현관문이 열리더니 동양인 세 명과 백인 한 명이 바쁜 걸음으로 들어왔다. 그들은 로비에 있는 사람들을 거들떠보지도 않고 2층으로 향하는 비상구로 다가갔다.

찰스는 2층 복도 끝에 있는 창틀에 엉덩이를 걸치고 앉아 있었다.

크라우스의 빌라는 앞쪽에 있었는데, 문 앞에는 집 안에서 내온 의자에 앉아 마빈이 잡지책을 뒤적거리고 있었다. 다시 창으로 머리를 돌린 찰스는 하품을 참으며 시계를 내려다보았다. 아직 1시도 되지 않았으므로 버틀러와 교대하려면 여섯 시간도 더 남아 있었다. 그는 입맛을 다시며 마빈을 바라보았다.

그러자 앞쪽의 비상구 입구에 동양인 한 명이 나타났다. 한 손을 이쪽으로 내뻗고 있었다. 창틀에서 엉덩이를 떼는 순간 동양인의 손끝에서 푸른 듯한 빛이 쏟아졌고 어깨를 해머로 치는 듯한 충격에 밀려 찰스는 벽에 등을 부딪쳤다. 엉거주춤 일어나던 마빈이 엉덩이를 뒤로 내민 자세로 두 손을 들어 올리는 것이 보였다. 찰스는 벽에 등을 대면서 주르르 미끄러져 내렸다.

동양인 두 명이 사내의 뒤쪽으로 좌우로 벌려 서서 다가왔는데 사내 한 명은 거인이었다. 다른 사내는 손에 소음기가 끼워진 권총을 들고 있었으나 그는 주먹을 쥐었을 뿐이다.

찰스는 가물거리는 눈을 들어 그들을 올려다보았다. 그러자 그들의 뒤쪽으로 또 다른 사내가 보였다. 흰 머리칼의 키가 큰 백인이 그를 내려다보고 있었다. 보스인 크링거였다.

"입 다물고 있어라."

착 가라앉은 목소리로 총을 쏜 사내가 말했는데, 마빈이나 찰스는 그럴 생각은 꿈에도 없었다. 입을 벌리게 되면 당장에 어떻게 된다는 것을 알고 있기 때문이다.

"열쇠 가지고 있나?"

이제는 크링거가 턱으로 문을 가리키며 물었다. 마빈이 머리를 저었다.

찰스나 마빈은 크라우스가 크링거를 배신했다는 것을 알고 있었다.

그들이 금고에서 돈을 빼내어 크라우스의 창고에 옮겨 놓았고 빈 돈 자루에는 헌 책을 담았던 것이다.

“안에는 누가 있지?”

크링거가 마빈에게 물었다.

“크라우스하고 제인 둘밖에 없습니다.”

머리를 끄덕인 크링거가 고영무를 바라보았다.

“대광이 네가 해야겠다.”

문을 턱으로 가리키며 고영무가 말하자 최대광은 한 걸음 뒤로 물러났다.

고영무와 크링거는 그의 좌우에 벌려 섰고 신용만은 총구로 마빈의 등을 밀어 찰스의 옆에 쭈그리고 앉도록 했다.

최대광은 어깨를 번갈아 한 번씩 틀어본 다음 문을 노려보았다. 그러고는 온몸을 띄우면서 문짝에 어깨를 부딪쳤다.

우지쿵 소리와 함께 두꺼운 문짝이 이음쇠와 쇠사슬과 고리들이 한꺼번에 떨어져 나가면서 안쪽으로 떨어져 내렸다. 쾅 하는 소리가 온 층을 울리면서 빌라를 진동시켰는데, 그것은 문짝과 함께 최대광이 바닥으로 떨어졌기 때문이다. 최대광을 건너 뛰어 고영무가 안으로 달려 들어갔고 그의 뒤를 크링거가 따랐다.

응접실을 두 걸음에 건넌 고영무는 침실의 문을 발로 차 열었다. 그러자 ‘탕!’ 소리와 함께 총알이 문에 맞아 튀었다. 그러고는 날카로운 여자의 비명 소리가 났다.

고영무는 상체를 뒤로 젖히고는 문에서 옆으로 비켜났다. 크링거가 그의 옆에 바짝 붙어 섰다.

“놈이 꽤 빠르군, 크링거.”

그가 크링거를 바라보며 입술을 비틀었다.

"놈은 이제 달아날 곳이 없어."

크링거가 뱉듯이 말했다.

탕! 탕!

이쪽을 향해 다시 두 방의 총성이 울렸다. 이것은 분명히 온 빌라까지 들릴 수 있는 총성이었다. 최대광이 두 팔을 벌리며 이쪽으로 다가 왔고, 문 쪽에서는 신용만이 찰스를 부축한 마빈을 앞세우고 들어왔다.

"크라우스, 난 크링거다. 내가 왜 왔는지 알겠지?"

크링거가 버럭 소리쳤다.

"이 배은망덕한 놈. 네가 감히 나를 배신해? 네가 그러고도 살아날 것 같았어?"

탕! 탕!

다시 총알이 활짝 열린 문을 통해 응접실로 발사되었다.

"크링거."

고영무는 크링거를 향해 코트를 들춰 보였다. 코트 안에는 60발 탄 창이 장전된 우찌 기관총이 매달려 있었다. 이를 악문 크링거는 기관총을 두 손으로 움켜쥐었다.

"살려 줘요!"

안쪽에서 여자의 비명 소리가 났다가 이내 그쳤다. 그러고는 흐느끼는 소리가 들렸다가 그것도 멈추었다.

집 안에는 잠깐 동안 침묵이 흘렀다. 침묵을 깬 것은 오늘의 주인공인 크링거였다.

"크라우스, 이리 나와라. 나와서 나에게 변명을 해라."

기관총을 움켜쥔 크링거가 문 쪽을 향해 한 걸음 다가갔다.

"말할 것 없다, 크링거."

크라우스의 목소리가 들렸다. 툭 던져버리는 듯한 말투였다.

“그렇다면 이리 나와, 사내답게.”

“좋아, 나가지.”

고영무의 눈짓에 최대광과 신용만이 재빠르게 벌려 섰고 크링거는 기관총을 고쳐 쥐었다.

“좋아. 시간을 주겠다, 크라우스. 1분의 여유를 주마.”

고영무가 방 안을 향해 소리쳤다. 그러고는 크링거에게 눈으로 방 안을 가리켜 보이면서 문 쪽으로 바짝 다가붙었다. 한 번 숨을 들이마신 고영무는 방 안으로 뛰어들었다.

그러자 ‘픽! 픽!’ 하는 소리가 났고 여자의 찢어지는 듯한 비명 소리가 났다.

“이 비겁한 놈.”

크라우스가 신음 소리와 함께 악문 이 사이로 으르렁 거리듯 말했다.

그는 바지에 다리 한쪽만 꿴 채 어깨를 움켜쥐고 서 있었다.

여자는 이제 혼이 빠져 달아난 듯이 보였다. 알몸을 가릴 생각도 하지 않고는 침대 구석에 웅크리고 앉아 치켜뜬 눈으로 이쪽을 바라보고 있었다.

“자, 크링거, 당신에게 맡기겠소.”

고영무가 그들을 가리키며 말하자 크링거가 한 걸음 다가갔다.

크라우스와 크링거의 시선이 마주쳤고 크링거가 입술 끝을 천천히 뒤쪽으로 치켜 올렸다.

“너도 타협했겠지만 나도 마찬가지다, 크라우스. 그리고 우리의 동맹이 너보다는 훨씬 행동력이 있는 것 같군.”

“빌어먹을. 여우같은 놈.”

크라우스가 아랫입술을 깨물고는 그를 노려보았다. 어깨를 감싸 안은 손가락 사이로 피가 흘러내렸다. 크링거가 다시 웃었다.

“자, 잘 가거라, 크라우스?”

크링거는 기관총의 방아쇠를 당겼다.

요란한 총소리가 방 안을 가득 채웠는데 크라우스는 춤추는 것처럼 두 팔과 다리를 흔들었다. 수십 발의 총알을 받은 충격으로 흔드는 것이 었다. 쪼그리고 앉은 여자도 두 팔을 휘저으며 벽에 부딪치더니 알몸에 붉은 페인트가 쏟아진 것처럼 되었다. 전기스탠드가 박살이 나고 액자 가 깨지면서 떨어졌다. 경대의 유리와 화장품 병들이 튀어올랐다.

3.
산타모니카 부대

모래사장으로 다가오는 고영무의 몸에서는 물방울이 흘러내리고 있었다.

그는 바닷가에 세워 놓은 커다란 비치 파라솔 밑으로 들어섰다.

"어깨는 다 나으셨습니다."

나무 의자에 앉아 기다리고 있던 알폰소가 그의 어깨에 시선을 주며 말했다. 총에 맞은 자리에는 꿰맨 자국이 있었고 다른 피부와는 달리 붉었다. 새살이 돋아나고 있는 것이다.

"덕분에 빨리 낫고 있습니다."

의자에 걸쳐 놓은 수건으로 몸을 닦으면서 고영무가 얼굴에 웃음을 띠었다. 알폰소는 그의 건강한 몸매를 찬탄이 섞인 시선으로 바라보았다. 사진에서 보던 것처럼 육체미를 다듬은 몸매는 아니었다. 넓은 어깨와 탄탄한 가슴, 굵은 팔은 물기까지 띠고 있어서 그런지 울퉁불퉁하다기보다는 미끈했다. 그러나 부딪치면 금방 통겨 나갈 듯한 탄력과 힘이 느껴지는 몸매였다.

"오늘 저녁에 출발하신다고 그러셨지요?"

커다란 타월로 어깨를 덮은 고영무가 그의 앞자리에 앉아 물었다.

"예. 마침 카르타헤나에서 들어온 배가 있어서 그놈을 타고 갑니다."

"어디로 가십니까?"

알폰소가 빙그레 웃자 콧수염 밑의 희고 가지런한 이가 드러났다.

"잘 모르실 겁니다. 오리엔탈 산맥 기슭의 오르크에라는 도시인데 메타 강가에 자리잡고 있지요. 우리는 그 도시 부근을 장악하고 있습니다."

"그곳에 라파엘 씨도 있습니까?"

"예, 미스터 고, 그곳에 내 군대도 있지요. 숫자는 많지 않지만 정예들입니다."

머리를 끄덕인 고영무는 건너편을 바라보았다. 아침 햇살을 받은 저택의 유리창이 반짝이며 이쪽으로 빛을 쏘았다. 모래사장을 건너면 경사가 심한 바위 언덕이 있고, 언덕 위에는 회색빛의 2층 저택이 게처럼 엎드려 이쪽을 내려다보고 있었다. 저택의 본체가 장방형인데다가 양쪽으로 테라스가 뻗어 있었으므로 아래쪽에서 올려다보면 게처럼 보이는 것이다.

그것을 맨 처음에 발견한 사람은 최대광이었다. 저택을 구입한 지 닷새밖에 되지 않았는데도 신용만과 최대광은 이 집을 개집이라고 부르고 있었다. 게집을 개집이라고 부르는 것이다.

고영무가 개집에 시선을 주고 있는데 가파른 바위 사이로 난 계단을 내려오는 신용만의 모습이 보였다. 붉은색 바탕에 흰 무늬가 있는 남방 셔츠에 흰색 바지를 입은 데다가 눈에는 선글라스를 꼈다. 한껏 멋을 낸 멕시칸 불량배 같은 차림이었다.

"고, 크링거가 마약부에 끌려들어가지 않는 것이 대단해요. 소문으로는 앨버트가 증인을 확보하고 있다고 하던데."

신용만에게서 시선을 땐 알폰소가 그를 바라보았다.

"크라우스 사건을 유야무야 넘긴 것도 마약부가 작용해서 그런 것 아닙니까?"

"그런 것 같더군요. 하지만 난 자세한 것은 모릅니다."

고영무가 알폰소를 바라보며 빙그레 웃었다.

"내가 이렇게 산타모니카의 해변에서 살고 있는 것도 대단한 일이지요. 그렇지 않습니까?"

"고, 당신을 빗대어 말한 것은 아닙니다."

따라 웃으며 알폰소가 말했다. 그는 버릇처럼 넥타이의 매듭을 고쳐 매었다.

"당신은 마약부와 타협할 카드를 가지고 있지 않아요. 페르난도의 마약 밀수건은 증거가 없어서 원점으로 되돌아갔고."

"페르난도와 원수지간이 되었지요."

알폰소가 머리를 끄덕였다.

"페르난도는 카를로스의 소환에 응하지 않고 지금 LA에 남아 있습니다. 고, 당신을 노리고 있어요."

그러자 신용만이 다가와 앞쪽에 섰다.

"형님, 준비 끝났습니다."

머리를 끄덕인 고영무가 알폰소를 바라보았다.

"1억 달러를 차에 실어 놓았습니다. 그걸 가지고 가세요."

"고, 난 한 일도 없는데. 이거 고맙습니다."

알폰소가 눈을 깜박이며 신용만과 고영무를 번갈아 바라보았다.

"라파엘 각하께서도 고마워하실 겁니다. 제가 우선 대신해서."

"제가 여러 가지로 도움을 받았지 않습니까? 그래서 약속대로 드리는 겁니다."

떠나는 인사차 들렀던 알폰소는 갑작스러운 고영무의 호의에 당황하면서도 기쁜 모양이었다. 그의 얼굴은 생기에 차 있었다.

"제가 귀국한 후에 각하께서 직접 인사를 드리도록 만들겠습니다. 요즘 자금이 부족해서 애를 먹고 있었습니다."

"제가 페르난도의 돈을 빼앗았기 때문이 아닙니까?"

"네. 아니, 그것도 그렇지만."

알폰소가 다시 웃었다.

"미국의 원조도 이젠 현금이 아니라 군수물자로 대체시켜 주더군요. 이번에도 하물선 한 척분을 받았을 뿐입니다. 그것도 레바논에서 쓰다 남은 군수물자지요."

신용만이 그의 옆자리에 앉아 주의 깊게 알폰소를 바라보고 있었다. 그로서는 새로운 세상을 보는 느낌일 것이다.

알폰소가 미국에 가지고 있는 라파엘의 정보망과 조직들은 이제 모두 고영무의 지시를 받게 되어 있었다. 현재의 카스틸로 정권에 전복 당하기 전에 콜롬비아를 통치했던 라파엘이었다. 따라서 아직도 그를 지지하는 콜롬비아계 미국인들이나 난민들이 많았다.

"그럼 저는 이만 작별하겠습니다."

알폰소가 자리에서 일어섰으므로 그들도 몸을 세웠다.

"고, 페르난도를 조심하세요. 그는 어떻게 해서든지 명예회복을 해 카를로스에게 돌아가려고 할 겁니다."

그의 손을 잡으며 알폰소가 정색을 했다.

"그는 집념이 강한 사람입니다."

"알고 있습니다, 알폰소. 어차피 우리는 마주칠 운명입니다. 선택은 먼저 그쪽이 했지만."

고영무가 빙그레 웃었다.

페르난도가 방에 들어서자 밀리카가 잠자코 자리에서 일어섰다.

"밀리카, 잠깐."

그를 스쳐 밖으로 나가려던 밀리카가 멈춰 섰다.

"병원에 다녀왔니?"

밀리카가 머리를 끄덕이자 그는 머리를 돌렸다. 그에게 한 걸음 다가
선 밀리카가 물었다.

"페르난도, 파올로가 두 시간 전부터 기다리고 있어요. 만나 보셨어요?"

"지금 들어오고 있어."

"……"

"어쨌든 몸을 잘 돌보도록 하고."

파올로가 마르코와 함께 들어섰으므로 밀리카는 방을 나섰다.

그들은 자리에 앉아 한동안 입을 열지 않았다. 카를로스의 소환에 응
하지 않은 페르난도는 지난주에 집까지 옮겨 그와 단절한 것처럼 보였다.

이곳은 산페드로 만이 내려다보이는 바닷가의 저택이었다. 롱비치 공
항이 멀지 않은 곳에 있었으므로 하늘에서는 끊임없이 비행기의 폭음이
들려오고 있었다.

"페르난도, 지미 골드는 제가 LA를 떠나면 안 된다고 했습니다. 꼭 떠
날 일이 있을 때는 미리 연락을 하라고 하더군요."

파올로가 조심스럽게 입을 열었다.

"시청의 도서관에 일자리도 만들어주었는데, 다니기 싫으면 집에 있
으라고 합니다."

페르난도가 입술 끝을 비틀며 잠자코 탁자 위를 내려다보았다.

"페르난도, 경찰국이나 마약부에서는 크링거 사건을 종결해버린 것

같습니다.”

마르코가 입을 열었다. 비행기 한 대가 폭음을 울리며 저택의 위를 지나갔으므로 그들은 잠시 말을 멈췄다.

“놈이 어디에 살고 있는지 알아내기만 한다면야 우리들이.”

입맛을 다시면서 마르코가 페르난도를 바라보았다.

크링거를 궁지에 빠뜨리기 위해서 파올로를 위장 자수시켰는데도 마약부는 이제 그를 풀어 놓아주었다. 마약부의 구미에 맞도록 파올로가 증거를 준비해 갔는데도 그것은 의외였다.

페르난도는 머리를 들어 파올로를 바라보았다. 마약부는 파올로가 조작된 증인이라는 것쯤은 알고 있었을 것이다. 그러나 크링거를 잡기 위해서는 그만한 증인도 없다. 그들은 파올로를 쓸 수밖에 없을 것이고 크링거는 구속되어야 했다.

“크라우스는 고영무가 죽였을 것이다.”

페르난도가 입을 열었다.

“크링거와 고영무 사이에 어떤 협상이 있었을 거야. 크라우스의 TV 방송을 보면 놈이 크링거를 배신하려고 했다는 것을 누구나 알 수 있어.”

“……”

“아마 크라우스는 크링거가 납치당하자 갑자기 욕심이 생겼겠지.”

“……”

“하지만 크링거가 자신을 납치한 것이 고영무가 아니고 자신은 베니스 비치로 몸을 피해 있었다니 말도 안 돼. 협잡이야.”

“당연한 일 아닙니까? 페르난도.”

마르코가 이맛살을 찌푸리고 물었다.

“크링거하고 고영무는 이해가 갑니다. 크라우스를 제거하면 돈을 주겠다고 크링거가 제의했겠지요. 하지만 금방이라도 크링거를 소환할 것 같았던 마약부가 파올로를 놓아줘버린 것은."

"그건 나도 모른다, 마르코."

페르난도는 천천히 머리를 저었다.

"이제 다시 공이 크링거한테서 고영무한테로 넘어갔다고 생각하면 된다. 미식축구에서처럼 공을 가진 놈만 찾아서 자빠뜨리면 돼. 마약부나 경찰 놈들은 내버려 둬라."

"……"

"고영무를 찾아내어 죽인다. 그리고 돈을 찾아야 돼. 우리가 할 일은 그것뿐이야."

"페르난도."

마르코가 머리를 들었다.

"카를로스가 집행자들을 보냈다는 정보가 있습니다. 콜롬비아의 제 친구한테서 연락이 왔었습니다."

"……"

"카를로스가 무섭게 화를 내었다고 합니다."

파올로가 두 손바닥을 비비다가 페르난도의 시선을 받고는 움직임을 멈추었다.

집행자들을 보냈다면 카를로스는 페르난도에게 이미 사형선고를 한 것이다. 페르난도는 머리를 들었다.

"예상은 했었지만 너무 빠르군. 그런데 알폰소는 어떻게 되었나?"

"어젯밤에 떠났습니다."

"……"

"그가 며칠만 일찍 들어가서 카를로스를 만나 이야기를 해주었으면 좋았을 텐데요. 카를로스와 알폰소는 친하지 않습니까?"

"오늘은 이만 일어나자."

자리에서 일어나며 페르난도가 말했다.

"파올로도 피곤하겠다. 쉬어야지."

"페르난도, 전 고생하지 않았습니다. 마약부원들과 아파트에 살았는데 실컷 먹고 하루 종일 TV나 보았는데요."

"그래도 쉬어. 여기 올 때 조심했겠지?"

마르코를 돌아보며 묻자 그가 머리를 끄덕였다. 그들은 자리에서 일어났다.

"마르코, 네가 파올로를 데려다 주어라. 혹시 미행당할지 모르니까."

그들을 향해서 페르난도가 밝은 목소리로 말했다.

오랜만이어서 그런지 홍성희는 서두르고 있었다. 그녀는 최대광이 스커트의 지퍼를 찾느라고 더듬거리자 허리를 번쩍 치켜들더니 스스로 지퍼를 찾아 스커트를 벗어 내렸다. 그러자 최대광도 상체를 세우고는 그녀에게서 떨어졌다.

침대 가에 서서 셔츠를 벗어 던지고 바지의 혁대를 푸는 사이에 홍성희도 누운 채로 브래지어를 풀어 내리고 팬티를 내리더니 한쪽 발끝으로 밀어 던졌다. 홍성희가 더 빨라서 그녀는 상기된 얼굴로 그제야 팬티를 벗으려고 허리를 굽히는 최대광의 몸을 들여다보았다. 그녀의 두 눈이 물기에 젖은 듯 반짝였고 눈의 둘레가 붉은색 물감으로 돌려 칠한 것처럼 보였다.

최대광이 허리를 세우자 홍성희의 시선이 빨려 들어가는 것처럼 그의 하반신에 머물렀다. 그녀의 입술이 조금 벌어져 있었으므로 하얀 치아가 드러났다. 한 팔을 굽혀 몸을 받친 그녀는 자신도 모르게 한쪽 다리를 다른 쪽에 올려놓고는 발끝에 힘을 주었다. 발가락 끝이 아래쪽으로 굽혀졌다.

"조금만 더 그렇게 있어 봐요."

그의 하반신에 시선을 준 채 홍성희가 말했는데, 입술이 말라 있는지 혀를 내밀어 좌우로 돌리면서 윗입술을 적셨다. 그녀는 손을 뻗어 최대광의 남성을 건드렸다. 이제는 온 얼굴에서 풍기는 열기가 가깝게 다가왔다.

침대에 나란히 누운 둘은 천장을 바라보며 한동안 가쁜 숨만 뱉었다.

둘 다 알몸이었고 그것을 감추려는 기색은 없다. 방 안은 후텁지근했으나 에어컨의 웅웅거리는 소리가 들려왔다. 둘이 방 안의 온도를 올린 것이다.

"당신은 정말 사람 같지가 않아요. 짐승 같아."

천장을 향한 채 홍성희가 입을 열었다.

"난 당신 생각만 해도 아래가 뜨거워져요. 어떤 땐 젖어요."

"……"

"정말 당신하고 떨어져서는 못살 것 같아. 그런데 이게 뭐야? 한국에서보다도 못하잖아?"

홍성희가 머리를 돌려 최대광을 바라보았다.

"당신 지금 어디에 살아요?"

최대광이 입맛을 다셨다.

"그건 말 못해. 나는 서울에서 했던 것처럼 그러면 안 돼."

"서울에서 어떻게 했는데?"

홍성희가 힘들게 상반신을 반쯤 일으켜 세웠다. 그녀의 젖가슴이 최대광의 가슴에 닿았다. 물끄러미 그것을 바라보며 최대광은 입을 열지 않았다.

"그리고 지금 무슨 일을 하고 있는데 그래요?"

홍성희가 다시 물었다.

"그것도 말할 수 없어."

"비밀이에요?"

"그래."

"또 도망쳐 다녀야 돼요?"

"나하고 떨어져 있으면 너는 그러지 않아도 돼."

"그럼 여기서도 서울하고 마찬가지 일을 한다는 말이군요? 어쩐지."

"……"

"당신 형님이 총에 맞아서 들어오고, 백인 영감을 끌고 다니는 것이 TV에도 났다고 하더군요. 나는 못 보았지만."

"그게 어쨌단 말이야?"

최대광의 목소리가 팽팽해졌다.

"그게 너하고 무슨 상관이야?"

"난 미국에 올 적에 당신하고 같이 오순도순 살려고 했어요. 조그만 가게를 하든지, 하다못해 시장에서 장사를 하더라도 같이 살려고."

어깨를 덮은 홍성희의 머리칼이 어깨를 덮고 있었는데 이야기를 하면서 머리를 흔들자 젖가슴 위로 흐트러져 내렸다. 최대광은 저도 모르게 손을 들어 머리칼을 쓸어 올렸다.

"당신은 한 번도 그런 얘기를 해주지 않더군요. 비행기 안에서도, 호텔에서도, 아파트에서도. 그러다가……"

"도대체."

최대광이 상체를 일으켜 세웠으므로 얼굴을 그의 가슴에 부딪친 홍성희가 눈을 깜박이며 그를 바라보았다. 눈을 부릅뜬 최대광이 그녀를 쏘아보았다.

"네가 내 연장을 좋아한다는 건 알아. 그리고 나도 네것 좋아하고. 그런데 살림이 어쩌고 하는데, 이건 도무지."

"……"

"너는 동거생활에 질리지도 않냐? 맨날 만나면 질리는 법이여. 틀림 없이 니가 먼저 정이 떨어질 거다."

"……"

"나는 아직 그럴 생각 없어. 괜히 따라온다고 하고는."

침대에서 일어선 그는 바닥에 버려진 바지부터 꿰었다가 다시 벗고는 의자 밑에 떨어져 있는 팬티를 주워 입었다.

"그러고 우리 형님이 어쩌고 했는데, 넌 모르는 소리 말어. 우리는 옛 날의 최대광이 신용만이가 아녀."

바지와 셔츠를 입은 최대광은 의자를 끌어당겨 침대를 바라보고 앉았다.

홍성희가 시트 자락을 잡아당겨 하반신을 가렸다. 최대광은 주머니에 서 두툼한 봉투 하나를 꺼내어 그녀 앞으로 내밀었다.

"나하고 용만이가 가져온 것 전부여. CD 2억하고 달러 수표로 3만 달 러쯤 돼. 이걸 가지고 가게를 하든지 뭘 하든지 해 봐."

"대광 씨."

아랫입술을 깨문 홍성희가 그를 노려보았다.

"나도 돈 있어. 누가 가게 차려달라고 했어?"

"돈 모자라면 내가 형님한테 말해서 타올 테니까."

"대광 씨."

"하지만 앞으로는 이렇게 못 만나. 꼭 필요할 때 형님 허락받고 나올 테니까."

"그 사람이 그렇게 하라고 해?"

최대광이 와락 이맛살을 찌푸리면서 혀를 찼다.

"형님이 할 일 없어서 그런 말 하냐? 내가 알아서 하는 짓이여."

“……”

“크게 놀 사람은 의지와 결단력이 있어야 하는 거여. 난 그것을 느꼈어.”

홍성희가 찬찬히 그를 바라보았다.

“그러니까 네가 이해를 해야 돼. 지난번처럼 내 여자 문제로 일을 만들면 안 된단 말이다.”

“……”

“너, 명심혀. 내가 찾을 때까지 너도 맘먹고 가게를 차리든지 어쩌든지 혀. 그리고 급한 일이 있으면 박정환 씨한테 연락하고. 나하고는 직접 연락하면 안 돼. 휴대폰이라도.”

말을 마친 최대광은 어금니를 굳게 물고는 의자에서 몸을 일으켰다.

“정민 씨, 오늘 저녁에 내 친구 고영무를 만나기로 했는데 같이 가지 않을 테야?”

포크를 내려놓으며 박정환이 물었다. 김영지는 잠자코 그를 바라본 채 얼굴에 웃음을 띠었다. 박정환은 그것을 승낙하는 표정으로 알아들은 모양이다.

“힐튼 호텔에서 만나기로 했는데, 같이 저녁을 먹자구. 놈한테 지난번에 정민 씨 이야기를 해주었어. 반가워할 거야.”

“두 분이 할 이야기가 있을텐데. 그렇지 않아요? 괜히 내가 끼어서.”

“할 이야기는 뭘. 이제 그놈은 나한테 부탁할 일도 없어. 거물이 되었다구.”

“싫어요.”

김영지는 머리를 저었다.

“정환 씨는 친구니까 할 수 없지만 난 그 사람과 연관되는 것이 싫어요.”

박정환이 빙그레 웃었다.

"무서운가 보지? 콜롬비아에서 일을 저지르고, 여기서는 크링거라는 유명 인사를 납치했다고 TV에도 나오고 하니까 말이야."

"무섭지는 않아요. 하지만 그 사람이 크링거 씬가 누군가를 납치하지 않았다니 다행이에요."

박정환이 머리를 끄덕였다.

"어쨌든 매스컴하고는 인연이 있는 놈이야. 가는 곳마다 사건을 뿌리고 다니는군."

"지금 어디 살고 있대요? 지난번 아파트는 나왔다면서요?"

"그건 나도 몰라. 오늘 정민 씨가 만나서 물어 보지 그래?"

김영지가 힐끗 그를 보고는 머리를 돌렸다.

"오늘은 그렇다고 하더라도 이번 주말에 누나한테 가는 것은 잊으면 안 돼. 벌써 말해 놓았으니까."

물잔을 들어 올리며 박정환이 말했다.

"누나는 벌써부터 준비를 하고 있어."

조그만 식당이었으나 점심때가 되어서인지 사람으로 가득 차 있었다. 모두가 샐러리맨들이었고 점심을 마치면 다시 직장으로 돌아가야 할 사람들이다.

주위의 사람들을 둘러보던 김영지는 자신을 바라보고 있는 박정환의 시선을 의식하고는 그를 향해 살짝 웃었다.

"정민 씨는 가끔 멍한 표정을 할 때가 있어. 딴 생각을 한단 말이야."

계산서를 집으면서 그가 말했다.

"수심에 가득 찬 표정일 때도 있고 화가 난 얼굴일 때도 있어. 하지만 화가 나 있어도 나는 그런 정민 씨의 표정이 좋아."

"내 버릇이에요. 학교 다닐 때에도 그러다가 선생님한테 많이 혼났어요."

"나는 정민 씨처럼 마음이 끌린 여자는 처음이야. 어떤 때에는 마구

소리를 지르고 싶어져. 주위에 있는 사람들에게.”

“……”

“당신을 사랑하고 있다는 말이야, 정민 씨. 당신을 좋아하고 있어.”

박정환의 얼굴을 바라보던 김영지의 얼굴이 조금씩 달아올랐다. 이윽고 그녀의 얼굴은 빨갛게 되었다.

“당신에게 부담을 주는 것이 아닌가 하고 얼마 전부터 망설이고 있었지만, 나는 내 감정을 먼저 표현하는 것이 당연한 일이라고 생각했어.”

박정환이 손에 계산서를 쥔 채 김영지를 똑바로 바라보았다.

“나는 정민 씨의 모든 것을 받아들일 준비가 되어 있어. 어떤 고민이나 어떤 과거도.”

그는 눈을 두어 번 깜박이다가 손에 든 계산서로 시선을 돌렸다.

“난 사랑의 고백을 했어, 오늘.”

계산서를 바라보며 박정환이 입술 끝을 올리면서 웃었다.

“대답을 강요하지는 않을게. 언젠가는 이야기를 듣게 되리라고 믿어.”

“저도 정환 씨를 좋아해요.”

달아오른 얼굴로 김영지가 말했다. 그녀는 아랫입술을 구부려 잇몸 안으로 넣어 축였다. 두 눈에 습기가 배어 있는 것 같다고 박정환은 생각했다.

“그리고 고맙게 생각하고 있어요. 저한테 잘해주신 것.”

입맛을 다시면서 박정환이 머리를 저었으나 입을 열지는 않았다.

“꼭 말씀드릴게요. 하지만 정환 씨를 좋아한다는 마음은 그때에도 변하지 않을 거예요.”

그들은 한동안 서로의 얼굴을 바라보았다. 주변의 소음이 전혀 그들의 귀에 들려오지 않는 표정들이었다.

테이블 주위에 둘러앉은 사내들을 둘러보던 고영무의 시선이 짐 버클리에게 머물렀다.

"짐, 자네 이제 괜찮나?"

"문제없습니다, 보스."

보스란 말이 생소한 듯 고영무가 빙긋 웃었으나 이내 머리를 돌렸다.

"브루노, 택시 사업은 어때?"

삼십대 후반의 육중한 사내는 검은 눈을 들어 고영무를 바라보고는 머리를 끄덕였다.

"오늘은 마침 쉬는 날입니다, 보스."

그는 택시 운전을 하면서 알폰소의 일을 거들고 있는 사내였다.

고영무는 자신을 바라보고 있는 사내들의 시선을 의식하고는 표정을 굳혔다. 테이블의 좌우에는 짐과 브루노, 신용만과 최대광이 앉아 있었다.

"난 너희들에게 오늘 분명히 이야기해 둘 것이 있다. 앞으로 내가 어떻게 살아갈 것인가를 너희들에게 이야기해주려는 거야."

고영무가 그들을 둘러보며 말을 이었다.

"나는 앞으로 라파엘 씨의 일을 맡기로 알폰소와 합의했다. 나는 그를 대신해서 무기에서부터 식량까지 조달해 그들에게 보내줘야 하는 책임을 맡았어. 그리고 미국에 있는 라파엘 씨 지지자들을 관리할 책임도 함께 말이야."

고영무가 영어를 쓰고 있었으나 최대광은 대강의 줄거리는 이해할 수 있었다. 이제는 조금 익숙해진 탓도 있지만 그 이야기를 고영무로부터 들었기 때문이다.

"하지만 그것이 내 일의 전부가 아니다."

고영무의 말에 모두들 긴장한 듯 상체를 세웠다.

"난 돌아가야 할 곳이 두 군데 있다. 하나는 엘도라도라고 불리는 황금의 땅이고, 또 하나는 내 고향인 한국이다. 너희들 네 명 모두의 고향이지. 난 그곳에 간다."

"보스, 이곳 일은 어떻게 합니까?"

짐 버클리가 턱을 들고 물었다.

"그리고 콜롬비아에 가서 무슨 일을 하려고 합니까?"

"라파엘 씨를 돕는 일이지."

고영무가 빙긋 웃었다.

"이곳에서도 할 일이 있지만 그곳의 일이 나에게 맞아. 상대가 눈에 보이고 바로 결과를 알 수 있거든. 그리고 그곳은 나에게 기회의 땅이야."

고영무는 짐과 브루노의 얼굴을 번갈아 바라보았다.

"나는 이제 나에게 맞는 일이 무엇인가를 분명히 알았어. 나는 앞으로 사건을 찾아다닐 거야. 그러면 사람들이 나에게 일을 맡기게 되겠지. 큰일을."

"……"

"나는 나를 따르는 사람들을 조직해서 잘 훈련된 집단을 만들 작정이다. 그래야 우리는 몸값을 올리고 대우를 받을 수가 있어. 그렇게 되면 돈과 명예를 같이 얻을 수가 있겠지."

"보스, 그럼 용병입니까?"

브루노가 눈을 껌뻑이며 물었다.

"그렇게 불러도 좋다, 브루노. 하지만 이왕 부르려면 부대라고 해라. 내가 만들려고 하는 것은 용병들이 모인 부대다."

"그럼 그 부대는 라파엘을 돕습니까?"

"알폰소와의 약속은 미국에서 그의 물자조달을 하는 것이었어. 인력도 마찬가지였지. 나는 그것에서 한 걸음 더 나아가려고 한다. 부대를 조직해서 콜롬비아로 들어간다."

"돈을 받고 말이지요?"

"장례비는 넉넉히 있어야 한다, 짐."

그러자 브루노가 빙긋 웃었다.

"좋습니다, 형님."

한국말로 불쑥 말을 던진 것은 신용만이다. 그는 다시 영어로 정정했다.

"하겠습니다, 보스."

"나도 마찬가지요, 보스."

최대광이 커다랗게 머리를 끄덕이며 영어로 대답했다.

"보스, 하겠습니다."

짐이 상체를 세우며 말하자 브루노가 눈을 껌뻑이며 고영무를 바라보았다.

"사람들은 어떻게 모읍니까?"

"소문이 나면 안 돼. 한 명씩 엄격하게 선발한다. 그것은 너희들이 신경을 써야 될 거야, 브루노."

"모두 지원하려고 할 겁니다, 보스."

"기준은 50명이야. 너희 둘은 준비위원을 맡아라. 군대 경험이 있는 콜롬비아인이면 더 낫겠지. 나는 일에 따라서 수당을 지급할 작정이다. 무보수로는 일을 시키지 않을 데니까."

"……"

"선발이 되면 우선 1만 달러씩 지급한다. 그것은 계약금이야. 그러고 나면 부대원이 되겠지. 그때부터는 엄격한 규율 밑에서 생활해야 한다. 지금까지는 무보수로 애국을 강요했지만 난 보수를 주고 준만큼 규율과 복종을 얻을 것이다."

짐과 브루노가 함께 머리를 끄덕였다.

"알겠습니다, 보스."

"이 일은 알폰소에게도 알릴 필요가 없어. 내가 내 책임 하에 진행하는 것이니까. 무슨 말인지 알겠지?"

"압니다, 보스."

신용만과 최대광은 그들을 바라본 채 입을 열지 않았다.

힐튼 호텔의 로비 라운지에 들어서자 기다리고 있던 박정환이 사람들을 헤치고 다가왔다.

"야, 너 요즘 유명인사가 되었더라? 다행히 TV에 사진이 안 나왔으니 망정이지 사진까지 나왔으면 사람들이 사인 받으려고 몰려올 뻔했어."

그들은 엘리베이터를 타려는 사람들 사이에 끼여 섰다. 박정환은 천성이 밝은 탓도 있지만 오늘따라 조금 들떠 보였다.

"아마 LA에 있는 한국 사람들은 모두 네 이름을 외우고 있을 거야. 어디 슈퍼마켓에 들어가서 네 이름을 대면 외상으로 물건을 줄 거다."

그들은 엘리베이터를 타고 식당에서 내렸다.

"오늘 내 애인더러 널 만나러 같이 가자고 했더니 무섭다는 거야. 우리가 결혼할 때 널 들러리로 쓰지 못하겠어."

"잘 되었다. 귀찮은 일 안 하게 되어서. 그럼 그 여자하고 결혼할 작정이냐?"

그의 들뜬 분위기에 젖어 고영무가 가볍게 물었다. 그들은 예약석으로 안내를 받아 자리에 앉았다. 20층에 있는 프랑스 식당이었는데 요리 값이 턱도 없이 비쌌으나 좌석은 빈자리가 거의 보이지 않았다. 식당에 앉은 남녀는 모두 정장 차림이었다. 고영무는 그들의 표정에서 선택된 사람으로 인정받고 싶어하는 것을 느낄 수 있었다. 음식 맛이야 어떻든 간에 옆자리에서 점잔을 빼고 있는 사람을 보면서 자신의 위치를 새삼 확인하는 곳이다.

“글쎄, 결혼 이야기는 아직 꺼내지 않았지만.”

커다란 메뉴판을 펼쳐 들면서 박정환이 얼굴에 웃음을 띠었다.

“오늘 점심때 프로포즈를 했지. 오늘은 나에게 역사적인 날이다.”

“내가 날을 잘 잡았군.”

“그 여자도 날 좋아한다고 말해주더군. 인사치레는 아니었어.”

“……”

“그래, 난 그 여자하고 결혼하겠어.”

“좋아. 내가 결혼 선물로 신형 자동차를 한 대 사주지.”

그러자 박정환이 메뉴에서 얼굴을 들고는 그를 멀뚱멀뚱 바라보았다.

“너 요즘 뭘 하는 거냐?”

정색한 박정환이 다시 물었다.

“이런 최고급 식당에서 만나자고 하고, 자동차를 선물하겠다고 하고. 넌 지금 어디서 살아?”

“자식아, LA지 어딘 어디야?”

“집도 샀어?”

“왜? 신문에 낼래?”

“서울에서는 계속해서 전화가 오고 난리야. 네가 납치범이 되었다가 만 사건이 그쪽에 알려져서.”

“회사에서?”

웨이터가 다가왔으므로 그들은 말을 멈추고 음식을 시켰다.

“물론 회사에서지. 넌 회사를 그만두었지만 히어로야. 영웅이라고는 말 못 하겠구만. 화제의 주인공이라고 말하는 것이 적당하겠다.”

고영무가 잠자코 그를 바라보자 박정환이 생각난 듯 물었다.

“너 이자영이 회사 그만둔 거 알고 있니?”

“내가 알 리가 있나? 어디 다른 회사에 스카웃되었니?”

“그게 아니야. 집에 있다는 거야. 소문이 조금 났었는데……”

“……”

“그랜드 호텔은 부회장이 허리운동 하는 곳으로 소문이 난 곳이야. 그곳을 이자영이 제 하숙집 드나들 듯했다는구만.”

“부회장도 혼자겠다, 잘 되었구만 그래.”

박정환이 머리를 끄덕였다.

“이자영이 보통 여자냐? 대야망이 있었겠지. 그래서 회장실로도 옮겼고.”

“그럼 결혼하려고 집에서 준비하는가 보다.”

박정환은 그 이상은 알지 못하는 듯 잠자코 있었다.

음식이 날라져 왔으므로 그들은 포크를 들었는데 박정환은 식욕이 나지 않는 모양이었다. 수프에서부터 사슴고기에 이르기까지 깨작거리다가 접시를 물렸다.

“너 콜롬비아에서 마약거래를 했니?”

포도주를 한 모금 마시고 난 박정환이 참을 수 없다는 얼굴로 입을 열었다.

“나만 알고 있을 테니까 말해 봐.”

“이 자식, 다음에는 사람 죽인 것이 사실이냐고 물을 참이군.”

고영무는 그를 향해 웃어 보이면서 포크를 내려놓았다. 그러고는 이미 그와의 사이에 쌓여진 보이지 않는 간격을 느꼈다. 그것이 이제 앞으로는 더욱 벌어질 것이고 이런 만남이 힘들지도 모른다.

“나는 사업을 하고 있어. 하지만 마약은 아니야.”

정색을 한 얼굴로 고영무는 그를 바라보았다.

“나는 내가 할 일을 찾아내었어. 옛날에 콜롬비아를 정복해 보고타를 건설한 것은 캐사다라는 스페인 장군이야. 8백 명의 군대로 상륙해서 보고타에 도착하니까 174명이 남았어. 황금의 땅을 찾아온 것인데.”

박정환이 물끄러미 그를 바라보았다. 이맛살이 찌푸려져 있었다.

“나도 그렇게 할 거다. 그리고 나는 그와는 달리 황금을 걷어 올 거다.”

“글쎄, 어떻게 말이야? 너도 말 타고 들어가겠단 말이냐? 그래서 은행이라도 털겠다구?”

고영무는 입을 다물고는 눈으로만 웃었다. 그러고는 다시 한 모금 포도주를 삼켰다.

“아버지는 나에게 기회를 놓치지 말라고 하셨지만 이제 나는 기회를 찾아 나설 거다. 두고 봐라.”

고영무의 말에 어깨를 늘어뜨린 박정환이 입맛을 다셨다.

“보스, 누가 미행하고 있는 것 같습니다.”

브루노가 백미러를 바라보며 말했다. 다운타운에서 웨스트우드로 향하는 고속도로를 달려가는 중이다.

고영무는 잠자코 브루노의 뒷머리를 바라보았다. 그러고 보면 미행할 만한 사람들이 여럿 있었다.

첫째는 페르난도의 일당이다. 마약으로 단단히 기반을 굳힌 그들은 막대한 자금력을 바탕으로 카스틸로 정권이 운용하는 공식적인 그룹이나 라파엘측의 협조자들보다도 더 막강한 교민 세력과 현지인들을 부하로 끌어들여 놓고 있었다.

“어떻게 할까요, 보스? 떨어뜨려 버릴까요?”

브루노가 상체를 딱딱하게 굳히면서 물었다. 그는 지금까지 택시 운전사가 생업이어서 자신 운전에는 도사다.

“호텔에서부터 따라오고 있었습니다.”

어쩌면 앨버트의 마약부원들이거나 FBI 요원들일 수도 있다.

크링거와 협상하여 크라우스를 제거하고 나서 그가 감춰 두었던 돈자루를 넘겨받을 수가 있었다. 크라우스는 금고 안에 있는 모든 것을 자신의 창고로 옮겨 놓았던 것이다. 크링거는 자신이 고영무를 본 적이 없다고 주장하였으므로 사건은 다시 원점으로 되돌아갔고, 고영무는 산타모니카로 옮겨 올 수 있었으나 그들이 금방 믿어주리라고는 생각하지 않았다.

"브루노, 따돌려라."

뒷좌석의 의자에 등을 붙인 고영무가 말하자 브루노는 대뜸 액셀러레이터를 밟았다. 신형 콘티넨털은 380 마력에 최고 속도가 260킬로였다. 무거운 앞부분이 불쑥 쳐들리는 것 같더니 이내 앞차들을 제쳐 가기 시작했다.

8차선의 도로에서 차량들 사이를 콘티넨털은 무서운 속력으로 빠져나갔다.

"이봐, 커크, 나야. 난 웨스트우드에서 UCLA 쪽으로 가고 있어."

브루노가 차 내에 장치된 무전기로 말하는 소리가 들려왔다. 핸들을 움켜쥔 채 머리 위쪽에 달린 마이크로 통화하는 것이다.

"나는 지금 검정색 승용차에 미행당하고 있어. 일제 같은데, 차 안에는 세 놈이 타고 있어. 네가 UCLA 쪽으로 와서 이놈들을 막아."

"알았습니다, 브루노."

커크의 목소리가 스피커에서 흘러 나왔다.

"커크, 난 UCLA 입구 쪽으로 회전해 들어갈 테니까 넌 그 앞에서 기다리고 있어. 내가 놈들을 뒤쪽에 달고 갈 테니까."

"신호를 해요, 브루노."

"좋아, 두 번 깜박여 주지."

브루노는 차의 속력을 뚝 떨어뜨렸다. 산타모니카에서 달려오는 커크와 시간을 맞추려는 모양이었다.

"보스, 해치워도 좋습니까?"

브루노가 백미러를 올려다보면서 물었다.

"놈들이 누구인지는 알아야겠다, 브루노."

"페르난도 일당 같습니다만."

그가 다시 힐끗 백미러를 올려다보았다.

"이제 바로 뒤쪽에 붙는군요. 아까는 거리를 두고 따라오더니."

"내가 힐튼에서 친구를 만난다는 것을 놈들이 알 리가 없는데, 브루노."

"놈들의 정보원이 사방에 깔려 있습니다, 보스. 카를로스가 집행관들을 보냈다는 소문도 있습니다만."

"집행관이라니?"

브루노가 다시 백미러로 고영무의 얼굴과 뒤쪽을 한꺼번에 바라보았다.

"페르난도는 카를로스의 소환에 따르지 않았습니다. 집행관은 그들 조직의 법을 집행하는 사람들입니다. 놈들이 어떤 명령을 받고 오는지는 알 수가 없습니다."

집행관이 오기 전에 페르난도는 명예와 돈을 찾아 놓고 싶을 것이다. 그가 LA에 남아 있는 이유도 그것 때문이라고 들었으므로 고영무는 잠자코 앞쪽을 바라보았다.

"보스, 여기에서는 소문이 빠릅니다. 카를로스, 카스틸로, 그리고 우리 측의 모든 사건이 하룻밤만 지나면 모두 알게 됩니다."

차의 속력을 내면서 브루노가 말했다. 그는 이제 조금도 긴장한 것 같지가 않았다.

"왜냐하면 카를로스의 조직원 가족이나 친척하고 카스틸로 사람들의 친척이 서로 이웃집에 살거나 친척 간인 경우도 있습니다. 대부분이 울베라 거리 부근에서 모여 살지요. 소문은 금방입니다, 보스."

“……”

“페르난도의 여동생이 보스에게 원한을 품고 있다는 것도 모두 압니다. 그의 약혼자 문제도.”

“약혼자라니?”

“매린은 약혼자였습니다.”

“……”

“밀리카는 아이를 뗴었다고 합니다. 여편네들한테서 퍼진 소문이지요. 남자들이 여편네에게, 여편네는 또 남자에게, 소문은 그렇게 돕니다. 본인만 모르는 경우가 많지요.”

브루노는 백미러를 바라보고는 다시 속력을 떨어뜨렸다.

“끈질기게 따라오는군요, 보스. 이젠 저놈들도 이쪽이 눈치 채고 있다는 것을 아는 모양입니다.”

그러자 스피커에서 커크의 목소리가 흘러 나왔다.

“브루노, UCLA 입구로 다가갑니다.”

“정문의 왼쪽 길을 봐. 언덕으로 올라가는 길인데 끝이 막힌 길이야. 그쪽 안으로 들어가 있어. 내가 이놈들을 끌고 갈 테니까.”

“어떻게 합니까? 정면으로 들이받아 버릴까요?”

브루노가 백미러로 고영무를 올려다보았다.

“커크, 놈들을 잡아라. 확인할 것이 있다.”

앞쪽을 향해 고영무가 말했다.

“알았습니다, 보스.”

커크가 대답하고는 통신이 끊겼다.

앞쪽에 표지판이 나타났고, 브루노는 바짝 길가로 차를 붙이면서 표지판의 화살표가 가리키는 방향으로 회전해 들어갔다. 그가 백미러를 힐끗거리면서 입을 다물고 있는 것으로 보아 뒤차도 여전히 따라오는 모양이었다.

밤 12시가 되어 가고 있었다.

UCLA 정문으로 향하는 길을 빠른 속력으로 달리던 검정색의 대형 콘티넨털 승용차가 갑자기 다른 승용차의 앞을 스치면서 도로의 우측으로 접근하기 시작했다. 깜박이는 켜지 않았으나 도로의 우측에서 정차하거나, 아니면 우측에 나 있는 길로 회전해 들어가려는 의도 중의 하나였다.

콘티넨털의 뒤쪽에서 차 한 대를 사이에 두고 따르던 검정색의 일제 도요타가 3차선에서 2차선으로 꺾어 들었고, 이미 1차선을 달리고 있는 콘티넨털의 뒤쪽에 붙으려고 속력을 내었다. 그러나 1차선을 달리는 두 대의 버스 때문에 한동안 버스와 나란히 달리면서 조바심을 내다가 불쑥 속력을 내어 버스를 앞질러 버렸다. 그러자 이제는 콘티넨털의 바로 뒤쪽에 붙어 있게 되었다.

눈치를 챈 모양인지 콘티넨털이 부쩍 속력을 올렸으므로 도요타도 이제는 바짝 따라붙었다. 그들의 눈에는 우측으로 빠지는 도로의 표지판이 거의 동시에 눈에 띄었다.

콘티넨털이 속력을 떨어뜨리지 않은 채 우측으로 꺾어 들어가자 무거운 차체가 우측으로 기울어지면서 타이어의 마찰음이 요란하게 났다. 도요타도 오히려 액셀러레이터를 밟으면서 우측으로 회전해 들어갔다.

그들 앞에는 직진 도로가 펼쳐져 있었는데, 길가에 드물게 가로등만 켜져 있을 뿐 왕래하는 차량은 두어 대밖에 보이지 않았다.

"보스, 이놈들이 옆쪽으로 다가오려고 하는데요."

백미러를 올려다본 브루노의 목소리가 조금 긴장되어 있었다.

"보스, 엎드려요!"

그러자 옆쪽에서 불이 번쩍이는 느낌이 들더니 유리창이 산산조각이

나면서 유리 조각이 차 안으로 뿌려졌다.

브루노가 급브레이크를 밟았으므로 도요타는 저만큼 앞질러 가다가 요란한 브레이크 소리를 내며 멈춰 섰다.

"보스, 괜찮습니까?"

핸들을 잡은 채 몸을 옆쪽으로 숙이고 있던 브루노가 소리쳤다. 고영무가 숙였던 몸을 조금 세웠다.

"난 괜찮아, 브루노. 놈들은 미행 정도가 아니었군 그래."

"또 옵니다."

도요타가 후진으로 달려왔으므로 브루노는 엎드린 채 와락 액셀러레이터를 밟았다. 이쪽에서 찢어질 듯한 타이어의 마찰음을 내면서 전진해 나갔는데 육중한 차체로 들이받을 기세였으므로 도요타가 후진해 오면서 왼쪽으로 꽁무니를 틀었다.

다시 무겁게 두들기는 소리가 들리면서 총알이 차체에 맞아 튀었고, 몇 방은 차 안으로 쏟아져 들어왔다.

"빌어먹을."

직진해 달리면서 브루노가 입 안으로 욕설을 뱉었다. 고영무는 뒷좌석의 캐비닛에서 우찌 기관총을 꺼내어 실탄 케이스를 소리 나게 집어넣었다.

"브루노, 속력을 조금만 줄여라."

브루노는 금방 말뜻을 알아차렸다.

콘티넨털은 속력을 떨어뜨리면서 1차선으로 바짝 붙어 달렸는데 뒤쪽에서 보면 엔진에 이상이 있는 것으로 보였을지도 모른다. 도요타는 금방 다가왔다. 2차선으로 다가왔고, 1차선을 직진하고 있는 콘티넨털이 그들에게는 절호의 기회였으므로 서두르고 있었다.

"옵니다."

왼쪽의 백미러를 바라본 브루노가 낮게 외치면서 핸들을 움켜쥔 채 몸을 조수석으로 기울이자 요란한 엔진 소리가 다가왔다.

도요타에서는 오른쪽 조수석과 뒷자리의 오른쪽에서 총을 쏘아 대고 있다는 것을 보아 두었다. 고영무가 벌떡 상체를 세웠을 때에는 도요타의 보닛이 바로 눈앞에 있었다. 고영무의 기관총이 비스듬한 각도로 불을 뿜었다.

그는 한꺼번에 60발을 몽땅 쏟아 부었는데 앞자리의 사내가 두 팔을 내흔들고, 운전사의 머리가 팽개쳐지듯 반대편 유리창에 부딪치고, 뒷자리의 사내가 놀란 듯 커다랗게 눈을 뜨면서 반대편으로 미끄러져 가는 것을 눈 한번 깜박이지 않고 바라보았다. 빈 탄창이 철컥이는 소리가 들리자 브루노는 브레이크를 밟아 차를 세웠다. 그들은 2차선을 직진하여 달려가는 도요타를 바라보았다. 도요타의 헤드라이트가 멀쩡했으므로 도요타의 앞을 가로막고 있는 시멘트 담장이 고영무의 눈에 보였다.

그들이 잠자코 그것을 바라보고 있는 사이에 도요타는 맹렬하게 달리더니 땅이 울리는 소리와 함께 담장에 부딪치면서 뒷바퀴를 번쩍 치켜들었다. 그러고는 옆쪽을 다시 한 번 담장에 부딪치더니 이쪽으로 머리를 향하고 멈춰 섰다. 그들이 보기에는 도요타는 이미 차가 아니었다. 엔진 부분이 좌석과 겹쳐져 있는 고철덩이가 되어 있었다.

옆쪽에서 브레이크 소리가 들리더니 차량 한 대가 멈춰 섰다. 핸들을 쥐고 있는 커크와 옆자리에 타고 있는 신용만의 모습이 보였다.

"돌아가자."

고영무가 말하자 브루노는 머리를 끄덕이며 차를 회전시켰고, 커크가 운전하는 왜건이 뒤를 따랐다.

그들이 다시 로터리를 우회전하여 고속도로로 접어들 때까지 고영무는 입을 열지 않았다. 그들은 미행하려던 것이 아니었다. 아직 누군지는 파악이 되지 않았으나 이쪽을 죽이려고 따라왔던 것이다.

고영무는 미행자를 잡아 신원을 알아보려고 했던 자신이 얼마나 상황을 무디게 인식하고 있었는지를 깨닫고 있었다.

응접실로 들어선 크링거는 자리에서 일어서는 동양인을 보고는 얼굴에 웃음을 띠었다. 동양인은 사십대 후반으로 보였는데, 체격이 컸고 넓은 얼굴에 콧날의 한복판이 폭탄을 맞은 것처럼 움푹 들어가 있었다. 영락없는 은퇴한 권투선수였다.

"여어, 미스터 김. 꽤 오랫동안 보지 못했소. 이거 기다리게 해서 미안합니다."

김이라고 불린 사내는 크링거의 손을 잡으며 따라 웃었다.

"그동안 이쪽에 사건이 있었다는 이야기는 들었습니다. 별일 없으서서 다행입니다."

"그거야 언론들의 놀음이지. 뭔가 터져야 시청률이 높아질 테니까."

그들은 탁자를 가운데 두고 마주앉았다.

"아마 사건이 없으면 사건을 만들려고 할 거요. 그래서 경찰과 기자는 사이가 안 좋은 겁니다. 하나는 사건을 막으려고 하고 한쪽은 될 수 있는 한 길게 끌려고 하거든."

김종무는 머리를 끄덕였는데 건성이었다. 크링거가 아무렇지도 않은 듯이 이야기를 했지만 예전의 그와 많이 달라져 있는 것을 느낄 수가 있었다. 전에는 LA에 도착하면 그의 부하들이 리무진에 태워 곧장 패사디나 근처에 있는 크링거의 저택으로 모셔다 주었던 것이다.

그런데 지금은 다르다. LA에 도착한 지 사흘 만에야 크링거를 만날 수가 있었다. 그것도 호텔을 세 번이나 옮기고 나서 크링거가 호텔 방으로 찾아온 만남이었다.

"어쨌든 그 일 때문에 내가 활동에 조금 제약을 받고 있기는 하지만."

크링거가 한쪽 다리를 꼬아 걸치며 김종무를 바라보았다.

"어때요? 미스터 리는 별고 없습니까?"

"네, 저희 보스는 저에게 대신 안부를 전하라고 말씀하셨습니다."

"고맙군. 그렇게 전해주시오."

크링거는 머리를 들어 김종무를 찬찬히 바라보았다. 그를 두 번째 만나고 있었는데 이번에는 그쪽에서 단단히 기대를 하고 온 모양이었다.

서울의 이성철이 세 번이나 전화를 해서 그쪽 시장의 가능성을 선전하면서 이번에는 4백만 달러어치의 물량이지만 5개월 후에는 1천만 달러어치의 물량을 가져갈 것이라고 장담했던 것이다.

"김, 내가 듣기로는 당신들이 홍콩하고 태국에서 물건을 들여오려고 한다던데, 그것이 잘 안 되었소?"

크링거가 웃음 띤 얼굴로 묻자 김종무가 눈을 깜박이며 턱을 들었다.

"들여오려고 했던 게 아니라 시장조사를 했을 뿐입니다. 잘 아시다시피 국내의 일부 세력들이 그쪽에서 물건을 들여 놓고 있어서요."

"그러다가 총에 맞아 죽었다던데, 한국도 꽤 살벌해진 모양이오. 죽은 미스터 강은 그쪽에 꽤 기반을 굳혔다던데."

"그렇습니다. 동남아의 공급자들하고 꽤 친했다고 들었습니다."

"이젠 경쟁자가 없어져서 미스터 리가 한몫 잡겠군. 그렇지 않소?"

김종무가 그를 바라보던 시선을 내렸다. 뻔히 알면서 묻는 소리로 들렸기 때문이다. 마약의 거래는 이성철보다 유장수의 기반이 더 굳었고 경력도 길었다.

이성철은 동남아 지역의 공급자들과 직거래를 맺으려고 노력했지만 성사시키지 못했던 것이다. 그것은 공급업자들이 강일준의 거래 라인을 꿰뚫어보고 있다는 증거였다. 강일준은 공급받았던 마약을 대부분 유장수에게 넘겼으므로 유장수 측에서 그들에게 거래 제의를 했다면 성사가 되었을 것이다.

그들은 한 지역에 하나의 거래업자를 내세워 지역별로 가격의 차이를 없애는 방법을 쓴다. 그러나 이쪽은 다르다. 남미에서 생산된 마약은 대부분 크링거의 손을 통하는데, 한국은 아직 크링거로부터 구매를 해본 경험이 없었고 이번이 처음 시작인 것이다.

"미스터 리는 한국 시장을 곧 장악하게 될 겁니다, 크링거 씨. 미스터 유는 동남아에서 들여온 물건을 팔고 있지만 그들로부터 신용을 얻지 못하고 있습니다. 왜냐하면 미스터 강을 살해한 것이 미스터 유이기 때문입니다. 그는 미스터 강을 유인해서 쏘아 죽이고는 물건을 강탈해서 시장에 내놓고 있습니다."

김종무가 준비해 두었던 것처럼 막히지도 않고 이야기를 하자 크링거는 잠자코 머리를 끄덕였다.

한국은 잠재력이 있는 시장이었다. 국민소득에 비추어 마약의 공급이 너무 적은 것이다. 그만큼 단속이 심한 탓도 있지만, 반대로 이윤은 단속이 심한 만큼 많이 남는다. 미국 시장에 공급하는 가격보다 세 배 가까운 비싼 가격으로 넘길 수가 있었다.

"미스터 유라는 작자는 믿을 수가 없겠구만. 언제 총부리를 나한테 겨눌지 모르겠어."

크링거가 그를 향해 웃자 김종무가 어깨를 내리며 따라 웃었다. 마약의 원산지인 콜롬비아의 카를로스는 모르는 사람이 없다. 그러나 그를 만날 길도 없으려니와 그에게 4백만 달러를 들고 갔다가는 그 돈으로 코를 풀어 내버리든가 돈만 빼앗기고 목숨을 잃을 것이다. 그리고 거기서 겨우 살아나온다 하더라도 이쪽 크링거의 일당에게 잡혀 뒤통수에 바람구멍이 생기게 된다. 그들은 생산업자와의 직거래를 철저히 차단하고 있는 것이다.

"좋소, 미스터 김. 우리 이제부터 거래관계를 맺어봅시다."

크링거가 상체를 세우며 그를 바라보았다.

"나도 진즉부터 계획을 세우고 있었소."

김종무는 가슴이 뛰었으므로 어금니를 물고는 시선을 내려 시치미를 떼었다.

이쪽과 손을 잡는다는 것은 마약공급뿐만 아니라 판매에 대한 지원까지 받게 된다는 것을 말한다. 그들은 물품의 통관부터 판매에 대한 견제 세력이 있으면 그것까지도 청소해 주었다.

김종무는 머리를 끄덕이며 자세를 고쳐 앉았다.

"고맙습니다. 우리는 최선을 다할 것을 약속드립니다."

지미 골드는 차 안으로 들어와 고영무의 옆자리에 앉더니 차 안을 둘러보았다.

"워싱턴에 있는 우리 빅보스가 이런 차를 타고 있는 걸 보기만 했는데 오늘 처음 타 보는군."

그는 가죽으로 된 시트를 손바닥으로 두드리다가 앞쪽에 놓인 소형 냉장고를 열어 보았다.

"이런, 샴페인 대신 위스키를 넣어 두다니, 자네도 형편없는 친구로군."

"지미, 용건을 이야기해. 차 구경하려고 만나자고 한 것은 아니겠지?"

고영무가 이맛살을 찌푸리며 그를 바라보자 지미가 냉장고의 뚜껑을 닫았다.

"동양인들은 대체적으로 유머가 없단 말이야. 여유 있는 생활을 하지 못하고 있어."

"이봐, 자네가 만나는 동양인은 마약소지자이거나 그런 혐의자야. 마

약부원 앞에서 유머러스해지겠나? 그런다면 당장에 자네 주먹에 얻어
맞을 텐데 말이야.”

“자네를 봐도 알 수가 있다니까, 고. 저쪽 옆자리에는 무엇이 숨겨져
있나? 우찌 기관총인가?”

그가 고영무의 옆쪽 팔걸이를 가리켰다. 대형 링컨 콘티넨털을 처음
타본다는 그는 팔걸이의 뚜껑을 열면 물품들을 놓을 수 있는 공간이 있
다는 것을 알고 있었다.

“잘 아는군, 지미. 실탄 60발이 장전되어 있지.”

힐끗 고영무의 얼굴을 바라본 지미가 의자에 등을 기대고는 두 다리
를 쭈욱 뻗었다.

“크링거는 백악관에서 지시가 있었기 때문에 보류시키고 있는 거야.
그 이유는 우리 빅보스인 로스만하고 안보보좌관인 포크너, 그리고 대
통령밖에 몰라. 그걸 가지고 날 이상한 눈으로 보지 말란 말이야.”

“난 오늘 2주일 만에 자넬 본 거야. 자넬 볼 기회가 없었어, 지미.”

“나이 삼십도 되지 않았는데 이런 차를 타고 다니고, 3백만 달러가 넘
는 해변가의 저택에서 살고 있어, 자네는. 미국은 기회의 나라라는 생각
이 들 거야. 그렇지 않나?”

지미가 손바닥으로 가죽 팔걸이를 가볍게 두드리며 말했다.

“UCLA의 모퉁이 길에서 건달 세 놈이 벌통 세 개가 되어 죽어 있더
구만. 신문에는 폭력배들의 영역 다툼이라고 났고 경찰들도 그렇게 알
고 있는 모양이지만, 그날 이후로 자네의 콘티넨털이 없어지고 이놈이
나타났단 말이야.”

그는 다시 의자의 손잡이를 두드렸다.

“나는 자네에게 경고해주려고 왔어. 자네 할 일은 이제 끝났어, 고. 자
네 원수도 갚았지 않나? 보상도 충분히 받은 것으로 알고 있는데.”

134

고영무는 머리를 돌려 그를 바라보았다.

"지미, 자네가 만나야 할 사람은 내가 아니야. 자네는 잘못 찾아왔어. 내가 자네에게 페르난도를 알려줬지만 자네는 페르난도는커녕 그 하수인 매린과 밀리카를 하루도 안 되어서 집으로 돌려보냈지."

"그리고 자네가 매린을 쏘았고."

지미는 입술 끝으로 웃으며 손으로 권총 모양을 해보였다.

"그리고 밀리카를 잡아다가 무슨 흥정을 하셨나? 크링거의 저택이 2차대전 때 노르망디 근처의 농가 꼴이 된 것은 무엇 때문인가?"

"그건 저희들끼리의 싸움이었겠지."

지미의 얼굴이 팽팽해졌다.

"고, 난 증거가 있어. 제보도 받았고. 크라우스를 처치한 것도 자네 솜씨야."

"그렇다면 잡아넣지 그러나?"

"그럴 작정이야."

"아닌 것 같은데. 자네는 날 이용가치가 있다고 생각하는 것 같아."

"빌어먹을."

지미가 주먹을 쥐고 의자의 팔걸이를 두드렸다. 세게 쳤으나 가죽의 탄성이 좋았으므로 주먹 쥔 팔이 우스꽝스럽게 튀어 올랐다.

"네가 라파엘의 일만 하지 않고 있었다면 벌써 잡아넣었을 거야!"

그가 얼굴을 붉히며 고영무를 노려보았다.

"그 빌어먹을 포크너가 언제부터인가 라파엘을 싸고돈단 말이야!"

지미가 이 사이로 말을 이었다.

"어쨌든 넌 운이 좋은 줄 알라구, 고."

"당연한 일이야, 지미."

고영무가 그를 바라보며 말했다.

한동안 차 안에는 침묵이 흘렀다. 문득 고영무가 창 쪽의 가죽 팔걸이를 손으로 두드리면서 얼굴에 웃음을 띠었다.

"이봐, 지미. 이곳을 열어보고 싶겠지?"

지미가 눈썹을 치켜뜨고는 그를 쏘아보았으나 입을 열지는 않았다.

"시가 피우겠나?"

그는 팔걸이의 뚜껑을 열고 시가 상자를 꺼내었다.

"선물로 주겠네, 한 상자를"

"보스, 지난번 UCLA 옆길에서 부딪친 놈들은 다운타운의 건달들입니다."

짐 버클리가 뒤를 돌아보며 말했다.

"놈들은 페르난도나 크링거와 아무런 관계가 없는 놈들이었어요. 그 중 두 놈은 폭력행위나 절도 등의 전과자였고 한 놈은 마약복용으로 벌금형을 받은 놈이었는데,"

고영무는 팔짱을 낀 채 잠자코 그의 얼굴을 바라보았다.

"놈들이 누구의 지시를 받고 그랬는지 저희들이 알아보고 있습니다. 하지만 난데없는 놈들이어서."

"알았어, 짐. 어차피 경찰이나 마약부 쪽에서도 알아내려고 하겠지. 마약부가 누구에게 당했는가는 아는 모양이니까 왜 그랬는가를 찾아볼 거야."

고영무가 등받이에 등을 기대자 짐은 머리를 돌렸다. 지미를 만나고 나서 산타모니카로 돌아가는 길이었다.

그를 만나 서로 언성을 높이고 화도 내었지만 고영무는 그를 향해 언제나 호의를 감추고 있었다. 그가 미국인으로서는 처음 가슴을 털어놓은 사람이기 때문인지도 모른다. 그리고 그와 함께 매린과 밀리카를 찾아내기 위해 함께 움직였던 동류의식이 기억에 자리잡고 있기도 했다.

그는 오늘도 경고하러 왔다면서 화를 내고 비꼬았지만 헤어진 지금 정리해 보면 충고를 주고 간 것이었다. 그리고 규칙을 벗어나지 않는 범위에서 정보도 주었다. 미국에서 라파엘을 지원하기로 한 것은 그의 말대로 라파엘의 일을 맡기로 한 자신에게 커다란 우산 역할을 한 것이다.

"짐, 카를로스의 집행관들은 아직 도착하지 않았나?"

문득 고영무가 묻자 짐이 이쪽을 바라보면서 머리를 저었다.

"아직 도착하지 않았습니다, 보스."

페르난도의 거처를 찾기 위해 짐이 부하들을 동원해보았으나 그는 자취를 감춘 채 흔적을 보이지 않았다.

그러나 페르난도가 이쪽을 노리고 있다는 것은 LA에 있는 콜롬비아인이라면 모르는 사람이 없을 것이다. 그는 고영무 때문에 돈과 명예와 가족의 일원인 매린까지 잃었다. 사람들은 그것을 모두 알고 있었다.

"페르난도가 그렇게 되었으니 누가 그를 대신해서 크링거와 거래를 하겠군. 그렇지?"

"그렇습니다, 보스. 당연하지요. 지금은 내전이 심해져서 자금이 더 많이 들 겁니다. 카스틸로 정권은 썩었습니다."

짐은 아예 뒤쪽의 고영무를 바라보고 돌아앉았다. 그의 얼굴은 상기되어 있었다.

"전에는 카스틸로 정권의 고위급들이 마약 대금의 일부를 상납받았지요. 그것으로 군사장비도 사고 어떤 때에는 다리도 놓고 했습니다. 그렇지만 이제는 모두 저희들 주머니로 들어갑니다."

"……"

"지금은 부대별로 돈을 받는다고 합니다."

"부대별로 돈을 받다니?"

"지역에 주둔해 있는 카스틸로의 부대들이 카를로스의 부하들에게 안전을 보장해주는 조건으로 돈을 받는다는 말입니다. 전보다 몇 배 더 돈이 들어가지요."

"……"

"위에서 썩은 냄새를 풍기니까 아래에서는 부끄러울 것도 없습니다. 당연한 일로 생각하고 있지요."

고영무는 이제 어렴풋이 백악관의 고위층에서 라파엘을 지원하는 이유를 알 것 같았다. 정권을 쥔 카스틸로는 이제 공공연히 카를로스의 사업을 보호해주고 있는 것이다. 마약은 콜롬비아의 고원지대에서 얼마든지 거둬들일 수 있었다. 한 달에 10톤의 물량을 실어 올 수도 있는 것이다.

"지난달에 카스틸로 대통령이 미국군과 합동으로 작전을 벌였다던데, 중부 고원지대에서. 그건 어떻게 된 거야?"

고영무가 묻자 짐이 입맛을 다시면서 머리를 저었다.

"정보를 미리 주어서 놈들은 모두 도망쳤다고 합니다. 애꿎은 원주민 마을 두 개를 폭격해서 원주민들만 죽였습니다."

"미국 신문에도 백여 명을 체포했다고 했어."

"원주민들입니다. 지금쯤 모두 풀어주었거나 미국 눈치를 보느라고 총살시켰거나 했겠지요."

고영무는 창 밖으로 시선을 돌렸다.

이것으로 라파엘의 대리인 노릇을 하게 되는 명분은 섰다. 카스틸로 정권이 부패했다는 것은 보고타에 있을 적에 어렴풋이 짐작하였고, 어쨌든 그 정권하에서 살인범의 누명을 쓴 입장이었다. 그것을 벗어나려면 그와 반대쪽인 라파엘을 도와야겠다고 마음을 먹었던 것이 이제는 명분까지 얻게 된 것이다.

가르시아는 장신의 메스티소였다. 키가 1미터 90이 넘었을 뿐만 아니라 몸무게도 150킬로 가깝게 되는 거인이었는데도 행동이 빨랐고, 대학에서 문학을 전공한 수준 이상의 두뇌를 가지고 있었다.

그가 힐튼 호텔의 프런트에 다가서자 위압감을 느낀 담당계원이 눈을 껌뻑이며 그를 올려다보았다.

"난 예약을 했는데."

그를 향해 웃어 보이자 그의 얼굴에서 어린아이 같은 천진스러움이 배어났다.

저도 모르게 따라 웃으며 계원이 물었다.

"성함이 어떻게 되십니까?"

"이온 가르시아요. 여기 내 여권이 있습니다."

그는 여권을 그의 앞으로 밀어 놓았다.

"아, 외교관이시군요, 선생님."

여권을 펴든 계원이 놀란 듯 머리를 쳐들자 옆쪽에서 백발의 지배인이 다가왔다. 그는 여권을 힐끗 보고는 가르시아를 향해 머리를 숙였다.

"저희 호텔을 찾아주셔서 영광입니다, 대사님. 이쪽으로 오시지요."

"지배인, 내 일행이 있습니다만."

가르시아가 웃는 얼굴로 뒤쪽을 가리켜 보였다. 두 명의 사내가 이쪽을 바라보고 서 있었다. 가르시아와 마찬가지로 말쑥한 정장 차림이었는데, 한 명은 스페인계 백인이고 다른 한 명은 혼혈임에 틀림없다고 지배인은 생각했다. 그들도 모두 외교관일 것이다.

그들에게 여권을 받아 프런트의 계원에게 넘긴 지배인은 자신의 예상이 적중한 것에 만족했다. 거인은 대사급이 소지하고 있는 1급 외교관 여권을 가지고 있었고, 나머지 둘은 영사급인 2급 여권이었다.

잠시 후 지배인의 안내를 받은 그들은 18층의 특실에 들어섰다.

"이 방이 대사님의 방이시고 영사님들의 방은 옆으로 나란히 있습니다. 불편한 일이 있으시면 언제라도."

"고맙소, 지배인. 친절하십니다."

가르시아가 그를 향해 활짝 웃었다.

지배인이 방을 나가고 등뒤로 문을 닫은 가르시아의 얼굴에서 순식간에 웃음기가 사라졌다.

"외교관 여권이 편하기는 하군."

이맛살을 찌푸린 그가 소파에 털썩 앉았으므로 소파의 스프링이 찌그덕거리는 소리를 내었다.

"돈이야, 가르시아. 돈이 그렇게 만든 거야."

로베르토가 빙긋 웃었다. 그는 스페인계 백인처럼 보이는 사내였다. 지배인이 짐작한 대로 그는 스페인이 콜롬비아를 정복한 이후로 350년 간 순수한 혈통을 지녀온 가계의 사내였다.

다른 사내는 말없이 창문을 열어 베란다를 내다보다가 화장실 문을 열어보면서 분주했는데, 그는 가르시아와 마찬가지로 메스티소인 키토였다.

"우선 파올로를 찾아야 돼."

가르시아가 넥타이의 매듭을 잡아당겨 늦추면서 뱉듯이 말했다.

"그놈이 빌빌거리고 돌아다니는 곳을 알아 두었지? 시간이 없어. 오늘 저녁부터 찾아봐."

소파로 다가오던 키토가 시계를 내려다보았다. 검은 눈에 음침한 분위기를 풍기는 사내였다.

"파올로는 내가 찾아보겠어. 여럿이 다니면 귀찮기만 하니까."

"좋아, 키토. 나하고 로베르토는 따로 갈 곳이 있어. 그럼 방에 가서 짐을 내려놓고 출발해. 로베르토는 내 방으로 다시 오고."

모두 짐을 가르시아 방 입구에 내려놓았으므로 문 앞으로 다가가던 로베르토가 몸을 돌려 그를 바라보았다.

"가르시아, 오늘 총을 가져갈 필요가 있을까?"

옆에 있던 키토가 힐끗 그를 바라보았다.

"언제나."

가르시아가 자르듯 말했다.

"시간이 없어, 로베르토. 페르난도를 보는 즉시 사살해도 상관없어. 이미 판결은 내려졌어."

그들은 잠자코 몸을 돌려 방을 나갔다.

가르시아는 문 옆의 짐 받침대에 내려놓은 철제 트렁크를 들고 와 침대 위에 내려놓았다. 이것은 아침에 보고타에서 외교행낭편으로 도착한 가방이다. LA의 콜롬비아 대사관에서 금방 찾아온 것이다. 그는 주머니에서 가방의 열쇠를 찾아 자물쇠를 열었다.

자물쇠는 이중으로 되어 있었으므로 그가 다른 열쇠를 찾아 구멍에 넣고는 비틀자 가방에서 철컥 소리가 났다. 가방을 연 가르시아는 만족한 듯 머리를 끄덕였다. 콜롬비아 외무부는 카를로스에게 협조적이었다.

가방 안에는 그가 애용하는 대형 콜트와 소음기, 총알 박스가 들어 있었다. 그리고 위쪽에 기다랗게 놓여진 것은 산탄총이다. 그리고 철갑탄도 들어 있는 것이 보였다.

4.

집행자 그룹

클럽 안은 소음이 가득 차 있어서 옆 사람의 말소리가 들리지 않을 정도였다. 그러다 보니 이야기를 하려면 소리를 질러야 했고, 서로 소리를 지르다 보니 더욱 소란스러워졌다.

바의 안쪽에는 음악 소리가 귀에 들리지도 않건만 서너 쌍의 남녀가 부둥켜안고 서 있었다. 명색이 춤을 추는 것이다. 웨이트리스 두어 명이 쟁반을 들고 사람들 사이를 헤치고 다녔는데 용케도 주문을 받아 내는 것이 신기할 정도였다.

키토는 맥주 한 병을 시켜 놓고 구석 자리에 앉아 그들을 바라보았다. 카리브 클럽은 남미의 이민들이 모이는 곳이었다. 대부분이 콜롬비아나 에콰도르, 베네수엘라에서 온 사람들이었고, 브라질이나 페루에서 흘러 온 사람들도 가끔 눈에 띄었다. 그들이 클럽 안에서는 마음 놓고 스페인어를 쓰고 있었으므로 앉아 있다 보면 고향에 있는 것 같은 착각이 들 때도 있다.

키토는 김이 빠진 맥주를 한 모금 마시고는 시계를 내려다보았다. 밤 10시가 넘어 있었다. 두 시간이 넘게 앉아 있는 것이다. 그가 입맛을 다시면서 다시 맥주잔을 쥐었을 때 기다리던 사내가 나타났다. 베네수엘라에서 밀입국한 미도스였다.

오십대 중반인 그는 구부정한 허리로 사람 사이를 비집고 안쪽으로 들어가고 있었다. 키토는 지나가는 웨이트리스를 손짓하여 부르고는 맥주병을 들어 보였다.

이젠 기다리는 사람이 왔으니만치 그가 일어설 때까지 다시 기다릴 작정이었다.

미도스가 바의 한쪽 구석에 있는 빈자리에 앉더니 손짓으로 술을 시키는 것이 보였다. 웨이터가 컵에 싸구려 위스키를 따라 그의 앞에 내려 놓았다. 조심스럽게 술잔을 든 그가 위스키를 한입에 털어 넣었다.

그는 코리아타운의 한국인 봉제공장에서 잡역부로 일하고 있지만 밀입국자이기 때문에 보수는 주는 대로 받고 있었다.

월급을 타면 몽땅 술을 퍼먹어 버리므로 사흘 정도 밤낮으로 술에 묻혀 살다가 돈이 떨어지면 봉제공장에 나가는 판이니 그를 고용해 쓰는 한국인은 마음이 너그러운 모양이었다.

키토는 웨이트리스가 가져온 맥주를 병째로 한 모금 마셨다. 금방 가져온 것이어서 시원했고 목구멍이 따르르 울렸다.

미도스는 베네수엘라에서 꽤 커다란 식당을 운영했었고 아내와 자식 넷이 있었다고 했다. 그러던 그가 헤레나라는 여자를 만나 정신없이 빠져들었고, 그러다가 바람기가 있는 헤레나가 애인과 함께 있는 것을 보고는 권총으로 쏘아 죽이고 밀항해 온 것이었다.

그는 이제 고향으로 돌아갈 꿈을 조금씩 잃으면서 조금씩 죽어 가고 있었다. 그에게는 술이 생활을 지탱해주는 음식이자 낙이었다. 술값이 없는지 선반에 진열된 술병을 바라보던 미도스가 비척거리며 의자에서 몸을 일으키고 있었다.

키토는 웨이트리스를 손짓해 불러 그녀의 쟁반 위에 돈을 던져 놓고는 사람들을 헤치고 클럽을 나왔다. 그는 어둑한 클럽 앞을 지나 옆쪽의 문이 닫힌 가게의 그늘에 가서 몸을 붙였다. 서너 명의 취객들이 앞을 지났다. 번화가와는 떨어져 있는 곳이어서 차량의 왕래도 드물었다.

클럽에서 미도스가 나오는 것이 보였다. 그는 비틀거리면서 이쪽으로 다가왔는데 뒤를 따르는 사람은 없다. 키토는 그가 다가오기를 기다렸다.

"미도스."

그는 머리를 숙이고 그의 앞을 지나치다가 깜짝 놀라 머리를 들었다.

"미도스, 나야. 키토."

"아아, 키토. 언제 왔어?"

그가 주위를 두리번거리면서 물었다. 아직도 두 눈은 커다랗게 치켜뜬 채였다.

"오늘 오후에."

키토는 그의 팔을 잡고 어둑한 길을 벗어나려는 듯 걸음을 빨리 옮겼다.

"그래, 나는 네가 올 줄 알았어."

땅을 내려다보고 걸으면서 미도스가 문득 말했다. 키토가 그를 돌아보았다.

"내가 왜?"

"난 너밖에 없다고 생각했어."

그들은 어두운 길을 벗어나 차량의 왕래가 빈번한 큰길로 나섰다.

"미도스, 내가 술을 한잔 사지."

"키토, 돈이면 돼."

키토는 끄덕이며 지나가는 택시를 향해 손을 흔들었다.

"좋아, 술도 사고 돈도 준비해 두었어."

서재의 문을 닫았으나 알렉산더는 바깥에 신경이 쓰였다. 바깥 응접실에 사내 한 명이 앉아 있었는데 그것이 마음에 걸리는 것이다.

"알렉산더 씨, 카를로스는 당신이 앞으로도 우리 일을 맡아주기를 바라고 있습니다."

가르시아가 부드럽게 말했다.

"나는 그것을 말씀드리려고 여기 온 겁니다. 페르난도는 안타깝지만 하던 일에서 손을 떼고 다른 일을 맡아야 할 것 같습니다."

알렉산더가 조그맣게 머리를 끄덕였다.

그러나 다른 일이 무어냐고 물을 필요는 없었다. 그것은 그들이 알아서 할 일이다.

"그런데 알렉산더 씨, 앞으로의 우리 관계를 위해서도 이것은 중요한 문제인데, 페르난도가 어디에 있는지 정말 모릅니까?"

가르시아가 얼굴에 웃음을 띠었다.

덩치에 어울리지 않는 천진한 웃음이었다.

"글쎄 가르시아 씨, 모른다고 말씀드리지 않았습니까? 그가 나에게 연락을 끊은 지 열흘이 넘었습니다. 전화도 불통이기에 이상해서 집으로 찾아가보았지요. 그랬더니 집도 빈 집이 되어 있었습니다."

알렉산더는 짜증이 났다.

그는 벌써 세 번째 페르난도를 물어보고 있는 것이다.

"그것 이상하군요. 페르난도와 당신 사이가 대단히 밀접하다고 들었습니다. 그런데 당신한테까지 연락처를 알려주지 않다니요?"

"그걸 내가 어떻게 압니까? 그쪽 사정이 있었겠지요."

바로 너희들 때문이라고 소리치고 싶었으나 그것은 마음뿐이었다. 알렉산더는 페르난도가 처해 있는 상황을 누구보다도 잘 알고 있는 사람이다.

그는 매린과 밀리카가 고영무의 고발에 의해 마약부에 잡혀 들어갔을 때부터 지금까지 객관적인 입장에서 관찰해 왔다. 페르난도는 실수를 하기는 했다. 그것은 여동생을 구해내려고 공금 2억 달러를 빼낸 것이다. 그것은 치명적인 실수였고, 이제 그 돈이 이쪽에서 떠난 마당에는 당연히 문책을 당해야만 했다.

그러나 알렉산더는 들리는 소문처럼 페르난도가 처형당할 만한 죄를 지었다고는 생각하지 않았다. 그는 이번의 일을 빼고는 수억 달러를 만지면서 제 몫으로 1만 달러도 챙기지 않은 사람이다.

카를로스가 미리 할당해 준 경비에서 한 푼도 더 쓰지 않고 돈이 남으면 부하들에게 나눠 주는 것을 본 적도 있었다. 알렉산더는 앞자리에 앉아 자신을 물끄러미 바라보고 있는 거인의 시선을 옆쪽으로 흘렸다. 이들이 페르난도를 잡아가려고 온 것이라고 생각하자 알 수 없는 화가 치밀어 올랐다.

"알렉산더 씨."

거인이 다시 부드러운 목소리로 그를 불렀다. 시선이 마주치자 거인은 다시 웃었다.

"당신은 당신 가족의 목숨보다 페르난도와의 의리가 더 중요합니까? 나는 그것을 알고 싶습니다."

"이봐요, 가르시아 씨."

알렉산더의 얼굴이 딱딱하게 굳어졌다. 그는 가르시아가 어떤 생각을 하고 있는지 금방 알아차렸다.

"난 모른다고 하지 않았소? 그리고 내 가족이 어쨌다는 거요?"

그의 목소리가 팽팽해졌다.

아내와 아이들은 마침 처가에 가 있었으므로 그는 집에 혼자 남아 있었다. 그러나 그들은 밤늦게 돌아올지도 모른다. 알렉산더는 혀로 아랫입술을 축였다.

"페르난도가 어디에 있는지 말해주시오. 당신과 당신 가족의 목숨을 살리려면."

목소리는 부드러웠으나 그의 얼굴에는 웃음기가 사라져 있었다. 그러자 그의 커다란 얼굴이 더욱 크게 보였다. 알렉산더는 저도 모르게 어깨를 움츠렸다.

"알면 이야기해줬소, 가르시아 씨. 맹세해도 좋습니다. 내가 왜 알면서 숨기겠소? 나도 내 중요한 고객인 카를로스 씨를 잃기가 싫단 말입니다."

가르시아는 다시 물끄러미 그의 얼굴을 바라보았다. 그가 두어 번 눈을 깜박이는 것을 보면 생각에 잠긴 것처럼 보였다.

"알겠소, 알렉산더 씨. 당신을 믿겠습니다. 당신이 카를로스를 배신하지는 않으리라고 믿어요. 하지만,"

그는 잠깐 말을 멈추고 알렉산더의 얼굴을 바라보았다.

"페르난도한테서 만일 전화라도 온다면 말입니다, 알렉산더 씨. 당신이 그에게 우리가 당신을 찾더라는 이야기를 할 것만 같단 말입니다."

"그럴 리가 가르시아 씨."

"그것을 우리는 막을 길이 없습니다, 알렉산더 씨."

"가르시아 씨, 나는 결코."

얼굴이 빳빳하게 굳어진 알렉산더가 다시 말을 이으려고 입을 벌렸다가 눈을 치켜떴다.

가르시아가 선뜻 가슴에서 총을 꺼낸 것이다. 대형 권총이었는데 소음기까지 끼워져 있었으므로 끔찍하게 보였다.

"그래서 이 방법밖에 없다고 생각했소. 우리를 만난 게 불행이오, 알렉산더."

그의 총구에서 흰 불꽃이 튀어나왔다.

산타모니카의 저택은 방이 여덟 개에 커다란 로비와 응접실이 있어서 처음에 신용만과 최대광이 함께 옮겨 왔을 때는 집이 너무 크다는 느낌이 들었었다. 그러나 지금은 저택의 안팎으로 사내들의 모습이 보였고 그 숫자는 점점 늘어났다.

고영무는 근처에 있는 저택 하나를 임대해서 그들을 옮기게 하였는데, 이제 직원들의 수는 40여 명이 되었다.

이른 아침에 고영무는 여느 때와 마찬가지로 저택에서 내려다보이는 백사장을 4킬로쯤 달린 후에 땀에 젖은 몸으로 계단을 올라왔다.

"여어, 고. 아침부터 부지런하군."

계단 끝 쪽의 난간을 잡고 아래쪽을 내려다보면서 말을 거는 사람은 뜻밖에도 지미 골드였다.

"아니, 지미. 이게 웬일이오? 아침부터?"

고영무가 놀라 묻자 그가 대답 없이 빙긋 웃었다.

"당신이 뛰는 것을 보고 있었어. 이젠 저쪽이 시작인 모양이군."

지미가 바라보는 쪽으로 시선을 돌린 고영무는 3백 미터쯤 떨어진 옆쪽의 저택에서 백사장으로 내려가는 10여 명의 사내들을 보았다. 그들은 이번에 뽑힌 부하들로, 시키지 않았는데도 짐 버클리의 인솔로 아침 운동을 했다.

그들은 백사장과 바다가 내려다보이는 테라스에 앉았다.

"저렇게 아침운동을 하고 나면 무얼 하지? 당신 부하들 말이야."

뛰기 시작하는 사내들을 바라보며 지미가 물었다.

"할 일이 많지. 정보 수집, 총기조작 훈련, 실내에서는 유격술 훈련을 하지. 내가 교관이야."

"그럴듯하군."

지미가 머리를 끄덕였다.

"LA에서 출퇴근하는 부하들도 있겠구만 그래."

"그런 셈이지. 그렇지만 교대로 이곳에 들어와 훈련을 받아야 돼."

이번에 뽑힌 산토스가 다가왔다. 검은 눈에 이목구비가 깔끔한 메스티소였다.

"고, 식사를 이쪽으로 내올까요?"

고영무가 지미를 바라보았다.

"어때? 같이 식사를 하지. 이 시간에 여기까지 오려면 아침을 걸렀을 텐데."

"좋지. 어디 호화판 아침을 먹어 볼까?"

고영무가 빙그레 웃었다.

"기대하지 말게. 토스트와 계란하고 우유야. 자네가 먹고 싶다면 스테이크라도 구으라고 할까?"

지미가 손을 저었다.

"난 그대로 해줘. 그만하면 충분해."

그들은 잠시 말을 멈추고 아래쪽을 내려다보았다.

"라파엘도 당신이 이렇게 군대를 모으는 것을 알고 있나?"

머리를 돌린 지미가 물었다.

"알고 있을 거야. 내가 부하들에게 말할 필요는 없다고 했지만."

"소문이 밖으로 새어 나가지 않도록 해야 돼. 이건 극비작전이야."

고영무가 머리를 돌려 지미를 바라보았다.

"어쨌든 라파엘을 위해서 하는 일이니까,"

그는 턱으로 백사장을 가리켰다.

"준비가 되면 계약을 해야 돼. 나는 대원들에게 보수를 주기로 약속하고 선발한 거야."

"저놈들은 애국심은 없나?"

"그건 힘을 쥔 놈들한테 물어 봐. 카스틸로나 라파엘, 아니면 카를로스라도."

산토스가 쟁반에 아침식사를 가져왔으므로 그들은 뒤쪽에서 떠오르는 태양빛을 비스듬히 받으며 식사를 했다.

"고, 위쪽에서 결정을 내렸어."

계란 프라이를 스테이크 다루듯이 나이프로 썰던 지미가 문득 머리를 들었다.

"기다리고 있었어, 지미. 아침부터 이렇게 온 것이 뭔가 있으리라고 짐작했어."

지미가 나이프를 세워 든 채 잠시 고영무를 바라보았다. 이윽고 그가 입을 열었다.

"저 친구들을 네바다의 특수부대 훈련장으로 보낼 수 있겠지?"

"가능하지. 하지만 내가 승낙해야 돼. 저들은 내 부하들이니까."

"고 자네 지금 몇 살이지?"

"스물아홉이야."

"대단하군. 그 나이에 이렇게 되었다니."

"목숨 값이야. 그리고 황금의 땅에 발을 디딘 값이고, 물러서지 않은 보상이지. 내 몫은 어떻게든 받아낸 덕분이야."

그들은 서로의 얼굴을 바라보다가 제각기 시선을 돌렸다. 모래사장을 뛰던 사내들은 이제 저쪽의 저택으로 오르는 가파른 길을 뛰어오르고 있었다.

짐 버클리의 구령 소리가 들렸다.

"이건 대통령과 몇 사람만 알고 진행하는 작전이야, 고. 잘 들어."

"듣고 있어."

이맛살을 찌푸린 고영무가 커피잔을 내려놓았다.

"우리는 카스틸로 정권을 전복시키려고 해. 그것도 내부에서."

지미가 말을 멈추고 고영무를 바라보았다.

"우리는 군대를 파견할 수도, 그렇다고 라파엘에게 군사고문단을 파견할 수도 없어. 카스틸로는 그래도 국가원수야. 주권국가를 우리 마음대로 전복시킬 수가 없단 말이야."

고영무는 잠자코 그를 바라보았다. 지미가 말을 이었다.

"하지만 지금 나라꼴을 보게. 놈은 공공연히 카를로스의 마약을 이쪽으로 보내 사복을 채우고 있네. 그놈이 있는 한 마약수출은 끊기지가 않아."

"……"

"카를로스보다도 카스틸로가 문제야. 그놈만 제거하면 카를로스는 금방 잡을 수가 있어. 나라가 온통 썩었지 않은가? 자네도 겪어보았을 텐데."

"자네가 자네의 부대를 데리고 보고타로 가게. 거기서 카스틸로를 제거해. 그러면 그땐 라파엘의 군대가 움직일 거네."

"……"

"그때까지는 라파엘은 물론 자네 친구인 알폰소에게도 이 일은 비밀로 해야 돼. 자네의 병사들도 거사 직전에 알도록 하고."

"……"

"절대로 우리가 개입되었다는 흔적이 있으면 안 돼. 무슨 말인지 알겠나?"

"알겠는데, 지미."

고영무가 상체를 세우고 그를 똑바로 바라보았다.

“난 저 사람들에게 자네와 사전에 이야기가 있었다는 말도 하지 않았네.”

지미가 입맛을 다시면서 그를 쏘아보았다.

“지미, 얼마를 주겠는가? 아니, 이미 결정되었겠군 그래. 나에게 어떤 조건을 제시하라고 하던가?”

“우린 돈이 없어.”

“무슨 개수작이야?”

고영무가 와락 이맛살을 찌푸렸다.

“그럼 콜롬비아에서 가져가란 말인가? 돈을 낼 사람이 어디 있어?”

“자네 말대로 황금의 땅 아닌가?”

“……”

“황금이 들판마다 열리고 있네.”

“이런 개 같은.”

고영무가 어금니를 물었다.

“그럼 마약을.”

“그래, 고. 카를로스에게서 압수한 마약은 모두 자네 몫이네.”

“그것을 내가 먹으란 말이야?”

“팔면 돼.”

산토스가 다가와 커피를 더 가져올지를 물었다. 고영무가 손을 저어 그를 보냈다. 고영무가 다시 어깨를 세웠다.

“지미, 마약부에 있는 네가 어떻게 그런 이야기를 할 수 있나?”

“마약부에 있으니까 이런 이야기를 하는 거다, 고. 빌어먹을.”

“나더러 마약 장사를 하라고 했겠다.”

“크링거에게 팔아.”

고영무가 눈을 치켜떴으나 말을 하지는 않았다. 지미가 냉랭한 얼굴로 말을 이었다.

"크링거에게만 팔란 이야기야. 1그램도 빼놓지 말고 모조리."

"……"

"그러면 우리는 크링거를 조종하는 거야. 그런 놈도 쓸모가 있을 때가 있지."

"……"

"내가 알기로는 3개월쯤 후에는 마약의 수확기야. 카를로스는 1톤쯤 모아 놓을 거야. 1톤이면 가격으로 얼마나 되려나?"

지미가 머리를 한쪽으로 눕혔다.

"고, 크링거에게 비싸게 팔지는 말게. 적당하게 받아. 내가 보기에는 아마도 5, 6억 달러는 될 성싶은데."

햇살이 등 쪽을 비추고 있었는데 이제는 아침의 서늘한 기운이 모두 햇살에 빨려들어 가고 있었다.

고영무가 잠자코 있자 지미가 그를 바라보며 빙그레 웃었다. 예상하고 있었다는 표정이었다.

고영무의 배웅을 받으며 차를 향해 걷던 지미 골드가 문득 걸음을 멈췄다.

"고, 어젯밤에 알렉산더가 강도에게 살해당했더군."

고영무가 잠자코 그를 바라보았다.

"경찰은 강도들의 소행이라고 보던데. 집 안에 있던 현금과 귀금속들을 털어간 모양이야."

"……"

"우리는 경찰의 발표를 믿어야지. 안 그래? 요즘은 강도가 흔해. 마구잡이로 사람을 죽이고 물건을 강탈해 간다구."

지미가 이곳저곳 칠이 벗겨진 BMW의 문을 열고는 고영무를 돌아보았다.

"일어서는 사람이 있으면 넘어지는 사람도 있게 마련이야."

고영무는 그를 향해 머리를 끄덕였으나 입을 열지는 않았다. 지미가 탄 차가 정문을 돌아 나가자 고영무는 현관으로 들어서서 산토스에게 말했다.

"짐 버클리를 불러라. 지금."

응접실로 들어가자 소파에 앉아 있던 최대광이 몸을 일으켰다.

"형님, 저 시내에 볼일이 있는데요."

"무슨 일인데?"

고영무의 말소리가 팽팽하게 일어서 있었으므로 최대광은 주춤거렸다.

"네, 저, 가게를 보고 오려고. 그리고 저를 좀 보자고 해서요."

최대광은 그와 시선을 마주치려 하지 않았다.

"다녀와. 용만이하고 같이."

"용만이 말입니까?"

그가 눈을 껌뻑이며 고영무를 바라보았다.

"그래. 용만이하고 같이 다녀오너라."

고영무가 자르듯 말하였으므로 최대광은 어깨를 늘어뜨리고 응접실을 나갔다.

그와 엇갈려서 짐 버클리가 들어섰다.

"보스, 부르셨습니까?"

"그래, 여기 앉아."

짐은 셔츠 차림이었는데 방금 샤워를 하고 왔는지 피부가 물기에 젖어 있었다.

"알렉산더가 어젯밤 살해되었다는 이야기 들었나?"

고영무가 묻자 그는 머리를 끄덕였다.

"저도 오늘 아침에 들었습니다. 그렇지 않아도 알아보려고 했습니다만."

"자네가 보기에도 강도가 살해한 것 같나?"

"집행자가 왔는지도 모릅니다. 알렉산더는 페르난도와 아주 가까운 사이였다고 들었으니까요."

"……"

"보스, 오히려 잘된 일 아닙니까? 만일 집행자가 왔다면 말입니다."

"잘된 일이지, 짐. 하지만 집행자가 나에게 이로우라고 그런 짓을 하는 것은 아니야. 놈이 왔다면 찾아봐."

"알았습니다, 보스."

자리에서 일어난 짐이 서둘러 응접실을 나갔다.

고영무는 한동안 소파에 앉아 움직이지 않았다. 지미 골드도 은근히 잘된 일이 아니냐는 듯한 눈치를 보였다. 페르난도가 고영무에게 깊은 원한을 품고 있다는 것은 그들 모두 알고 있는 일이다. 집행자가 오게 된 것도 따지고 보면 고영무가 마약대금을 강탈해 갔기 때문이다. 그런 페르난도를 잡으려고 집행자가 왔다면 이쪽에서는 두 손을 들어 환영해 주어야 할 일이다.

입맛을 다신 고영무는 머리를 들어 창 밖으로 보이는 바다를 내려다 보았다.

그런데 카를로스의 입장에서 보면 공금을 유용하고 명령을 어긴 페르난도도 처벌해야 할 것이지만, 그의 돈을 강탈해 간 고영무는 더욱 용서하지 못할 놈일 것이다.

최대광과 신용만은 산타모니카에서 다운타운에 도착할 때까지 차 안에서 딱 한 마디씩 말을 나누었는데 그것은 운전을 하던 신용만이 최대광에게 "야, 창문 닫아." 하는 말이었고 최대광은 "야, 너 성냥 있냐?" 하는 말이었다.

　신용만은 신용만대로 최대광이 여자 만나러 가는데 따라가는 것이 못마땅했고, 최대광은 옆에 신용만이 있는 것이 거북했다. 그러나 고영무의 명령이라 할 수 없는 일이었다.

　그들은 코리아타운으로 들어서서 새로 지은 오피스 빌딩의 주차장에 차를 세웠다. 점심시간이 되어서 샐러리맨들이 무리지어 빌딩을 나오고 있다.

　"너도 같이 들어가자."

　차에서 내리던 최대광이 불쑥 입을 열었다.

　"너도 한번 데려오라고 했어."

　"너, 나 때문에 방해되는 것 아니냐?"

　"이 자식이 그냥."

　"하긴 나도 반을 투자했으니까, 가보기는 해야겠다."

　신용만은 최대광을 따라 빌딩으로 들어섰다. 새로 지은 빌딩이어서 산뜻한 분위기였고 내부 장식도 훌륭했다. 그들은 계단을 통해 지하 1층으로 내려갔다.

　"야, 거 괜찮네."

　신용만이 앞쪽을 바라보며 빙긋 웃었다.

　유리로 된 현관문은 열려져 있었는데, 안의 가구와 바닥에 깔린 흰색의 양탄자가 보였다. 현관 위에는 '희 살롱'이라고 영문으로 조그맣게 씌어져 있었고 옆쪽의 벽은 무늬 있는 대리석이었다.

　최대광은 몇 번 와 보았으므로 거침없이 들어서다가 그를 향해 머리를 돌렸다.

　"괜찮냐? 모두 쟤가 꾸며 놓은 솜씨여. 나는 구경만 했어."

　결국은 제 자랑인지라 신용만이 입맛을 다시고 머리를 돌렸는데 안쪽에서 홍성희가 나왔다.

“오셨어요?”

먼저 신용만을 향해 아는 척을 했다.

“장사 잘 되겠군요, 분위기가.”

내부를 둘러보면서 신용만이 말하자 그녀는 밝게 웃었다.

“잘 돼요. 어제도 매상이 꽤 올랐어요.”

술과 음식을 파는 곳이었으나 안은 7, 8개의 방으로 꾸며져 있어서 서울의 룸살롱처럼 여자들이 시중을 들게 해놓았다.

그들이 홀에 있는 가죽소파에 앉았을 때 홀에 있던 여자 한 명이 다가왔다.

“마실 걸 드릴까요?”

홍성희 또래로 보이는 여자였는데 짧은 머리에 화장기 없는 피부가 갈색으로 반들거렸다. 두 눈을 동그랗게 뜨고 자리에 앉아 있는 사람들을 둘러보고 있다.

홍성희가 활짝 웃었다.

“참, 너 인사부터 드려. 이분이 내가 이야기했던 신용만 씨야.”

여자가 신용만을 향해 허리를 굽혔다.

“말씀 많이 들었습니다. 전 이은영입니다.”

엉거주춤 자리에서 일어난 신용만이 머리를 숙였다.

“난 신용만이라고……”

그러다 보니까 홍성희가 이야기를 해주었다는 말이 떠올라 그는 입을 다물고 다시 자리에 앉았다.

“이은영 씨 미인이다. 그렇지 않나?”

최대광은 그녀와 안면이 있는지 신용만을 향해 머리를 돌렸다.

“여기 교민이에요. 여기서 태어나고 자라서 한국에는 가보지도 못 했대요.”

홍성희가 거들었는데 당사자인 이은영은 얼굴에 웃음을 띤 채 홍성희 옆에 서 있었다. 그녀가 주문을 받고 돌아서자 최대광이 힐끗 신용만을 바라보았다.

"어떠냐? 이쁘지? LA에서 대학을 나오고 여기서 낮 시간에만 일하고 있어."

"성격이 밝고 영리해요. 그래서 가게의 회계를 맡겼어요."

신용만이 최대광을 바라보았다.

"너 볼일이 있다면서?"

그러자 최대광이 홍성희 쪽으로 머리를 돌렸다.

"날 보자고 한건 뭐 때문이야?"

"절 아는 사람이 왔었어요. 서울에서."

홍성희의 얼굴이 딱딱해졌다.

"절 보고 놀라더군요."

"당연하지. 소문이 안 날 줄 알았어? 그건 우리가 처음부터 예상했던 일 아녀?"

최대광이 시큰둥한 얼굴을 하자 그녀는 머리를 저었다.

"그게 아니에요. 방에서 술을 먹었는데, 종업원한테 유사장 이야기를 묻더래요. 유사장이 차려준 가게가 아니냐고."

신용만이 최대광의 얼굴을 바라보고는 상체를 세웠다.

"종업원이 모른다고 하니까 2백 달러나 팁을 주면서 꼬치꼬치 묻고 갔어요."

"그 사람 지금 어디에 있는지 아십니까?"

신용만이 묻자 그녀는 머리를 끄덕였다.

"힐튼 호텔에 있어요. 종업원이 그날 따라 나갔거든요."

"……"

"팁을 마구 뿌렸어요. 한국에서 온 졸부들이 하는 것처럼. 하지만 찜찜해서."

찜찜하기는 최대광도 마찬가지인 모양으로 신용만을 돌아보았다.

유장수와 홍성희의 관계를 냉큼 집어낼 정도면 연예가의 소식에 정통한 사람이다. 그리고 또 한 부류가 있다. 조직의 간부급들이다. 그들과는 홍성희의 집에서 자주 파티를 연 적이 있기 때문이었다.

"그것뿐이라면 저도 그냥 넘어갔을 거예요. 그런 소문은 어떻게든 흘러나올 수도 있으니까요. 하지만 그 사람, 저를 보았다고 누구한테인지는 모르지만 연락을 하더래요. 따라간 애가 목욕을 하다가 엿들었다는군요."

"……"

"불안해요. 이런 것까지 신경을 쓰게 해드려서 죄송하지만."

홍성희는 신용만에게 말하고 있다.

"우리가 알아보지요."

신용만이 머리를 끄덕이자 최대광이 홍성희를 위로했다.

"아무것도 아냐. 얼굴 팔린 값 하는 거라구. 그놈이 널 봤다는 자랑을 한 거야. 친구한테."

알바레스 고타드는 스물네 살이었으나 코와 턱은 물론 양쪽 볼에 무성한 수염이 덮여 있어서 사십대로 보일 때도 있다. 그는 열 살 때 부모와 함께 이민을 와서 미국 생활이 14년째 되었다. 고등학교를 졸업한 18세 때에 알바레스는 해병대에 자원입대를 했고, 작년 말에 해병 중사를 끝으로 5년의 군복무를 마쳤다. 그는 조국인 콜롬비아의 정치 상황에 염증을 느끼고 있었다.

알바레스는 피우던 담배를 땅바닥에 버리고는 구둣발로 비벼 껐다.

하루 종일 돌아다녀 보았지만 신통한 소득이 없었으므로 은근히 짜증이 난 그는 앞을 지나가는 사람들을 찡그린 얼굴로 바라보았다. 지금까지 카를로스의 집행관이 LA에 온 적은 한 번도 없었다. 그들은 주로 콜롬비아에서 활동했는데, 마약조직원에게 중형을 선고한 판사나 뇌물을 거절하고 조직원을 잡아들이는 경찰을 처형해 왔다. 알바레스는 기대고 섰던 상점의 벽에서 등을 떼었다.

울베라 거리의 뚜쟁이들과 멕시코인 거리의 마약쟁이들을 만나보았고 쓰레기 정보만을 전문으로 팔아먹는 거리의 부랑아들도 거의 훑어보았다. 그러나 아침에 짐한테서 타온 활동비 5백 달러를 거의 다 날렸을 뿐이었다.

시계를 내려다본 알바레스는 지나가는 택시를 세웠다. 10시 반이었다.

"어디로 갈까요?"

택시에 오르자 흑인 운전사가 백미러를 들여다보면서 물었다.

"시내로."

그러자 운전사는 흰자위를 굴리면서 다시 백미러를 들여다보았다.

"여기가 시내인데요, 미스터."

아직 갈 곳을 정하지 않았던 알바레스는 와락 이맛살을 찌푸렸다. 사람들을 많이 상대해 온 탓으로 이놈들은 첫눈에 손님들의 직업과 주머니 사정을 알아낸다고 들었다. 이놈은 이쪽 주머니에 몇 십 달러밖에 남아 있지 않다는 것을 알지도 모른다.

"시내 호텔로."

그러자 집행자들이 일급 호텔에 묵고 있을지 모른다는 생각이 들었다. 마약왕 카를로스의 집행자라면 주머니는 두둑할 것이다. 이쪽은 지금이야 자금이 풍족하지만 전에는 알폰소까지도 이류 모텔에 묵을 때가 많았다.

"시내 어느 호텔 말입니까? 빌트모어? 보나벤차? 힐튼? 셀튼 그랜드?"

운전사가 차를 발진시키면서 다시 물었는데, 알바레스의 귀에는 빈정대는 것처럼 들렸다. 놈은 일류 호텔의 이름만을 부르는 것이다.

"가까운 호텔로 가지, 미스터."

"가까운 호텔이라면 뉴오타니가 가깝습니다."

"거기 말고, 다른 곳."

"그렇다면 셀튼 그랜드로 가시죠."

알바레스가 잠자코 있었으므로 운전사는 차에 속력을 내었다.

그 시간에 최대광과 신용만은 힐튼 호텔의 로비에 앉아 있었다. 대형 상들리에가 번쩍이는 로비에는 끊임없이 정장 차림의 남녀가 드나들고 있었는데, 호텔에서 열리고 있는 시장 주최의 장애자 복지기금을 모집하기 위한 자선파티가 열리고 있기 때문이다.

최대광이 입맛을 다셨다.

"염병할. 이놈은 지금 어디에서 퍼마시고 있는 모양이다."

신용만은 대답하지 않고 출입구 쪽으로 시선을 주었다.

김종무는 프런트에 열쇠를 맡겨 놓은 채 외출에서 돌아오지 않았다. 그는 1525실에 묵고 있었는데 침실과 응접실, 커다란 화장실이 있는 스위트룸을 쓰고 있었다.

"잠깐 전화하고 올 테니까 출입구를 잘 보고 있어."

신용만이 자리에서 일어나며 말하자 최대광이 이맛살을 찌푸렸다.

"또 전화하려고? 그 새끼들한테 알아볼 게 뭐가 있다고."

"조용히 해, 인마."

신용만은 로비를 건너 화장실 옆의 공중전화 박스로 다가갔다. 카드를 꺼내어 전화기에 찌른 그는 하나씩 버튼을 눌렀다.

　서울에서 일을 맡길 사람은 그래도 이한기였다. 그와는 장규식 사건
에 일을 같이 했다는 인연도 있다.
　신호가 가고 있었다. 지금 서울은 오전 10시쯤 되었을 것이다. 한 시
간 전부터 두 번이나 전화를 했지만 받지를 않았던 것이다. 열 번쯤 신
호가 울리는 것을 들으며 마악 수화기를 내려놓으려는데 누군가가 수화
기를 들었다.
　"여보세요."
　남자의 목소리였는데 누군가는 짐작이 가지 않았다.
　"여보세요. 이한기 씨를 찾습니다. 여긴 신용만인데요, LA의."
　"아아, 신형. 나요, 이 한기요."
　그가 반기는 듯 목청을 높였다. 그러나 신용만에게는 다소 의외였다.
　"이형, 그 동안 별일 없습니까? 궁금해서 전화했는데."
　"나야 당분간 죽어 살고 있지 않습니까? 저쪽에서 날 찾는 통에."
　"장규식 씨하고 연락은 안 되지요? 그 사람한테 뭘 좀 물어보려고 그
러는데."
　"그 사람도 요즘 어디엔가 꾹 박혀 있는 모양이오. 유장수가 눈에 불
을 켜고 있습디다."
　신용만은 수화기를 귀에 댄 채 주위를 둘러보았다. 여기는 미국이다.
놈들이 어쩔 수는 없다.
　"그런데 신형, 무슨 일이오? 무엇 때문에 장규식이를 찾아?"
　이한기가 궁금한 듯 물었다.
　"그 사람이 발이 좀 넓지 않습니까? 물어볼 사람이 있어서."
　"누군데요?"
　"김종무라고, 지금 LA에 와 있는데 혹시나 장규식이 아는가 해서요."
　"김종무?"

"그래요."

"김종무라면 내가 아는데. 그놈이 그 김종무라면 말이오."

이한기가 소리치듯 말했다.

"그놈이 LA에 갔다면 미국에서 물건을 들여오려고 하는 모양이군. 태국에서는 거절당했거든."

"이형, 그렇다면."

신용만이 수화기를 고쳐 쥐었다.

"그렇다면 그놈은."

"이성철의 직속이오. 그놈은 키가 크고 나이가 사십대일 거요. 그렇지요? 콧날 가운데가 푹 꺼졌어요. 옛날에 권투하다가 직방으로 맞은 자국인데 그놈은 그걸 자랑으로 성형수술도 안 합니다."

홍성희가 말한 인상과 비슷했다.

"내가 전화하길 잘 했군요, 이형."

"그런데 그놈이 왜? 무슨 일이 있습니까?"

"아니, 아직. 이형, 내가 다시 전화하겠습니다. 고맙습니다, 이형."

"꼭 다시 전화 주시오. 내 사업하고도 연결되어 있는 것이어서."

"알았습니다."

수화기를 내려놓은 신용만은 길게 숨을 내쉬었다. 그렇다면 김종무란 사내는 마약운반업자로 LA에 마약을 구입하러 온 것이라는 말이 된다. 그는 유장수의 라이벌인 이성철의 부하인 것이다.

신용만은 로비를 가로질러 최대광에게 다가갔다.

"이 사람들은 외교관들입니다. 대사급하고 영사급 둘인데 우리 호텔의 VIP지요."

종업원 복장을 한 곤살레스가 주위를 둘러보며 말했다. 그는 호텔의 짐 나르는 포터였는데 알바레스의 친구인 호세와 아는 사이였다. 그리고 같은 콜롬비아 혈통인 것이다.

곤살레스한테서 넘겨받은 숙박인 명부를 들고 알바레스가 머리를 끄덕였다.

"대단한 놈들인 모양이구만. VIP용 객실을 세 개나 쓰고 있어."

"돈도 잘 씁니다. 팁도 10달러짜리를 집어줄 때도 있어요."

"공무원들이 무슨 돈이 있다고. 공금을 쓰는 도둑이야."

알바레스는 컴퓨터에서 뽑아낸 긴 종이를 다시 한 번 훑어보았다. 콜롬비아인은 사업가인 60대의 부부와 외교관인 세 사람밖에 없었다.

세 번째 들르는 호텔이었으므로 알바레스는 다리에 힘이 풀려 나갔다.

"어쨌든 이 사람들 얼굴이나 한번 봐둬야겠어. 지금 방에 들어가 있나?"

"그건 잘 모릅니다, 알바레스. 내가 프런트에 가서 알아보고 오지요."

"고맙네, 곤살레스. 내가 돈이 그것밖에 없어서 미안해. 내일 다시 줄 테니까."

"아니, 괜찮아요, 알바레스."

그들은 화장실에서 나왔다.

12시가 가까워지고 있었는데 파티가 끝난 모양인지 로비는 호텔을 빠져 나가는 손님들로 소란스러웠다.

"저거 누구야? 많이 본 놈인데. 저놈, 우리 식구 아냐?"

앞쪽을 턱으로 가리킨 것은 최대광이다. 그는 손님들 사이로 건너편 화장실 입구에 서 있는 알바레스를 바라보았다.

"그렇지? 우리 식구야. 짐 버클리의 부하다."

신용만이 머리를 끄덕였다. 그러나 이름은 생각나지 않았다. 스페인 계통의 이름은 그들에겐 외우기가 어려웠다.

그들이 그를 눈여겨보고 있는 동안 호텔의 웨이터 한 명이 그에게로 다가갔다. 웨이터가 무어라고 말하자 그는 머리를 가볍게 끄덕였다.

"저거, 저놈 아니냐?"

갑자기 최대광이 낮게 소리쳤고 신용만도 거의 동시에 현관을 들어서는 동양인을 보았다. 김종무였다. 이한기가 말했던 대로 그의 움푹 꺼진 콧날이 보였다. 오늘도 한잔 한 모양으로 얼굴이 벌게져 있었다.

"형님, 김종무란 놈은 서울에서 온 마약공급업자입니다. LA에서 마약을 구입해 서울로 가져가려고 하는 것입니다."

신용만의 말에 고영무가 잠자코 머리를 끄덕였다.

"그럴 수도 있겠지. 그 정보를 주었다는 사람, 이한기라고 했던가?"

"그렇습니다, 형님."

"그 사람도 마약사업을 한다구?"

"네, 형님."

"너희들하고는 우연히 알게 된 사람이란 말이지?"

"네."

고영무는 머리를 끄덕이며 시선을 바다 쪽으로 돌렸다. 파도가 거칠어지고 있었는데 하늘은 잔뜩 흐렸다. 눅눅한 바닷바람이 휘몰려 와서 테라스에 앉은 그들의 몸을 훑고 지나갔다.

고영무는 목에 두른 수건으로 이마의 땀을 닦았다. 마악 아침운동을 끝낸 참이었는데, 신용만과 최대광이 어젯밤에 김종무를 본 것을 보고하는 중이었다.

"그렇다면 크링거를 만났겠군."

혼잣소리처럼 고영무가 말했다.

"크링거는 시장이 넓어질 테니 좋아하겠구만. 아직 한국에 공급한 적은 없다고 들었다."

"……"

"너희들이 걱정하는 것은 그놈이 입을 놀려 홍성희 씨가 여기에서 장사하고 있다는 것을 유장수가 알게 되는 것이냐?"

"네. 아무래도 그렇게 되면 저희들이야 걱정할 것 없지만 홍성희 씨가."

신용만이 대신 대답했으므로 최대광은 잠자코 있었다.

"전화하는 걸 들었다면서? 이미 알고 있는지도 모르지 않나?"

"네, 그것도 그렇습니다."

본채의 이쪽으로 뚫린 문에 짐 버클리의 모습이 보였다. 그는 곧장 이쪽으로 다가오고 있었다.

그가 대뜸 말했다.

"보스, 알바레스가 살해되었습니다. 지금 꽃시장 근처의 71번가에서 시체가 발견되었다는 연락이 왔습니다."

그의 얼굴은 창백해져 있었는데 분노를 참고 있는 표정이었다.

신용만이 이맛살을 찌푸리며 그를 올려다보았다.

"알바레스라면 얼굴에 털이 뒤덮여 있는 사내 아닙니까?"

이제 이름과 얼굴이 제대로 연결이 되었으므로 신용만이 물었다.

"저희들이 어젯밤에 만났었는데, 힐튼 호텔에서."

짐도 들으라고 영어로 말했으므로 짐이 신용만을 향해 상체를 왈칵 돌렸다.

"신, 알바레스는 집행자들을 찾으려고 나갔습니다. 그는 목뼈가 부러져서 죽었는데 집행자들과 관계가 있는 것이 틀림없어요."

"어젯밤 12시쯤 되었을 땐데 그가 힐튼 호텔에서 어떤 웨이터하고 아는 척을 하더군요. 누군가를 기다리는 것 같았는데, 우리도 따로 할 일이 있어서 그 친구를 부르지는 않았습니다."

"그럼 그 웨이터는 기억하실 수 있지요? 알바레스는 힐튼에서 그들을 찾고 있었을 겁니다."

"알아볼 수 있을 것 같습니다, 짐."

"그럼 짐하고 같이 나가 보도록."

고영무가 턱을 들고 말했다.

"나가서 알아봐. 지금 당장."

신용만과 최대광이 자리에서 일어서자 고영무가 그들을 향해 다시 말했다.

"김종무의 일은 다시 상의하기로 하자. 놈의 거처나 분명히 파악해 놓고 있도록 해."

신용만과 최대광은 짐을 앞세우고 서둘러 저택의 본채로 들어섰다. 쟁반에 아침식사를 받쳐 든 산토스가 다가와 그의 앞에 내려놓았으나 고영무는 움직이지 않았다.

페르난도는 마르코와 시선이 마주치자 가볍게 머리를 끄덕였다.

"알렉산더를 살해한 것도 미도스의 목뼈를 부러뜨린 것도 집행자의 짓이야. 놈은 미도스에게서 무슨 정보를 들었을 거다."

"페르난도, 그저 입을 막으려고 처치했을지도 모릅니다. 미도스는 우리의 거처를 알고 있지 않습니다."

"……"

"어젯밤에는 알바레스라는 사내가 71번가에서 목뼈가 부러져 죽었습니다. 그 사람도 콜롬비아인인데요."

"콜롬비아인의 죽음을 모두 집행자의 짓이라고 볼 수는 없어."

페르난도가 입술 끝으로 웃었다.

"놈이 산타모니카에 근거지를 두고 있는 것을 알아낸 이상 우리의 목표는 1차로 고영무야. 놈을 제거하고 나서 떳떳이 집행자를 만나겠다."

"페르난도, 놈은 3, 40명의 부하들에게 둘러싸여 있습니다. 예전과는 다릅니다."

다른 것이 한두 가지가 아니었다. 고영무는 알폰소의 부하들을 장악하고 있었는데 그것을 알게 된 페르난도는 배신당한 기분이 들었다. 그는 알폰소에게 카를로스와의 조정 역할을 부탁했었고, 지금도 그것에 희미하게나마 기대를 걸고 있던 참이었다.

알폰소가 고영무와 언제부터 손을 잡았는가를 따져 봐야 했으나 지금은 그럴 여유가 없었다.

"그리고 저택에 마약부의 지미 골드가 드나들고 있었습니다. 놈이 미국 정부와 공공연히 손을 잡았다고 생각할 수도 있어요."

마르코의 얼굴은 피곤해 보였는데 사기가 떨어진 탓도 있었을 것이다. 예전에는 목숨을 바칠 듯이 다투어 충성심을 보이던 부하들도 슬금슬금 등을 돌려 지금 주위에 남아 있는 것은 10여 명밖에 되지 않는다. 그리고 시간이 지날수록 그 숫자는 줄어들 것이다.

"어떻게 됐어? 준비는?"

페르난도가 머리를 들고 마르코를 바라보았다. 파올로가 가늘게 숨을 내쉬었다.

"내일 오전 중에 가져오기로 했습니다."

"모두 다?"

"네. 가격은 조금 비쌌지만 저희들이 주문한 것은 모두 싣고 옵니다."

문이 열리더니 밀리카가 들어섰다.

"페르난도, 마르코와 같이 저녁식사를 하실 거죠?"

"그래. 같이 하자."

머리를 끄덕인 페르난도가 다가와 마르코 옆자리에 앉는 밀리카를 바라보았다.

"너는 내일 일에서 빠져라. 파올로한테서 들었는데, 넌 안 된다."

밀리카가 힐끗 페르난도를 보았지만 입을 열지는 않았다. 그의 이맛살이 조금 찌푸려져 있었다.

"네 기분을 모르는 것이 아니야. 하지만 네가 돕지 않아도 우리들만으로 충분해."

페르난도가 부드럽게 말을 이었다.

"내일 밤이면 모두 끝난다. 넌 여기서 내가 돌아오는 것을 기다려."

"페르난도, 그쪽은 30명이 넘는 인원이에요. 그리고 저택도 요새 같다고 들었어요."

"방법이 있어, 밀리카. 그런 걱정은 안 해도 돼."

페르난도는 더 이상 이야기를 하지 않겠다는 듯 머리를 젓고는 마르코를 바라보았다.

"내일 저녁에 밀리카에게 사람을 붙여서 집 안에 있도록 해, 마르코. 나는 그런 일에 더 이상 신경 쓰기 싫으니까."

"페르난도, 그렇게 고집을 피우는 이유가 뭐예요?"

밀리카의 얼굴이 조금 상기되어 있었다. 침을 끌어 모아 삼킨 밀리카가 페르난도를 똑바로 바라보았다.

"난 오빠마저 잃을 수는 없어요. 차라리 같이 있겠어요."

"그게 무슨 말이야, 밀리카?"

페르난도의 이맛살이 찌푸려졌다.

"일을 시작하기도 전에 무슨 쓸데없는 소리냐?"

"난 대원들의 분위기를 알 수 있어요. 페르난도가 죽으러 간다고 말하는 사람도 있었다고 해요. 명예를 지키기 위해서 싸우다 죽으려고 한다고."

"밀리카, 그만두지 못해?"

"나 때문에 생긴 일이에요. 난 오빠에게 무슨 일이 닥치면 결코 혼자 남아 있지는 않을 거예요."

"할 수 없군. 널 강제로라도 잡아 두는 수밖에. 애초에 보고타에서부터 내 일에 널 끼워 넣은 것이 잘못인지도 모르겠다."

페르난도가 탄식하듯 말했다.

"우리는 정면으로 가지 않고 바다 쪽으로 해서 저택에 들어간다. 내일 오전 중에 잠수복이 도착할거야. 바다 쪽 경비는 허술해. 그리고 우리는 어설프게 총싸움은 하지 않겠어. 로켓포로 저택을 한꺼번에 박살낸 다음 차근차근 놈들을 잡아 죽일 거다."

말을 마친 페르난도가 빙긋 웃었다.

"자, 저녁이나 먹으러 가자. 밀리카, 이젠 우리가 무모한 싸움을 하지 않는다는 걸 알겠지? 나하고 마르코만 알고 있었던 일이다."

페르난도가 자리에서 일어서자 마르코와 밀리카도 따라서 몸을 일으켰다.

"그 방법은 놈한테서 아이디어를 얻었지. 놈이 수류탄으로 크링거의 저택을 박살낸 것처럼, 이젠 놈이 당할 차례다. 철저하게."

페르난도가 자르듯이 말했다.

그들의 차는 도로가에 일렬로 주차되어 있는 승용차 사이에 끼여 있었으므로 저쪽에서 눈치 채지는 못할 것이다. 앞뒤로 늘어서 있는 차량들은 모두 이쪽 편 저택에 살고 있는 사람들의 승용차였다. 그것은 건너편도 마찬가지였는데, 똑같은 구조의 주택들은 집 안에 주차장 시설이 되어 있지 않았다.

건너편의 비스름한 앞쪽 건물을 바라보며 그들은 한 시간이 넘게 차 안에 앉아 있었다. 이제까지 한 사람이 들어갔고 10분쯤 전에 한 사람이 나갔다.

집 안에는 아래층의 불이 켜져 있었는데 커튼을 치고 있어서 희미한 불빛이 정원의 일부분에만 뻗어 나와 있었다.

"페르난도도 한물 갔지? 저런 집에 머물고 있다니."

로베르토가 불쑥 입을 열었다. 오랫동안 침묵이 계속되어서 답답한 모양이었다. 앞자리에 앉은 그는 조심스럽게 머리를 돌려 뒤쪽을 바라보았다.

"저택의 문 안쪽에는 두 놈밖에 없어. 그렇지? 나무 밑의 의자에 나란히 앉아 있는 놈하고 현관 옆의 기둥에 서 있는 놈."

그가 말하자 가르시아가 머리를 끄덕였다.

"그래, 한가하게 보이는 녀석들이구만."

"집 앞에라도 한 놈쯤 나와 있어야 할 것 아닌가? 그것이 방어 반경을 넓힐 수 있을 텐데 말이야."

"죽은 놈의 이야기로는 열 명 정도라고 했다던데. 나머지는 집 안에 있나?"

그들의 이야기를 듣고 있던 키토가 턱을 들어 앞쪽을 가리켰다.

"저기 2층의 창문 있잖아, 그쪽에 한 놈이 있어."

그들은 일제히 키토가 가리킨 2층 창문을 바라보았다. 짙은 어둠에 싸인 방이어서 사람의 흔적도 보이지 않았다. 빈 방으로 생각하고 시선이 머물지도 않았던 곳이었다. 그러나 유심히 바라보자 무엇인가 움직이는 분위기가 느껴졌다. 적외선 망원경이 있었다면 잘 보일 것이다.

"놈은 장총을 가지고 있는 것 같아. 저놈이 제일 위험해."

그들은 차 안에 앉아 한동안 그쪽을 바라보았다.

"좋아, 로베르토. 자네가 2층에 있는 놈을 처리해."

가르시아가 말하자 로베르토는 머리를 끄덕이며 저격용 라이플을 손에 쥐었다. 쿠바제로 사정거리가 5백 미터나 된다. 그러나 길 건너편의 이쪽 차에서 바라보면 7, 80미터의 거리였다.

가르시아는 주위를 둘러보았다. 밤 12시가 지나 있어서 주택가인 이곳에는 차량이나 사람들의 통행이 적었다.

마침 승용차 한 대가 페르난도의 옆집에서 멈추더니 두 남녀가 내렸다. 그들은 판자로 만든 낮은 담장 사이에 붙은 문을 열더니 안쪽으로 들어갔다.

가로등 한 개만 그쪽 편의 인도를 비추고 있을 뿐이어서 그들이 정원으로 들어서자 모습이 희미해졌다. 정원은 50평쯤 되었는데 저택에서 불빛이 흘러나오지 않았으므로 어두웠다.

"좋아, 보이는군. 움직였어."

이제까지 2층의 창문을. 바라보고 있던 로베르토가 말했다. 그는 총신이 긴 라이플을 들고 2층의 창문을 겨누었다.

"키토, 자네 별명이 고양이라는 말이 이제야 실감이 가는군 그래."

"로베르토, 나하고 키토가 길을 건너서 옆집으로 들어갈 테니까 날 잘 보고 있으라구. 우리가 옆집 정원에서 정원에 있는 놈들을 처치할 테니까 바로 2층에 있는 놈을 쏴. 시간이 잘 맞아야 돼."

가르시아가 말하자 로베르토가 머리를 끄덕였다.

"걱정할 것 없어, 가르시아. 단 한 방에 없앨 테니까."

"밖에 있는 것들을 없애면 너도 따라 나와."

가르시는 차의 문을 조심스럽게 열고는 밖으로 나왔다. 키토가 반대편 문으로 나와서는 뒤쪽으로 걸어 내려갔다. 만일 그들이 본다고 해도 건너편 주택으로 들어가는 사람들인 줄 알 것이다.

1백 미터쯤 걸어 내려온 그들은 페르난도의 집 쪽에서 바라보는 각도가 엷어지자 길을 가로질렀다. 그러고는 다시 인도를 걸어 오르기 시작했다.

키토가 앞장을 서고 가르시아는 20미터쯤 떨어져서 걷고 있었으므로 동행이 아닌 것처럼 보였다.

키토는 바지 주머니에 두 손을 찌르고는 머리를 조금 숙인 자세로 천천히 걸었다. 일에 지친 사람의 모습이었다. 더구나 몸매가 호리호리 한 데다가 얼굴도 뾰족한 형이었으므로 영락없이 지친 노동자처럼 보였다.

이윽고 그는 페르난도의 옆집 앞에까지 와서는 걸음을 멈추었다. 대문은 허리 높이까지 되어 있는 판자 대문이었는데, 밖에서 손을 뻗어 고리를 열 수도 있었으나 고리를 채워 놓지 않고 있었다. 그는 문을 밀치고는 옆집의 정원으로 들어섰다.

이제 바로 왼쪽에 낮은 담장을 사이에 두고 페르난도의 정원이 있었고 나무 밑의 의자에 앉아 있는 사내의 윤곽이 뚜렷이 보였다. 그는 이쪽을 바라보고 있는 중이었다.

10미터가 조금 넘는 거리였다. 그리고 저쪽 현관 앞의 기둥에 기대어 선 사내와의 거리는 20미터 정도가 된다. 키토는 정원을 가로질러 이쪽 집의 현관 쪽으로 다가갔다.

대각선을 이루던 저쪽 사내들과의 거리가 점점 가까워졌다. 이제는 나무 밑 사내와의 거리가 7, 8미터가 되었고 현관 쪽 사내와는 14, 5미터가 되었다. 그러자 가르시아가 뒤쪽에서 대문을 여는 기척이 들렸다.

사내들의 시선이 이제 그쪽으로 쏠리는 순간 키토는 호주머니에서 쥐고 있던 권총을 선뜻 빼어 들었다.

상체를 휙 틀면서 두 다리를 팔자형으로 벌려 땅을 단단히 딛고는 먼저 의자에 앉아 있는 사내의 흰 얼굴을 겨누고 방아쇠를 당겼다. 그러고는 맞는 것을 확인하지도 않고 총구를 돌려 현관 앞에 서 있는 사내를 향해 두 번 방아쇠를 당겼다.

그의 총구에서 푸른 불빛이 뿜어져 나왔을 뿐 모래자루를 주먹으로 치는 것 같은 소리는 밤하늘에 부서져서 금방 흩어졌다. 그러자 2층의 창에서 무엇인가 기다란 것이 아래쪽으로 떨어져 내렸다.

머리를 든 키토가 그쪽으로 총을 겨누었을 때는 이미 창틀에 걸쳐 상반신을 늘어뜨리고 있는 사내가 보였다.

"자 가자."

뒤쪽에서 가르시아가 다가와 선뜻 담장을 뛰어넘었다. 그의 손에는 대형 콜트가 쥐어져 있었는데 소음기까지 끼워 소총처럼 보였다.

현관 앞에 쓰러져 있는 사내의 몸에서 열쇠를 찾아낸 키토는 가르시아에게 그것을 들어 보이고는 현관으로 다가가 문구멍에 꽂았다.

집 안에는 불이 켜져 있었으나 바깥의 상황을 눈치 챈 듯한 낌새는 없었다.

철컥 소리와 함께 문이 열렸고 키토가 빨려들듯이 안쪽으로 들어갔다. 그 다음이 가르시아였다. 길을 건너온 로베르토는 곧장 문으로 해서 들어와 현관 앞을 지켰다. 현관을 들어서자 바로 조그만 대기실이 있었는데 사람이 없었으므로 키토는 2층으로 오르는 계단 옆으로 재빠르게 몸을 붙였다.

가르시아가 대기실을 횡단하여 옆쪽의 응접실로 보이는 문 쪽으로 다가가는데 2층에서 사람의 모습이 보였다. 그쪽도 거의 동시에 가르시아를 보았고, 입을 딱 벌린 사내가 윗도리의 안으로 손을 집어넣는 순간 가르시아의 총에서 섬광이 튀어나갔다. 소음기를 끼웠으나 대형 콜트는 소리가 컸다.

"퍼억."

소리가 대기실을 울렸고 가슴을 움켜쥔 사내가 계단으로 굴러 떨어졌다. 사내가 떨어져 내리기도 전에 가르시아는 발을 들어 응접실의 문짝을 찼다.

키토가 계단 입구 옆쪽에 있는 방문을 걷어차 열고 있었다.

가르시아는 소파에 마주앉아 있는 두 명의 사내를 보았다. 사내 한 명이 엉거주춤 일어서서 권총을 뽑아 들고 이쪽을 겨누는 순간, 가르시아의 콜트가 다시 불을 뿜었고 사내의 상반신이 훌떡 뒤로 젖혀지면서 탁자 위에 등을 부딪치고는 소파 밑으로 가라앉았다.

육중한 사내가 자리에 앉아 가르시아를 똑바로 쏘아보고 있었다.

"가르시아, 네가 왔구나."

페르난도가 가라앉은 목소리로 말하자 가르시아가 입술을 비틀면서 웃었다.

"그렇다, 페르난도. 나다."

갑자기 무엇인가가 깨지는 소리가 들리면서 여자의 비명 소리가 들려왔다. 그러고는 외치는 소리가 들렸다.

"죽여라! 이놈아! 날 쏴! 어서!"

밀리카의 목소리였다.

페르난도가 눈썹을 치켜떴고 그것을 바라본 가르시아가 다시 웃었다.

"밀리카가 있다는 얘기는 들었다, 페르난도."

그가 페르난도를 노려본 채 버럭 소리를 쳤다.

"키토, 이 방이다!"

곧 밀리카의 팔을 꺾어 젖힌 키토가 방으로 들어섰다. 그가 밀리카를 앞쪽으로 밀어젖혔으므로 그녀는 페르난도 앞으로 넘어져 왔다. 페르난도가 두 팔로 그녀를 받아 안았다.

키토는 몸을 돌려 밖으로 나갔다. 집 안을 더 수색할 모양이었다.

"페르난도, 이렇게 만나게 되어서 대단히 유감이군."

가르시아의 얼굴에 다시 웃음이 떠올랐다. 그는 앞을 가로막고 있는 기다란 소파를 한 손으로 가볍게 들어 옆쪽으로 내동댕이쳤다. 소파가 벽에 붙은 선반에 부딪치며 비스듬히 세워졌다.

가르시아는 이제 페르난도를 마주보면서 구석에 있는 조그만 나무 의자에 앉았다. 그의 대형 콜트는 조금도 흔들리지 않고 페르난도를 겨누고 있다.

"자아, 페르난도. 나는 이제 카를로스를 대신해서 너를 심문한다."

가르시아가 차분하게 입을 열었고 페르난도는 여전히 그를 쏘아보고 있었다.

밀리카는 자신의 발밑에 누워 있는 마르코의 얼굴을 보고는 두 다리를 움츠렸다. 그러자 다리가 떨리기 시작했고 그것이 상반신으로 옮겨져 갔다.

밀리카는 이를 악물었지만 이의 힘을 풀자 이제는 이가 딱딱 소리를 내며 마주쳤다.

마르코가 두 눈을 부릅뜨고 자신을 올려다보고 있는 것이다.

"우선 카를로스는 네가 2억 달러를 착복했는가 확인해보라고 하셨다, 페르난도."

가르시아의 얼굴에서 웃음기가 사라져 있었다.

그는 그 거대한 체구를 꼼짝도 하지 않고 앉은 채 페르난도를 바라보았다.

"나도 믿을 수가 없었어, 페르난도. 너쯤 되는 놈이 한국 놈 한 놈한테 그런 거금을 빼앗기다니."

"넌 언제나 내 자리를 부러워했지, 가르시아. 네 대갈통이 돌이라서 뜻대로 되지 않았지만."

페르난도가 말하며 빙그레 웃었다.

"네가 내 이야기를 듣고 춤을 추었다는 소문을 들었다. 하지만 카를로

스는 너 같은 돌멩이한테는 이 일을 맡기지 않는다, 가르시아. 착각하지
말아라."

가르시아가 물끄러미 그를 바라보았다.

"난 돈을 찾으려고 준비 중이었다. 그런데 네놈은 그것도 바라는 일이
아니지. 내 명예가 회복되면 넌 다시 산속으로 들어가 장작불을 때야 할
테니까. 솔직히 네 손에 든 그 권총도 어울리지가 않아. 그것은 개화된
사람들이나 갖고 다니는 거야. 너한테는 도끼나 칼이 어울려."

이를 악문 밀리카가 힐끗 페르난도를 바라보았다. 그리고 그가 될 수
있는 한 빨리 목숨을 버리려고 하는 것으로 짐작을 했다. 그러자 차츰
몸의 떨림이 멈추었고, 악문 이의 힘을 풀어도 이제는 이도 마주치지 않
았다.

키토가 방으로 들어왔으므로 가르시아의 눈동자가 조금 흔들렸다.

"가르시아, 아래층 주방 구석에 한 놈이 숨어 있길래 머리가 시원하게
해주었어."

그는 페르난도와 시선이 마주치자 빙그레 웃었다. 입으로만 웃는 웃
음이었다.

"페르난도, 우리는 항상 네가 분수에 맞지 않는 일을 하고 있다고 생
각했는데 결국은 생각대로 되었군."

페르난도가 그를 바라보며 머리를 끄덕였다.

"넌 강가에서 썩은 고기를 주워 먹다가 친구 몇 명을 배신한 대가로
이렇게 출세하였구나. 네 특기가 목뼈 부러뜨리는 것이었지? 네 목을
보니까 단단하지는 않게 보이는데."

키토가 힐끗 가르시아를 바라보았다.

"가르시아, 일 끝냈어? 얼른 저놈 숨을 그치게 하고 떠나자구."

"한 마디만 더 물을 게 있어."

가르시아가 페르난도를 향해 턱을 들었다.

"한국 놈한테 빼앗긴 금액이 정확히 얼마라고 했지, 페르난도? 2억이냐, 2억 3천이냐?"

페르난도가 물끄러미 그를 바라보았다. 한동안 방 안에는 침묵이 흘렀는데 갑자기 페르난도의 웃음소리가 그것을 깨었다.

"하하. 그 돈을 착복한 놈이 또 있는 모양이구만. 3천만 달러를. 그렇지? 카를로스에게 전해질 때는 1억 7천이 되어 버린 모양이야."

가르시아와 키토가 서로 얼굴을 마주보았다.

"그래, 너희들의 돌 머리가 어떤 궁리를 하고 있는지 안다. 돈을 가져간 것은 토레지. 그놈이 나한테서 2억을 가져갔으니까, 그놈이 그 사이에 3천만 달러를 떼어 1억 7천을 카를로스에게 바치고 내가 2억 3천을 썼다고 보고한 거야. 너희들은 여기 일을 끝내고 토레한테 가는 거다. 떼어먹은 3천만 달러 중 얼마를 내놓지 않으면 페르난도한테서 들은 대로 카를로스에게 말하겠다고 하는 거야."

"……"

"너희 둘이 왔으면 둘이 나누고, 셋이면 삼등분하는 거다. 아니, 가르시아, 네가 선임자니까 네 몫을 조금 더……"

"됐다, 페르난도."

가르시아가 자리에서 일어섰으므로 밀리카는 숨을 들이마셨다. 그녀는 자신도 모르게 페르난도의 한쪽 손을 움켜쥐었는데 그도 맞잡은 손에 힘을 주었다.

"페르난도, 그 잘난 입을 멈출 시간이다."

가르시아가 총구를 치켜 올렸을 때 그는 페르난도와 밀리카의 두 눈이 커다랗게 치켜떠지는 것을 보았다. 처음에는 공포감에 의한 작용인 줄 알았으나 별안간 가슴이 섬뜩해졌다. 그들의 시선이 자신의 뒤쪽을 향해 있는 것이었다.

"손들어라!"

뒤쪽에서 커다랗게 외치는 소리가 들렸으므로 가르시아는 어깨를 움찔 올렸고 키토는 과연 고양이다웠다. 소리를 듣자마자 상체를 와락 비틀면서 뒤쪽을 향해 총구를 뻗었다.

"드르르르"

가르시아에게 익숙한 기관총의 무딘 총성이 들렸다.

가르시아는 키토의 사지가 제멋대로 흔들리면서 자신의 앞쪽으로 넘어지는 것을 보았다. 두 눈을 치켜뜬 키토는 온몸에 수십 발의 총알을 받고는 마르코의 옆쪽에 쑤셔 박혔는데 아직도 상황을 이해하지 못한 듯이 두 눈을 둥그렇게 뜨고 있었다.

"총을 버려."

가르시는 손가락의 힘을 풀고는 권총을 바닥에 떨어뜨렸다. 그의 등을 총구가 다가와 앞쪽으로 밀었다.

"바닥에 꿇어 앉아."

앞쪽에서 페르난도와 밀리카의 시선을 정면으로 받고 있었으므로 가르시아는 아랫입술을 깨물면서 머리를 뒤쪽으로 조금 돌렸다.

그러자 성큼 자신의 눈과 비슷한 높이의 사내가 옆쪽에서 다가와 얼굴을 가깝게 대었으므로 그는 흠칫 놀랐다. 이제까지 한 번도 이런 놈을 적으로 만나본 적이 없었던 것이다.

순간 가르시아는 자신의 허리춤을 사내가 움켜쥐는 것을 깨닫고는 자신도 모르게 사내의 어깨를 쥐었다. 두 발에 힘을 주고 선 가르시아는 두 팔에 힘을 주었다.

이제까지 한 번도 힘으로 해서 져본 적이 없었다. 가르시아가 와락 사내의 어깨를 쥐고 상반신을 잡아당기자 사내는 털썩 그의 가슴에 안겨

왔다. 가르시아의 가슴이 뛰었다.

그러자 다음 순간 가르시아는 다리 한쪽이 공중으로 떠오르는 것을 느꼈다. 그 다음에는 두 다리가 함께 떠오르면서 상반신이 밑으로 잠겨졌다.

최대광은 업어치기로 사내를 넘기는 순간 불끈 살의를 느꼈다. 이놈은 엄청난 거인이었다. 체중도 자신보다 2, 30킬로가 더 나갈 것 같았다. 그는 상반신을 밑으로 하여 응접실 바닥에 처박히는 사내의 머리를 안쪽으로 비스듬히 끌어당기면서 사내의 두 팔을 거머쥐었다. 사내가 머리부터 응접실 바닥에 떨어졌다. 두 팔로 머리의 충격을 완화시키지 못한 거인은 온 체중을 머리로 받으면서 떨어졌고, 머리와 목의 각도가 비스듬하게 어긋나서 내리 꽂혔다.

뚜둑 하는 소리가 선뜻하게 응접실을 울렸다. 뼈가 부러지는 소리였다. 머리가 가슴 안으로 굽혀지면서 꺾였으므로 가르시는 머리를 깔고 엎드린 자세가 되었다.

페르난도가 눈을 치켜뜨면서 입을 벌렸고 밀리카는 눈을 감았다.

거인이 손바닥을 털면서 옆쪽으로 비키자 사내 한 명이 페르난도에게 한 걸음 다가왔다.

"페르난도, 내가 고영무다."

페르난도가 눈을 깜박이며 그를 바라보았으나 입을 열지는 않았다.

"오늘 처음 얼굴을 보지만 생소한 느낌이 안 드는군."

그는 얼굴을 활짝 펴고 웃으면서 그의 앞자리에 앉았다. 가르시아가 앉았던 자리였다.

"이것들을 치워라."

그가 주위를 둘러보며 말하자 짐 버클리와 브루노가 다가와 시체들을 들어 내갔다.

신용만과 최대광이 고영무의 양쪽에 서 있었으나 딴전을 부리는 듯이 주위를 두리번거리고 있었다.

"페르난도, 이젠 어쩔 수 없게 되었군. 집행자들마저 처치해버렸으니."

제가 해놓고는 둘러씌우는 것 같기도 하고 같이 걱정해 주는 것 같기도 했으므로 페르난도는 멍한 얼굴로 그를 바라보았다. 그리고 이상 한 것은 이놈한테 원한이 치솟아 오르지 않는다는 것이었다. 가르시아만 오지 않았더라면 내일 밤이면 이놈의 저택을 로켓포로 박살을 낼 작정이었던 것이다.

페르난도는 이를 악물고는 머리를 돌렸다. 이 한국 놈한테는 언제나 선수를 빼앗기고 있었다. 그러자 밀리카의 얼굴이 보였다. 그녀도 똑같이 아랫입술을 깨물고 있었으므로 페르난도는 머리를 돌리며 입술을 풀었다.

출정 전야

5월의 이른 아침이었다.

아침운동을 끝낸 고영무는 테라스에 앉아 커피를 마시고 있었다. 네바다의 특수훈련장에서 돌아온 지 이틀째가 되는 날이다. 바닷바람이 얼굴에 와 닿았고 가슴 가득히 신선한 공기가 들어차고 있다. 아침 6시부터 밤 9시까지의 고된 훈련이었으나 42명의 대원 중 낙오한 사람은 한 사람도 없었다.

스무 살에서 마흔다섯 살까지의 다양한 체격조건과 연령, 그리고 교육 수준과 기능의 차이가 있는 사람들이었다.

훈련본부측은 그룹을 두 그룹으로 나누어 훈련을 시켰는데 정보 연락조직과 행동조직이었다. 정보 연락조직은 3, 40대의 장년들이었고 행동조직은 20대가 대부분이어서 훈련의 방법이 달랐다.

땀에 젖었던 얼굴의 피부를 바람이 시원하게 훑고 지나가자 고영무는 만족한 듯 의자에 등을 기대었다. 아직 아침 해가 뜨려면 20분쯤 지나야 할 것이다.

조심스러운 발자국 소리가 다가오고 있었다.

"보스, 전화가 왔습니다."

무선전화기를 손에 쥔 산토스가 그의 앞에 서 있다.

"앨버트 씨인데요."

고영무는 잠자코 전화기를 받아 들었다.

특수부대에서 훈련을 받는 동안 앨버트가 두 번 찾아왔었다. LA에서 이 일을 알고 있는 사람은 앨버트와 지미 두 사람밖에 없다.

"앨버트, 무슨 일이오? 아침 일찍부터."

전화기를 잡은 고영무가 대뜸 물었다.

"이 시간이면 운동을 마치고 있다는 것쯤은 알고 있어, 고."

그의 목소리는 딱딱했다.

"첩보위성이라도 띄우고 있는 모양이군."

"부하들은 모두 휴가를 보냈나?"

"닷새간 휴가를 주었으니까 사흘 후면 돌아올 거요."

"일주일 후로 결정이 되었어. 놈들, 휴가 잘 보낸 거야."

고영무는 머리를 돌려 옆에 서 있는 산토스의 얼굴을 바라보았다. 그는 가족이 콜롬비아에 있었으므로 돌아갈 집이 없어 휴가를 가지 않았다.

"점심때 클리프톤 카페 옆의 안드레아라는 조그만 식당이 있는데 거기서 식사나 같이 하지."

"알았습니다, 앨버트."

전화기를 건네주자 산토스가 물었다.

"보스, 커피 더 드릴까요?"

"됐어, 산토스. 그런데 네 고향이 어디라고 했지?"

"칼리 근처입니다, 보스. 저는 강가의 조그만 마을에서 자랐습니다."

그의 검은 눈이 고영무를 똑바로 바라보고 있었다. 그는 브루노의 추천으로 고영무의 부하가 되었는데, 나이는 스무 살밖에 되지 않았지만 영어가 유창하고 체격이 건장했다. 고향에서 고등학교를 졸업한 후 바로 밀항선을 타고 LA에 도착하여 2년 동안 갖은 일을 다한 모양이었다.

입이 무거운 산토스는 묻는 말 이외에는 대답하지 않았는데 그것이 고영무의 마음에 들었다.

"고향에 가족이 있나?"

고영무가 묻자 그는 눈을 깜박였으나 시선을 떼지는 않았다.

"보스, 그것은 잘 모르겠습니다. 아직도 가족이 있는지는. 제가 떠나올 때만 해도 어머니가 동생들과 함께 집에 계셨지요."

"……"

"아버지는 정부군의 소령이었습니다. 라파엘 대통령 시절이었는데, 카스틸로의 부하들에게 잡혀 갔습니다. 어떻게 되었는지 모릅니다."

고영무가 잠자코 있자 그는 한 걸음 뒤로 물러섰다. 더 이상 말을 하기 싫다는 몸짓으로도 보였다.

"브루노를 불러와."

"알았습니다."

그는 몸을 돌려 본채의 입구로 다가갔다. 그의 뒷모습에서 시선을 땐 고영무는 바다 쪽으로 몸을 돌렸다. 뒤쪽에서 희미하게 태양의 빛살이 드러나고 있었으므로 바다 색깔이 검푸른 빛에서 점점 엷어지고 있는 중이었다. 출렁거리는 파도의 끝이 가끔씩 빛을 잡아 반짝이고 있다.

산토스의 아버지는 아마 처형당했을 것이고 그의 가족들은 반역자의 가족으로 몰려 추방을 당했든가 수용소에 구금되었을 것이다. 브루노나 짐의 이야기를 들으면 그보다 더한 참상들이 일어나는 곳이었다.

"보스, 부르셨습니까?"

브루노가 다가와 물었으므로 그는 몸을 돌렸다. 네바다의 훈련으로 검은 얼굴이 더욱 검어졌고 몸짓은 생기에 차 있었다.

"브루노, 짐은 집에 가 있나?"

"네, 보스. 집에 있습니다."

브루노는 그의 앞쪽 자리에 앉았다.

짐 버클리는 이민 온 지 15년이 되었다. 그는 이름도 미카엘에서 미국식 이름인 짐으로 바꾸고는 이쪽 생활에 적응하려고 무척 애를 썼다. 그러나 민선 대통령이었던 라파엘이 카스틸로의 쿠데타로 밀려나자 LA에서 가장 적극적인 카스틸로의 배척자가 되었던 것이다.

5년 전에 밀항해 와서 이제 겨우 영주권을 얻고 택시운전을 하고 있는 브루노와는 나이가 40대 초반으로 비슷했으나 경력도 환경도 모두 달랐다. 만나면 언제나 다투지만 그들 둘은 조화를 이루는 단짝이었다. 짐이 사려가 깊다면 브루노는 성격이 급했다.

이번 훈련에서 짐은 정보업무를 맡게 되었고, 브루노는 기계를 잘 다룬다는 점에서 특별히 최대광, 신용만과 함께 행동조직의 리더가 되었다.

"짐에게 연락해서 오늘까지 휴가를 마치라고 해. 간부급들만이야. 간부급들은 내일 아침에 모두 모이도록!"

"알았습니다, 보스."

"최하고 신에게도 이야기하고."

"네, 보스. 그럼 날짜가 정해진 모양이군요?"

"일주일 후야."

브루노가 잠자코 머리를 끄덕였다. 그러나 그의 커다란 얼굴의 잿빛 눈이 긴장한 듯 잔뜩 좁혀져 있었다.

눈을 뜬 최대광은 머리를 돌려 옆에 누운 홍성희를 바라보았다.

홍성희는 머리칼을 볼 위로 늘어뜨린 채 입술을 조금 벌린 얼굴로 숨을 고르게 쉬고 있었다. 그녀의 숨결이 코에 닿자 멜론에 살구를 섞은 것 같은 입 냄새가 맡아졌다.

최대광이 침대를 짚고 상체를 세우자 시트가 벗겨지면서 그녀의 알몸이 드러났다. 흠 한 점 없는 매끈한 피부였고, 침대에 닿은 젖가슴은 누르면 손가락이 튀겨 나갈 것처럼 탄력이 있어 보였다.

홍성희가 눈을 떴다. 초점을 잡으려는 듯 두어 번 눈을 깜박이더니 이내 그를 빤히 올려다보았다.

"일어났어요?"

그녀의 팔이 뻗어 나와 그의 허리를 안았다.

"지금 몇 시예요?"

"6시야."

"6시면 어김없이 일어나는군요."

"버릇이 되어서 그래."

"여행 다니면 아침에 일찍 일어나는 버릇이 드는 모양이네."

그녀가 얼굴을 그의 하반신에 붙여 왔으므로 최대광은 얼떨결에 그녀의 머리칼을 손으로 쥐었다.

홍성희한테는 두 달 동안 미국의 각 지역을 사업관계차 돌아다녔다고 말해주었다. 일주일에 한 번꼴로 전화를 했지만 그녀는 미국에 있으면서 두 달 동안이나 떨어져 있다는 것이 서운하고 못마땅한 모양이었다.

그녀의 룸살롱은 이제 돈 자랑을 하고 싶어하는 한국인이나 미국인들은 물론 한국에서 출장 온 사람들에게도 인기가 있는 곳이 되어 있었다.

사내들은 엄청난 술값을 호기 있게 지불하고 백 달러짜리를 팁으로 뿌렸는데 홍성희에게 치근대는 사내들이 자주 있는 모양이었다. 그것을 자랑삼아 이야기하던 홍성희는 최대광이 아무런 반응을 보이지 않자 화를 내었다.

어젯밤에도 그것을 가지고 앙탈을 부리다가 최대광과의 격렬한 정사를 끝내고 나서야 만족한 듯 잠이 든 홍성희였다.

"참, 며칠 전에 지미 씨가 다녀갔어요. 홀에서 위스키 몇 잔만 마시고 갔는데."

그의 하체에서 얼굴을 든 홍성희가 말했다. 얼굴이 달아올라 있었다.

"뭐 하러 왔는데?"

시트로 하반신을 가린 최대광이 묻자 그녀는 다시 시트를 걷었다.

"그냥 놀러온 모양이던데, 그 사람 FBI예요?"

"글쎄."

지미 골드는 힐튼 호텔에 묵고 있던 김종무를 잡아다가 며칠간 가두어 두었는데, 김종무는 단단히 혼이 났는지 마약부에서 풀려 나오자마자 귀국해버렸다. 최대광은 그가 미국에는 다시 오지 않을 것이라고 믿었다.

홍성희는 다시 그의 하체에 얼굴을 묻었다. 그녀의 머리칼을 쓸던 최대광은 이윽고 그녀의 머리칼을 움켜쥐고는 얼굴을 뒤로 젖혔다.

그때 전화벨이 울렸다.

"받지 말아요."

얼굴을 든 홍성희가 말했다. 붉어진 얼굴에 이맛살이 찌푸려져 있었다. 최대광은 팔을 뻗어 수화기를 쥐었다.

"여보세요."

"나다."

신용만의 목소리였다.

"내일 아침까지 소집이야. 간부급들만. 그런 줄 알고 실컷 파."

홍성희가 자극을 주었으므로 최대광은 움찔 하체를 떨었다.

“야, 인마. 알아들었어?”

“알았어.”

“너……”

그러는데 최대광이 수화기를 내려놓았다. 그리고는 그녀의 어깨를 두 손으로 움켜쥐고는 침대 위로 거칠게 누였다. 홍성희의 얼굴은 빨갛게 달아올라 있었고 두 눈의 초점은 다시 풀려 가고 있었다.

신용만이 룸살롱 희에 들어섰을 때는 오전 11시가 되었을 때였다. 점심시간의 식사 손님을 받으려고 종업원들이 바쁘게 움직이고 있었으나 홍성희는 보이지 않았다. 최대광과 함께 아직도 침대에 있는 것이 틀림없었다.

“오셨어요?”

안쪽에서 다가오면서 반갑게는 아는 척을 하는 여자가 있다. 이은영이다.

“아직 나오지 않으셨는데, 조금 있으면 나오실 거예요.”

신용만이 가까운 자리에 앉자 다가선 이은영이 물었다.

“바쁘시다면 제가 연락을 할까요?”

“아니, 바쁘지 않습니다.”

“차 드릴까요? 아니면 가벼운 술이라도?”

그녀의 얼굴을 올려다본 신용만이 머리를 끄덕였다.

“좋습니다. 맥주를 주세요.”

이은영이 몸을 돌려 주방 쪽으로 다가갔다. 그녀의 뒷모습을 바라보던 신용만이 머리를 돌렸다. 고영무가 시내에 나가는 길에 같이 나온 것이었지 특별한 용무는 없었다.

그는 룸살롱 희에 들른 것을 후회하고 있었다. 홍성희는 물론 최대광까지 이은영과 자신이 가까워지는 것을 은근히 바라는 눈치를 보인다. 그리고 이은영도 그것을 싫지 않게 받아들이고 있는 것이다.

신용만이 머리를 돌려 문 쪽을 바라보았다. 최대광이 이 장면을 보면 놀랄 것 같았기 때문이다.

맥주와 마른안주를 쟁반에 받쳐 들고 이은영이 다가왔다.

"두 달 동안 여행을 다니셔서 그런지 얼굴이 야위신 것 같아요."

탁자 위에 술과 안주를 벌려 놓은 이은영이 그의 앞자리에 앉아 잔에 술을 채웠다.

"힘드셨던 모양이죠?"

"네, 조금."

"최 선생님은 일주일에 한 번씩 꼭 전화를 주시데요. 부러웠어요."

"왜, 이은영 씨는 남자친구 없습니까?"

"있어요. 있지만 좋아하는 사람은 없어요."

신용만은 술잔을 들고 두어 모금 마셨다.

최대광은 홍성희에게만 전화하는 게 아니었다. 일주일에 한 번씩 고향의 어머니와 아버지, 그리고 배차장에서 아직도 근무하고 있는 금옥이에게도 전화를 했다.

"신 선생님은 친구 있어요? 여자친구."

이은영이 똑바로 그를 바라보았다.

자신이 이 세상에 친구라고는 최대광 하나뿐이라는 것은 최대광이 홍성희에게, 그리고 다시 이은영에게 전달되었을 터였다.

"네, 있습니다. 고향에."

술잔을 내려놓고 그녀를 바라보자 이은영이 시선을 내렸다.

"좋아하는 사람도 있지요. 이은영 씨보다 미인은 아니지만."

"초청하시지 그러세요? 미국에 오래 계실 거면."

"그럴 입장이 못 됩니다."

잠자코 앉아 있던 이은영이 옆쪽에 놓여 있던 잔을 앞에 놓고는 맥주를 채웠다.

"한국에서 어떤 일을 하셨는지는 잘 모르겠어요. 언니가 이야기해주지 않아서요."

그녀가 얼굴을 들었다. 눈이 가늘어지면서 입술 끝이 양쪽으로 치켜올라가고 있었다. 웃는 얼굴이었다.

"하지만 지금까지 겪어 왔던 한국남자나 미국친구들과는 다른 분위기의 남자세요, 신용만 씨는."

"……"

"어딘가 무겁고 무서웠어요. 첫인상이 차갑기도 하고."

"나는 어떻게 보이는가에 신경 쓰지 않습니다. 그리고 남한테서 그런 말 듣는 것도 거북하고."

잠자코 신용만을 바라보던 이은영이 잔을 내려놓고 자리에서 일어났다.

"제가 귀찮으신 모양이죠?"

"아니, 그런 뜻이 아니라……"

"제가 일어날게요."

그녀가 돌아서서 다시 주방 쪽으로 향했으므로 신용만은 술잔을 들었다.

이른 점심 손님들이 하나씩 들어오기 시작했고 홀 안은 분주해지기 시작했다. 주방 쪽에 있던 이은영이 그를 지나쳐 카운터로 다가가는 것을 본 신용만은 자리에서 일어섰다.

"아니, 가시게요? 조금만 더 기다리시면 같이 오실 텐데. 어제도 그랬지만 점심은 여기서 잡수시거든요."

이은영이 눈을 동그랗게 뜨고 말하자 신용만이 머리를 저었다.

"그냥 들러본 거예요. 아침에 전화를 했어요. 그럼."

"자주 들르세요. 시간 있으실 때."

신용만이 현관을 나서자 이은영은 길게 숨을 뱉었다.

그 시간에 고영무는 안드레아 식당에서 앨버트 존슨과 마주 앉아 있었다. 조그만 식당이었으나 모두 예약 손님인 듯 빈 테이블 위에는 하나같이 예약표시가 되어 있었다.

"고, 자네는 콜롬비아에서 살인혐의를 받고 있는 사람이야. 카를로스 정권이 자네를 잡으면 당장에 처형할 거네."

앨버트가 포크와 나이프를 양손으로 쥐고 식탁을 내려다보면서 말했다.

"어차피 이 일은 드러내놓고 시작할 일이 아니지만 자네는 행동에 신경을 써야 돼."

"앨버트, 내가 그런 혐의자이기 때문에 당신들이 나를 선택한 중요한 이유가 되었다고 하던데?"

"지미 그놈은 입이 너무 가벼워."

앨버트가 입맛을 다시고는 나이프로 스테이크를 잘랐다.

"쓸데없이 주가를 올려놓는단 말이야."

미국개입 사실을 숨겨야만 하는 그들로서는 고영무의 범죄사실이 클수록 작전의 당위성이 커질 것이다.

콜롬비아에서 죄를 짓고 도망친 한국인이 카스틸로를 제거하는 라파엘 측의 용병을 지휘하게 된다는 것이 각본이다. 그는 죄를 지었기 때문에 한국으로도 귀국하지 못하고 어쩔 수 없이 라파엘 측의 용병이 될 수밖에 없었던 것이다.

"곧 작전 계획서를 받게 되겠지만 보고타에 도착해서는 자네의 판단에 맡기는 수밖에 없네."

고영무는 끄덕이며 스테이크를 입에 넣었다. 그는 그들의 의도를 짐작할 수 있었다.

이쪽은 콜롬비아인이 아니므로 최악의 경우 카스틸로 측에 붙어 배신을 할 수도 없다. 더욱이 범죄자인 것이다. 그리고 이번에 네바다에서 훈련시킨 부하들이 철저한 암살과 테러훈련을 받았지만 훈련장 어디에서도 미국정부가 개입하고 있다는 흔적은 보이지 않았다. 교관들은 군복을 착용하지도 않았고 훈련장은 사막에 급조된 것이었다.

교관들은 고영무를 마치 보수를 주고 고용한 것처럼 만들었는데 그것은 만약을 위한 미국 측의 철저한 계산이었다. 부하들이 잡혀 고문을 당하더라도 본 것만을 말할 수밖에 없을 것이다.

그러나 브루노나 짐이 그것을 눈치 채지 못할 리 없다. 그들이 그것에 대해 크게 신경을 쓰지 않는 것은 과정이야 어떻든 자신들이 원하는 목적과 같기 때문일 것이다.

"자네들은 일주일 후에 화물선을 타고 부에나벤투라로 가게 돼. 그곳에서 칼리가 가깝고 보고타도 마찬가지야. 부에나벤투라에 내리면 베니토라는 안내자를 만날 거야. 그 친구가 안내를 할 거네. 그리고 연락 업무도 맡을 것이고."

앨버트가 나이프를 내려놓았다.

"베니토는 CIA 요원이야. 어쩔 수 없이 CIA의 워렌에게 이야기를 해야만 했어. 하지만 이 일은 워렌과 베니토 외에는 CIA 내부에서도 비밀에 부치기로 했으니까……"

"……"

"베니토는 콜롬비아인이지. 현지 CIA 요원이라고 할까? 워렌이 신임하는 부하인 모양이야."

"안내인이 필요했는데 잘 되었어, 앨버트. 물론 우리 측에도 지리에 익숙한 사람들이 많지만 콜롬비아를 떠난 지가 꽤 오래 되어서."

"작전의 지휘는 자네야, 고. 그것만 알면 돼."

앨버트가 빙그레 웃었으나 고영무는 그를 바라본 채 따라 웃지 않았다.

앨버트와 헤어진 고영무가 빌트모어 호텔의 라운지에 들어섰을 때는 오후 3시가 되어 있었다. 입구에 서서 안쪽을 둘러보던 그는 곧 이쪽을 향해 손을 흔들고 있는 박정환을 보았다.

"야, 여행 다녀왔다더니 얼굴이 까맣게 탔구나. 바닷가에서 즐긴 것 같은데?"

다가온 고영무를 향해 그가 싱글거리며 말했다. 그의 앞자리에 앉으며 고영무도 얼굴에 웃음을 띠었다. 박정환을 만나면 그의 밝은 분위기에 저도 모르게 젖어드는 것이다.

"그래, 회사일은 잘 되어 가냐?"

고영무가 묻자 그는 금방 이맛살을 찌푸리며 머리를 저었다.

"말도 마. 두어 달 동안 실적이 안 올라서 미치겠어. 회사에서는 눈치가 보이고."

박정환은 파견기간이 끝나자 미국에서의 실적을 인정받아 LA 지사 발령을 받고 눌러 있게 되었다. 운이 좋은 셈이었다.

"그래도 제 갈길 변하지 않고 곧장 가는 네가 부럽다."

고영무의 말에 박정환이 머리를 저었다.

"그건 모르는 소리야. 용기가 없어서 뛰쳐 나오지 못하는 사람도 많아."

"자식아, 뛰쳐 나오는 사람은 모두 용기 있는 사람이냐? 나처럼 도망 다니는 사람을 봐."

"네가 어디 도망을 다녀? 널 잡으려고도 하지 않는데."

종업원이 다가왔으므로 그들은 주문을 하고는 잠시 주위를 둘러보았다.

"참, 네 애인은 잘 있어? 서울에서 왔다는 여자."

고영무가 묻자 박정환이 머리를 끄덕였다.

"서울 갔는데 곧 올 거야."

"결혼할 작정이냐?"

"글쎄, 그것이."

"왜? 무슨 일이 있어?"

"아니, 별일 아냐. 여자 측 어머니가 편찮으셔서 그래. 그래서 한국에 간 거야."

머리를 끄덕인 고영무가 호주머니에서 종이쪽지 한 장을 꺼내어 그의 앞에 밀어놓았다.

"이거 받아 넣어라."

"이게 뭔데?"

"바하마 은행의 구좌번호야. 전에 너에게 신세 입은 것도 있고 해서 네 결혼축의금으로 입금시켜 놨어. 받아주면 고맙겠다."

"야, 거창하게 이게 뭐야? 현금으로 줘버리지."

고영무가 빙그레 웃었다.

"얼만데?"

궁금한 듯 종이쪽지를 집어 들여다보면서 박정환이 물었다.

"그건 나중에 확인해 봐. 내가 당분간 또 여행을 떠나야 할 것 같아서 그래."

"어디로 말이야?"

"이곳저곳."

고영무는 박정환을 향해 밝게 웃었다.

밀리카는 머리를 들어 먼 쪽의 바다를 바라보았다. 수평선 위쪽으로 지는 태양이 걸려 있었는데 바다의 물결이 불꽃을 뿌린 것처럼 빛살을 받아 반짝이고 있었다.

아래쪽의 백사장 위를 서너 명의 아이들이 가로질러 가고 있는 것이 보였다. 잿빛 털을 가진 커다란 개 한 마리가 아이들 주위를 맴돌다가 저만큼 앞장서서 달려 나갔다.

이 부근에 사는 아이들인 모양이었다. 이곳은 파도가 높지 않은데다 백사장이 넓지도 않은 바닷가여서 근처의 주민들만 간혹 바닷가에 나올 뿐 서핑족이나 피서객들이 찾아오지 않는 곳이었다.

LA의 훨씬 북쪽에 자리잡고 있는 이곳 마을로 옮겨온 지 벌써 두 달째가 되어가고 있었다. 주변의 부하들이 지난번 집행자들에게 대부분 살해당했으므로 이쪽 저택에 살고 있는 것은 페르난도와 부하인 프란시스, 그리고 밀리카 세 사람뿐이었다.

옆쪽의 유리 문이 열리는 소리가 들리더니 페르난도가 다가왔다.

"밀리카, 고영무가 돌아온 모양이다. 시내에 나갔다 온 프란시스가 소문을 들었다는구나."

밀리카가 머리를 들어 그를 바라보았다.

"라파엘의 일을 하는 몇 놈들도 다시 나타났다는데 함께 여행을 다녀온 모양이야."

"……"

페르난도가 대답이 없는 그녀를 물끄러미 바라보았다. 시선이 마주치자 페르난도가 머리를 돌렸다.

"네 기분은 알아, 밀리카. 어쩌면 오빠인 나보다 네가 더 강한 기질을 가지고 있는지도 모르겠다."

"페르난도, 난 잊지 않고 있을 뿐이에요. 그놈한테 구차한 목숨을 건졌다고 그 일을 잊을 수는 없어요."

가라앉은 목소리로 밀리카가 말했다.

"이제 우리가 그놈에게 복수할 힘을 잃었다고 포기할 수도 없구요."

"자신을 망치는 일이야, 밀리카."

페르난도는 의자에 등을 기대면서 바다 쪽을 바라보았다. 그의 얼굴도 굳어져 있었다.

"너와 나의 비중을 따지는 건 우습지만, 난 남자로서의 모든 것을 잃었다. 마지막에는 놈에게 목숨을 구하는 수모까지 겪었다. 너는 내가 살고 있는 것마저 부끄럽게 만든다."

"페르난도, 포기하면 안 된다는 말이에요. 저는 그것이 살아가는 데 힘을 준다고 믿어요."

"아니다, 밀리카."

페르난도가 입맛을 다시며 그녀를 똑바로 바라보았다.

"능력이 닿지 않는 욕심은 그 사람을 더욱 좌절시키는 거다. 난 네가 시간이 지날수록 잊게 될 줄 알았다."

"오빠는 날 위로해 잊게 만들려고 마음에도 없는 말을 하고 있어요."

밀리카의 눈이 물기에 젖어 가는 것을 바라본 페르난도가 이맛살을 찌푸리며 머리를 돌렸다.

"페르난도, 나는 오빠가 그럴수록 가여워요. 자꾸 잊었다고 말할수록, 자꾸 다른 이야기를 할수록."

"……"

"오빠가 TV를 보면서 웃는 것을 보면 죽이고 싶다가도 안아주고 싶어요. 난 오빠를 위해서라도 놈에게 복수를 할 거예요."

페르난도는 바다 쪽을 바라본 채 머리를 돌리지 않았다.

이제까지 고영무의 이야기는 그들 사이에서 금기로 되어 있었다. 가르시아 등으로부터 처형당하려는 순간에 구차하게 목숨을 구해 받고는 고영무의 일당을 멍하게 바라볼 수밖에 없었다.

그들은 시체가 즐비한 그쪽 저택을 그날 밤 뛰쳐나와 이쪽으로 옮겨
야만 했고 그때부터 은둔생활이 계속되었던 것이다.

"밀리카."

가라앉은 목소리로 페르난도가 입을 열었다.

"네가 그럴수록 내가 비참해진다는 걸 아니? 난 이제……"

밀리카가 머리를 들어 페르난도를 바라보았다. 그는 이제 카를로스의
공공연한 배신자가 되었다. 카를로스는 그를 처형한 사람에게 백만 달
러를 주겠다는 현상금까지 걸어놓았다. 카를로스는 페르난도가 집행자
인 가르시아 일당을 살해한 것으로 믿고 있는 것이다.

이제는 콜롬비아의 세 개의 조직 모두로부터 쫓기는 몸이 되었다.

카스틸로 정권이나 라파엘의 세력들도 그를 잡아 카를로스에게 호의
를 보이려고 하는 것이다.

"페르난도, 전 결심했어요."

이윽고 밀리카가 입을 열었다.

"오빠는 걱정하시지 않아도 돼요. 하지만 절 말리지는 마세요."

페르난도는 그녀를 바라본 채 입을 열지 않았다.

회의를 마친 고영무가 2층의 서재에서 내려오자 산토스가 다가왔다.

"보스, 정문 앞에서 웬 여자가 보스를 찾습니다."

"누구야?"

그렇게 물은 것은 함께 내려온 신용만이다. 산토스가 머리를 한쪽으
로 누였다.

"밀리카라고 했습니다. 보스를 잘 안다고."

"밀리카?"

신용만이 고영무를 돌아보았다. 그로서는 알 수 없는 이름이다. 한동

안 산토스의 얼굴을 바라보던 고영무가 머리를 끄덕였다.

"들여보내라, 산토스. 그렇지, 바깥 테라스로 안내하도록."

"형님, 누굽니까?"

신용만이 묻자 고영무가 입술 끝으로 웃었다.

"페르난도의 동생이다. 너도 그날 밤에 보았지?"

"아, 그 여자."

그러고는 신용만이 다시 찬찬히 고영무를 바라보았다.

"형님, 저도 함께 있을까요?"

그가 묻자 고영무는 머리를 저었다.

"나한테 고맙다는 인사를 하러 온 모양이다. 그런 인사는 나 혼자 받겠다."

"그럴 리가요? 여자치고는 대담한 것 같습니다. 혹시 뭐라도 숨겨 온다면."

고영무가 웃으며 몸을 돌렸으므로 신용만은 입맛을 다셨다.

옆쪽 문을 열고 테라스로 나간 고영무는 정원을 가로질러 이쪽으로 다가오는 밀리카를 보았다.

산토스와 나란히 걸어오던 밀리카는 그를 바라보았으나 얼굴의 표정은 변화가 없었다. 엷은 회색 투피스 차림인 그녀의 곧은 몸매를 바라보던 고영무는 천천히 의자에 앉았다.

"모시고 왔습니다, 보스."

산토스가 다가와 그녀에게 자리를 권하는 몸짓으로 고영무 앞쪽에 놓인 의자를 잡았다. 힐끗 산토스를 바라본 밀리카가 자리에 앉았다.

"차를 드릴까요?"

그들의 중간 부근에 시선을 준 산토스가 물었다.

"그래, 커피 둘을 가져와."

산토스가 머리를 숙여 보이고는 몸을 돌렸다.

"이렇게 찾아오다니 뜻밖이군."

고영무가 그녀를 바라보면서 차분하게 입을 열었다.

"미안해, 밀리카."

"당신 옆에 있고 싶어서 왔어요."

밀리카가 그를 똑바로 바라보았다.

"그 방법밖에 없었어요."

"내 옆에서 나를 죽이려고?"

"그럴 기회가 생기면 언제든지."

"내가 그렇게 해줄 것 같았나?"

"무슨 짓이든 할게요. 당신 옆에 있게 해줘요."

밀리카의 목소리는 열의에 차 있는 것 같았고 얼굴은 꿈을 꾸는 듯한 표정이었다.

"난 혼자 있으면 안 돼요. 제발."

"혼자 있으면 왜 안 돼? 매린 대신 내가 있어야 한단 말이냐?"

"내 무엇이든 가져가요. 내 몸도, 내 영혼도."

"그 대가는 내 목숨인가?"

고영무가 입술 끝으로 웃었다. 그러고는 똑바로 그녀의 얼굴을 들여다보았다.

"그래, 내 옆에 있어라. 어차피 너나 나나 목숨을 담보로 일을 하는 사람들. 떨어져 있는 것보다 나을지도 모르지."

고영무가 내던지듯 말하자 밀리카는 이제 입을 열지 않았다.

그들은 한동안 서로를 바라보았고, 산토스가 다가오자 제각기 머리를 돌려 바다를 내려다보았다. 한낮의 태양이 바다를 비춰 바다 색깔은 옅어져 있었다.

“말도 안 됩니다, 형님.”

신용만의 목소리가 응접실을 울렸다.

“어린애 장난하는 것도 아니고 저 여자를 집에다 두다니요. 더구나 내일모레 콜롬비아에 들어갈 참인데.”

“어차피 이곳에 남겨 둘 여자야. 그리고 이 집은 빈 집이 된다. 상관없어.”

앞쪽 소파에 앉아 있던 최대광이 옆에 앉은 신용만을 바라보았다.

“상관없잖아. 제 발로 걸어 들어왔는데 오히려 잘됐지 뭘 그래?”

신용만은 그에게 얼굴도 돌리지 않았다.

짐 버클리가 응접실로 들어섰다.

“보스, 거실에 있는 저 여자, 페르난도의 동생이 아닙니까?”

그도 눈을 치켜뜨고 있는 것이 산토스로부터 이야기를 들은 모양이었다.

“그래, 밀리카라고 전에 보고타에서 같이 일했던 여자지.”

고영무가 가볍게 말하자 그는 이맛살을 찌푸리며 최대광의 옆자리에 앉았다.

“그런데 왜 왔습니까? 몸수색은 시켜 보았나요?”

“나하고 같이 있고 싶다는 거야. 목숨을 구해준 보답을 하겠다는군.”

“어이구, 그럴 리가?”

짐이 머리를 좌우로 저었다.

“페르난도가 보냈을 겁니다. 그놈은 어떻게든 명예를 회복하려고 했으니까요.”

“이젠 날 죽여도 회복이 안 돼. 그걸 알 만한 사내야, 그는.”

“그렇지만 저 여자는 제 남편을…….”

짐이 힐끗 고영무를 바라보고는 말을 멈췄다.

“내쫓아야 합니다.”

신용만이 다시 입을 열었다.

"이곳에 잡아놓으면 우리가 감시할 수 있다는 생각, 어림도 없습니다."

그가 한국말을 하였으므로 짐이 멀뚱한 얼굴로 신용만을 바라보았다.

"아예 죽여서 바다 속에 넣어 버립시다."

"이 자식은."

최대광이 와락 이맛살을 찌푸렸다.

"비겁하게 여자 하나를 가지고. 더군다나 제 발로 걸어 들어온 여자한테."

"그럴수록 위험한 거야. 독한 년이다."

단언하듯 말하는 신용만을 고영무가 힐끗 바라보았다.

"보스, 저 여자에게 페르난도가 어디에 있는가를 물어보십시오. 제 오빠가 어디에 있는가를 알려준다면 생각해보겠다고 말씀하시지요."

짐이 상체를 들고 고영무를 바라보았다.

"페르난도는 지금 카를로스나 카스틸로 양쪽에서 쫓기고 있습니다. 카를로스가 현상금을 백만 달러나 걸어놓아서 우리 측 정보원들도 아마 눈에 불을 켜고 있을 겁니다. 페르난도의 거처를 알려주는 조건으로 머물게 하겠다고 하시면 여자는 틀림없이."

"말해주었어."

고영무의 말에 세 사람 모두가 입을 벌렸다. 그러고는 고영무를 바라보던 시선을 돌려 제각기 옆 사람의 얼굴을 바라보았다.

"지금 LA 북쪽의 파커스란 마을에 살고 있다. 여기서 50킬로쯤 위쪽이지."

"그렇다면 놈을 잡아야겠군요. 아니면 정보를 흘려주거나."

신용만의 말에 최대광이 혀를 찼다.

"에이, 도무지 각박해서 세상 살 맛이 안 나는구만. 아, 가만히 있는 것들을 가지고 왜들 난리야. 대들기라도 하면 모가지를 뚝 분지르면 그만이지 웬."

최대광은 큰 덩치를 왼쪽으로 돌리자 짐과 마주보는 형국이 되었으므로 다시 이쪽을 향해 고쳐 앉았다.

"안 그렇습니까? 형님. 우리가 페르난도인지 베르난도인지 그놈을 잡아다가 상을 탈 만큼 쪼들립니까? 옛 말에 품 안에 든 새는 잡는 법이 아니라고도 했는데."

"밀리카는 이곳에 두기로 결정했다."

고영무가 자르듯 말했으므로 최대광은 입을 닫았다.

고영무가 말을 이었다.

"특별한 이유는 없다. 제 목숨을 담보로 이곳에 뛰어든 그 여자의 집념이 좋게 보이기도 했고 그 여자에게 죽지는 않는다는 자신감도 있다. 내버려 두어라. 난 여자에게 죽을 사람이 아니다."

모두들 잠자코 그를 바라보았다.

그들을 둘러보던 고영무가 문득 빙그레 웃었다.

"그 여자는 자신의 행동이 얼마나 무모한 짓이라는 걸 곧 깨닫게 될 것이다."

크링거가 특별 주문한 링컨 콘티넨털에서 내리자 빌딩의 현관에서 지미 골드가 다가왔다.

"크링거 씨, 기다리고 있었습니다."

"아니, 지미, 갑자기 웬일이오?"

이맛살을 찌푸린 크링거가 걸음을 멈추고 지미를 바라보았다.

"난 지금 약속이 있는데."

"도쿄에서 온 하라다 씨를 만날 예정이시죠? 그 사람은 한 시간 전에

도쿄로 돌아갔습니다. 나더러 약속을 지키지 못한 것을 사과해 달라고 합디다."

"지미, 당신."

크링거의 얼굴에 핏기가 가셨다.

"당신, 그러고도 몸이 성할 것 같아? 도대체 누굴 믿고 이러는 거야?"

"하라다가 당신 마약을 2킬로그램 구입하려고 돈을 준비해 두었더군요. 모두 녹음해 두었습니다."

허리를 숙인 지미가 그의 차를 들여다보았다.

"안에서 이야기할 수 없을까요, 크링거 씨? 이곳이 저쪽 호텔의 시끄러운 분위기보다는 나을 것 같은데."

한동안 말없이 지미의 얼굴을 바라보던 크링거가 콘티넨털의 문을 열었다.

지미는 가죽 냄새가 풍겨오는 내부로 들어가 앉자 입술을 뾰족하게 내밀고는 가볍게 휘파람을 불었다.

"과연 소문만 듣던 톱콘티넨털이로군. 대통령의 리무진보다 낫다고 하던데. 하긴 내가 대통령의 리무진을 타 봤어야지."

잠자코 그의 수선스러운 몸짓을 바라보던 크링거가 앞쪽에 놓인 선반을 잡아당겨 안에서 시가를 꺼내었다. 그리고 왼쪽 탁자 위에 놓여 있는 라이터로 불을 붙여 물고는 길게 앞쪽으로 연기를 내뿜었다.

뒷좌석은 서로 마주 보고 앉도록 시트가 배열되었지만 크링거는 앞쪽 자리에 선반과 책상, 냉장고를 들여놓았고 왼쪽의 의자를 앞으로 빼면 침대가 되었다. 모든 가구와 배열된 상태가 고급인데다 품위가 있었으므로 지미는 불현듯 짜증이 났다.

"크링거 씨, 너무 노골적으로 나대시는 것 같군요. 하라다 같은 조무래기를 직접 상대하시는 걸 보면 자금사정이 안 좋으신 것 같기도 하고."

지미가 크링거를 바라보며 얼굴에 웃음을 띠었다.

"2킬로그램쯤의 거래는 전에는 크라우스한테 시키셨는데, 아직 믿을 만한 부하가 나타나지 않아서 그런가 보지요?"

"지미."

크링거는 시가의 연기를 그를 향해 내뿜었다.

"날 잡아넣으려고 몸부림치고 있는 거 다 알아. 지난번에는 페르난도가 보낸 가짜 증인을 모시고 법석을 떨었지. 너희들은 지금까지 그놈이 페르난도의 부하였던 것을 모르고 있었을 걸?"

"천만에, 알고 있었어, 크링거. 그땐 마악 당신을 처넣을 참이었지."

"지미, 너 같은 조무래기는 네 보스인 로스만이 왜 그 증인을 보내고 사건을 잊으라고 했는지 모를 거야."

"……"

"너희들은 사건에만 집착하지만 우리쯤 되면 국가를 생각하게 되지, 지미. 국가적인 사건이야."

지미가 빙그레 웃었다.

"마약쟁이 놈이 별 개 같은 소리를 다하는군."

크링거가 퍼뜩 얼굴을 돌려 그를 바라보았으나 입을 열지는 않았다. 그러나 얼굴이 딱딱하게 굳어지고 있다.

지미가 차분하게 말을 이었다.

"네가 CIA의 워렌 국장하고 무슨 국가적인 사건을 맡고 있는지는 모르지만 우리는 우리가 맡은 일만 해. 나는 그래서 너에게 내 일을 말해 주려고 온 거야."

"……"

"지금 LA에서 일어나는 일, 특히 고영무의 동태에 네가 촉각을 곤두세우고 있다고 들었어. 잘 들어, 크링거."

“……”

“너는 마약쟁이일 뿐이야, 이 개자식아. 이런 냄새나는 차 안에서 거드름을 피우다간 다시 수류탄 공격을 받아 갈가리 찢어진단 말이야.”

크링거가 퍼뜩 눈썹을 치켜세웠다.

“고영무에 대해 네가 입을 벌렸다는 사실만 드러나도 넌 이제 고영무 집단의 공격을 받을 거야. 그땐 경찰도 마약부도, FBI나 CIA도 모두 다른 일로 바쁜 때일 거야. 네 시체는 걸레같이 찢겨서 네 부하의 몸뚱이에 네 머리가 얹혀져 관에 넣어질지도 모른다.”

“……”

“입조심해야 돼, 크링거. 널 이렇게 놔두는 것은 네 말대로 국가적인 사업 때문이니까. 그런 네가 그럴 필요가 없게 되면 개처럼 죽게 돼.”

말을 마친 지미가 문고리를 잡아당겼으나 어찌된 셈인지 열리지가 않았다.

서너 번 철컥거리던 그는 가슴 안쪽의 권총걸이에서 선뜻 리볼버를 뽑아 들었다. 그 순간 크링거가 스위치를 눌렀으므로 철컥 하는 소리와 함께 지미 쪽의 문이 천천히 열렸다. 지미가 힐끗 크링거의 얼굴을 돌아보고는 권총을 가슴속에 다시 꽂았다.

수선스러운 분위기는 하루 종일 계속되었는데 오가는 남자들의 표정은 대부분 활기에 차 있었다. 들떠 있는 것같이 보이기도 했다.

밀리카의 출입이 허용된 곳은 응접실과 주방, 그리고 주방 옆쪽의 거실이었다. 음식에 약이라도 타서 독살을 시킬까봐 겁이 났는지 마리아라는 30대 여자 한 명이 그녀를 감시하는 역할을 맡고 있었다. 주방에 들어선 그녀에게서 한순간도 눈을 떼지 않는다.

“헬레나, 산초코 다섯 사람 분을 바닷가로 가져가랬더니 뭘 하고 있어?”

마리아가 꽥 소리를 치자 풍만한 몸매는 마리아하고 비슷하지만 얼굴이 한창 피어오르는 20대 전후의 여자가 입술을 삐죽 내밀었다.

"금방 2층 회의실에 일곱 사람 분을 가져다주고 왔잖아요? 누구더러 와서 가져가라고 해요."

"내가 가져다 주지요. 어디로 가면 되지요?"

그러자 마리아와 헬레나가 일제히 일손을 놓고 그녀를 바라보았다. 당황한 밀리카가 손바닥으로 얼굴을 쓸었다.

"산토스! 산토스!"

갑자기 마리아가 입을 따악 벌리고 고함을 쳤으므로 밀리카의 얼굴이 딱딱하게 굳어졌다. 가슴이 울리는 진동이 느껴지고 있다.

"무슨 일이오, 마리아?"

산토스의 미끈한 얼굴이 나타났다. 주방 안으로 들어선 그는 여자들을 둘러보았다.

"산토스, 산초코 다섯 사람 분을 바닷가 사람들에게 가져다 줘. 빨리."

입맛을 다신 산토스가 커다란 쟁반을 받쳐 들었다.

"일을 하고 싶으면 이곳에서 그릇을 씻어줘."

그녀에게서 몸을 돌리면서 마리아가 말했다.

"내 눈앞에서 일해. 내가 보는 데서."

"왜요? 내가 음식에 독이라도 탈까봐?"

밀리카가 그릇을 손에 쥐면서 묻자 헬레나가 키득거리며 웃었다.

마리아가 몸을 돌려 밀리카를 바라보았다. 두 눈을 치켜뜨고 있었는데 금방이라도 손바닥이 날아올 것 같은 표정이다.

웃음을 멈춘 헬레나가 이쪽으로 머리를 돌렸고 밀리카는 그릇을 손에 든 채 그녀의 시선을 받았다.

"내 동생 타마요는 집 앞 거리에서 정부군의 총에 맞아 죽었다."

마리아가 한 걸음 다가섰다.

"그애는 열네 살에 개처럼 길에서 죽었어. 식구들이 보는 앞에서."

"그것이 나하고 무슨 상관이야?"

밀리카의 말에 마리아가 와락 그녀의 가슴을 움켜쥐었다.

"부끄러운 줄도 모르는 년. 그놈은 마약을 나르다가 죽었단 말이다. 마약중독이었어. 너희들이 시키는 대로 하다가 죽었어."

"죽인 건 정부군이지 우리가 아니야."

그녀의 팔목을 움켜쥔 밀리카가 소리쳤다.

"네 동생이 마약중독이 된 것이 왜 우리 책임이야?"

주방의 소란을 듣고 사내들이 달려 들어와 여자들을 뜯어 말렸다.

"네년도 마약을 먹어 봐야 돼, 이년아."

마리아가 바락바락 악을 쓰는 주방에서 끌려 나온 밀리카는 한동안 응접실에 우두커니 서 있었다. 사내들은 어디로 갔는지 보이지 않는다.

"일은 안 해도 돼, 밀리카."

옆쪽에서 말소리가 들렸으므로 그녀는 머리를 들었다.

고영무가 이쪽을 바라보고 서 있었다. 그도 주방 쪽의 소란을 들은 모양이었다.

"그들은 네가 누구인지 알고 있어. 이곳에서 너에게 호의를 가지고 있는 사람은 별로 없을 거야."

밀리카는 천천히 소파에 앉아 두 손을 무릎 위에 올려놓았다. 온몸의 기력이 발밑으로 모조리 빠져 나가는 것 같은 느낌이 들었다.

"네 문제로 오늘 낮에도 한바탕 논쟁이 있었어. 누구는 널 내쫓자고 하고 누구는 또 널 죽여서 바다 속에 묻자고도 그랬어. 네가 무엇 때문에 왔는지 모두 아니까."

"……"

"페르난도가 널 보냈다는 것이 이해가 가지 않는다. 나는 그가 이 정도로 무모한 사람인 줄은 몰랐어."

"……"

"돌아가도 잡지 않겠다. 그리고 너희들 거처도 비밀로 지켜줄 거야."

밀리카가 머리를 저었다.

"여기 있겠어요."

"마음대로."

고영무가 입술로만 웃었다.

"그것도 말리지 않겠다."

자리에서 일어선 고영무가 문득 움직임을 멈췄다.

"그것도 각오하고 왔겠지만, 오늘밤 내 침실로 올라오는 게 어때? 2층 한가운데에 있는 방이야."

"……"

"너야 그런 일이 보통 아닌가? 전에는 마약을 싣기 위해 그랬지만 지금은 네 애인의 원수를 갚기 위해서 몸을 맡겨봐. 기회가 생길지도 모르니까."

고영무가 몸을 돌려 응접실을 나갈 때까지 밀리카는 움직이지 않았다.

공항 대합실에 서 있던 박정환이 손을 번쩍 들었다. 사람들을 헤치고 김영지가 밝은 얼굴로 그에게 다가왔다.

"비행기가 한 시간이나 연착했어요. 기다리셨죠?"

"아니, 나도 차가 막혀서 늦게 나왔어."

그녀의 가방을 받아 든 박정환의 얼굴에도 웃음이 피어올랐다. 그들은 대합실을 나와 주차시켜 놓은 차에 올랐다.

"어머니는 괜찮으셔?"

시내로 향하는 차 안에서 박정환이 물었다.

"네, 조금."

앞쪽을 바라본 채 김영지는 머리를 끄덕였다.

"나아지신 거야?"

"네, 조금 나아지셨어요."

"심장이 나쁘시다고 했지? 병원에서는 뭐래? 괜찮대?"

"네. 그런데 지금 어디로 가죠? 아파트로 가는 길이 아닌데."

"잠깐 들를 데가 있어."

"어딘데요?"

머리를 돌린 김영지가 박정환을 바라보았다.

"산타모니카에 잠깐 들렀다 가."

"안 돼요, 정환 씨."

김영지의 목소리가 딱딱해졌으므로 박정환이 얼떨결에 차의 속력을 늦추었다.

"정민 씨, 잠깐이면 돼. 영무한테 이미 이야기를 해놓았는데……"

"그래도 안 돼요. 차를 돌려요."

"아니, 도대체 왜? 영무에 대해 관심이 전혀 없는 것도 아니면서 말이야."

"정환 씨의 제일 친한 친구니까 그런 것뿐이에요. 그리고 저는 지금 몸이 좋지 않아요."

"몸이 왜?"

"그건 말할 수 없어요."

김영지가 울상을 지었으므로 박정환은 우측 깜박이를 켜면서 갓길로 차를 붙였다. 돌아가려는 것이다.

"미안해요, 정환 씨. 제가 몸이 안 좋아서…… 다음에는 꼭."

"그놈은 2, 3일 후에 다시 여행을 떠나. 그놈 말로는 언제 돌아올지 모른다는 거야."

"……"

"영무가 나한테, 아니 우리한테 결혼축의금으로 백만 달러를 주었어. 내가 그놈이 궁할 때 몇 천 달러를 주었다는 보답으로."

"……"

"결혼식에 참석 못할 것 같아서 이번에는 꼭 인사를 시켜주고 싶었는데."

이맛살을 찌푸린 박정환은 회전도로가 나타나자 차를 꺾었다.

"몸이 아프다니 할 수 없지. 하필 오늘이 또 그날 아냐?"

김영지는 앞쪽을 바라본 채 입을 열지 않았다.

이틀 후면 콜롬비아로 내려가는 배를 타게 된다. 대원들은 모두 흥분해 있었는데, 그들은 마치 자신들이 콜롬비를 정복하러 가는 스페인의 병사들로 생각하는 모양이었다. 그들은 또한 자신들이 암암리에 미국의 지원을 받고 있다고 믿었으므로 사기도 높았다.

고영무는 2층 베란다에 앉아 있었다. 검은 바다는 이제 발 아래까지 물결이 밀려와 철썩이는 파도소리를 내었다. 밤바람에 뒤쪽의 커튼 자락이 그의 목덜미를 스치고 지나갔다.

수평선 근방에 번쩍이는 불빛이 보였다가 곧 사라졌다. 바람이 일고 있었으므로 하늘의 별들이 깜박이며 흔들리는 것처럼 보였다.

고영무는 탁자 위에 놓인 담뱃갑에서 담배를 꺼내어 입에 물었다.

콜롬비아의 부패한 정권을 전복시킨다는 것에 대한 사명감은 없었다. 정의를 실현시키겠다는 그런 감정을 가지고 있지도 않았다. 지미 골드도 그런 이야기를 꺼냈다가는 미친놈 취급을 받을 것이 뻔한 줄 알고는 일의 결과에 대한 소득 문제만을 진지하게 말해주었다.

고영무는 길게 담배 연기를 내뿜었다. 어떻게 되었건 맹렬하게 살아왔고 앞으로도 그럴 것이다. 한쪽 다리가 빠진 수렁을 뛰어 건너려고 마구 달리다 보니 다리가 점점 깊게 빠져드는 것 같은 느낌도 있다.

고영무는 커튼이 펄럭이는 순간에 희미하게 풍겨 오는 향내를 맡았다. 그가 머리를 돌리자 밀리카가 커튼 사이로 서 있는 것이 보였다.

방의 불을 꺼놓아서 그녀의 자태를 보는 순간은 섬뜩하였으나 고영무는 얼굴에 웃음을 띠었다.

"왔군."

바람에 씻긴 그의 목소리가 옆쪽으로 흘러갔다.

"여기가 시원해. 여기 앉아."

고영무가 옆쪽 의자를 가리키자 그녀는 잠자코 의자에 앉았다. 밤눈에 희게 보이는 원피스를 입고 있었는데 어깨와 종아리가 드러나 있다.

"이틀 후에 어디로 떠나세요?"

밀리카가 그를 바라보며 물었다.

"그건 말할 수 없어."

"콜롬비아 아닌가요? 모두 30명 정도 되는 모양이던데."

"많이 알수록 위험해져. 알더라도 모른 척하는 것이 나을 걸?"

"내가 카스틸로 정권에 밀고할 처지가 아니니까 이렇게 들어오게 했겠지요?"

"넌 날 죽이기 위해서는 그런 짓도 할 여자야. 크링거를 인질로 했을 때에도 네가 마약부에 정보를 주었었지."

"그랬나요?"

"매린은 죽어 마땅한 놈이야, 밀리카."

밀리카가 퍼뜩 눈을 들었으나 입을 열지는 않았다.

"목적을 위해서는 제 약혼자의 몸도 이용해서 다른 사람에게 맡긴다는 것, 얼핏 들으면 대단해 보이지만. 그래, 대단한 기회주의자지. 비열한 놈이다."

"닥쳐, 고영무."

밀리카가 나지막했으나 후려치는 듯한 말투로 소리쳤다.

"죽은 사람을 조롱하지 마."

"죽은 놈은 듣지 못해, 이년아."

담배를 퉁겨 아래쪽으로 떨어뜨린 고영무는 밀리카를 돌아보았다.

"너도 나쁜 년이지. 여자의 몸 구조가 본래 그렇게 생겨 먹었다고 하지만, 나와의 정사에서 몸부림을 치며 신음 소리를 내던 너는."

베란다는 어두웠으므로 그녀의 얼굴 표정은 잘 보이지 않았다. 고영무는 바다 쪽으로 얼굴을 돌렸다.

"너는 매린과 나는 물론 네 자신까지 속여야만 했을 것이다. 너희들, 콜롬비아인들의 정조 관념이 어쩐지는 알 수 없지만 너와 매린과의 결혼생활도 행복하지는 않았을 거야."

"그게 한국식인가? 자기 위주로 생각하는 것이?"

밀리카의 목소리에 웃음기가 섞여 있었다.

"내가 당신하고 섹스할 때의 장면이 언제나 머릿속에 박혀 있는 모양인데, 사랑 없이도 섹스가 가능하다는 건 알 나이 아닌가?"

"내 이야기는 가치 있게 써야 할 것을 더럽게 써버린 너희들이 나까지 오염시켰다는 거야. 물론 나는 돈을 주고 창녀와 섹스한 셈 치면 되겠지만."

"……"

"자아, 일어나자. 네가 원한다면 하룻밤에 백 달러건 천 달러건 주마. 네 그것이 필요하다, 오늘밤엔."

고영무가 자리에서 일어나 그녀를 바라보았다. 밀리카는 자리에서 일어나지 않았다.

"그 자리에서 세 걸음만 앞으로 나가면 된다, 밀리카. 아래쪽은 바위
니까 죽기에 딱 적당하지. 머리가 조각나 오징어들이 달라붙을게다."

밀리카는 자리에서 일어섰다. 한동안 우두커니 서 있던 그녀는 몸을
돌려 앞을 가로막는 커튼을 들치고 방 안으로 들어섰다.

최대광은 술잔을 내려놓고 다시 안쪽의 룸을 바라보았다. 요란한 웃
음소리와 함께 여자의 놀란 듯한 외침 소리가 들렸는데 사내들이 여자
에게 장난을 친 모양이었다. 입맛을 다신 최대광은 양주병을 들고 빈 잔
에 술을 채웠다.

11시가 넘어 있었으나 룸에 있는 사내들은 나갈 생각을 하지 않는다.
서울에서 출장온 사장들이라는데 씀씀이가 큰 모양인지 술병과 안주 접
시가 쉴 새 없이 들어가고 있었다.

홀에는 두어 명이 앉아 있는 구석 쪽 테이블 외에는 손님이 없었으므
로 룸에 있는 놈들만 나가면 문을 닫아도 될 것이다. 룸살롱에 11시가
넘어서 오는 손님은 드물기 때문이다.

카운터에 앉아 있던 이은영이 다가와 앞자리에 앉았다. 최대광의 무
료한 시간을 때워 주려는 모양이었다.

"조금 있으면 끝날 거예요. 지금 위스키가 다섯 병째 들어갔는데 네
사람이 그만큼 마셨으면 일어날 때도 되었어요."

그녀가 힐끗 탁자 위를 내려다보았다. 두 병의 양주가 거의 비워져 가
고 있었으나 최대광의 얼굴은 물도 안 마신 듯한 얼굴이었다.

"신 선생님은 바쁘신 모양이죠?"

최대광이 퍼뜩 시선을 돌려 그녀를 바라보았다.

"바쁘기는 뭘, 집에서 잠이나 자겠지요."

그가 입술을 찌그리며 말했다. 신용만이 같이 가자는 최대광의 제의

를 한마디로 거절해서 이쪽을 무안하게 만들었던 것이다.

"신 선생님은 애인이 있으시다면서요? 좋아하는 사람이."

이은영이 그의 잔에 술을 따랐다.

"누구요? 신용만이가?"

눈을 껌벅이며 최대광이 그녀를 바라보았다.

"누가 그럽디까?"

"신 선생님이 그러셨어요."

"미친놈, 겉으로는 기가 죽기 싫은 모양이구만."

최대광이 코를 한번 불리면서 배를 떨었다.

"애인은커녕 애견도 없는 놈이여, 그놈은. 생긴걸 보시오, 생긴걸."

알 수 없는 화가 치밀어 오르고 있었다. 룸에서 노닥거리는 사장놈들이 대상일 수도 있고 그들과 어울리고 있는 홍성희 때문인지도 모른다.

이은영이 그와 신용만의 생긴 것을 비교하려는 듯이 그를 바라보고 있었다.

"그놈은 이제까지 연애 한번 제대로 못해 본 놈이여. 기껏 해봤자……"

그의 머릿속에 양미숙 사장과 장혜란 사장의 얼굴이 떠올랐다. 모두 신용만의 소개로 알게 된 여자들이다.

"기껏 뭔데요?"

재미있다는 듯 이은영이 웃으며 물었다.

"회사 사람들."

"회사 사람들이라니요?"

"옛날에 회사 다닐 때 알게 된 사람들 말이오. 그저 인사나 나눌 정도였지."

"그런데 신 선생님은 좋아하는 사람이 있다고 하시던데."

"글쎄, 거짓말이라니까. 그놈은 알량한 자존심이 세서 없다는 소리를 못하는 놈이오."

"……"

"내가 보증해요. 그놈은 여자를 보면 이상하게 실실 꽁무니를 뺀다구. 그렇지 않으면 아주 싫어하거나."

룸에서는 소란이 그치고 있었다. 가끔씩 혀가 꼬부라진 소리가 들리고 있는 것이 끝날 때가 된 모양이었다.

이은영이 자리에서 일어나는 것과 동시에 룸에서 홍성희가 나왔다.

"대광 씨, 미안해요."

다가온 그녀가 그의 어깨에 한 손을 올려놓으며 말했다.

"이제 곧 끝나요."

최대광은 어깨에 놓인 그녀의 손을 잡아 내렸다.

"어이, 홍마담. 잠깐 나 좀 봐."

룸에서 나온 사내 중 한 명이 소리쳐 홍성희를 불렀다. 그는 비척이며 이쪽으로 다가오고 있었는데, 넥타이가 느슨하게 내려지고 몸집이 비대한 40대의 사내였다.

"우리 김회장 호텔에서 2차로 한잔 하자는 것, 약속 어기면 안 돼."

홍성희가 돌아서서 그를 바라보았다.

"알았어요. 김회장님 모시고 어서 나오세요."

잠자코 술잔을 쥐고 앉아 있던 최대광이 힐끗 홍성희를 올려다보았다.

"어휴, 꼴보기 싫어. 저희들이 무슨 브이아이피(VIP)라고."

사내의 뒷모습을 향해 홍성희가 종알거리자 최대광이 물었다.

"2차 가다니? 무슨 말이야?"

"여기 끝내고 호텔 클럽에 같이 가자는 거예요."

"……"

"애들만 클럽까지 데려다 주고 올게요. 30분이면 돼요."

사내들이 왁자지껄 룸에서 몰려나오자 홍성희는 그들에게 다가갔다. 잠시 탁자 위의 술잔을 내려다보던 최대광이 자리에서 일어났다.

"어디. 가시게요?"

카운터에 앉아 있던 이은영이 물었으나 최대광은 머리만 끄덕여 보이고는 현관을 빠져 나왔다.

빌딩의 현관을 빠져 나오는 사내들이 보였다. 그들 뒤로 여자들이 따르고 있다. 최대광은 빌딩 앞의 택시 주차장에 서서 그들을 바라보았다.

네 명 모두 한국에서 제법 소리깨나 친다는 사람들인 모양이었다. 그들은 풀린 걸음걸이로 떠들썩하게 지껄이면서 이쪽으로 다가왔다. 노란색 몸체의 택시는 아직 모습을 보이지 않았다.

밤이 늦었으므로 정류장에는 최대광 혼자서 기다리고 있었다.

그의 시야에 홍성희가 보였다. 입던 옷 그대로에 핸드백만을 걸친 차림새였다. 그녀도 이쪽을 보았는지 똑바로 다가오고 있었다.

"여어, 홍마담. 어서 와."

거의 이쪽으로 다가온 사내 한 명이 홍성희를 향하여 소리쳤다. 사내들이 최대광의 주위로 몰려 섰다. 모두들 술에 취한 모습들이다.

"김회장님, 오늘 끝을 내시오."

아까 홀에서 보았던 사내가 머리가 희끗하고 네모난 얼굴의 사내에게 말하자 사내들이 일제히 다가오는 홍성희를 바라보았다.

여자들이 다가왔다. 그들은 모두 최대광을 알고 있었으므로 그를 향해 아는 척을 했다. 사내들의 이야기 소리가 뚝 그치더니 최대광을 힐끗거렸다.

홍성희가 다가왔다. 그녀는 최대광을 향해 흰 이가 드러나도록 활짝 웃었다.

"여보, 여기서 기다리고 계셨어요?"

사내들이 최대광을 바라보았는데 홍성희와의 정사를 기대하던 흰 머리의 사내는 주춤 한 발짝 최대광으로부터 떨어졌다.

"정사장님, 제 남편이에요."

최대광은 턱을 쳐들고 서 있었는데 그를 가리키며 홍성희가 말하자 중신애비 노릇을 하던 사내가 힐끗 최대광을 쳐다보더니 머리를 돌렸다.

홍성희가 다가와 최대광의 팔짱을 끼고 섰다. 그러자 정류장 안의 분위기가 야릇해졌다. 여자들은 여자끼리 섰고 남자들은 제각기 동서남북을 바라보며 섰는데 아무도 입을 열지 않았다.

택시 한 대가 노란 등을 반짝이며 다가와 섰다.

"아, 너희들은 그냥 돌아가."

문득 사내 한 명이 택시에 오르려는 여자들을 향해 말했다. 김회장과 홍성회를 묶어주려고 했던 정사장이다.

여자들이 주춤거리며 홍성희의 얼굴을 들여다보았다. 아르바이트로 현지에서 고용한 여자도 있지만 그중 두 명은 한국에서 온 여자였다.

"어이, 탑시다."

정사장이 문고리를 잡고 사내들을 향해 말하고는 홍성희에게 머리를 돌렸다.

"홍사장, 우리는 오늘 그냥 갈 테니까."

"안 돼."

최대광이 성큼 그에게로 다가섰다.

그는 호주머니에서 10달러짜리 한 장을 꺼내어 운전사에게 던져주고는 발을 들어 문을 닫았다. 그가 가볍게 손을 젓자 요란한 엔진 소리를 내며 택시는 정류장을 떠났다.

"일단 데리고 나왔으니까 1인당 500달러씩 내라, 지금."

최대광이 사내들을 주욱 훑어보았다.

“어서.”

“아니, 홍사장.”

정사장이 높아진 목소리로 홍성희를 불렀다. 그는 최대광과는 시선을 마주치려고 하지 않았다.

“도대체 이게 어떻게 된 일이오?”

“어떻게 되기는? 너희들이 묵고 있는 호텔에 따라가서 받아낼까? 아니면 대사관에 신고를 해서 받아낼까? 아니, 그것보다도 LAPD에 연락해서 배상을 해달라고 할 수도 있지.”

“이것 봐요, 당신은 누구요?”

마침내 정사장이 어깨를 펴고 최대광을 똑바로 바라보았다.

“보자 하니까 젊은 친구가 말을 함부로 하는구만. 여기가 미국이라고 말을 막 하는 거야? 공갈을 치는 거야 뭐야?”

“내가? 너희들한테?”

최대광이 그에게 한 걸음 다가서자 홍성희가 그의 팔을 잡아당겼다.

“아이, 여보.”

“놔.”

세차게 그녀의 팔을 뿌리친 최대광이 팔을 뻗어 사내의 멱살을 쥐었다. 세차게 쥐자 사내는 입을 딱 벌렸고 나머지 세 사내들아 주춤거리며 다가왔다.

“어이, 돈 내겠소. 낼 테야.”

사내 중 한 사람이 말했다.

“거기 팔 놓아. 왜 이러는 거야?”

제법 소리치는 사람도 있었다.

그러나 선뜻 다가서지는 않는다.

“500달러씩 1,500달러 여기 있소.”

김회장이라는 사내가 지갑을 꺼내더니 어지럽게 지폐를 세면서 말했다.

최대광은 한 손을 내밀어 지폐를 받자 정사장의 멱살을 놓아주었다.

목을 움켜쥔 그가 기침을 하더니 헐떡이며 가쁜 숨을 쉬었다.

"오입을 해도 사람 봐가면서 하는 법이여, 이 자식들아."

최대광이 그들을 훑어보며 말했다.

"네놈들 뿌리를 뽑아버리지 않은 것만 해도 다행이라고 생각혀, 이 쌍놈의 새끼들."

그가 으르렁대며 하나씩 다시 보았으나 시선을 마주치는 사내는 없다.

최대광이 휘적이며 정류장을 떠나자 홍성희가 뒤를 따랐고 아가씨들이 다시 그녀의 뒤를 따랐다.

대여섯 걸음 가다가 멈춘 최대광은 앞장선 여자에게 주먹 안에 든 지폐를 건네주었다.

"아저씨, 우린 300달러로 계약했어요."

그녀가 소곤대듯 말하자 최대광이 그제야 만족한 듯 웃었다.

"200달러는 내 팁이여."

옆으로 다가온 홍성희는 잠자코 서 있었다.

6.
보고타 진군

리버티 호가 공해에 떠 있었으므로 고영무를 비롯한 대원들은 저택에서 내일 새벽의 출발 시간을 기다리고 있었다.

가족이 있는 사람은 있는 사람대로 없는 사람은 없는 사람대로 주변을 정리하는 데 신경이 쓰이는 모양이었다.

고영무는 작별할 사람이 한 사람도 없는 관계로 저택에만 머무르고 있었는데, 최대광은 쥐가 쌀광을 드나들듯 뻔질나게 시내에 들어갔다 돌아왔다.

지금은 전원이 저택에 머물면서 내일 새벽의 출발에 대기하고 있어서 2층의 거실에 앉아 있어도 아래층의 갖가지 소음이 희미하게 들려 왔다.

웃는 소리와 부르는 소리, 뛰듯이 누군가가 걷고 커다랗게 말하는 소리. 응접실 쪽에서는 의자를 옮기는 모양이었다.

브루노와 짐, 최대광, 신용만을 중심으로 한 27명의 대원이 떠나게 되고 커크를 비롯한 여덟 명은 저택에 남아 있게 되었다. 그들 모두가 지금 저택에 모여 있었으므로 소음이 안 날 수가 없다.

고영무는 벽에 걸린 시계를 올려다보았다. 오후 5시가 되어 가고 있었다. 저녁때는 어제 지미 골드가 보내 온 작전서류를 간부들과 함께 검토해봐야 할 것이다.

비행기로는 LA에서 보고타까지 여덟 시간의 거리였지만 부에나벤투라까지 배로 9일간 항해해야 하고 그곳에서 보고타까지 다시 사흘이 걸리는 여정이었다. 칼리에서 하루를 보내면서 대원들을 재정비해야 하기 때문이다.

5월도 중순에 접어들었으므로 한국은 지금 이른 더위가 시작될 환절기일 것이다. 고영무는 탁자 위에 놓인 전화기를 끌어당겨 수화기를 귀에 대었다. 다이얼을 누르고 난 그는 상체를 곧게 세웠다.

누구보다도 먼저 아버지에게 미국에서 떳떳하게 생활하게 되었다는 것을 보여 주고 싶었다. 그러나 고진호 씨는 그의 미국 초청을 거절했다. 한국의 신문에서도 고영무가 인질소동을 벌였으나 크링거의 부인으로 사건이 유야무야되었다는 것을 꽤 상세하게 보도해 고진호 씨는 고영무의 동향을 알고 있었다.

신호가 가자 곧 수화기가 들렸다.

"여보세요."

아버지의 목소리였다.

"아버지, 접니다. 영무예요."

"응, 영무냐."

그의 목소리는 담담했다. 아침에 나간 고영무가 을지로에서 걸어온 전화를 받는 분위기였다.

"아버지, 환절기에 건강은 어떠세요?"

"난 괜찮다. 넌 어떠냐?"

"저야 염려하실 거 없습니다, 아버지."

"……"

"영철이는 곧 제대하겠네요."

"내년 초에 나온다."

"아버지."

"왜?"

고영무는 침을 끌어모아 삼켰다.

"저 내일 아침에 여행 떠납니다."

"……"

"얼마 동안 연락드리지 못할 것 같습니다."

"미국에서는 네가 자유롭게 행동하는 것 같다만."

아버지는 잠깐 말을 멈추었다. 고영무는 수화기를 고쳐 쥐었다.

"네 회사에서 널 명예훼손과 공금 유용으로 고발을 했더구나. 집으로 통지서가 왔다."

"……"

"내가 너희 회사 박주경 회장을 만나려고 찾아가 보았는데 만나지 못했다. 비서실 직원들의 말로는 돈으로 해결될 문제가 아니라는구나."

"……"

"너에게 세상이 이렇다는 것을 알려주려고 이야기한 거다. 너희 회사는 너를 고발했다는 것을 세상에 알리고 싶어한다. 공금을 유용한 것이 있으면 내가 갚아주겠다고 했지만 네가 없으면 안 된다는 거야."

공금을 유용한 것은 없다. 김강남과 함께 차액을 나눠 가졌을 뿐이다.

"아버지, 그것은."

"이야기 안 해도 안다. 넌 공금을 유용할 자식이 아니다. 네 회사는 네 이름이 자주 좋지 않게 나오니까 그런 방법으로 너와 회사의 관계를 분명히 하고 싶었을 것이다."

"아버지, 죄송합니다."

"떳떳하게 이름을 내거라."

"네 아버지."

"너, 유영미라는 여사원 알지? 전에 보고타에서 같이 일한 적이 있다던데."

고영무는 눈을 끔벅이며 벽을 바라보았다.

"생각이 나지 않는데요, 아버지."

"그애가 자주 와서 말동무가 되어 주고 간다. 나도 처음에는 경찰에서 보낸 여자가 아닌가 했는데 겪어 보니까 아녀."

"유영미라고 하셨습니까?"

"그래, 참하게 생겼다. 그애도 회사를 그만두고 서울에 있다."

"……"

"너는 남들과는 다른 길을 가고 있어. 영무야, 서두르지 말고 떳떳한 일을 해라."

"명심하겠습니다, 아버지."

"내 걱정은 말고."

"네."

"여행 잘 다녀오너라."

그러고는 전화가 끊겼다.

"보스, 손님이 오셨습니다."

산토스의 말소리에 고영무는 생각에서 깨어났다. 오후 6시가 넘어 있었다.

"여자 손님이신데요. 미스터 박의 여자 친구 분인 미스 리라고 합니다."

고영무가 자리에서 일어섰다.

"그래? 아래층 응접실로 모셔."

박정환의 애인인 이정민일 것이다. 어제 서울에서 도착한 그녀와 박정환이 이곳을 방문하기로 했다가 그녀의 몸이 좋지 않아서 약속이 취소되었었다. 그것에 대한 사과를 하려고 왔는지도 모른다.

고영무는 윗도리를 걸쳐 입고 아래층의 응접실로 내려갔다. 응접실에 자리잡고 앉은지 얼마되지 않아서 바깥쪽 문이 열리더니 산토스의 안내를 받은 여자가 들어섰다. 약간 긴 머리에 얼굴에는 커다란 선글라스를 끼고 있었으므로 그녀의 곧은 콧날과 꽉 다문 입술 밖에 보이지 않았다.

"어서 오세요. 정환이는 오지 않았습니까?"

그녀를 향해 일어선 고영무가 웃음 띤 얼굴로 물었다.

"네, 저 혼자 왔어요."

그녀의 목소리는 맑았으나 얼굴은 굳어 있었다.

"앉으시지요. 뵙고 싶었는데 잘 오셨습니다."

그녀가 자리에 앉자 산토스가 다가와 물었다.

"차는 무얼로 드릴까요?"

"난 커피."

"저도 커피 주세요."

산토스가 발소리를 죽이며 방을 나갔다.

"어제 도착하셨다고 들었습니다."

고영무가 그녀를 바라보았다.

"공항에서 오시다가 아프셨다던데 괜찮으십니까?"

"네."

그녀는 방 안을 둘러보았다. 두 손으로 무릎 위에 놓인 핸드백을 움켜쥐고 있는 것이 마치 면접시험을 치르는 신입사원 같은 모습이다.

고영무는 짙은 안경알 속의 눈은 볼 수가 없었으므로 그녀의 입술 언저리를 바라보았다. 입술 끝이 희미하게 떨리고 있는 것이 눈에 띄었다.

그러자 고영무의 얼굴에서 웃음기가 조금씩 사라져 갔다. 그러고는 이맛살이 찌푸려졌다.

여자는 손을 들어 선글라스를 벗었다. 눈에 가득 고여 있던 눈물이 주르르 뺨을 타고 흘러내렸다.

"아니!"

눈을 치켜뜬 고영무가 턱을 젖히자 김영지가 핸드백에서 권총을 꺼내어 그를 겨누었다.

"김영지야, 내가."

목소리에는 울음이 섞여 있었고 눈에서는 아직도 눈물이 흘러내린다. 그러나 두 눈은 커다랗게 치켜뜨고 있었고 이제는 두 손으로 소형 권총을 움켜쥐고 있다.

그녀가 다시 말했다.

"널 죽이려고 왔어."

고영무가 물끄러미 그녀의 얼굴을 바라보았다. 김영지가 끄윽 하는 소리와 함께 어깨를 치켜 올렸다가 내렸는데 딸꾹질을 한 것이다.

"아버지와 오빠의 원수, 그리고 우리 엄마는 이제 폐인이 되었어."

"난 네 오빠를 죽이지 않았어. 그렇지, 네 오빠를 죽인 여자가 이 집에 있군. 밀리카를 알지?"

고영무의 얼굴에 조심스럽게 웃음이 떠올랐다.

"그 여자를 불러서 물어보면 될 거야. 그 방아쇠를 당기기 전에 확실한 것을 알고 죽이든지 어쩌든지 해야 하지 않겠나?"

"거짓말, 난 안 속아."

김영지가 불쑥 두 손을 앞으로 내밀었으므로 고영무는 입맛을 다셨다.

“난 거짓말은 안 하는 사람이야. 그리고 비겁하게 책임회피도 안 한
다. 네 아버지가 돌아가신 것은 사고였다. 무조건 날 죽이려고만 하셨
어. 나는 변명할 여유도 없었다. 내가 그의 다리를 걸어 넘어뜨렸는데
아래로 떨어진 것이지.”

“이 살인자.”

두 손으로 움켜쥔 권총이 고영무의 가슴에 겨눠진 채 심하게 떨렸다.

“어때? 밀리카를 불러 확인을 받는 것이?”

그러자 응접실 문이 열리며 산토스가 쟁반을 받쳐 든 채 들어섰고 김
영지는 휘익 몸을 돌려 그쪽을 겨누었다.

그 순간 상체를 일으킨 고영무가 수도로 그녀의 팔목을 내려쳤다.

쟁반이 바닥에 떨어지는 소리가 요란하게 났고 김영지의 권총도 바닥
에 떨어졌다. 두 팔을 벌리고 달려온 산토스가 그녀의 몸을 뒤에서 움켜
안았다.

“산토스, 놔둬라.”

권총을 집어 든 고영무가 가라앉은 목소리로 말했다.

“그리고 밀리카를 데려와.”

산토스가 헐떡이며 두 팔을 풀자 김영지는 잡혔을 때도 반항을 하지
않았지만 풀려났을 때도 움직이지 않았다.

두 손으로 블라우스의 깃을 움켜쥔 채 멍한 얼굴로 앉아 있었다.

산토스가 서두르며 방을 나간 지 얼마 되지 않아 최대광이 문을 박차
듯이 열고 들어왔다. 그는 엎질러진 커피잔을 성큼 뛰어넘어 김영지의
앞에 와 섰다. 산토스에게 이야기를 들은 모양이었다.

“얼레, 어디서 본 년인디?”

그가 버럭 소리치듯 말했으므로 김영지가 퍼뜩 눈을 들었다가 내렸다.

“확실히 어디서 본 얼굴인디. 요즘에.”

그러다가 생각이 나지 않는 듯 이맛살을 찌푸린 얼굴로 고영무 쪽으로 몸을 돌렸다.

"도대체 형님은 웬 여자들 웬수가 이렇게 많아요? 여자를 밝히지도 않으면서?"

저도 모르게 뱃가죽이 좁혀지면서 고영무의 입에서 쓴웃음이 번져 나왔다.

방으로 들어선 밀리카는 김영지를 보고 주춤 걸음을 멈추었다.

김영지가 눈을 깜박이며 그녀를 올려다보았다.

"밀리카, 그쪽에 앉아."

고영무의 말에 그녀는 잠자코 김영지의 옆자리에 앉았다.

한바탕 설치고 나서 최대광이 나갔으므로 방에는 이제 세 사람이 정삼각형의 끝점 부근에 앉아 있는 모양이 되었다.

고영무는 바깥에서의 소음이 갑자기 전혀 들리지 않고 있다는 것을 느꼈다. 제각기 일들을 하고 있지만 모두 이쪽 방에 신경을 집중하고 있기 때문일 것이다.

"밀리카, 미스 김을 잘 알 거야."

김영지를 턱으로 가리키며 고영무가 말하자 밀리카는 얼굴에 엷게 웃음을 띠었다. 그녀는 고영무가 아침 운동을 마치고 돌아오자 침대에서 보이지 않았다. 그러고는 이제까지 마주치지 않았던 것이다.

"잘 알아요. 오빠의 원수를 갚으려고 온 김영지 씨지요."

밀리카와 그녀의 시선이 마주쳤다.

김영지는 불안하고 조바심을 내는 표정으로 두 눈을 자주 깜박이는 반면 밀리카는 턱을 조금 쳐들고 가슴을 내민 당당한 모습이었는데 대조적이었다.

"나에게 뭘 물어보려는 거예요?"

밀리카가 고영무를 향해 머리를 돌렸다.

"당신이 김강남 씨를 죽이지 않았어요? 나는 그렇게 믿고 있었는데."

고영무가 잠자코 그녀를 바라보았다.

"난 김강남 씨가 어디에 있는지도 몰랐어요, 김영지 씨."

"밀리카."

고영무가 그녀를 불렀으나 밀리카는 그쪽으로 머리를 돌리지 않았다.

"나는 아무것도 몰라요, 김영지 씨. 고영무 씨가 이렇게 으리으리한 저택에서 사는 이유도 모르고, 수십 명의 부하들에게 둘러싸여 있는 이유도 몰라요."

"네가 왜 여기에 와 있는지 그 이유도 모르겠구나, 밀리카."

고영무가 웃음 띤 얼굴로 말했다.

"네가 네 약혼자를 네 눈앞에서 살해한 나에게 복수하려고 이 집에 온 이유 말이다. 그것도 잊은 모양이구나."

밀리카가 머리를 돌렸다.

"네가 마약을 담은 TV를 김강남이 모르고 집어갔을 때 너희들은 김강남의 입을 막기 위해 죽였지. 그것도 내 사무실에서 내가 자는 동안에 말이야. 나에게 누명을 씌우려고."

고영무는 김영지를 향해 돌아앉았다.

"나는 마약조직인 카를로스 일당의 돈을 빼앗았어, 김영지 씨. 여기 밀리카의 오빠인 페르난도의 돈이지. 나에게 누명을 씌운 보상으로 나는 이 여자의 애인을 쏴 죽였어. 당신은 나를 믿어야 돼, 김영지 씨."

"믿지 말아요, 김영지 씨. 그는 나를 잡고 있어요. 당신도 마찬가지예요. 그것은 거짓말이에요."

고영무는 입을 다물고는 의자에 상체를 기대었다. 한동안 방 안에 침묵이 흘렀는데 바깥에서 조심스러운 발자국 소리가 들려왔다.

문이 열리더니 산토스가 들어섰다.

"보스, 회의 준비가 되었습니다."

김영지가 퍼뜩 눈을 들어 고영무를 바라보았다.

"이 여자를 데리고 나가라."

고영무가 밀리카를 바라보며 말했다.

"더러운 피를 가진 여자다."

"보스, 그러시면 죽일까요?"

산토스의 말소리는 커피 한 잔 더 드시겠느냐는 억양과 다른 점이 없었는데 고영무에게도 섬뜩하게 들렸다.

밀리카는 애써 태연한 듯 턱을 들고 있었으나 몸이 굳어져 있는 것이 느껴졌다. 옆에 앉은 김영지의 시선이 힐끗 이쪽을 스쳤다. 고영무가 입을 열었다.

"그냥 방에 데려다 주도록."

"알았습니다, 보스."

산토스의 손이 어깨에 닿자 그것을 떨구면서 밀리카가 일어섰다. 그들이 방을 나서자 고영무는 김영지를 향해 머리를 돌렸다.

"내가 증인을 잘못 골랐어. 저 여자도 나한테 원한이 있는 여자야. 하지만 사실을 사실대로 말해줄 줄 알았는데."

"……"

"마르틴이라는 신부님을 만났었지. 그분은 당신 아버지가 돌아가실 때 그 상황을 보셨는데……"

"……"

"난 저 여자와 저 여자의 애인에게 이용당했지. 마지막 순간에는 배신을 당하고 살인자의 누명까지 썼어. 그래서 그들을 찾아 여기에 온 거야."

김영지는 치켜뜬 눈으로 꼼짝하지 않고 그를 바라보고 있었다.

"나는 놈들이 나를 이용해서 빼낸 마약 판 돈을 빼앗았지. 그리고 밀리카의 약혼자였던 놈을 죽였어. 그랬더니 저 여자가 나한테 찾아왔어. 내 옆에서 나를 죽여 복수할 기회를 잡으려고."

"……"

"박정환이는 내 친구야. 그놈한테는 당신 이야기를 하지 않겠어. 곧 결혼한다니 잘 살기를 원해."

"……"

"그렇다면 어머니가 아프신 건가? 어머니는 그럼 서울에 계시고?"

"날 보내주실 건가요?"

갑자기 김영지가 입을 열었으므로 고영무가 쓴웃음을 지었다.

"그럼, 보내고말고. 보내야지."

김영지가 자리에서 몸을 일으켰다. 다리에 힘이 풀린 듯 잠시 휘청거리던 그녀가 몸을 바로잡고는 고영무를 바라보았다.

"박정환 씨에게 이야기를 전해주세요. 난 차마 말씀드릴 수가 없어요. 미안하다고, 정말 잘못했다고."

따라 일어선 고영무가 이맛살을 찌푸리며 그녀를 바라보았다.

"당신에게 접근하기 위해 박정환 씨와 가까워졌었어요. 당신 부친에게도."

"……"

"그것은 당신이 책임져주셔야 돼요. 당신이 우리 오빠와 아버지를 죽였든 안 죽였든, 어쨌든 그런 책임은 져야 돼요."

"……"

"난 힘이 없어요. 당신을 어떻게 할 힘도, 그리고 살아갈 힘도."

몸을 돌린 김영지는 응접실을 가로질러 문 쪽으로 다가갔다.

"기운을 내, 김영지 씨."

그녀의 등에 대고 고영무가 말하자 잠시 주춤하던 김영지는 문을 열고 밖으로 나갔다.

태평양 남쪽을 향해 내려가던 리버티 호는 일주일째 되던 날 적도를 통과한 후 선수를 좌측으로 돌려 이제는 곧장 남미 대륙으로 다가가기 시작했다.

선미 쪽의 2층 베란다에서 항적을 바라보고 섰던 고영무는 다가오는 발자국 소리에 몸을 돌렸다.

"형님, 이틀 후면 콜롬비아에 도착하겠구만요."

얼굴의 피부가 뱃사람처럼 검붉게 탄 최대광이었다. 그는 이제 영락 없는 메스티소 거인의 차림새였다. 판초와 중절모는 거추장스러웠으므로 벗어 놓았으나 그의 헐렁한 바지와 긴 머리, 뭉특한 얼굴을 보면 한국사람이라고 생각할 사람은 없을 것이다.

"형님 덕분에 저는 별 경험을 다합니다."

그의 옆에 선 최대광이 그를 바라보며 빙긋 웃었다.

"저한테는 한 번도 가보지 않은 나라여서 개척자 같은 생각이 들어요, 제가."

"나도 그렇다."

고영무가 따라 웃었다.

"그 옛날 남미 대륙으로 들어가던 스페인 군사들의 마음도 이랬을 것이다."

"황금의 땅이라고 불렀다면서요?"

"그래, 잉카제국은 황금이 많았지. 지금도 이곳 바다 밑에는 황금을 가득 실은 스페인 군함이 여러 척 가라앉아 있을 거야."

고영무는 손가락으로 검푸른 바다를 가리켰다.

"하지만 황금을 쥐고 저 땅을 빠져 나온 사람은 드물었어. 질병과 전쟁, 동료끼리의 싸움, 그리고 저주까지도 끼어들었지."

고영무는 앞쪽의 수평선을 바라보았다. 아직 대륙은 보이지 않는다.

"나는 저 땅에서 무언가를 꼭 찾아내겠어. 설령 황금이 아니더라도."

"마약이 있지 않습니까, 형님. 그것이 금덩이보다도 더 값이 나가는데."

고영무는 대답하지 않았다.

리버티 호는 본래 연안경비정이었던 것을 마약부가 사서 개조한 배였다. 2백 톤급이었으나 속력이 제법 빨라서 평균 시속 20노트를 내었고 첨단장비까지 갖추고 있었다.

긴 항적을 내며 배는 검푸른 바다를 일직선으로 달려 나갔는데 일주일 동안 풍랑 한번 받지 않는 잔잔한 날씨가 계속되었다.

선장은 로버트라는 이름의 미국인이었는데 군인인지 정부기관원인지 고용된 뱃사람인지 알 수가 없었고 본인도 밝히려고 하지 않았다.

10여 명의 선원들도 마찬가지였다. 그들은 배에 탄 30명에 가까운 사내들에게 접근하지 않았으나 이미 배에 각종 화기와 준비물을 싣고 고영무의 승선을 기다리고 있었던 것이다. 마약부가 아니면 CIA에라도 끈이 닿는 사람들일 것이다.

구명보트 쪽의 모퉁이를 돌아 선장인 로버트가 다가왔다.

"고, 무전연락이 왔습니다."

고영무는 난간에서 손을 떼고 로버트의 뒤를 따랐다. 항해실 옆의 무전실로 들어선 고영무는 이어폰을 귀에 대고 스위치를 눌렀다. 찌직 거리는 잡음이 금방 귀에 찼다.

"여보세요, 여기는 고."

"고, 여기는 카스티. 잘 들리는가?"

"잘 들린다, 카스티."

지미 골드의 암호였고 목소리였다. 특별한 경우에만 연락을 하기로 했던 터라 고영무는 긴장하여 이어폰을 손바닥으로 눌렀다.

"고, 정보가 누출되었다. 어디서 누출되었는지는 지금 조사 중이다. 그래서 그쪽으로 가는 것은 위험하다."

고영무는 이맛살을 찌푸리며 스위치를 눌렀다.

"그럼 어디로 가는가?"

"B지점으로 가라."

그가 짧게 말했다.

"그리고 안내원은 없다. 너희들이 독자적으로 들어가도록! 고, 다시 말하지만 이제 이 일을 알고 있는 사람은 K와 B와 J와 Q밖에 없다."

그가 서두르듯 말을 이었다.

"이제 연락처는 F 한 곳이다, 고. 명심하도록! 알아들었나?"

"알아들었다, 카스티."

그러자 무전은 끊겼다. 이제는 당분간 오지 않을 것이다. 그가 무전실을 나오자 로버트가 다가왔다.

"고, 어떻게 되었습니까?"

"이제부터 모든 무전을 금지시키도록 해요, 로버트."

그러자 조타석 옆에 서 있던 짐 버클리가 이쪽을 바라보았다.

"그리고 목적지는 산타마르타요. 그쪽으로 갑시다."

로버트는 잠자코 머리를 끄덕였다.

"알겠습니다, 고. 우리는 당신 명령을 따르도록 지시받았습니다."

산타마르타에 발을 디뎠을 때는 새벽 1시가 되어 가고 있었다.

28명의 사내들은 모두 가방을 하나씩 들고 있었는데 안에는 각종 총기류와 그동안 써야 할 생필품들이 가득 들어 있었다.

브루노와 필리페가 가방을 메더니 이쪽으로 다가왔다. 그들은 브루노의 먼 친척이 이곳에 살고 있었으므로 그에게 신세를 질 작정인 것이다.

"보스, 그럼 저희들은 먼저 가겠습니다."

브루노의 굵은 목소리가 파도 소리에 섞여 들려 왔다. 이곳은 제방의 끝 쪽이라 연안의 감시초소도 없는 곳이다.

"그럼 사흘 후에 보고타에서 만나자. 연락은 그때 하기로 하고."

브루노와 동행하는 11명의 사내에게 한 명씩 작별을 하고 난 고영무는 땅바닥에 놓인 가방 위에 앉아 있는 후안을 바라보았다.

그는 30대 초반으로 보고타에서 초등학교 교사를 하다가 3년 전에 밀항한 사내였다. 영리하고 몸이 재빨랐으므로 알폰소의 신임을 받고 있었다.

"후안, 이젠 네 차례다."

뱃멀미에 지친 듯한 후안이 가방 위에서 몸을 일으켰다.

"보스, 몸조심하십시오."

"너도 몸조심하고, 부하들 잘 관리해."

"그럼 사흘 후에 뵙겠습니다."

그가 인솔하는 여덟 명의 사내들이 제방 길 위를 걸어 어둠 속으로 묻혀 들어갔다.

"보스, 보스가 아신다는 성당의 관사는 이곳에서 3킬로 떨어져 있습니다."

짐 버클리가 자리에서 일어나며 말했다. 바닷바람이 휘몰려 와서 그들의 피부에 끈끈한 공기를 묻혀 놓고 밀려갔다.

우기가 끝나 가는 5월 중순이었으나 저녁때 비가 한바탕 뿌린 모양이었다. 어둠에 묻힌 제방의 이곳저곳에는 빗물에 고인 웅덩이가 있어서 발들이 젖었다.

"자, 우리도 가자."

고영무의 말에 나머지 사내들이 이곳저곳에서 몸들을 일으키는 기척이 들렸다. 28명의 대원들을 세 그룹으로 나누어 보고타로 진입하려는 것이다. 고영무는 최대광과 신용만, 짐 버클리와 산토스를 포함한 아홉 명의 대원을 인솔하고 있었다.

그는 전에 마르틴 신부가 자신을 재워주었던 성당의 기숙사로 대원들을 데려갈 작정이었는데 짐 버클리도 좋은 생각이라고 찬성해주었다. 짐 버클리가 앞장선 아홉 명의 대원은 한쪽으로 눅눅한 바닷바람을 맞으며 제방 길을 걸어 내려왔다.

문득 고영무는 머리를 들어 옆쪽을 바라보았다. 야적장이 보였는데 산더미처럼 쌓여 있는 것은 석탄더미였다. 이쪽 어디에서인가 호세 김이 나타났었고 바닷바람이 세차게 불어오는 저쪽 어느 구석으로 떨어져 내렸었다. 그곳으로 다시 온 것이다.

이제는 가로등이 드문드문 보여 발밑의 길이 드러났지만 그들의 걸음은 더욱 조심스러워졌다. 지금부터는 만나는 사람을 조심해야 하는 것이다. 정부군이나 경찰, 그리고 밀정들이 주변에 숱하게 깔려 있었다.

그들은 대원들 사이의 간격을 벌렸으므로 짐의 일행 서넛과 고영무의 일행 대여섯으로 나누어졌다. 그들은 이제 불이 꺼진 시가지로 들어섰다.

"형님, 이곳을 잘 아십니까?"

신용만이 그의 옆에서 나지막이 물었다.

그들은 문이 닫힌 상점 앞을 지나고 있었다. 길 건너편으로 두 명의 메스티소가 바쁜 걸음으로 걷고 있는 것이 보였다. 이쪽도 판초를 걸치고 중절모를 둘러쓴 메스티소의 차림이었는데 제각기 보따리나 가방을 들었으므로 집을 떠나 헤메는 유랑민 무리처럼 보였다.

“아까 이야기했지만 밀항선을 탈 때 한 번 와 보았을 뿐이야.”

앞쪽에 신경을 쓰면서 고영무가 말했다.

비가 많이 왔는지 도로의 파인 부분에는 물이 고여 있었고 습기에 젖은 땅은 가로등의 불빛을 받아 반짝였다.

“보스, 저쪽에 성당의 십자가가 보이는군요.”

앞장서 가던 짐이 머리를 돌려 그를 바라보았다.

“저 성당 아닙니까?”

“그렇군, 바로 저곳이야. 가서 산타밀라의 마르틴 신부 이름을 말하면 재워줄 거야.”

“꽤 큰 성당이군요.”

그들은 걸음을 빨리하여 성당으로 향하는 돌길을 걸었다.

좁은 골목길이어서 가로등도 켜 있지 않았으나 정면으로 보이는 성당의 한쪽 창에서는 희미한 불빛이 흘러나오고 있었다. 개인지 고양이인지 구분이 안 가는 짐승 한 마리가 그들을 가로질러 벽에 뚫린 구멍으로 들어갔다.

늙은 신부의 안내를 받고 커다란 숙소를 배정받은 그들은 들고 있던 짐을 내려놓고는 긴장이 풀린 듯 모두 어깨를 늘어뜨렸다. 숙소는 사방 10여 미터쯤 되는 정사각형의 방이었는데 한쪽에 나무침대가 10여 개 놓여 있을 뿐이다.

그러나 열흘 동안이나 배에서 흔들리며 살아왔던 대원들은 딱딱한 나무침대라도 반가운 모양인지 얼굴들이 풀어져 있었다.

“보스, 마르틴 신부라는 분은 영향력이 있는 신부인 모양이지요? 군소리 않고 방을 내주는 걸 보면 말입니다.”

짐이 판초를 벗으며 말했다.

"조그만 마을의 신부야. 성격이 조금 특이하기는 하지만."

고영무가 마르틴 신부의 얼굴을 떠올리며 말했다. 그의 성당은 지금도 증축 중일 것이다.

"성당에 들어와서 잠을 자보기는 난생처음이로군."

거대한 체구를 늘어뜨리고 침대에 앉은 최대광이 혼잣소리처럼 말했다.

"콜롬비아에서의 첫날밤인데 말이야."

"왜, 호텔 생각하고 있었냐?"

저쪽에서 신용만이 불쑥 입을 열었다. 그러는 그의 얼굴도 심란하게 보였다.

나무문이 열리더니 산토스가 광주리에 과일을 가득 담아 들고 들어왔다. 그는 광주리를 고영무의 앞에 내려놓았다.

"보스, 돈을 좀 주었더니 과일을 주더군요. 먹을 건 이것밖에 없답니다."

대원들이 과일 바구니에 몰려들어 사과와 오렌지, 바나나들을 제각기 집어 들었다. 저녁을 리버티 호에서 먹었지만 출발 전의 긴장 때문에 몇 술 먹다 만 대원들이 많았던 것이다.

"브루노나 후안은 잘 들어갔는지 모르겠군."

귤 한 개를 집어 든 고영무가 말하자 짐이 바나나를 우물거리고 썹으며 대답했다.

"보스, 이제 운에 맡기는 수밖에 없습니다. 우리 팀이 경찰이나 순찰대를 만나지 않은 것도 운입니다."

귤의 껍질을 벗기며 고영무는 잠자코 대답하지 않았다.

후안은 시장의 입구를 지나치면서 뒤쪽을 바라보았다. 일곱 명의 동료들이 둘씩 셋씩 짝을 지어 그를 따르고 있는 것이 보였다. 모두 중절모에 판초 차림이었고 겉모습이 어색하지는 않았다. 모두 미국에 밀항해 오기 전에는 그런 차림으로 돌아다녔던 것이다.

그는 머리를 돌리고는 시장의 옆쪽 길로 들어섰다. 이곳은 낮에 야채 시장이 열렸었는지 길바닥에는 물에 젖은 야채가 잔뜩 깔려 있었다. 어두운 길가에는 늘어진 빈 천막이 세워져 있었는데 천막의 가운데 부분이 묵직하게 늘어져 있는 것이 빗물이 고였기 때문일 것이다. 오가는 행인들도 없는 을씨년스러운 곳이었다.

이 길이 끝나는 근방에 구몬의 가게가 있을 것이다.

구몬은 그의 친구의 동생이었는데 이곳에서 장사를 한다고 들었으므로 오늘밤에는 그에게 신세를 질 작정이었다. 그의 친구인 알도는 보고타의 같은 학교에서 일한 사이였고 들리는 소식으로는 시외의 학교로 자리를 옮겼다고 했다.

여덟 명의 발자국 소리만 빈 길을 울리고 있었다. 가끔씩 철벅거리며 물이 튀는 소리도 났고 누군가가 두런거리는 소리도 들렸다.

마악 지저분한 시장의 옆길을 벗어났을 때였다. 후안은 오른쪽 길에서 다가오는 세 명의 순찰병을 보았다. 지휘자인 듯한 한 명이 앞장을 서고 두 명은 나란히 뒤를 따르고 있었다.

그들도 똑같이 이쪽을 발견했는지 철벅거리는 발자국 소리를 내며 다가왔다.

"정지, 정지하라!"

앞장 선 사내가 소리 쳤는데 습기가 낮게 깔려 있는 탓인지 목소리가 아래쪽으로 덮치는 듯한 느낌이 들었다.

이쪽은 여덟 명이다. 후안은 자신의 부하들이 벌려서는 것을 느꼈다.

"신분증."

휘익 플래시로 이쪽의 얼굴들을 훑으면서 앞장 선 사내가 말했다. 콧수염을 기르고 어깨에는 상사의 견장을 달고 있는 깡마른 사내였다.

이쪽의 숫자가 많았으므로 뒤에 선 두 병사는 M-16 총구를 이쪽으로 겨누고 있다.

"세뇨르, 우린 잘 자리를 찾으러 가는 길입니다."

허리를 굽히면서 후안이 얼굴에 부자연스러운 웃음을 띠었다.

"산에서 내려와서 아는 집을 찾느라고."

"모두 짐을 내려놔. 손을 들고."

이젠 앞장선 상사도 허리에 찬 권총을 빼어 들었다.

"한 손에 신분증을 들어라! 어서!"

어두운 밤이었고 이쪽 거리는 상가가 아니었으므로 불빛도 드물었다. 화물차 한 대가 요란한 엔진 소리를 내며 그들 옆을 지나갔다.

신분증을 꺼내려면 판초 속에서 꺼내어야 한다. 후안은 판초 속으로 손을 넣고는 소음기가 끼워진 리볼버를 꺼내었다. 꺼내 들자마자 바로 코앞에 선 상사의 가슴을 향해 방아쇠를 당겼다. 그러자 상사는 미처 권총을 쏠 겨를도 없이 뒤로 벌렁 넘어졌다.

놀란 병사들이 미처 조준하기도 전에 다시 후안의 권총이 흰 빛을 뿜었고 이어서 서너 명의 부하들도 일제히 권총을 뽑아 쏘았다. 물주머니를 두드리는 것 같은 소리가 여러 번 났고, 이윽고 세 명의 병사는 길바닥에 시체가 되어 넘어졌다.

"자, 가자."

그러면서 서둘러 땅에 내려놓은 가방을 든 후안은 바로 옆쪽 건물에 씌어진 간판을 보았다.

'구몬의 그릇가게'라고 흰 페인트로 칠해진 글씨가 어둠 속에서 또렷하게 드러났다. 이맛살을 찌푸린 후안은 동료들을 돌아보았다.

"야단났어. 여기야."

그는 턱을 들어 간판을 가리켰다.

“시체를 치우자. 야채시장 안쪽으로 옮겨놓잔 말이야.”

사내들은 재빠르게 움직였다. 짐가방을 길가에 세워놓고는 두 명씩 달려들어 시체를 들었다. 그러고는 야채시장 안쪽으로 들어섰다.

후안은 그들이 시체들을 멀찍이 옮겨놓는 것을 확인한 다음 구몬의 닫힌 가게로 몸을 돌렸다.

카를로스는 1미터 85가 넘는 키에 체중이 백 킬로쯤 되는 건장한 체격의 사내였다. 나이는 마흔다섯으로 아직도 얼마든지 힘을 쓸 수 있는 한창때였고 크고 날카로운 눈매와 곧은 콧날, 그리고 조금 넓은 듯한 입술 위에는 검고 가지런한 콧수염이 나 있었다. 그는 마약왕이 아니더라도 어디에 내놓아도 눈에 띄는 사내였다.

그는 보고타 교외에 있는 별장의 호화로운 응접실에 앉아 앞에 앉은 사내를 바라보고 있었다. 쌍꺼풀이 졌으나 눈 끝이 위로 치켜 올라간 그의 시선을 똑바로 마주 보는 사람은 드물다.

앞에 앉은 사내도 다른 사람과 마찬가지로 시선을 내려 탁자를 바라보았다.

“문도, 카스틸로의 수하들 중에서 충성심을 가지고 그를 보좌하는 놈은 한 놈도 없다.”

카를로스가 입을 열었는데 쩽쩽 울리는 듯한 목소리였다.

“카스틸로의 측근 중에서 내가 만들어준 비밀구좌를 안 가진 놈이 없지. 무슨 일이 일어나면 모조리 외국으로 달아날 놈들이야.”

문도가 머리를 들었다.

“카를로스, 그렇다고 이 일을 덮어 둘 수만은 없습니다.”

그는 잿빛 머리에 우박이 떨어진 것같이 울퉁불퉁한 얼굴을 한 사내였다. 콧수염을 기르고 있었으나 털이 굵고 길어서 입술 위로도 함부로 뻗어 나왔다.

겉으로는 힘만 쓰는 사내같이 보였으나 문도는 카를로스의 일급 참모였다.

"계엄사령관인 에르난데스에게라도 이야기를 해줘야 합니다."

"에르난데스에게?"

카를로스가 턱을 들면서 눈을 가늘게 떴다.

"그놈에게 알려 주면 어떻게 될 것인가 생각해 보았나?"

"……"

"전국의 공항이나 항구는 말할 것도 없고 도로마다 검문소를 증설해 야단법석을 떨 것이다. 라파엘이 장악하고 있는 지역은 별도로 하고라도."

"……"

"우리에게 다시 통행료를 요구하겠지, 편의를 봐주겠다고. 놈은 그놈들을 잡는 데에는 별로 관심이 없어. 겉치레만 요란한 놈이야. 카스틸로에게 잘 보이려고 아마 애꿎은 인디오 몇 명을 잡아서 처형시키겠지. 잡았다고 하면서."

"카를로스, 어쨌든 에르난데스는 계엄사령관입니다."

"내가 카스틸로를 만나겠다."

문도가 머리를 들어 그를 바라보았다. 놀란 듯 두 눈을 크게 뜨고는 여러 차례 깜박이고 있다.

이제까지 카를로스와 카스틸로는 만난 적이 없다. 그들이 만나는 것이 알려진다면 카스틸로는 내부에서는 물론 외국 정부의 집중적인 규탄을 받을 것이다.

미국 정부는 그것을 확인하면 즉시 라파엘을 지원할지도 모른다.

"카를로스, 그것은 위험합니다. 카스틸로도 만나주지 않을 것이구요."

"만나줄 거야. 내가 직접 전화를 해서 약속을 하지. 카스틸로는 지금 자신이 얼마나 위험한 상태에 있는지를 직접 들어야 돼. 난 이렇게 이야기하겠어. 직접 내 이야기를 들어야 할 것이라고.”

카를로스가 눈을 치켜 뜨면서 말을 이었다.

“주변에 있는 사람들 이야기도 할 거야. 그러면 즉시 카스틸로는 움직이게 돼. 의심이 많은 놈이니까. 항상 부하들을 의심하고 있지. 아마 에르난데스나 다른 측근들이 나한테서 얼마만큼 뜯어냈는가를 듣고 싶어 할 거야.”

문도는 탁자를 내려다본 채 조그맣게 머리를 끄덕였다.

“그런데 놈들이 어디로 갔을 것 같나, 문도?”

카를로스가 말머리를 돌렸다.

“부에나벤투라에는 상륙하지 않았습니다. 아마 위쪽으로 올라갔을 겁니다. 카르타헤나나 산타마르타 쪽으로.”

“……”

“에콰도르 쪽으로 갔을 리는 없습니다. 국경을 넘으려면 두 배로 힘이 드니까요.”

“미국으로 돌아가지는 않았을 거다. 그런데 라파엘 쪽은 어때? 그놈들을 쫓으면 그 한국 놈 일당들을 만날 수 있지 않을까?”

문도가 머리를 한쪽으로 누였다.

“라파엘은 움직이지 않고 있습니다. 지금도 오르쿠에 쪽에 있는데요.”

“강에서 고기 잡고 있나? 알폰소도 거기에 있단 말이지?”

“그렇습니다. 부카라망가를 한 번 다녀갔다고 합니다.”

카를로스는 손을 들어 콧수염의 끝부분을 꼬았다. 잘 다듬어진 손톱이 보였다. 그의 전속 미용사가 저택에 상주하고 있는 것이다.

“라파엘은 아직 카스틸로를 전복시킬 힘이 없어. 군사력이나 자금, 그리고 민심도 마찬가지야.”

카를로스가 입을 열었다.

"우리에게는 카스틸로가 자리를 지키고 있는 것이 나아. 새로운 정권의 새로운 놈들에게 새 구좌를 열어주려면 두 배의 돈이 들어가."

"카를로스, 그 한국 놈은 페르난도를 바보로 만든 놈입니다."

"페르난도가 바보였다는 표현이 맞아, 문도."

카를로스의 이맛살이 와락 찌푸려졌으므로 몬도는 시선을 내렸다.

"그놈을 용서할 수가 없어. 이제는 공공연히 나에게 도전을 해왔단 말이야."

"……"

"가르시아의 목을 부러뜨려 죽이다니. 나도 놈을 그렇게 죽일 테다."

카를로스의 말소리가 방을 울렸다.

아침에 가게 문을 열고 밖으로 나간 구몬은 발을 멈추고는 눈을 치켜떴다. 도로의 양쪽이 차단되어 있는 것이다. 좌우로 뻗은 도로는 시장의 후문을 지나게 되어 있었는데 양쪽 끝에 수십 명의 병사들이 일렬로 서서 통행을 막고 있었다.

그는 좌측으로 뚫린 야채시장 골목을 바라보았다. 그곳에는 아예 군인과 경찰들이 붉은색 끈을 가로질러 쳐놓고는 득실거리고 있었다.

"구몬, 이거 야단났어. 이거 장사 못 하게 되었는데."

어느 사이 다가왔는지 옆집의 음식점 주인인 바렐이 말했다. 그의 쭈그러진 얼굴의 주름이 더욱 깊어져 있었다.

"어젯밤에 군인 세 명이 총에 맞아 죽었다는 거야. 시체가 야채시장 천막 밑에서 발견되었는데, 바로 저쪽에 피가 있었다는군."

그는 턱을 들어 붉은 줄이 쳐진 안쪽을 가리켰다.

"저기서 죽이고 시체를 옮겨놓았다는데, 야단났어. 통행을 금지시켜서."

머리를 끄덕여 보인 구몬은 주춤거리며 물러섰다가 몸을 돌렸다.

가게 안으로 들어서자 아내가 아이를 안고 안채에서 나왔다.

"무슨 일이에요?"

"안으로 들어가, 어서. 밖으로 나오지 말고."

구몬의 얼굴을 바라보던 아내가 말없이 몸을 돌렸다.

구몬은 가게의 옆쪽 문을 열었다. 그릇을 쌓아 두는 넓은 창고였는데 꽤 넓었으므로 사내들이 바닥에 자리를 깔고 누울 여유가 있었다.

사내들은 모두 일어나 있었는데 문을 열고 들어서는 구몬을 바라보았다.

"구몬, 무슨 일이 있어?"

후안이 다가와 물었다.

"밖에 야단이 났습니다. 군인들과 경찰이 쫙 깔렸는데 도로를 봉쇄해서 통행이 금지됐어요. 어젯밤에 군인 세 명이……"

말을 멈춘 구몬이 눈을 치켜 뜨고 후안을 바라보았다. 얼굴색이 점점 하얗게 굳어져 갔다.

"우리가 여기서 나가야겠군, 구몬."

후안이 차분하게 말했다. 사내들은 어느 사이에 모두 일어나 짐을 꾸리고 있었다.

"자네 가족들에게 피해를 입힐 수는 없네. 우리가 무슨 일을 당하더라도."

"후안, 내가 나가서 다시 보고 오겠습니다. 아직 집 수색은 하지 않는 것 같던데."

구몬이 정신을 가다듬은 듯 눈을 껌벅이며 말했다. 그러나 어깨가 늘어져 있는 것으로 보아 말을 하는 데에도 힘이 드는 것 같았다.

"뒷문으로 가면 어디가 나오지?"

후안이 문 앞에서 그의 어깨에 손을 얹고 물었다.

"옆집의 뒷마당이 나옵니다. 그쪽으로 대여섯 집을 넘어가면 도로가 나오는데, 바깥 도로지요. 시장의 정문 앞으로 뚫린 도로인데……"

"집 사이에 문이 있나?"

"그건 그렇게 가보지를 않아서 모릅니다, 후안."

"알았네, 구몬. 우선 바깥 사정 좀 다시 알아봐주게."

구몬의 두 눈이 다시 둥그렇게 되었다.

안쪽에 있던 사내들이 손에 쥐고 있는 것은 짧고 뭉특한 기관총이었다. 기다랗게 뻗어 나온 탄창이 보였다.

그들은 구몬의 시선을 무시한 채 제각기 탄창을 점검하거나 허리춤 사이에 끼워 넣고 있었다.

기차를 타면 보고타까지는 14시간 거리였으나 도중에서 검문검색이 심하기 때문에 고영무는 버스를 타기로 계획을 세웠다. 하지만 버스도 도중에서 수시로 검문을 받는 것은 마찬가지였고 가끔씩 지난번처럼 강도를 만날 때도 있다. 그러나 기차처럼 일정한 노선을 달려 상대방에게 기다릴 여유를 주는 것보다 버스는 다소 융통성이 있었다.

산타마르타에는 수십 개의 버스 회사가 있었는데 회사라고 해서 몇 십 대씩 버스를 보유하고 있는 것이 아니다. 털털거리는 버스 두 대를 가진 회사도 있었고 짐차와 같은 버스 한 대를 가진 회사도 있었다.

짐 버클리가 새벽부터 나가 거래를 한 것이 바로 버스 한 대를 가진 마르비오 버스회사였다. 마르비오 버스회사의 사장은 마르비오 씨였는데 그는 운전사 역할도 하고 있었다. 50대 중반으로 인디오의 혈통이 스페인계보다 훨씬 많이 포함된 것 같은 검붉은 얼굴이 억세어 보이는 사내였다.

아침 8시에 마르비오는 성당 옆쪽 골목 입구에 버스를 세웠다.

그는 운전석에 앉아 턱을 들고 앞쪽을 바라보았다. 입술을 꾸욱 다물고 눈을 치켜뜨고 있었는데, 이것은 그가 만족할 때 보이는 표정이었다.

두어 명의 견습사제가 버스를 힐끗거리며 성당으로 들어서는 것을 보자 마르비오는 더욱 흐뭇해져 턱을 치켜들었다.

버스는 30인승이었으나 30명 외에 철근 기둥을 받쳤으므로 지붕 위에도 50명을 실을 수가 있었다. 그러나 오늘은 그렇게 싣지 않아도 된다. 성당에서 나오는 신부 아홉 명만 싣고 보고타로 가면 되는 것이다.

새벽에 찾아온 참으로 점잖고 신사다운 신부는 버스를 대절하는 값으로 백명 분의 요금을 내놓았다.

이윽고 마르비오는 허리를 펴고 엉거주춤 자리에서 일어섰다. 신부님들이 성당의 뒤쪽에서 나오고 있었던 것이다. 성당 뒤쪽의 잡목 숲에서 나오는 것이 조금 이상했지만 그곳에는 성당의 묘지가 있었으므로 누구를 참배하고 오는 길인 모양이라고 생각했다.

신부들은 둘씩 셋씩 짝을 지어 제각기 짐가방들을 들고는 차를 향해 다가왔다.

"어서 오십시오, 신부님."

마르비오가 정중히 말했다.

신부는 언제나 존중되어야 할 것이고 돈 많은 신부는 더욱 그렇다. 신부들은 그의 인사에 가볍게 대답하고는 차에 올랐다.

"마르비오, 됐소. 출발합시다."

이제는 낯익은 마르코 신부가 점잖게 말하자 마르비오는 기분 좋게 기어를 꺾었다.

시내로 들어서서 시장 앞을 지나가는데 차가 막혀 조금 머뭇거렸으나 그곳을 벗어나자 이젠 길이 훤히 뚫렸다.

"마르비오, 오늘밤 늦게는 보고타에 도착할 수 있겠소?"

마르코 신부가 다시 물었으므로 마르비오는 힐끗 백미러를 올려다보았다.

"안 됩니다, 신부님. 오늘은 메데인에서 자고 내일 보고타로 들어가셔야 됩니다. 보고타 지역은 저녁 9시부터 통행금지가 되어 있거든요."

"그렇군. 할 수 없지."

"제가 메데인의 좋은 호텔을 안내해 드리겠습니다."

"고맙소, 마르비오. 당신의 숙박비는 우리가 부담하겠소."

그것은 아침의 계약에도 없었던 조건이었으므로 마르비오는 숨을 들이마셨다. 이런 일이 다섯 번만 더 생긴다면 50인승 버스로 바꿀 수가 있는 것이다.

마르비오는 어깨에 힘을 주고 천천히 브레이크를 밟았다. 산타마르타 외곽의 검문소에 다다르고 있는 것이다.

검문소 앞에 차를 세우자 낯익은 치노스가 그를 바라보며 웃었다.

"마르비오, 오늘은 버스가 텅 비었어. 마누라한테 빈손으로 돌아가겠구만그래."

마르비오가 눈을 치켜뜨며 차창 밖으로 머리를 내밀었다.

"이봐, 치노스, 신부님들만 태웠어. 성당에서 모시고 오는 길이야."

치노스는 위병 조장이었으므로 머리를 뽑아 안쪽을 들여다보았다.

"그렇군."

"보고타의 프리마다 대성당에서 큰 미사가 있어."

치노스는 손을 들어 버스 안으로 들어서려는 위병들을 세웠다.

"내가 돈 많이 벌게 기도나 해달라고 부탁해줘."

"알았어, 치노스. 내가 부탁할게."

치노스는 부하에게 손짓하여 차단 기둥을 들어올리도록 했다.

“망할 자식.”

기둥을 빠져 나온 마르비오가 액셀러레이터를 밟으면서 투덜거렸다.

“영창에 가라고 축원을 드리마.”

뒤쪽에서 두어 명의 신부님들이 웃었으므로 마르비오도 빙긋 웃었다.

룸미러로 올려다본 신부들은 각양각색이었다. 동양인과 인디오의 혼혈 같아 보이는 신부가 있는가 하면 그야말로 메스티소의 거인 같은 신부도 있었다.

마르비오는 거인 같은 신부와 눈이 마주치자 다시 빙긋 웃었다. 버스가 수렁에 빠져도 염려 없을 것이다.

“준비해라, 나간다.”

후안이 판초 속에 기관총을 넣으면서 말했다.

“우선 나하고 레몬이 먼저 나간다. 2분 후에 반시오하고 세 명, 다시 2분 후에 나머지다. 모이는 곳은 시장의 정문. 그곳에 문제가 있으면 각자 흩어져서 선착장의 대기실에서 만난다.”

“후안, 선착장까지 못 가게 되었을 때는 어떻게 하지?”

반시오가 허리띠를 졸라매며 물었다. 가지고 있던 물건들은 모두 판초 속에 매거나 집어넣었으므로 손에 든 것은 없다. 사격하기 쉽도록 준비를 한 것이다.

“선착장에 못 오게 되면 보고타로 가라. 힐튼 호텔의 로비에 가면 대원들을 볼 수 있을 거야.”

갑자기 후안은 바깥의 소리에 귀를 기울였다. 문에서 다급한 노크 소리가 나더니 구몬이 들어섰다.

“후안, 군인들이 집을 수색하고 있어요. 길 건너 집들을 수색하는데 곧 이쪽으로 올지도……”

“우린 떠난다, 구몬.”

구몬의 어깨를 끌어안은 후안은 재빠르게 그의 뺨에 입을 맞추고는 떨어졌다.

후안은 앞장서서 안채로 들어가 마당으로 향한 문을 열었다. 마당은 비어 있었고 뒷집으로 연결된 문이 보였다.

그는 마당을 건너뛰어 뒷집으로 향한 문을 열었다. 레몬이 헐떡이며 다가와 그의 옆에 섰다.

뒷집의 마당은 비어 있었고 옆쪽의 담을 넘으면 다시 옆집의 마당이 된다. 숨을 들이마신 후안은 문을 열고 옆집의 마당을 뛰어 건넜다. 뒤에서 레몬이 따르는 기척이 들렸다.

담장은 돌로 쌓여 있었고 높이는 2미터 정도였다. 그는 두 손을 담장 위에 얹고는 뛰어올라 상반신을 걸쳤다.

사내 한 명이 마당에 서 있다가 그를 바라보았다. 후안은 서슴없이 담장을 뛰어넘었다.

“소리 내지 마라!”

그를 보면서 손가락을 입에 가져다 댄 후안은 사내를 스쳐 지나갔다. 사내는 30대로 보이는 인디오였다. 손에는 약에 쓰려는지 한 아름 나무 뿌리를 안고 있었다.

그가 마악 옆쪽의 담장에 손을 얹었을 때였다.

“도둑이야!”

나무뿌리를 내동댕이친 인디오가 소리를 질렀고, 마악 그의 옆을 스쳐 지나가던 레몬이 허리춤에 끼워 놓은 권총을 뽑아 그를 쏘았다.

픽.

소리가 나며 어디에 맞았는지도 모르게 인디오가 땅바닥으로 넘어졌다.

“레몬, 넘어가. 빨리!”

주춤거리며 서 있는 레몬을 향해 후안이 말하면서 담장에 등을 기대고 섰다.

"후안, 당신은?"

담장 위로 몸을 솟구친 레몬이 그를 내려다보았다.

"난 나중에. 거긴 괜찮나?"

"괜찮아요, 후안. 골목인데 저쪽에 시장 입구가 보입니다."

그러고는 레몬이 골목 안으로 뛰어내렸다.

그러자 안채에서 사내 두 명이 달려 나왔다. 쓰러진 인디오가 질렀던 비명을 들은 모양이었다. 그들은 모두 인디오였는데 한 사람은 손에 나무를 자르는 뭉툭한 칼을 쥐고 있었다.

입맛을 다신 후안은 판초 속에서 권총을 꺼내어 그들에게 겨누었다.

"당신들을 해치고 싶지 않아. 제발 우리를 내버려 둬."

인디오들은 권총을 보자 섬뜩한 모양이었으나 물러서지는 않았다. 특히 칼을 든 인디오는 젊고 건장한 체격이었다. 소음기가 끼워진 권총쯤은 아무것도 아니라는 듯이 눈을 빛내며 다가왔다.

퍽.

후안의 권총에서 무엇인가 두드리는 소리가 났고 인디오는 손에 든 칼을 떨어뜨렸다. 그는 멈춰 서서 어깨에서 솟구치는 피를 이상하다는 듯이 물끄러미 바라보았다.

그러자 나이든 인디오가 몸을 돌렸다. 후안은 그의 다리를 향하여 다시 방아쇠를 당겼다. 조준이 조금 높았는지 사내가 두 손으로 엉덩이를 감싸 쥐더니 앞으로 엎어졌다. 옆쪽의 담장을 뛰어넘어 반시오와 그의 동료들이 달려왔다.

그들은 쓰러진 세 사람을 스쳐 다시 이쪽의 담장에 달라붙었다.

"후안, 당신은?"

반시오가 숨가쁘게 물었다.

"어서 먼저 가. 나는 이곳을 지킬 테니까."

나머지 두 사람이 오려면 아직 2분이 남아 있었다. 반시오가 골목 안으로 떨어져 내렸을 때 후안은 어디선가 고함 소리를 들은 것 같았다. 그것은 오른쪽이었다. 인디오들이 뛰어나온 곳이다.

어깨에 총을 맞은 인디오는 땅바닥에 앉아 피가 흐르는 어깨를 누르고 있었고 엉덩이를 맞은 인디오는 누워서 끙끙거리고 있었다. 그들의 가족이 아닌가 생각하는데 갑자기 안채의 입구에서 군인들이 뛰쳐나왔다. 계엄군이었다.

두 명의 병사가 M-16을 겨누고는 그를 향해 쏘았고, 후안도 그들을 향해 권총으로 마주 쏘았다. 요란한 총성이 울려 퍼졌다.

병사 한 명은 그 자리에서 고꾸라졌으나 다른 한 명은 허공에 대고 수십 발의 총알을 쏘아댄 다음 뒤로 넘어졌다.

그러자 저쪽 담장을 뛰어 넘어오는 두 명의 대원이 보였다.

"후안."

그들의 커다랗게 부릅뜬 눈이 보였다.

"빨리 넘어가."

후안이 그들을 향해 그렇게 말했으나 말이 나오지 않는 대신 입에서 울컥 피가 쏟아져 나왔다. 그리고 자신의 호흡이 멎어 있다는 것을 후안은 알았다. 그는 한 손을 들어 옆의 담장을 가리켰다.

"후안"

다시 누군가가 그의 어깨를 잡고 소리 쳤으므로 그는 눈을 부릅떠 보였다. 그러나 이제 눈앞이 보이지 않았다. 눈앞이 하얘졌고 검은 불똥이 여러 개 떠돌고 있었다. 그러고는 감각이 달아났고 자신이 서 있는가 앉아 있는가도 알 수 없었다.

“후안!”

대원 하나가 다시 소리쳐 부르다가 그의 몸이 앞으로 넘어지는 것을 보고는 담을 뛰어넘었다.

버스는 산악 지역으로 들어서더니 곧장 바위 사이의 포장도로를 달려 오르기 시작했다. 경사가 심한데다가 2차선의 좁은 도로여서 앞쪽에서 내려오는 차가 있을 때에는 서로 멈춰 서서 넓은 길을 찾아 슬금슬금 다가가는 형편이었다.

고영무는 창밖을 내다보던 시선을 돌려 앞쪽에 앉은 대원들을 바라보았다.

버스에 탄 지 대여섯 시간이 지났으므로 대부분의 사람들은 의자에 머리를 기댄 채 잠이 들어 있었으나 최대광만은 머리를 꼿꼿하게 세우고 앉아 있었다. 그러고는 가끔씩 산비탈의 바위를 올려다보거나 아래쪽의 능선들을 내려다보았다.

산은 고원지대여서 나무가 별로 많지 않았으나 커다란 바위덩이들이 많았다. 바위 한 개라도 떨어지면 도로는 금방 막힐 것이다.

“형님, 카스틸로를 죽여 버리면 정권은 라파엘이 잡습니까?”

문득 머리를 이쪽으로 돌린 최대광이 물었으므로 고영무가 머리를 끄덕였다.

“아마 그렇게 되겠지. 미국 측에서 라파엘에게 연락을 하겠지. 어느 시기에.”

“카를로스는 카스틸로와 함께 넘어지는 것 아닙니까?”

“문제가 바로 그거야. 지미의 이야기로는 카를로스와 은밀히 내통하고 있는 카스틸로 정권이 문제라는 것이지. 마약을 근절시키지 못한단 말이다. 이대로라면.”

“형님, 우리는 무엇을 얻습니까?”

문득 고영무의 얼굴에 웃음이 떠올랐다.

“그건 왜 물어?”

“이 사람들은 라파엘 측이니까 카스틸로를 잡는 데 목적이 있다고 하지만 우리는요? 형님하고 저하고 용만이 말입니다.”

자는 줄 알았던 신용만이 머리를 돌려 최대광을 바라보았다. 그러나 그도 궁금한 듯 시선을 이쪽으로 돌렸다.

고영무는 다시 빙그레 웃었다. 그들에게조차 미국과 합의했던 내용을 말해주지 않았다. 버스는 가파른 산길을 허덕이며 오르고 있었다.

“카를로스가 가지고 있는 마약을 갖는다. 그것을 크링거에게 넘기는 거야.”

“크링거에게 판단 말입니까?”

“그래, 제값을 받고.”

“그렇다면 카스틸로 정권이 전복된 다음에 카를로스도 잡아야 하는 것 아닙니까?”

그렇게 물어본 것은 신용만이었다.

“그렇지. 아마 그때에는 라파엘의 정부군이 미군의 지원을 받아 전면 공격을 하게 될 거다. 이제까지하고는 다르게.”

“……”

“거기서 탈취한 마약은 모두 우리가 걷는다. 그리고 크링거에게 넘기는 거지.”

“형님, 만일 미국이 약속을 지키지 않으면 어떡합니까?”

신용만이 아예 몸을 이쪽으로 돌리고는 소곤대듯 물었다. 한국말이었으나 주위를 의식한 듯 조심스러운 동작이었다.

신부 복장을 한 대원들은 대부분 의자에 기대어 잠이 들어 있었다.

“그것까지 안 믿을 수가 없지. 믿어야지 다른 수가 없었어.”

고영무의 말에 신용만은 한동안 그를 바라보던 머리를 돌렸다.

“아, 젠장. 약속 안 지키면 지미나 앨버트의 목을 분질러 버리는 거지 뭘.”

최대광이 말했으나 고영무와 신용만은 머리를 들지 않았다.

버스가 멈춰 섰으므로 그들은 머리를 돌려 앞쪽을 바라보았다. 자고 있던 사람들도 모두 깨어 일어났다.

마르비오가 투덜거리면서 운전석 옆의 문을 열고 밖으로 나갔다.

“길에 바위가 굴러 있어요. 산에서 떨어진 모양입니다.”

앞쪽에 앉아 있던 짐 버클리가 말했다.

“아무래도 우리가 나가서 치워야 할 것 같은데요.”

“저기, 저것!”

갑자기 대원 하나가 소리쳤으므로 모두 그가 가리키는 쪽으로 머리를 돌렸다. 산의 바위 틈에서 군복 차림의 사내 세 명이 나오고 있는 것이 보였다.

바위 옆쪽에 서 있는 한 명까지 합하면 모두 네 명이었다.

“산적입니다.”

대원이 낮게 소리쳤다.

모두들 옷자락 속이나 가방 속에 넣었던 무기들을 꺼내 들었으므로 철커덕거리는 금속 소리가 버스 안을 메웠다.

마르비오도 그들을 바라보고 있었는데 화가 난 듯 두 팔을 허리춤에 짚고는 무어라고 떠들어대는 소리가 들려왔다. 산적들을 여러 번 만났는지 조금도 주눅이 들지 않았다.

그가 버스를 손가락으로 연방 가리키며 떠드는 것으로 보아 신부님들이 탔다는 것을 알리는 모양이었다. 산적들은 모두 M-16으로 중무장한 차림이었고, 어떤 사내는 가슴에 주렁주렁 흔들리는 수류탄 대여섯 개를 매달고 있었다.

그들은 모두 이쪽을 바라보고 있었다. 그러다가 손에 권총을 쥔 마른 몸매의 사내가 마르비오를 밀어젖혔다. 그러자 나머지 산적들은 버스를 향해 다가와 안으로 들어섰다.

"신부님들, 가지고 계신 물건들을 모두 내놓으십시오. 우린 라파엘 대통령의 부하들입니다. 잘 아시다시피 우린 물자가 부족합니다."

앞장 선 사내가 M-16을 이쪽으로 겨누면서 유창하게 말했다.

여러 번 연습을 했는지 아니, 써먹었기 때문인지도 모른다.

"자, 신부님들. 가방은 모조리 통로로 내놓으시고, 귀중품도 마찬가지입니다. 어서."

짐 버클리가 이쪽을 바라보았다. 고영무가 머리를 끄덕이자 그는 자리에서 일어섰다.

"친구들, 우린 성직자라 가진 것이 없네. 가진 것은 옷이 든 가방뿐이야."

"그 옷이라도 내놔. 이야기 길게 하지 말고."

앞장선 조그만 사내가 이 사이로 말을 뱉었다. 그는 총구로 짐의 아랫배를 두어 번 찔렀다.

"신부라고 해서 사정 봐주지는 않아. 그러니까 시키는 대로 하란 말이야."

"그러지."

지휘관으로 보이는 사내가 문으로 들어섰다. 조그만 눈이 반짝이는 30대 후반의 사내였다.

"빨리빨리 걸어. 시간이 없다."

사내들이 통로의 안쪽에 일렬로 늘어섰으므로 최대광은 옆에서 총을 겨누는 20대의 사내를 올려다보았다. 사내는 총구를 이쪽으로 향한 채 무표정한 얼굴로 그를 바라보고 서 있었다.

갑자기 터억 하는 소리가 나면서 짐의 옆에 서 있던 지휘관이 가슴을 움켜쥐었다. 최대광은 손을 뻗어 옆에 선 사내의 총신을 움켜쥐고는 힘껏 옆쪽으로 잡아당겼다.

사내가 와락 이쪽으로 쏠려 들어오는 순간 M-16의 총구에서 총알이 발사되었다. 드르륵 하는 연발 사격이다.

다른 한 손으로 사내의 멱살을 움켜쥔 최대광은 이마로 사내의 얼굴을 들이받았다.

다시 차 안에서 두어 발의 묵직한 발사음이 들리더니 이윽고 조용해졌다. 산적들은 모두 통로에 쓰러져 있었다.

"자, 시체들을 치우자."

짐이 일어서자 대원들은 시체들을 끌어내렸다.

머리를 흔들며 통로에 주저앉아 있는 사내는 최대광에게 얼굴을 들이받친 사내였는데, 곧 대원에게 목덜미를 잡혀 통로로 끌려 나갔다.

"아니, 이거 어떻게 된……"

마르비오가 입을 떠억 벌리고는 대원들과 시체들을 번갈아 바라보았다.

"하느님이 먼저 데려오라고 명령하셨소."

짐이 자르듯 말했다.

그들은 사내들을 그들이 나왔던 바위 사이의 틈으로 끌고 들어갔다. 그곳은 비도 피할 수 있는 우묵한 동굴이었는데 자리까지 깔려 있었고 먹다 만 음식 찌꺼기와 담배꽁초들이 바닥의 이곳저곳에 버려져 있는 것이 보였다.

시체 한 구를 바닥에 던져놓은 최대광은 짐이 권총을 뽑아 드는 것을 보았다. 그는 아직도 머리를 건들거리며 살아 있는 사내를 향해 방아쇠를 당겼다.

퍼억하고 조그만 동굴 안이 울렸다.

"살려 놓으면 안 돼요. 우리가 탄로나니까. 이놈들은 정부군이오. 우리 쪽의 산적 행세를 하도록 카스틸로가 전략을 짰다고 들었습니다. 국민들의 원성을 돌리기 위해서지요."

최대광은 잠자코 손바닥을 털면서 동굴을 나왔다.

마르비오는 버스 앞쪽에 서 있었는데 온몸이 뻣뻣하게 굳어져 있었다.

"마르비오, 이 바위들을 치웁시다."

그는 짐의 말에 놀란 듯 머리를 돌려 바위를 바라보았다.

"네 치워야지요."

"마르비오, 걱정하지 말아요. 당신은 우리를 신부로만 생각하면 돼요."

"네, 신부님."

그러나 그의 신부님이라는 말은 조금 움츠러들어 있었다.

7.

네이바 분기점

　다운타운에 있는 하야트 리젠시의 로비 라운지에 박정환과 김영지가 마주 앉아 있었다. 점심시간이어서 주위의 테이블은 사람들로 가득 찼고 활기가 느껴졌으나 그들은 제각기 시선을 외면한 채 한동안 입을 열지 않았다.

　김영지는 박정환과 일주일째 만나지 않다가 오늘에야 전화를 해서 그를 불러내었다. 그러고는 결혼할 수 없으므로 헤어지자고 말한 것이다.

　찻잔을 내려놓은 박정환은 머리를 들었다. 시야에 김영지의 얼굴이 가득 들어왔고 그 순간 가슴이 아래쪽으로 떨어져 내리는 것처럼 느껴졌다.

　그녀의 표정은 담담했으나 오히려 그것이 더 이쪽의 가슴을 아프게 만들었다.

　"정말 뭐라고 드릴 말씀이 없어요, 정환 씨한테는."

　김영지가 그를 바라보았다. 그녀의 맑은 눈동자와 마주치자 박정환이 시선을 내렸다.

"하지만 꼭 말씀드려야 한다고 생각했어요. 아무 말도 없이 헤어질 수는 없어요."

"날 사랑하지도 좋아하지도 않았다면 왜?"

쓸데없는 말인 줄 알면서도 마침내 박정환이 물었다.

"고영무를 죽이기 위해서였어요."

놀란 박정환이 머리를 들었다. 그는 눈을 껌벅이며 그녀의 입을 바라보았다.

"고영무가 제 오빠와 아버지를 죽였어요. 정환 씨도 신문을 보셨을 거예요."

박정환이 '아!' 하는 표정으로 입을 벌렸으나 말을 뱉지는 않았다.

"그놈에게 복수하려고 콜롬비아에서 서울로 갔어요. 어머니는 그 일 이후로 폐인이 되셔서 지금도 말을 하지 않으세요. 전 고영무의 집을 찾아갔고, 그곳에서 LA에 있다는 것을 알아냈어요. LA에 박정환 씨가 계시다는 것도."

"......"

"정환 씨한테는 정말 잘못했어요. 하지만 정환 씨의 순수한 마음을 잊지는 않겠어요. 행복하실 거예요, 정환 씨는."

"정말 마음대로군."

박정환의 이맛살이 찌푸려졌다. 때로는 분노가 사랑의 상처를 잊게 해주는 역할도 한다. 지금의 박정환이 그런 상황이었다.

그는 이제 김영지가 미웠다.

"당신, 무슨 스파이 작전을 하는 거야, 뭐야? 날 이용해서 고영무를 잡겠다고? 내가 그놈 친구니까 말이지?"

그의 얼굴은 붉게 달아올랐다.

“그래서 나한테 고영무에 대한 것을 꼬치꼬치 물었군. 집에 가자니까 갖은 핑계를 다 대고.”

“……”

“그래, 이젠 그놈이 여행을 가버렸으니 허탕을 쳤겠군. 죽이는 것 말이야.”

그는 김영지를 찬찬히 바라보았다.

“죽이는 게 어디 쉽게 되는 줄 알아? 여기가 어디 스페인이나 시칠리아 섬이고 3백 년쯤 전의 시대야?”

“죽이러 갔었어요. 권총을 사 들고 가서 쏘려고 했는데.”

박정환이 꿀컥 침을 삼키고는 말을 멈췄다.

“총을 빼앗겼어요.”

그녀는 자신의 손가락을 쫘악 펴고는 그것을 내려다보고 있었다.

“어떻게 해야 될지 모르겠어요. 그 사람은 오빠를 죽였다는 여자를 데리고 있었는데.”

머리를 든 김영지는 아랫입술을 깨물면서 박정환의 가슴 쪽에 시선을 주었다.

“머리가 혼란스러워요.”

그녀의 머리가 혼란스러운 것은 고영무 때문이지 이쪽하고는 아무런 연관이 없다는 것을 깨닫자 박정환은 다시 심란해졌다.

그러나 직접 권총을 들고 가 쏘려다가 빼앗긴 모양이다. 시칠리아가 어쩌고 했던 자신이 무안해졌다.

“이런 말씀드리면 더 속이 상하실지 모르지만, 저는 나름대로 노력도 했어요. 정환 씨를 진심으로 좋아해보려고.”

김영지가 다시 시선을 내리면서 말했다.

“하지만 안 돼요. 고영무가 어른거려서 그것이 좀처럼 되지 않아요.”

"……"

"미안해요, 정환씨. 제 입장을 조금만 이해해 주신다면……"

"난 이해 못해. 넌 나를 가지고 놀았어. 철저하게 날 이용했다구."

"용서해 주세요."

그녀가 잘못을 빌면 빌수록 다시 결합할 수 있는 가능성은 멀어지는 것이다.

박정환은 길게 한숨을 내쉬었다. 이해를 하건 안 하건 그녀는 애초부터 사랑의 감정은 있지도 않았고 철저한 계산으로 접근해 왔다. 그녀가 이쪽을 피하지 않고 마주 보면서 털어놓아 주는 것만으로 만족해야 할 것이다.

이런 때 먼저 일어나는 것이 덜 비참하겠다고 느꼈으므로 박정환은 자리에서 일어섰다.

"난 가겠어. 더 이상 앉아 있을 수가 없어."

"정환 씨!"

그녀를 내려다본 박정환의 가슴이 다시 덜컥 소리를 내었다. 두 눈에 가득 물기를 담고 김영지가 자신을 올려다보고 있는 것이다.

"행복해지시기를 빌겠어요."

"잘 있어."

그녀의 눈물이 자신과 연결된 것이 아니라고 생각되었으므로 박정환은 몸을 돌렸다.

그의 뒷모습을 바라보던 김영지의 눈에서 이윽고 눈물이 흘러내렸다.

잠깐 동안 눈 밑에 고여 있어서인지 눈물 줄기는 차가웠고 턱의 한쪽에 매달린 방울은 더 찼다. 옆쪽에 앉아 있던 백인 남녀가 이쪽을 힐끗거리는 것이 느껴졌으나 김영지는 눈물을 그대로 두었다.

김영지는 그래도 박정환은 자신보다 낫다는 생각이 들었다. 그러나 그는 그것을 의식하지 못한 것 같았다. 비교할 겨를이 없었는지도 모른다. 그는 자신이 상처를 받았다고 느꼈고 그것에 분개했을 뿐이었다. 이쪽이 지금부터 생의 목적이나 희망을 잃고 처절하게 견뎌야 한다는 것을 모르고 있다. 알려고도 하지 않았을 것이고 그럴 필요도 없다.

김영지는 로비를 뛰어 나가 그를 움켜잡고 싶었다. 허위였다는 것을 서로가 뻔히 알더라도 다시 사랑을 시작하자고 말하고 싶었다.

김영지는 어깨를 늘어뜨렸다. 고영무의 얼굴이 눈앞에 떠올랐고 그는 이쪽을 향해 웃고 있었다.

그러자 밀리카의 얼굴이 떠올랐다. 그녀는 지금 고영무의 저택에 남아 있을 것이다. 그녀는 약혼자가 고영무에게 살해되었다고 했다.

물고 물리는 죽음의 게임이다. 복수는 끝없이 이어지는 것이다.

5월 말의 화창한 오후였다. 바람 끝에 나뭇잎의 냄새가 맡아지는 서울 근교의 나무그늘에 박주경과 이자영이 마주 앉아 있었다. 생나무로 만든 탁자와 의자는 주변 분위기와 운치 있게 어울렸고, 앞쪽의 푸른 논에서는 농부가 잡초를 뽑고 있었다.

박주경이 좋아하는 야외 찻집이었는데, 그들은 한동안 아래쪽의 농부와 먼 쪽의 마을을 바라보면서 시선을 마주치지 않았다.

"자영이가 이해해줘야겠어. 이 일은 아버님이 진작부터 마음에 두고 계셨던 일이라서……"

이윽고 박주경이 입을 열었다. 바람이 그의 머리칼을 날려 몇 올의 머리칼이 이마 위로 흐트러져 내렸다.

그는 흰 손가락을 들어 천천히 머리칼을 쓸어 올렸다.

"하지만 자영이에게 보상은 하겠어. 그래서 만나자고 한 것인데……"

그는 저고리 안쪽 주머니에서 흰 봉투를 한 개 꺼내어 탁자 위에 내려놓았다.

"얼마 되지 않지만 새 생활을 시작하는 데 도움이 될까 해서."

이자영은 봉투에 시선을 준 채 한동안 움직이지 않았다.

"2억이야. 받아줬으면 고맙겠어."

그녀가 시선을 들자 둘의 눈이 마주쳤고, 박주경이 입술 끝을 허물면서 웃었다.

"당신은 처음부터 나와 결혼할 생각이 없었어요. 바보같이 이제야 그걸 알았어요."

이자영의 말소리가 의외라고 생각될 정도로 맑고 또렷했으므로 박주경이 눈을 끔벅였다.

"당신은 지난주에 전격적으로 결혼을 치렀다고 했지만, 천만에요. 치밀하게 몇 달, 아니, 몇 년을 계산한 끝에 실행한 거예요. 내가 당신을 잘 아니까요."

"……"

"우린 서로 이용했어요. 서로 사랑의 감정 없이 나는 당신을 얻는 것으로 내 인생의 격상을 노렸고 당신은 내 몸과 내 역할이 필요했던 거예요."

박주경의 입술 끝에 힘이 주어졌다. 웃음기는 이미 사라지고 없었다.

이자영이 말을 이었다.

"그 보상으로 2억은 너무 적어요. 내가 당신의 모든 약점을 쥐고 있다는 것을 잊으셨어요? 당신이 한 일, 나는 1년 전부터 자료를 모으기 시작했거든요."

"이봐, 자영이. 무슨 말을 하는 거야?"

눈썹을 찌푸린 박주경이 상체를 세웠다.

"날 협박하는 거야 뭐야?"

"큰소리칠 것 없어요, 박주경 씨. 나도 대비를 하고 있었으니까."

이자영이 이제 찬찬히 박주경을 바라보았다.

"당신이 어떻게 해서 나를 당신의 아버지 옆으로 보내고, 그래서 어떤 일을 시켰고, 동생이나 동생 측근을 제거하기 위해서 어떤 일을 시켰으며, 또 회사의 비자금을 어떤 식으로 빼돌렸는지 그걸 당신 아버지나 언론에 알릴 작정이에요. 아마 당신은 신혼시절을 감옥에서 보내야 할 거예요. 우습군요, 당신의 아내인 동부그룹의 셋째 딸이 그것을 어떻게 받아들일까를 생각하면."

"이, 이년이 정말!"

박주경의 얼굴이 하얗게 굳어졌다가 눈 주위부터 빨갛게 달아오르기 시작했다.

"어디 해볼 테면 해봐. 어림도 없는 수작을 하고 있군."

"괜히 큰소리치지 말아요, 박주경 씨. 겁이 나면 당신은 큰소리부터 친다는 걸 아니까."

이자영은 등을 의자에 붙이고는 팔짱을 끼었다.

"자, 흥정은 내가 하겠어요. 30억을 내요. 기간은 일주일을 주겠어요. 그 돈이 내 앞에 확실히 놓여질 때 나도 자료를 넘겨주겠어요. 나는 당신이 그룹의 명실상부한 후계자가 되는 데 어느 정도의 역할을 했다고 믿어요."

탁자 위에 놓인 봉투에 잠깐 시선을 준 이자영이 말을 이었다.

"30억은 당신의 비자금 액수의 일부밖에 안 돼요. 그 내역을 국세청에 보낼 수도 있어요. 그렇게 되면 아마 30억의 열 배쯤 세금을 물어야 된다는 걸 알고 계시지요?"

"이 나쁜 년."

"너도 나쁜 놈이야, 이 자식아."

"이년이!"

박주경이 벌떡 일어났으나 이자영은 의외로 빙글거리며 웃었다.

"못난 놈, 화난 걸 보니까 진면목을 보는 것 같군. 어디 때려 봐라."

이주영은 턱을 들고 얼굴을 내미는 시늉을 하였다. 이제 보이는 것이 없었다. 박주경이 손을 뻗어 이자영의 멱살을 쥐는데 누군가가 그의 어깨를 두드렸다.

"형씨, 이게 무슨 짓이오? 여자한테."

놀란 박주경이 손을 풀고는 머리를 돌렸다. 건장한 사내 두 명이 그를 바라보고 서 있었는데 인상이 사납다.

"우리가 안 왔으면 큰일 날 뻔했잖아? 마악 살인하려고 들었는데, 너도 봤지?"

사내가 옆쪽에 서 있는 사내를 돌아보았으므로 그쪽으로 머리를 돌렸던 박주경의 가슴이 다시 한 번 내려앉았다.

"실감이 펄펄 나더구만."

"오늘은 이만 가겠어요."

옷자락을 매만지며 이자영이 박주경을 바라보았다.

"일주일 후에 내가 연락하겠어요. 그때까지 준비해놓으세요. 더 이상의 흥정은 없으니까 쓸데없는 짓 하지마시고 남자답게 끝내요, 박주경 씨."

그녀가 앞장서자 사내 두 명이 그를 힐끗거리면서 뒤를 따랐다. 가슴이 꽉 막힌 듯했으므로 박주경은 입을 벌리고 숨을 들이마셨다. 공기에서 농약 냄새가 맡아졌다.

긴 얼굴의 사내는 상체를 비스듬히 숙이면서 책상 건너편의 유장수를 바라보았다.

"그 여자가 박주경이와 만나는 장면을 찍어 달라고 하면서 이왕이면 신변보호까지 해달라고 했답니다. 출장사진을 찍는 제 동생뻘 되는 놈이 저한테 이야기를 하더군요. 그런데 사건이 컸습니다."

그의 한쪽 입가에 흰 거품 같은 것이 묻어 있었으므로 유장수는 머리를 돌렸다.

사내가 말을 이었다.

"여자가 박주경이한테 일주일 간의 여유를 주겠다고 했는데 박주경이는 쩔쩔매는 표정이었습니다."

"약점을 잡힌 모양이군."

"네, 사장님. 여자가 무지하게 예뻤습니다."

유장수는 손가락으로 턱을 만지면서 옆쪽을 바라보았다.

눈앞에 서 있는 오길수는 전과 5범으로 폭력 한 번에 공갈 한 번, 사기가 세 번인 지저분한 놈이었다. 오길수는 어제부터 기를 쓰고 자신을 만나려고 했는데 제 딴에는 큰 건수를 물어 왔다고 생각하는 모양이었다. 그러나 직계 부하도 아닌데다가 떠돌이에 입이 빠른 오길수가 가져온 일이다.

유장수는 입맛을 다셨다.

"다른 데 가서 알아봐라. 난 요즘 바빠서 그런 것에 신경 쓸 시간이 없다."

오길수가 몽둥이로 머리를 얻어맞은 듯 눈을 치켜뜨고 입을 벌렸다. 이런 반응을 전혀 예상하지 못했다는 얼굴이다.

"사장님, 일은 간단합니다. 박주경이를 어떻게 하는 것도 아니고 그 여자가 일을 끝내면 그냥."

"난 그런 것 몰라."

이맛살을 찌푸린 유장수가 머리를 저었다.

"딴 데 가서 알아봐."

그의 표정에는 더 이상 말을 붙일 여유가 보이지 않았다. 오길수는 건성으로 허리를 꺾고는 사장실을 나왔다.

사장실 앞에 서 있던 거인은 가슴둘레가 2미터는 되어 보였는데 오길수가 나오자 아래위를 훑어보았다.

"끝났어?"

그가 바가지가 깨지는 듯한 목청으로 물었다.

"네, 형님."

"사장님이 뭐라시데?"

"네, 그것이…… 사장님이 바쁘시다고, 바쁘지 않으시면 한 번 알아보시겠는데……"

"씨발놈."

으르렁거리듯 거인이 그를 노려보며 말하자 오길수는 입을 닫았다.

"이 자식아! 나까지 사장님한테 체면을 잃게 되었잖여. 이 씨발놈아."

사내가 팔짱을 풀었으므로 오길수는 한 걸음 뒤로 물러섰다. 그는 폭력으로만 별을 열두 개나 달고 있는 대원수였다. 그것도 어설픈 폭력이 아니다. 신문에 대문짝만 하게 나는 빠찡고 사장 납치나 옛날의 민주당사 난입사건도 그가 한몫 했던 일이다.

"에이, 쪽팔려서 이거."

멀찍이 떨어진 오길수를 잡아먹을 듯이 노려보던 강판술은 몸을 돌렸다.

그는 형무소에 수감되었다가 나온 지 두 달밖에 되지 않았다. 나이 사십이 넘도록 장가도 들지 못한 강판술은 시흥에 어머니가 한 분 계셨는데 그가 형무소에 있는 동안 어머니는 유장수가 보내준 생활비로 살아왔었다.

오길수를 내세워 얼굴을 세워 보려고 했던 강판술은 입맛이 썼다.

"저, 강 선생님, 잠깐 사장님께서 들어오시랍니다."

안쪽의 책상에 앉아 있던 사내가 전화기를 내려놓으면서 말했으므로 강판술은 걸음을 멈췄다.

오길수가 눈을 번쩍이며 사내를 바라보았으나 사내는 그로부터 등을 돌렸다.

"강 선생님한테 하실 말씀이 있으시답니다."

오길수는 어깨를 늘어뜨렸고 강판술은 어깨를 세우고는 사장실로 향해 다가갔다.

"거기 앉아."

강판술이 들어서자 소파의 앞자리를 가리키며 유장수가 말했다.

"아까 그 친구는 갔나?"

"네, 갔습니다, 사장님."

소파에 엉덩이만 걸친 강판술은 똑바로 앉아 유장수를 바라보았다.

"그놈, 입이 가볍다고 하더군. 물론 자네도 잘 알겠지?"

"압니다, 사장님. 그래서."

"아니, 됐네. 됐어."

유장수는 가볍게 손을 저었다.

"자네가 어떻게든 나한테 신세를 갚으려고 하는 것 알아. 그래서 그놈을 데려왔겠지."

"아닙니다, 사장님."

"꽤 큰일이야. 그렇지 않은가?"

"네, 사장님. 일성그룹이라면 재벌그룹 중에서도."

"박주경이 이번에 경영권을 물려받고 동부그룹의 셋째 딸과 재벌간 혼사를 했는데 문제가 많은 모양이구만."

유장수가 얼굴에 웃음을 띠었다.

"이것 봐, 강판술이 자네도 이젠 결혼도 하고 생활 기반도 잡아야지. 안 그런가?"

"저야 어디 그런 능력이 있습니까?"

말은 그랬지만 강판술의 가슴이 두근거리기 시작했다. 유장수는 박주경의 일에 관심을 보이고 있는 것이 틀림없었다.

"이번 일은 우리가 맡아 하세. 하지만……"

"네, 사장님. 무슨 말씀인지 압니다."

상체를 번쩍 세운 강판술이 그의 말을 잘랐다. 수고스럽게도 그의 입에서 놈의 이름이 다시 한 번 나오게 할 수는 없었다.

"오길수는 제가 알아서 이 일에서 손을 떼게 하겠습니다, 사장님."

"자네가 그것을 맡아주겠나? 그렇다면 됐네."

만족한 듯 유장수는 커다랗게 머리를 끄덕였다.

"모처럼 큰일이 걸렸어. 모두 자네 덕이야."

"아닙니다, 사장님."

강판술은 이것이 오길수의 덕이라고는 생각하지 않았다. 놈은 쥐새끼처럼 냄새나 맡고 오면 된다. 그런 일을 처리할 수 있는 능력도 없는 놈이었다.

이한기는 담배를 재떨이에 비벼 끄고 나서 장규식을 향해 머리를 저었다.

"장형, 마약사업은 그렇게 간단한 것이 아니오. 그리고 한국 시장은 단속이 철저해서 몇 개의 라인을 빼고는 금방 들통이 납니다."

장규식은 입맛을 다시 고는 그를 쏘아보았다. 못마땅한 표정이었다.

"장형이 유장수의 조직에 파고들 수 있다면 문제가 다르지. 하지만 그건 지금 입장으로는 불가능한 일이고."

"이성철의 끄나풀들한테 넘길 수는 있지 않소?"

"그럴 수 있다면 내가 진작 손을 썼지."

이한기가 짜증난 얼굴로 장규식을 바라보았다.

"우린 지금 꽉 막혀버렸단 말이오. 강사장이 당한 이후로 우리가 겨우 닦아 놓았던 기반이 모두 유장수에게 흡수된 데다가 이성철이 자기 세력 안의 보스들뿐만 아니라 다른 보스들도 차근차근 손아귀에 넣고 있는 판이오. 그런데 기반도 없는 우리가 어떻게 파고듭니까?"

"난 기반을 잡으려면 마약장사를 해야 됩니다. 내가 직접 뛰더라도 장사를 하겠소."

상의할 것이 있다면서 이한기를 만난 장규식은 이제 턱을 쳐들고 언성을 높였다. 갈비집의 넓은 정원에 앉아 때늦은 점심을 시킨 참이라 주변에 사람은 없다.

"허 참, 장형은 정말 딱한 분이오."

이한기가 검은 얼굴을 들고 헛웃음을 웃었다. 그는 이제 장규식의 총에 맞은 상처도 나아 검은 피부가 옛날처럼 반질거리며 윤이 났다.

장규식은 장규식대로 유장수를 배신한 충격에서 벗어난 듯 행동에 활기가 차 있었다.

그들은 서로 빚을 갚은 입장이 되었고 이제는 사업을 상의하는 관계로 자연스럽게 발전되었는데 그것은 그들의 적이 유장수라는 동료의식 때문이었다. 원수의 원수는 곧 친구가 될 수 있는 것이다.

장규식은 지금 마약을 들여와 조직을 벌이자고 이한기에게 제의하는 참이었다.

"이번에 이성철이 보낸 김종무가 미국에 갔다가 단단히 경을 치고 돌아왔어요. 동남아는 말할 것도 없고."

태국이나 홍콩, 중국의 마약 상인들은 정부의 강력한 단속으로 지하에 숨어들어가 있었다. 경작지를 초토화시켰기 때문에 생산량도 적을 뿐 아니라 있다고 해도 가격이 높아서 위험부담을 빼면 남는 것도 없다.

이성철이 공급처를 미국으로 바꾸려고 김종무를 보냈다가 마약부에 검거되어 추방당했다는 이야기는 들었다.

"판매조직, 마약공급, 두 가지가 모두 문제요, 장형. 지금은 어려운 때요. 유장수와 이성철이 서로 견제하고 있는 상황에 누군가가 들어오면 그때는 두 놈의 견제를 받을 겁니다."

이한기가 차근차근 말했다.

"오죽하면 내가 돈을 쟁여 놓고 시기를 기다리고 있겠소? 장형, 약은 내가 들여올 테니까 그때 나와 손잡고 조직을 만들어 갑시다."

"그게 어느 세월이오?"

입맛을 다신 장규식이 머리를 돌렸으나 아까보다는 기세가 많이 누그러져 있었다.

그는 숨어 지낸 지가 이제 석 달이 넘었다. 유장수가 눈에 불을 켜고 찾고 있었으나 한때 그의 수족이 되어 움직였던 장규식이라 쉽사리 잡힐 리가 없다. 그리고 아직도 유장수의 부하들 중에 끄나풀이 있어서 정보를 받기도 하는 것이다.

"홍성희가 미국의 LA에 있다는 소문이 있습니다. LA에서 룸살롱을 한다던가. 김종무가 제 눈으로 봤다고 떠들고 다닌다던데."

이한기가 말을 바꿨다. 그는 싱글거리며 장규식을 향해 웃었다.

"홍성희를 살려준 것이 장형 아니오? 그 여자가 LA에 있다면 최대광이나 신용만이도 그곳에 있을 가능성이 있지 않소."

"……"

"장형도 LA나 가서 상황을 살펴보는 것이 어때요? 그곳에 가면 미국 마약계의 거물인 크링거라는 사람이 있지요. 그 사람만 만나면 되는데."

"크링거라면 지난번에 한국 사람인 고 무엇인가에 납치당했다는 사람이 아니오?"

신문에서 읽은 기억이 났으므로 장규식이 물었다.

"그래요. 그 사람인데, 그 사람이 콜롬비아나 남미의 마약을 취급하지. 거물이오."

"납치됐다가 나온 걸 보면 그것도 아닌 것 같던데, 한국 사람한테……"

"한국 사람이 한 일이 아니라고 합디다. 하지만 어쨌든 그 한국 놈 대단한 놈인 모양이오. 콜롬비아에서 살인을 하고 올라온 놈이라던데. 최대광이도 그놈을 아는 것 같았소."

우두커니 이한기의 얼굴을 바라보던 장규식이 혼잣소리처럼 말했다.

"빌어먹을! 최대광이나 만나러 가볼까?"

버스가 메데인에 도착했을 때는 저녁 7시경이었다. 대원들은 산길에서의 사건 이후로 모두 긴장해 있었다.

마르비오는 말할 필요도 없었다. 그는 다섯 시간 동안 앞쪽을 바라보는 시간보다 룸미러를 들여다보는 시간이 더 많았을 것이다.

마르비오는 시내로 진입하는 검문소에서 차를 세웠는데 이제는 검문하는 병사들한테 쓸데 없는 농담도 하지 않았다.

병사 두 명이 버스 안으로 들어서더니 앞쪽에 앉은 짐에게 물었다.

"신부님들은 어디로 가십니까?"

"보고타의 프리마다로 갑니다."

앳된 얼굴의 병사가 머리를 끄덕이며 버스 안을 휘둘러보았다.

"신부님들이 대절하신 모양이지요?"

"그렇소, 내 신도여."

병사는 몸을 돌리더니 우두커니 서 있는 동료의 어깨를 밀었다.

"좋은 여행이 되십시오, 신부님들."

병사들이 버스에서 내리자 마르비오는 기아를 넣고 차를 출발시켰다.

"보스, 아무래도 운전사가 문제될 것 같은데요."

고영무의 옆자리에 앉은 짐이 낮은 소리로 말했다.

"마음을 놓을 수가 없습니다."

고영무는 마르비오가 룸미러로 이쪽을 바라보는 것을 보았다. 그러다가 앞쪽을 달리던 트럭이 속력을 줄이자 뒤늦게 발견한 마르비오가 힘껏 브레이크를 밟았다. 차체가 요동했고 모두들 의자를 안고 균형을 잡았다.

"보스, 저놈이 우리가 신부가 아니라는 것을 압니다."

이제는 짐의 표정도 다급해졌다.

이제까지는 인적이 드문 산길과 고원지대를 통과했고 서너 개 지나쳤던 검문소들은 만약의 경우에도 이쪽의 화력으로 충분히 제압할 수 있었다.

그러나 이제는 시내로 들어와 있었다. 수천 명의 군중 앞에서 총격전을 벌일 수도 없고 도처에 경찰과 계엄군들이 깔려 있는 것이다.

"짐, 매수해라. 그 방법밖에 없다."

고영무가 말하자 짐이 찬찬히 그의 얼굴을 바라보았다.

"보스, 아까 제가 생각해 보았습니다만 없애고 저희들이 운전하면."

"위험해, 짐. 쳐, 우리는 카를로스 측이라고 해."

"알겠습니다."

마르비오가 다시 힐끗 이쪽을 바라보았다.

이제는 최대광이 고영무의 옆쪽 자리로 다가와 앉았다.

"형님, 운전사 저놈의 눈치가 수상한데요."

"짐이 방금 그 이야기를 하고 갔어."

"소리라도 지르면 야단 아닙니까?"

"그럴 리는 없다. 우리가 가진 총을 보았을 테니까."

짐이 마르비오 옆의 엔진 덮개 위에 앉더니 이야기를 하는 것이 보였다. 마르비오가 힐끗거리며 짐의 얼굴을 들여다보았다.

"짐에게 매수하라고 했다."

앞쪽 자리에 앉아 있던 신용만이 그의 말을 듣고는 머리를 끄덕였다.

"그 방법이 제일 낫습니다."

이윽고 마르비오의 얼굴이 번쩍 들리더니 버스의 속력이 줄어들었다.

짐을 노려보던 그가 커다랗게 머리를 끄덕이는 것이 보였다. 그러고는 룸미러를 향해 눈을 치켜뜬 채 다시 머리를 끄덕였다. 이쪽을 향해 끄덕이는 것이다. 그것은 고영무가 지휘자인 것을 진작부터 알아차리고 있었다는 표시였다.

짐이 다시 이쪽으로 다가왔다. 최대광과 신용만이 그를 향해 머리를 모았다.

"입을 다무는 보상으로 백만 페소를 주겠다고 했습니다."

짐의 말에 고영무가 잠자코 머리를 끄덕였다.

"만일 이 일을 누설하면 카를로스가 용서하지 않을 거라고 말해 주었습니다. 그랬더니 걱정 말라고 하는군요."

"됐다, 당분간은."

"신바람이 난 모양입니다, 보스."

마르비오는 다시 활기를 찾아가고 있었다. 앞을 가로막은 택시를 향해 경적을 울려댔는데 가볍고 짧았다. 그는 룸미러로 이쪽을 바라보며 머리를 끄덕였다.

"프레지던트 호텔로 모신답니다. 거긴 일급인데다 검문도 없다는군요. 메데인 시장의 매부가 경영하는 호텔이랍니다."

짐이 앞쪽을 향해 돌아앉으며 말했으므로 차 안에 있는 대원들은 물론 마르비오한테까지 들린 모양이었다.

마르비오가 힐끗 이쪽으로 머리를 돌렸다.

"시장의 매부는 대령입니다. 메데인 근처에 주둔하는 부대의 사령관인데 통행증도 발급하지요. 호텔에 파견나온 장교가 있는데 오만 페소만 주면 특별 통행증을 줍니다."

"이봐, 마르비오. 보고타에 들어가는 데 통행증이 있어야 하나?"

짐이 묻자 마르비오가 어깨를 올렸다.

"없어도 됩니다만, 그 통행증이 있으면 아무도 귀찮게 하지 않습니다. 저는 있는 대로 말씀드린 것뿐입니다, 신부님."

신부님이라고 부르는 말끝이 흐려져 있었다.

"카를로스의 일당에 필요한 통행증일 겁니다, 보스."

짐이 생각난 듯 말했다.

"마약을 운반하려면 그것이 필요하겠지요."

"그 통행증도 얻어 놔라, 짐."

고영무의 말에 신용만이 머리를 끄덕였다.

"카를로스의 일당이라고 말한 덕분에 경비가 더 드는군요."

버스는 이제 한적한 주택가로 들어서고 있었다. 거리에는 가로등이 드문드문 켜져 있었고 주택들은 고풍스러웠다.

돈 에르난데스가 응접실로 들어서자 방의 한복판에 서 있던 프랑코 대령이 부동자세를 했다.

"그래, 프랑코, 무슨 일이냐?"

저녁때에 업무 이야기를 하는 것을 싫어하는 에르난데스였다. 저녁에는 밤에 열릴 파티나 모임의 기대에 부풀어 있어야만 한다. 좋은 술과 여자, 그리고 음악이 있는 곳에서 하루 일에 지친 몸을 쉬어야 하는 것이다.

"마간게 근처의 국도에서 저희 파견병 네 명의 시체가 발견되었습니다, 각하."

프랑코가 조심스럽게 보고했다. 어차피 시기가 좋지 않은 때였지만 내일 아침에 보고를 하면 왜 어젯밤에 즉각 보고하지 않았느냐고 길길이 뛸 판이다.

에르난데스는 눈을 끔벅이며 프랑코를 바라보았다. 그는 50대 초반으로 몸이 비대했고 아랫배가 나왔으므로 정복 밑에는 거들을 차고 있었다.

조금만 걸어도 숨이 가쁘고 기분이 나빠지지만 파티에 참석할 때는 꼭 거들을 찬다. 어지간한 인내심이 없으면 견뎌내지 못하는 일이었다.

흰 털이 반쯤 섞인 콧수염을 쓸면서 프랑코를 바라보던 그가 입을 열었다.

"그렇다면 산타마르타에서 소동을 벌인 놈들의 소행인가?"

"그럴 가능성도 있습니다, 각하."

"마간게 근처라면 국도로 올라왔단 말인가?"

"네, 각하. 고속도로는 검문검색이 철저하므로 아무래도."

에르난데스는 금빛 수술로 뒤덮인 자신의 제복을 내려다보았다. 흰 바탕에 붉은 덧옷이 있는 좋아하는 옷 중의 하나였다. 어깨에는 육군 대장의 순금 견장이 붙어 있다.

"산타마르타에서 사살된 놈의 신원은 확인되었나?"

머리를 든 에르난데스가 차분하게 다시 물었으므로 프랑코는 오히려 점점 더 긴장되었다.

"아직 확인이 안 되었습니다, 각하. 신분증도 없는데다가 그 근처에 살지도 않는 모양이라."

"병신 같은 놈들, 페리코 그놈은 병신이야."

페리코는 산타마르타 지구의 계엄군 사령관이다.

"페리코에게 연락해서 그놈의 사진과 지문을 즉시 보고타로 보내라고 해라. 이곳에서 직접 수사하도록."

"알겠습니다, 각하."

"그리고 보고타에 이르는 모든 국도의 파견병은 물론 검문소에 비상을 걸어라. 철저하게 검문하도록. 파견병은 물건만 빼앗지 말고 수상한 놈들을 가려내라고 해."

"네, 각하."

"놈들이 잡혔을 때의 경로를 알아내서 통과시켰던 검문소나 파견병은 엄중히 문책하겠다."

"네' 각하."

에르난데스는 숨이 가쁜지 입을 벌렸다.

"프랑코, 각하의 오늘 일정은 그대로인가?"

그의 목소리가 조금 갈라진 것처럼 느껴졌다.

"네, 각하. 변하신 건 없습니다."

"카를로스한테서는 다시 연락이 오지 않았지?"

"네, 각하. 있었다면 바로 저한테 보고가 되었을 겁니다."

에르난데스는 머리를 끄덕이고는 걸음을 떼었다.

상체에 비해 하체가 유난히 가늘었는데, 그것도 허벅지 부근에 두껍게 솜을 댄 바지를 입어서 그나마 그만했다.

그것을 알고 있는 사람 중의 하나인 프랑코는 엄숙한 얼굴로 그의 뒤를 따랐다.

에르난데스가 문 쪽으로 다가가자 그는 재빨리 앞으로 나가 문을 열었다. 호위 부관 두 명이 정장 차림으로 기다리고 있는 것이 보였다.

대통령궁으로 들어선 검정색 벤츠는 가로등이 환하게 켜진 포장도로를 달리다가 우측의 벽돌집 앞에서 멈췄다. 왼쪽으로 백 미터쯤 떨어진 곳에 대통령의 집무실과 가족들이 사는 본관 건물이 있었고, 이곳은 테니스장에 딸린 부속 건물이었다.

벽돌집 앞에 서 있던 두 명의 사내가 벤츠 쪽으로 다가가자 차의 뒤쪽 문이 열리면서 카를로스가 나왔다. 얼굴에 웃음을 띠고 있었다.

운전석 옆에서 건장한 사내 한 명이 따라 내리더니 그의 옆으로 다가왔다.

"각하께서 기다리고 계십니다."

건물 앞에 서 있던 사내 한 명이 앞장서서 안으로 안내하며 말했다.

카를로스는 잠자코 그의 뒤를 따랐다. 건물 안은 운동기구가 놓여진 방과 휴게실, 사우나실과 목욕탕으로 구분이 되어 있었는데 모두 유리벽으로 구분해 놓아서 내부가 훤히 보였다.

카스틸로 대통령이 셔츠 차림으로 휴게실의 소파에 앉아 있다가 유리벽 건너편에서 다가오는 카를로스를 보고는 자리에서 일어섰다.

오십대 후반의 건장한 체격이었는데 팔과 다리가 굵었다. 반바지 차림이었으므로 다리에 돋아난 무성한 털이 보였다.

따라온 부하를 복도 끝에 세우고 카를로스는 휴게실 안으로 들어섰다.

"카를로스."

"각하."

그들은 서로 얼굴에 웃음을 띠고는 손을 잡았다가 이내 가볍게 포옹을 했다.

"자, 자리에 앉아요, 카를로스."

"고맙습니다, 각하."

그들이 자리에 앉자 무표정한 얼굴의 경호원이 쟁반 위에 물잔을 받쳐 들고 들어왔다.

카스틸로는 금연과 금주를 하는 사람이다. 물잔을 내려놓은 경호원이 물러 나가자 카스틸로가 머리를 들고 카를로스를 바라보았다.

"우리가 이렇게 만나는 것을 미국이 안다면 아마 내일 아침에 당장 국교를 단절할거요."

"천만에 말씀입니다, 각하. 콜롬비아는 남미 제국의 전략적 요충지입니다. 우리를 적으로 돌리면 옛 연방이었던 에콰도르, 베네수엘라도 미국에 등을 돌릴 것입니다."

카를로스가 진지한 얼굴로 말했다.

"각하, 저는 그걸 말씀드리려고 온 것입니다. 우리는 미국의 꼭두각시가 아닙니다."

카스틸로는 의자에 등을 기댄 채 빙그레 웃었다.

검은 눈동자와 콧날의 중간 부분이 튀어나온 얼굴은 날카로운 인상이었으나 웃을 때의 모습은 천진했다. 시내에 걸린 초상화의 모습은 모두 이 표정이다. 잘 다듬어진 콧수염 밑으로 하얀 이가 보였다. 그가 입을 열었다.

"카를로스, 미국이 잔뜩 벼르고 있는 것 같던데, 마약의 공급을 당분간 줄이는 것이 어떻겠소?"

"그건 안 됩니다, 각하. 미국은 저만 노리고 있는 것이 아닙니다."

카를로스가 카스틸로를 똑바로 바라보았다.

"각하를 노리고 있습니다. 이번에 LA에서 떠난 30명에 가까운 특공대가 콜롬비아에 상륙한 것 같습니다."

"……"

"그들의 목표는 각하입니다."

"미국 정부가 보냈단 말이오?"

카스틸로의 목소리는 가라앉아 있었다. 그의 검은 눈이 이쪽을 향한 채 떼어지지 않았으므로 카를로스는 시선을 돌렸다.

"미국군은 아닙니다. 콜롬비아인들이라고 들었습니다."

"누구에게 들었소?"

"LA에 있는 제 마약거래선입니다. 틀림없는 정보지요."

"나를 제거한다구?"

입술의 양쪽 끝을 올리며 카스틸로가 다시 물었다.

"그렇습니다. 그들의 목표는 각하입니다."

"어떻게?"

"그건 모릅니다."

카스틸로는 다시 의자에 등을 기대고 앉았다. 그는 건너편의 운동실을 쏘아보고 있었다.

"그렇다면 라파엘과 연락이 닿는 놈들인가?"

문득 그가 다시 물었다.

"아마 그러리라고 생각합니다."

"아직 해안이나 공항에서는 그런 정보가 없었는데."

"각하, 오늘 아침에 산타마르타에서 총격전이 있었습니다. 10여 명의 사내들이 경계선을 뚫고 탈출했는데 놈들은 어젯밤에 순찰병 세 명을 사살했고 오늘 아침에는 병사 두 명과 민간인 한 명을 살해했습니다."

카스틸로는 무표정한 얼굴로 잠자코 카를로스의 얼굴을 건너다볼 뿐이었다.

카를로스는 그가 이 사실을 모르고 있었다는 느낌이 들었다.

"그놈들인 것 같습니다. 놈들은 산타마르타에 상륙한 것으로 보입니다, 각하."

"고작해야 30명이야. 설령 그 말이 정말이라고 하더라도."

"문제는 그들을 보낸 미국의 의도입니다. 그들은 각하를……"

카스틸로가 이맛살을 찌푸렸으므로 카를로스는 말을 멈췄다.

"카를로스, 당신 생각은 내가 당신과 밀접한 관계이기 때문에 나를 제거하면 자연히 당신도 제거되는 것과 같다는 이야기 아니오?"

그의 목소리는 차가웠으나 카를로스는 선뜻 머리를 끄덕였다.

"그렇습니다, 각하."

"정보, 고맙소, 카를로스."

"당연한 일이지요."

"에르난데스는 당신한테 돈을 뜯어내는 데만 바빠서 정보가 늦는 모양이오."

시선이 마주치자 카스틸로가 초상화의 얼굴처럼 빙그레 웃었다.

"각하, 그럴 리가 있습니까?"

"특별 통행증이라는 것도 만든 모양이더군. 당신들에게 필요하도록. 그것을 라파엘 측도 이용하는 모양이야."

"……"

"그놈은 똥배에 거들을 차고 솜 넣은 바지를 입고는 지금쯤 여자와 술에 파묻혀 있겠지."

"각하, 그가 각하를 위해 충성을 다하고 있다고 들었습니다만."

"내가 그놈에게서 알고 싶은 것은 딱 하나밖에 없소. 스위스 은행에 당신이 준 돈이 얼마나 있는가 하는 거요."

"……"

"CIA의 워렌을 불러서 따져야겠군."

"각하, 안 됩니다."

카를로스가 당황한 듯 머리를 저었다.

"제가 알아보니까 CIA의 워렌도 이번 일에서 제외되었습니다. 이 일을 알고 있는 것은 마약부 쪽밖에 없습니다."

이제는 카스틸로가 노골적으로 초조한 표정을 지었다. 눈썹을 좁히고는 카를로스를 물끄러미 바라보았는데 손가락 끝으로 의자의 팔걸이를 계속해서 두드리고 있었다.

"제가 놈들의 지휘자를 압니다. 전에 보고타에서 같은 동포를 죽이고 도망친 고영무라는 한국인입니다. 놈은 LA로 도망쳤다가 마약부에 매수된 것 같습니다.

"한국인이란 말이오?"

카스틸로가 눈썹을 치켜 올렸다.

"네, 각하. 하지만 보통 놈이 아닙니다. LA에서도 몇 차례 소동을 일으킨 놈입니다."

놈이 부하 중의 하나인 매린을 죽이고 페르난도의 동생을 납치했다는 이야기를 할 필요는 없다. 더욱이 크링거의 이야기를 꺼낼 수는 더욱 없는 것이다.

"고맙소, 카를로스. 내가 알아서 하겠소. 그리고 이 이야기, 저 돼지 같은 에르난데스에게는 할 필요가 없소."

"잘 알고 있습니다, 각하."

그러나 에르난데스는 돼지가 아니다. 조금 영리한 언동이라도 보이면 제2인자의 자리를 오래 지키지 못할 것이기 때문이다.

카스틸로는 에르난데스를 철저히 무시하고 미워하면서도 제2인자의 자리는 지켜주고 있었다. 그것이 독재자의 허점이었고, 결코 돼지 같지 않은 에르난데스는 카스틸로 앞에서 돼지 흉내를 내면서 자리를 지키고 있는 것이다.

"그럼 각하, 저는 이만. 그리고……"

카스틸로가 시선을 돌렸으므로 카를로스는 자리에서 일어서며 탁자 위에 종이 쪽지 한 장을 내려 놓았다.

카스틸로는 그것을 보지도 않는다.

"각하, 스위스의 메리히 은행입니다. 이번에는 5천만 달러를 넣었습니다."

잠자코 앉아 있는 카스틸로에게 머리를 숙여 보인 카를로스는 방을 나왔다.

부하가 초조하게 서 있는 것이 보였다.

특별 통행증까지 받아놓은 터여서 대원들은 긴장이 풀려 있었다. 마르비오는 어제의 협상 이후로 전보다 더 명랑해져 있었는데 이제는 뒤를 돌아보면서 대원들과 농담을 나누기까지 했다.

물론 신부님이라고는 부르지 않았는데 대원들은 오히려 그것이 나은 모양이었다. 점잔 빼던 표정들이 본래의 모습으로 돌아와 있다.

버스는 아침 일찍 메데인을 출발하여 보고타로 향하는 중이다. 버스는 중앙 안데스 산맥을 달려 올라가면서 곧 평지가 눈앞에 펼쳐졌다. 고원지대로 들어선 것이다.

해발 2천 미터가 넘는 고원지대였으므로 기온이 서늘했고 차창으로는 시원한 바람이 흘러 들어왔다.

"마르비오, 이제 검문소가 몇 개 남았어?"

누군가가 소리쳐 물었으므로 고영무는 머리를 들어 앞쪽을 바라보았다.

"두 개. 10킬로쯤 앞에 한 곳이 있고 보고타 외곽에 하나야. 이젠 다 왔어."

마르비오가 커다랗게 소리쳤다.

버스는 평지에 뚫린 깨끗한 포장도로를 제법 속력을 내어 달렸다. 앞쪽에 시멘트로 지은 가건물이 보였는데 검문소인 모양이었다.

도로 양쪽에는 두 대의 탱크가 세워져 있었고, 흙자루를 쌓아 올린 벙커가 10여 개 일렬로 늘어서 있는 것이 경비 태세가 삼엄해 보였다.

버스 안은 조용해졌고 이제는 엔진의 으르렁대는 소리만 들렸다.

메데인을 출발했을 때부터 도로에는 차량의 통행이 많아지고 있었다. 보고타에 가까워지자 가끔씩 차량 행렬 때문에 버스가 도로상에 멈추기도 했다.

버스는 검문소에서 백 미터쯤 떨어진 곳에서 멈추었다. 검문을 받는 차량들이 밀려 있었기 때문이다.

"검문이 심한 모양인데."

창 밖으로 머리를 내밀고 있던 대원 하나가 혼잣소리처럼 말했다.

다시 차 안은 긴장감으로 덮여졌고 조금씩 앞으로 나아가면서 그것은 더욱 짙어졌다.

고영무가 산타마르타에 상륙한 이후로 처름 겪는 긴장감이었다.

힐끗 뒤를 돌아본 그의 가슴이 소리를 내듯이 아래로 떨어져 내렸다. 뒤쪽에는 이미 수십 대의 차량이 밀려 서 있어 위아래로 조여드는 느낌이었다.

문득 고영무의 머리에 지미 골드의 얼굴이 떠올랐다. 그는 이쪽과 작별하면서 행운을 빈다고 말해주었다. 제아무리 능력과 수단이 출중하더라도 행운이 따르지 않으면 어떤 일도 성공할 수 없다는 말일 것이다. 행운의 요소는 거의 절대적이다. 모든 사람들이 그것을 바라지만 극히 선택된 사람들에게만 그것이 내려진다.

고영무는 옷자락 속에 끼워 넣은 기관총을 손바닥으로 눌러 보았다. 금속의 차거운 느낌은 이미 체온과 중화되어 따뜻해졌다. 이것을 믿는 수밖에 없다. 우선은 이것이 가장 확실하고 확률이 높은 수단인 것이다.

행운으로 사람의 운수를 시험해 보는 도박을 할 수는 없다. 이제 혼자만의 몸이 아니라 지금 당장에는 자신을 제외한 여덟 명의 생명도 책임지고 있는 것이다.

무거운 긴장감이 깔려 있는 버스의 문짝을 누군가가 두드렸으므로 모두들 깜짝 놀라 상체를 세웠다.

마르비오가 문을 열자 대위 계급장을 붙인 30대의 군인이 들어섰다.

그는 허리에 권총을 차고 군모를 비스듬히 걸치고 있었는데 버스 안이 모두 신부들로 가득 차 있자 놀란 듯 눈을 둥그렇게 떴다.

"신부님들은 어디로 가십니까?"

그가 앞쪽에 앉은 짐에게 물었다.

"보고타요. 보고타의 프리마다 성당이오."

"어느 곳에서 오시는 길입니까?"

"산타마르타 성당이오, 신도여."

두 명의 병사가 들어와 대위 뒤에 섰다.

"신부님들, 통행증이 있으십니까?"

"아니, 무슨 통행증 말이오?"

짐 버클리가 나섰다.

"우리가 다니는데 통행증이 필요합니까? 나는 그런 소리를 들어 보지 못했는데."

"저런."

대위는 이맛살을 찌푸리며 버스 안을 다시 둘러보았다.

"보고타로 들어가려면 오늘 아침부터 통행증이 있어야 합니다. 해당 지역의 계엄사령관이 발행한 통행증인데."

"그건 갑자기 왜 그렇소?"

"예, 문제가 조금 있어서요."

"가만, 그렇다면 이건 괜찮을지 모르겠구만."

짐은 주머니에서 메데인에서 산 특별 통행증을 꺼내 보였다.

"이건 어젯밤에 메데인에서 만난 내 고해신도가 만들어준 것인데, 이것으로 괜찮겠소?"

대위의 눈이 둥그렇게 되었다. 그는 특별 통행증을 낚아채듯 받더니 장수를 헤아리다가 머리를 들었다.

"신부님의 고해신도가 주었다구요?"

"그렇소, 신도여. 부유한 신도였지만 난 별로 그를 좋아하지 않소."

대위는 입맛을 다시며 다시 특별 통행증을 내려다보았다.

"신부님들이 이런 걸 가지고 다니시면 안 됩니다."

"내가 말했잖소? 내 신도가 준 것이라고. 통행증이 필요하다길래 꺼낸 거요."

대위는 눈을 끔벅이며 짐을 바라보았다.

"그 신도는 무슨 일을 하는 사람입니까?"

"그건 모르오. 잘 알다시피 고해 내용은 죽을 때까지 말할 수 없는 것이오."

"……"

"지금 많이 회개하려고 하는 신도요."

대위가 머리를 끄덕였다.

"하는 수 없군요."

그는 통행증의 번호를 적고는 짐에게 돌려주었다.

"그럼 안녕히 가십시오, 신부님들."

그가 병사들을 끌고 버스에서 내리자 어느새 앞길이 트여 있었으므로 마르비오는 액셀러레이터를 밟아 차를 발진시켰다.

"휴우, 온몸이 오그라드는 줄 알았습니다."

그가 룸미러를 바라보며 떠들썩하게 말했으나 차 안의 누구도 대답하지 않았다.

버스는 다시 잘 닦인 도로를 달리기 시작했는데 앞자리의 짐이 고영무에게로 다가왔다.

"보스, 보고타 근처의 검문소에서는 좀 어려울 것 같습니다. 오늘 아침부터 통행증이 있어야 된다는데, 놈들이 무슨 눈치라도 챈 것이 아닐까요?"

잠자코 그를 바라본 채 고영무가 머리를 젓자 신용만이 이쪽으로 머리를 돌렸다.

"보고타 근처의 검문소에서는 신부복을 벗읍시다."

짐이 머리를 끄덕였다.

"버스에서 내려 검문소를 피해 들어가든지 하는 게 낫겠습니다, 아무래도."

고영무가 앞쪽을 바라보다가 그들에게로 시선을 돌렸다.

"그렇게 하자. 버스는 돌려보내도록 하고."

짐이 끄덕이며 마르비오에게 다가갔고 뒤쪽을 힐끗거리던 마르비오가 짐을 향해 머리를 돌리는 것이 보였다.

브루노는 열차의 삼등 객실에 앉아 차창으로 스쳐 지나가는 고원지대의 풍경을 바라보고 있었다. 콜롬비아를 떠난 지 5년 만에 귀국하는 것이지만 애틋한 감회는 일어나지 않았다.

열차는 역마다 정거하다가 바란카베르메하에서는 다섯 시간이나 정차하면서 기관차를 바꾸고 검문을 했다. 다행히 대원들 모두는 검문에 걸리지 않고 열차에 오를 수 있었다. 수백 명의 인디오들이 이동하는 대열에 낄 수 있었기 때문이다.

열차는 이제 푸에르토베리모를 지나 보고타로 향하고 있었다. 옆쪽 좌석에서 인디오 아이 하나가 한 시간이 넘게 울고 있었으나 그 어미 되는 여자는 젖가슴을 드러낸 채 잠에서 깨어나지 않는다.

뒤쪽에서는 왁자지껄한 웃음소리가 들렸고, 다투는 소리와 소리쳐 누구를 부르기도 하는 그야말로 소란스러운 분위기였다. 통로까지 사람들이 앉아 있었으므로 마라크가 사람들을 헤치고 겨우 다가와서는 그의 앞쪽에 앉았다.

"브루노, 보고타 역에 내리면 통행증 검사가 있다는군. 푸에르토베리모에서 탄 사람한테 들었어."

그가 얼굴을 가깝게 하고는 소곤대듯 말했다. 앞쪽에 앉은 늙은 인디오가 힐끗 이쪽을 바라보았다.

"오늘 아침부터 비상이 걸렸다는 거야. 산타마르타에서 총격전이 있었대, 라파엘 측과 계엄군 사이에."

총격전은 중부 고원지대나 동부지역에서는 하루에도 수십 차례씩 있었으나 산타마르타라는 소리에 브루노는 커다란 얼굴을 들었다.

"그래서? 결과는 어때?"

마라크가 머리를 저었다.

"그 사람도 소문만 들었다는 거야. 자세한 것은 모르겠어."

"통행증을 오늘 아침부터 가지고 다녀야 한다구?"

머리를 끄덕이는 마라크에게서 브루노는 머리를 돌렸다. 결정을 내려야 하는 것은 자신이었다. 열 명의 목숨을 책임져야 하는 것이다.

철길 옆에 써 붙인 거리 표시판을 열차가 스쳐 지나갔는데 보고타까지 80킬로라고 씌어 있는 것이 보였다.

"모두 준비하라고 해. 통행증도 없이 보고타로 뛰어들 수는 없다. 보고타 근처에서 뛰어내린다."

"브루노, 어느 지점에서 뛰어내리지?"

"보고타에서 30킬로쯤 떨어진 곳의 아래쪽에 네이바로 갈라지는 분기점이 있어. 그곳에 가면 열차는 속력을 늦추니까 거기서 뛰어내린다."

"네이바 분기점? 알았어."

마라크가 다시 사람들을 헤치고 통로 쪽으로 나아갔다. 그의 낡은 판초와 차양이 늘어진 중절모의 뒷모습을 바라보던 브루노는 깔고 앉았던 보따리를 무릎 위에 올려놓았다.

열차는 고원지대를 달리고 있었으므로 열린 창문으로 서늘한 바람이 휘몰려왔다. 브루노는 보따리 안에 들어 있는 기관총의 촉감을 손바닥 안으로 느꼈다.

산타마르타에서 총격전을 일으킨 것이 보스의 그룹인지 후안의 그룹인지 알 수가 없었으므로 답답했다. 라파엘의 일당이 그곳에서 총격전을 벌일 이유는 없다. 오늘 아침부터 비상이 걸리고 통행증을 소지해야 한다는 것도 마음에 걸렸다.

열차는 밋밋한 고원을 올라가기 시작했는데 속력을 떨어뜨리고 있었다. 곧 네이바의 분기점이 다가오는 것이다.

열차의 승강구에 몰려 있던 대원들은 스쳐 지나가는 평원을 초조하게 내려다보았다. 브루노는 아래 계단에 서서 한 칸 건너편의 승강구에 서 있는 마라크에게 손을 들어 보였다. 네이바 분기점은 이제 1킬로밖에 있었다.

네이바 분기점에는 철도수비대 1개 중대가 배치되어 있었다. 라파엘 측의 철도 폭파 시도를 방지하기 위해서였다. 철로가 세 부분으로 나누어져 있었는데 각각 보고타와 산타마르타, 네이바로 갈라지는 전략의 요충지이므로 분기점에는 세 방향을 향한 세 개의 초소가 세워져 있었다.

산타마르타 방향 철도의 수비는 1개 소대 가량의 병력을 지휘하는 살바토 중위의 책임이었다.

오후 4시가 가까이 되어서야 살바토는 시멘트 막사 안의 침대에서 몸을 일으켰다. 군복을 입은 채로 잠이 들어 소매가 구겨졌고 칼라의 한쪽 부분도 안으로 접혀져 있었다. 점심때 포도주를 과음한 것이다. 그는 막사 밖으로 나오자 밝은 햇살에 이마를 찌푸렸다.

6월이었으나 기후는 선선했고 고원지대를 훑고 온 바람이 폐에 들어차자 기분이 다소 나아졌다.

1년간의 수비대 근무가 이제 석 달이 남아 있었고 석 달 후에는 보고타의 경비대 본부로 돌아가게 된다.

일주일에 한 번씩 집에 돌아가 가족들을 만나고 있었으나 묵고 돌아올 수는 없다.

그래도 보고타에 집이 있는 자신은 조금 나은 편이었다. 메데인이 집인 2소대의 로베르토는 한 달에 하루 특별 외출을 받아 집에 다녀오는 형편이다.

그가 뒷짐을 지고 철로와 고원지대를 무심히 바라보고 있는데 부하인 마글로 상사가 다가왔다. 산타마르타 출발의 완행열차가 지나간 보고를 하려는 것일 것이다.

"소대장님, 검문소 전방 1킬로 지점에 인디오들이 10여 명 있습니다."

의외의 보고였으므로 살바토는 눈을 치켜떴다. 가끔씩 인디오들이 철로를 횡단하여 가기는 한다. 철도 옆쪽 10킬로쯤 떨어진 곳에 인디오들의 부락이 있기 때문이다.

그들은 지금은 얼마 남아 있지 않은 원주민인 인디헤나로서 철로에 쇠붙이를 올려놓아 칼을 만드는 문명으로 발달해 가는 단계여서 살바토에게는 귀찮은 존재였다.

살바토는 막사에서 시멘트 벙커가 있는 초소로 다가갔다. 10여 명의 병사들이 벙커 안에서 잡담을 나누다가 조용해졌다.

“어디야?”

벙커를 돌아 앞쪽으로 나아간 살바토는 밋밋한 능선 아래를 둘러보았다.

“저기 가고 있지 않습니까?”

마글로가 가리키지 않아도 그의 눈에 철로를 건너 조그만 능선 쪽으로 다가가는 인디오들이 보였다. 둘씩 셋씩 짝을 지어 그들은 동쪽으로 향하고 있었다.

살바토는 입맛을 다셨다. 평범한 인디오들의 이동이었고 마글로의 얼굴에도 그렇게 씌어 있었다.

마글로는 흑인과 인디오의 피가 섞인 삼보였으나 이목구비가 번듯한 미남이었다. 매끄러운 그의 피부와 맑은 눈을 보면 여자들이 오줌을 싼다고 한다. 살바토는 턱을 들었다.

“마글로, 소대원을 무장시키고 인디오들을 정지시켜라. 비상이다.”

마글로가 눈을 끔벅이며 그를 바라보았다.

“뭘 해? 마글로, 비상이야!”

그가 버럭 고함을 지르자 마글로는 몸을 돌렸다. 그의 태도에는 못마땅한 기색이 역력히 배어 있었다.

살바토가 망원경으로 인디오를 살펴보는 사이 10여 명의 병사들이 주위에 모였다. 마글로도 그를 바라보았다.

“소대장님, 모두 모였습니다.”

“좋아, 인디오에게 정지 신호를 보내라. 우리가 그들을 검문한다.”

살바토는 앞장서서 인디오를 향해 다가가기 시작했다. 거리는 7, 8백 미터 정도였다.

뒤쪽에서 다다다당하고 기관총이 발사되었다. 인디오들에게 위협사격을 하는 것이다. 사정거리가 5백인 M-25였으므로 총알은 날아가겠지만 효력은 없을 것이다.

아래쪽으로 내려갈수록 평지가 되어 인디오들의 자취가 가끔씩 보였지만 위쪽에서 위협사격을 한 때문인지 인디오와의 거리는 가까워졌다.

"인디오들은 앉아 있답니다."

무전기의 수화기를 무전병에게 넘겨주면서 마글로가 말했다.

머리를 끄덕인 살바토는 앞장서서 고원지대를 걸어 내려갔다. 무전에서 알려준 대로 인디오들은 땅바닥에 제각기 웅크리고 앉아 있었으므로 살바토는 그들을 향해 다가가면서 소리쳤다.

"모두 그 자리에 있어! 우리가 검문하겠다."

마글로가 힐끗 그를 바라보았으나 잠자코 그의 옆을 따랐다.

인디오와의 거리는 50미터쯤 되었으므로 살바토는 허리에 찬 권총을 뽑아 들었다. 그들은 아마 이웃마을의 잔치에 가는 사람들일 것이다.

이제까지 네이바 분기점에서 사고가 생긴 일은 한 번도 없었다. 몇 년 전 인디오 한 명이 열차에 치여 죽은 다음에는 그들은 쇠붙이를 넓히는 특별한 일 외에는 절대로 철로 가까이 오지 않았다.

인디오들은 풀숲 근처에 웅크리고 앉아 다가오는 이쪽을 바라보고 있었다.

문득 살바토의 머리에 아침에 전신으로 보내 온 비상명령이 떠올랐다. 그것은 일반 경계병들에 대한 것이었고 철로 폭파 방지의 임무를 띤 살바토의 부대와는 관계가 별로 없다. 이곳은 검문소가 아니기 때문이다.

병사들은 훈련을 받은 대로 인디오를 향해 가로로 벌려 서서 다가갔다. 인디오들은 웅크린 채 일어나지 않았다. 거리가 20미터쯤으로 가까워졌을 때 살바토는 문득 눈을 끔벅이며 이맛살을 찌푸렸다. 사내들의 얼굴은 인디오가 아니었다. 메스티소가 분명했고 차림새도 판초와 중절모를 모두 제대로 갖춰 입은 것이다.

그가 손에 든 권총을 마악 치켜들었을 때 그것을 신호로 했는지 사내들이 일제히 판초 속에서 검고 뭉툭한 것들을 꺼내 들었다. 그러고는 부근을 울리는 요란한 총성이 울려 퍼졌다.

총은 겨누고 있었지만 제대로 발사할 상태가 되어 있지 않았던 병사들이었다. 그들은 한꺼번에 수십 발씩 발사되는 우찌 기관총알 세례를 받고는 순식간에 전멸되었다.

살바토는 맨 처음의 희생자가 되었는데, 번쩍이는 흰 불꽃과 귀에 들리는 요란한 연속 발사의 소리에 놀라 입을 벌리는 순간 가슴과 머리를 한꺼번에 강타당하는 듯한 충격을 받았다. 충격에 비틀거리며 두 걸음쯤 나아가던 그는 땅바닥에 쓰러지면서 의식을 잃었다.

로베르토는 장갑차의 포탑 위에 올라앉아 망원경으로 앞쪽을 바라보았다. 이곳은 완만한 구릉지대여서 엄폐물이 없다. 둘씩 셋씩 무리를 이루어 사방으로 흩어져 달아나는 사내들이 보였다. 그는 옆에 걸린 무전기를 집어 들었다.

"3호 차는 북방의 철로 5킬로 지점에서 안쪽으로 들어와라. 이제 놈들은 우리 손 안에 들어왔다."

무전기를 내려놓은 그의 가슴이 뛰었다. 살바토가 놈들에게 사살당한 것은 순전히 실수에 의한 것이다. 1소대 무전병의 말에 의하면 살바토는 부하들을 이끌고 놈들에게 겁 없이 다가갔다가 순식간에 전멸당하고 말았다.

장갑차가 달리면서 크게 요동을 치고 있었으므로 로베르토는 단단히 손잡이를 잡았다. 놈들은 이제 여섯 대의 장갑차와 40명의 병력에 포위되어 있는 것이다. 그는 흔들거리면서 크게 숨을 들이마셨다.

브루노는 두 명의 부하와 함께 서쪽을 바라보며 뛰고 있었다.

뒤쪽에서 총알이 날아와 옆을 스치고 지나갔다. 그들은 구릉 사이의 경사진 곳으로만 달렸는데 경사를 지나면 꼭 언덕으로 올라가야 한다. 그때는 어김없이 총알이 빗발처럼 쏟아졌다.

대원들을 흩어지게는 하였지만 이제 그들이 어떻게 되었는지를 알 수가 없다. 뒤쪽에서 장갑차 소리가 들리더니 옆쪽에서 포탄이 폭발했다.

브루노는 입 안이 바짝 타고 눈앞이 노래졌으나 마악 언덕 하나를 넘자 아래쪽에 있는 인디오들의 부락이 보였다. 부락 뒤쪽은 잡목숲으로 이어져 있었다.

"저기다! 저기까지!"

앞쪽을 가리키며 브루노는 갈라진 음성으로 소리쳤다.

이제는 내리막길이고 거리는 150미터 정도였다. 브루노와 두 명의 부하는 죽을힘을 다하여 구르듯이 달려 내려갔다.

총성에 놀랐는지 갖가지 옷을 걸친 인디오들이 움집 앞에 모여 있다가 달려오는 이쪽을 보고는 뿔뿔이 흩어졌다.

50미터쯤 남겨 놓았을 때 다시 총알이 주위로 쏟아졌다. 왼쪽에서 앞장서 달리던 필리페가 두 손으로 허공을 움켜쥐는 시늉을 하면서 달리는 속도를 떨어뜨리더니 앞으로 고꾸라졌다.

"필리페!"

이미 그를 지나친 브루노가 이를 악물고 머리를 돌려 그를 바라보았다. 그러나 달리는 속도는 늦추지 않았다. 그의 흐린 눈에 필리페가 머리를 들고 이쪽을 바라보는 것이 보였다.

브루노는 머리를 돌리고는 인디오의 마을로 뛰어들었다. 뒤에서 헐떡이며 앙헬이 따라붙고 있었다.

"숲으로."

앞쪽의 잡목숲을 향해 뛰면서 브루노가 소리쳤다. 이제는 실낱같은 희망이 보였다.

잡목숲을 헤치며 한참 앞으로 나아가자 이젠 장갑차의 엔진 소리는 들리지 않았으나 고원에서의 총성은 그치지 않고 들려 왔다. 경비대의 둔탁한 총성 사이에서 짧고 희미한 이쪽의 발사음도 들렸다. 그들은 잡목숲의 가지를 잡고는 헐떡이며 걸음을 멈추었다.

"브루노, 필리페가 죽었습니다."

앙헬이 땀인지 눈물인지 물기로 범벅이 된 얼굴을 들고 그를 바라보았다.

그와 필리페는 스물서너 살로 나이도 비슷했지만 단짝이었다. 제각기 갈라져서 뛸 때에도 자연스럽게 짝이 되어 브루노를 쫓아왔던 것이다.

필리페뿐만이 아니다. 엄폐물도 없는 고원지대에 흩어진 나머지 대원들도 살아날 가망성이 적었다.

브루노는 이를 악물고 몸을 돌렸다.

"자, 가자! 서둘러라. 어떻게든 이쪽 지역을 벗어나자."

네이바 분기점의 철도수비대에 의해 공격을 받을 줄은 생각도 못했었다. 뛰어내리는 장소를 분기점과 너무 가깝게 잡았던 것이 잘못이었다. 아니, 그보다도 분기점에 철도수비대가 있는 줄은 염두에 두지도 않았었다. 5년 전에 콜롬비아를 떠날 때는 없었던 부대였다.

나뭇가지를 잡고 비탈길을 오르면서 브루노는 자책감으로 온몸을 떨었다.

8.
11명의 전사

보고를 마친 에르난데스는 수건을 꺼내어 얼굴의 땀을 닦았다.

카스틸로 앞에서는 뱀 앞의 쥐처럼 꼼짝하지 못하는 시늉을 했고 실제로도 그렇게 되었다. 카스틸로가 연대장이었을 때부터 그의 부관으로 인연을 맺었던 사이니만치 그것은 당연하다.

"그렇다면 네이바 분기점에서는 아홉 명 전원을 사살했단 말이지?"

카스틸로가 그를 쏘아보며 물었다.

"생포하거나 부상을 입고 잡힌 놈은 없나?"

"없습니다, 각하. 워낙 완강하게 저항하다 보니까 우리 측에서도."

머리를 들고 단호하게 말했으나 실제는 다르다. 아홉 명 중 세 명은 부상을 입었는데 이쪽에서 미처 손을 쓰기도 전에 자살해버렸다. 그런 것을 말해 보아도 이로울 게 없었으므로 에르난데스는 전원 사살로 보고를 한 참이다.

"각하, 그놈들은 최신형 이스라엘제 우찌를 가지고 있었습니다. 라파엘 측이 이번에 무기를 신형으로 구입한 것 같습니다."

"······"

"그리고 요즘 들어 놈들의 준동이 심해졌습니다. 며칠 전에도 산타마르타에서 일단의 라파엘 측 게릴라가 총격을 가해서······"

"라파엘은 지금 어디에 있지?"

카스틸로가 그의 말을 잘랐다.

"네, 오르쿠에 근방에 있다는 것으로 알고 있습니다만."

"오르쿠에를 깡그리 소탕할 작정이다. 서부 지역에 있는 제1군을 빼내어 앞을 막고 오르쿠에에 있는 제5군으로 뒤를 치게 해서 그놈의 도시를 초토화시켜 버리겠다."

카스틸로가 눈살을 모으고 한 마디씩 힘을 주어 말했다. 콜롬비아에 있는 3개 군단 중 2개 군단을 움직이는 전쟁이나 다름없는 작전이다. 에르난데스는 긴장으로 온몸을 굳혔다.

"각하, 그렇다면 이번 작전은 언제 시작하고 지휘는 또 누가······"

"오늘 저녁에 군사령관과 사단장 전원이 모인 작전회의를 한다. 그리고 기간은 최대한 빨리, 늦어도 일주일 내에 시작한다."

카스틸로는 말을 그치고 물끄러미 앞에 서 있는 에르난데스를 바라보았다.

"제1군과 5군을 총지휘하려면 누가 나을까?"

이윽고 그가 묻자 에르난데스는 다시 손수건으로 이마의 땀을 닦았다.

1군 사령관은 에르난데스와 마찬가지로 카스틸로가 사단장이었을 때 연대장이었던 도밍고 대장이 맡고 있다. 그는 성품이 소탈하고 비교적 청렴한 인물이어서 군과 국민들의 신망이 높았다. 그러나 5군 사령관은 그들과는 조금 격이 떨어지는 프란시스코 대장이었으므로 이번 작전의 총사령관은 도밍고나 에르난데스 둘 중의 하나였다.

"각하, 제 생각으로는 도밍고 대장이 나을 것 같습니다. 그는 군대 내의 평판도 좋을뿐더러,"

"그럼 자네는 평판이 더러운 모양이군."

카스틸로가 선뜻 말을 자르자 에르난데스는 다시 이마의 땀을 닦았다.

"에르난데스, 그런 말을 한다고 해서 내가 도밍고를 질투할 것 같나?"

"아닙니다, 각하. 저는 단지……."

"너는 옛날부터 평판이 더러웠어. 구질구질한 것까지 먹어 치워서 네 별명이 쓰레기차라고 하더군."

심한 모욕이었으므로 에르난데스는 손수건을 움켜쥐며 카스틸로를 쏘아보았다. 이래도 명색이 계엄총사령관이자 수도권 방위를 맡은 제2군의 사령관이었다.

"그걸 알고 있었나, 에르난데스?"

표정 없는 얼굴로 카스틸로가 물었으므로 에르난데스는 시선을 내리고는 어깨를 늘어뜨렸다.

"모르고 있었습니다, 각하."

"특별 통행증을 만들어서 얼마나 거둬들였나?"

에르난데스는 오늘은 카스틸로의 분위기가 심상치 않다는 것을 느꼈다. 잔잔하여 표정이 없는 얼굴이었지만 저 표정으로 정적들을 직접 쏘아 죽이는 것을 보았다. 이럴 때에는 매달려 우는 것이 상책이다.

"각하, 계엄군의 경비가 국가 예산으로는 부족했습니다. 하지만 잘못되었습니다."

"……"

"17억 페소쯤 거둬들였습니다."

"……"

"제가 모두 국고에 헌납하도록 하겠습니다. 용서해주십시오."

"에르난데스, 라파엘이 정권을 잡았을 때 살아남을 가능성이 있는 사람들을 말해 봐라."

난데없는 말이었으므로 에르난데스는 눈을 끔벅이며 한동안 입을 열지 않았다.

그가 다시 물었다.

"넌 어때? 에르난데스."

"저는 죽습니다. 아마 총살당할 겁니다."

턱을 들고 어깨를 편 에르난데스가 대답하자 카스틸로가 입술 끝으로 웃었다.

"도밍고는 어떠냐?"

"……"

"프란시스코는? 페리코는? 그리고 카를로스는?"

카를로스의 이름이 불려지자 에르난데스의 늘어진 눈썹이 조금 치켜 올라갔으나 입을 열지는 않았다. 여기서는 죽을 사람은 살고 살지 모르는 사람은 죽는다. 그것을 섣불리 말할 수는 없었다.

카스틸로는 그의 대답을 기대하지 않은 것 같았다. 그는 한동안 시선을 벽에 던지고 있더니 서랍을 열고 얇은 서류철을 꺼내어 에르난데스의 앞쪽으로 던져놓았다.

"에르난데스, 그 속에 고영무라는 한국인 놈의 사진과 인적사항이 적혀 있다. 그것을 전국에 뿌리도록. 무슨 수단을 써서라도 생포해야만 한다. 어쩔 수 없는 경우라도 산 채로 잡아라. 그놈의 일당이 있을 테니까 일당까지."

에르난데스가 파일을 펼쳐 보고는 머리를 들었다.

"각하, 이건 누구입니까?"

"작년에 살인사건을 저질렀던 한국인이야. 도망쳐서 아직 잡히지 않왔다.”

“……”

“중요한 증인이야. 전 계엄군과 경찰, 정보부원에게 즉시 지시하도록. 생포하면 2계급 특진에 1억 페소쯤 준다는 방송을 해도 좋다. 신문, 방송, 어느 것이나.”

“……”

“놈은 라파엘이 보낸 암살자다. 놈의 목표는 나와 너 둘이야. 그렇게 알면 된다.”

에르난데스의 얼굴이 무섭게 일그러졌다. 그는 들고 있던 고영무의 사진에 노골적인 증오의 시선을 보내었다. 방금 카스틸로가 한 말이 그에게 충격을 준 것이다.

카스틸로는 그와 한배를 타고 있다고 자신을 지칭해주었다. 그것은 재신임을 받은 것이나 마찬가지였다. 고영무의 목표가 카스틸로와 도밍고였다면 아마 그는 이 자리에서 끌려 나가 총살이 될지도 모른다.

에르난데스는 마음속으로는 고영무에게 감사하면서 그의 사진을 무섭게 노려보았다.

일이 있어서 시내에 나와 산타마리아 투우장 옆을 지나던 민기철은 사람들이 모여 선 곳에서 걸음을 멈추었다. 사람들이 공용게시판 앞에 모여 있었는데 커다란 사진과 내용이 붙은 현상 포스터를 바라보고 있는 중이다.

눈을 깜박이며 사진의 얼굴을 바라본 민기철은 숨을 들이마셨다. 놈의 얼굴이 낯이 익었다. 그리고 밑에 써 있는 이름과 인적사항을 보자 바로 그놈이었다.

고영무를 잡으면 1억 페소의 현상금에다 2계급 특진이 보장되었다.

엄청난 포상이었다. 콜롬비아에 이민 온 지 30년이 되었지만 이런 현상 포스터는 처음이었다.

고영무의 여권 사진을 확대했는지 입술 끝으로 잔잔히 웃으면서 와글거리는 군중들을 내려다보고 있는 그의 얼굴을 바라보던 민기철은 차츰 가슴이 가라앉아 갔다.

이제까지 콜롬비아의 한국인 중에서 이만큼 유명한 사람도 없을 것이다. 수백 명밖에 되지 않는 이민 사회에서 이놈 한 놈 때문에 콜롬비아 내의 한국인의 존재가 단숨에 부각되었다. 아마 이민을 백만 명쯤 와서 주변을 돌아다니며 얻는 효과와 같을 것이다.

발걸음을 떼면서 민기철은 과연 고영무가 지독한 놈이라는 생각을 했다. 그런 놈한테 김강남과 호세 김이 겁 없이 달려들었으니 그런 결과가 나온 것이 당연했는지도 모른다.

고영무는 지난번의 살인죄 외에 내란음모죄와 병사를 15명이나 살해한 죄과가 추가되어 있었다. 그리고 그를 꼭 생포해야 한다는 것이다. 카스틸로 정권이 전력을 다하여 그를 잡으려고 하는 것을 알 수 있었다.

주차시켜 놓은 차를 타고는 시내를 달려 민기철이 들어선 곳은 시내에서 떨어진 호세 김의 자동차 수리공장이었다.

그는 김영지가 어머니와 함께 서울로 들어간 이후로 공장을 관리하고 있었는데 이제는 배를 다른 사람에게 맡겨놓고는 수리공장 일에 매달려 있었다. 김영지가 가구를 그대로 남겨놓고 갔기 때문에 불편한 점도 없었고 몸만 옮겨오면 되었다.

흰 머리칼을 쓸어 올리며 민기철은 구부정한 어깨를 끄덕이면서 공장을 지나쳐 숙소로 들어섰다.

아파트의 베란다 쪽 문을 열어 집 안의 묵은 공기를 흘려보내고 난 김영지는 베란다의 난간을 잡고 한동안 아래쪽을 내려다보았다. 5층 아래였으므로 아파트의 현관 계단을 오르는 사람들의 얼굴이 똑똑히 보였고 앞쪽 주차장에서 가볍게 입을 맞추고 헤어지는 남녀도 보인다.

김영지는 몸을 돌려 응접실로 들어섰다. 박정환과 헤어진 지 보름이 넘었으므로 그도 차츰 마음을 잡아가고 있을 것이다. 그는 바쁜 사람이다. 정신없이 회사 일에 매달리다 보면 시간은 금방 가고 어느덧 잊힐 것은 잊혀진다.

김영지는 소파에 앉아 팔짱을 끼고는 한쪽 다리를 무릎 위에 올려놓았다.

등을 의자에 기대고 눈을 감자 사정없이 외로움이 밀려들었고 온몸이 나른해졌다. 서울의 외삼촌댁에 가서 어머니와 함께 지내야 한다고 마음먹고 있었으나 말을 잃은 어머니를 보면 이쪽이 더 견딜 수가 없어지는 것이다.

전화벨이 울렸으므로 김영지는 눈을 떴다. 그러고는 한동안 저절로 튀어나올 듯이 울리는 전화기를 바라보았다.

저 전화가 박정환의 것이기를 바라는 마음이 들었다가 이내 스스로를 꾸짖으며 수화기에 손을 뻗었다. 그렇다면 그를 두 번 배신하는 것이 되고 만다.

"여보세요."

"아, 영지냐? 나, 민 아저씨다."

보고타의 민기철에게서 온 전화였으므로 김영지는 다리를 내려놓고 상체를 폈다.

"어머, 아저씨. 안녕하세요? 별일 없으시죠?"

불안해하는 그에게 이곳에서 두 번 전화를 했었고 그때 전화번호를 알려주었던 것이다.

“별일이 있어. 큰일이야.”

민기철의 목소리가 컸으므로 김영지는 수화기를 고쳐 쥐었다.

“아저씨, 무슨 일인데요?”

“고영무 그놈이 내란음모죄로 전국적으로 수배령이 내렸다. 옛날의 살인죄까지 추가시켰더라. 그리고 지금 이곳에 있는 모양인데, 글쎄 병사들을 열다섯이나 죽였다는구나. 방송과 신문이 난리다, 난리야.”

“……”

“생포하면 1억 페소에다가 2계급 특진이야. 모두 그놈 잡으러 나설 참이다.”

“……”

“네 오빠하고 아버지의 원수는 이제 앉아만 있어도 갚게 되겠다. 곧 잡힐 테니까 말이다.”

김영지는 손가락을 곧게 펴서는 이마 위에 맺힌 땀을 닦았다.

“사필귀정이다. 인과응보기도 하고. 놈은 이제 죗값을 받게 되었다. 영지야, 듣고 있는 거냐?”

“네, 아저씨.”

“거리마다 벽보가 붙어 있고 신문, 방송할 것 없이 떠들어. 한국인 이름이 이렇게 많이 나오는 것도 내 평생처음이다.”

“그럼 그 사람, 지금 콜롬비아에 있어요?”

김영지가 겨우 물었다.

“그럼. 그러니까 병사들을 죽이고 내란음모인가 뭔가를 했겠지. 도대체 무슨 속인가 모르겠다만.”

민기철은 김영지가 기뻐하리라고 생각했는지 한참을 더 떠들다가 어머니의 안부를 묻고는 전화를 끊었다.

수화기를 내려놓은 김영지는 한동안 그 모습으로 앉아 있었다.

"이건 크링거의 짓이 틀림없습니다. 놈이 카를로스에게 정보를 준 겁니다."

지미 골드가 주먹으로 책상을 내려쳤는데 어지럽게 서류가 덮인 곳을 때렸으므로 종이 몇 장이 바닥으로 떨어져 내렸다.

"그놈을 잡읍시다. 망설일 것 없습니다. 내가 그렇게 주의를 주었는데도 그놈은."

"이봐, 지미. 조용히 입 닥쳐."

"당신이나 닥쳐요, 앨버트."

그러나 버럭 욕설을 퍼부을 줄 알았던 앨버트가 의자에 등을 기대면서 멀거니 그를 바라보았다.

그러자 이제는 지미가 금방 초조해진 모양이었다. 눈을 끔벅이며 앨버트를 바라보다가 좌우를 두리번거렸다.

"지미, 조금 전에 로스만하고 통화를 했는데, 로스만이 포크너하고 이야기를 한 모양이야."

앨버트가 입을 열었으므로 지미는 몸을 굳혔다. 그들은 거물들인 것이다. 로스만은 마약부의 부장이고 포크너는 대통령의 안보보좌관이다.

"그런데 로스만은 CIA가 이번 일에 상당히 유감을 가지고 있다는 거야. 워렌이 포크너에게 항의를 했다는군."

지미가 곧 눈썹을 와락 찌푸렸다.

"정보가 새어 나간 것은 어떻게 책임을 지구요? 그들이 부에나벤투라에 상륙했더라면 카를로스의 부하들에게 모조리 당했을 겁니다. 문제는 워렌하고 크링거가 유별난 사이라는 거지요."

"이봐, 쓸데없는 추측은 하지 말도록 해. 아무리 워렌이 그와 친하더라도 공과 사를 혼동할 사람이 아니야."

"당신은 말은 그렇게 하지만 얼굴 표정에는 그를 의심하고 있어요, 보스."

"이런 망할 자식."

"CIA 체제상 워렌 혼자만 알 수도 없는 일이라서 부에노벤투라가 노출된 걸 알고 나서는 CIA는 빠지기로 합의가 된 일 아닙니까? 그런데 지금 와서 왜?"

"이봐, 고영무가 하는 일은 CIA의 일이야. 빠질 수가 없어."

앨버트도 곤혹스러운 듯 손바닥으로 얼굴을 쓸었다.

"그도 포크너의 제의에 동의는 했지만 속으로는 불편했던 모양이야. 이번 사건이 일어나자 노골적으로 우릴 공격하고 있어. 워렌은 국회에 이 일을 보고하겠다고 했다는군. CIA를 무시하고 일을 하다 CIA는 물론 국가의 얼굴에 먹칠을 했다고."

지미가 아랫입술을 깨물었다.

"교활한 놈, 병 주고 약 주는군. 놈은 일을 망쳐놓고 우릴 공격하는 겁니다. CIA 공작을 우리한테 하고 있어요."

"지금으로서는 로스만이나 포크너도 할 말이 없는 상황이야."

"워렌 그놈이 일을 주도했다면 고영무는 콜롬비아에 발을 딛지도 못했을 겁니다. 아니, 딛자마자 죽거나 잡혔겠지."

이제 크링거의 이름은 그들의 화제에서 쑥 들어가 있었다. 워렌이 잠자코만 있었더라면 지미나 앨버트는 크링거를 상대로 죽이느니 살리느니 공방을 하다가 어떤 조처를 내릴 수가 있었을 것이다.

그러나 고영무의 이름과 얼굴이 콜롬비아 전국에 대서특필되고 거리마다 붙어 있는 시점이 되자 때를 맞추듯이 워렌이 이쪽을 치고 나온 것이다.

그는 이제 곧 고영무가 카스틸로에게 잡혀서 미국 정부가 시킨 일이라고 낱낱이 자백하게 될 것이라고 믿는 것 같았다. 물론 그렇게 된다면 미국 정부는 커다란 타격을 입게 될 것이다.

카스틸로가 무슨 짓을 했건 주권국가의 대통령이다. 그가 잘못을 저질렀다면 유엔이나 다른 국제기구를 통하여 공정하게 해결해야지 암살단을 보내어 살해하려 했다면 아마 남미 국가의 대부분이 연합하여 미국 정부에 등을 돌릴 것이었다.

"어쩐지 워렌 그놈이 부에노벤투라가 노출되었다고 하니까 순순히 CIA는 빠지겠다고 동의한 것이 수상했었습니다. 놈은 지금 고영무의 인적사항을 그쪽에다 흘려주고 나서 우리 등을 치고 있습니다."

지미의 목소리에는 아까보다 열기가 식어 있었다. 어쨌든 지금 이쪽이 수세에 몰려 있다는 것을 인정하지 않으면 안 되었다. 지금 당장의 희망은 고영무가 그저 제발 콜롬비아를 빠져 나오는 것이다.

그러나 지미는 그것이 얼마나 어려운 일인가를 알고 있었다. 그는 이제 겨우 보고타에 들어갔을 것이다.

부랑자 합숙소의 천막 밑에 앉아 있던 고영무는 머리를 들었다. 산토스가 다가오고 있었다. 손에는 한 아름의 종이봉투를 들고 있었는데 시내에서 먹을 것을 사온 것이다. 그의 뒤를 따르는 다른 대원 한 명도 봉투를 들고 따라왔다.

"산토스가 생각보다 빨리 오는군."

옆에 앉아 있던 짐이 혼잣소리처럼 중얼거렸다.

"보스, 야단났습니다."

봉투를 다른 대원에게 건성으로 넘겨주면서 산토스가 고영무를 바라보았다.

"보스의 사진이 거리마다 붙어 있습니다. 잡으면 엄청난 포상을 준다고 씌어 있더군요. 신문과 방송에도 나왔습니다."

그는 봉투를 잡아당겨 안에서 신문 한 장을 꺼내어 내밀었다.

고영무가 힐끗 주위를 둘러보았다. 지난번에 묵었던 부랑자 합숙소였다. 이번에는 제일 가에 있는 천막 한 채를 그들이 쓰고 있었으므로 다른 부랑자는 없었다.

대원들이 그가 펼치는 신문에 모여들었다.

고영무는 자신의 커다란 사진을 보았다.

"잡으면 1억 페소에 2계급 특진이군요, 보스."

짐이 큰 활자만 읽었다.

"생포하라고 했습니다, 어떻게 하든지."

대원들은 모두 신문에 집중해 있었다.

짐이 다시 말했다.

"보스는 내란음모죄에 옛날 살인죄가 추가되었고 병사 15명을 죽였다고도 했습니다."

짐이 머리를 들어 고영무를 바라보았다.

"보스, 우리가 처치한 것이 15명입니까? 네 명이었는데."

"이거, 네이바 분기점에서 라파엘 측의 병사 아홉 명을 전멸시켰다고 하는데, 인적사항은 없군요."

대원 한 명이 밑단의 기사를 손가락으로 짚으며 말했으나 아무도 말을 받는 사람은 없다. 매일 수십 명씩 정부군과 라파엘 측의 병사들이 죽어간다.

"이거 내가 꽤 유명인사가 되었군."

턱을 쓸며 고영무가 말하자 우선 최대광이 피식 웃었다. 그러자 신용만이 따라 웃고 짐과 산토스가 뒤를 따랐다.

모두들 턱을 들고 한 번씩 웃고 나자 시장기를 느낀 모양이었다. 누군가 바닥에 신문지를 펼쳐 깔았고 다른 대원들이 봉투에 든 음식물을 쏟아놓았다.

고영무의 얼굴 위에 빵 덩어리 한 개가 놓여졌고 이내 얼굴은 보이지 않았다.

"아무래도 계획처럼 호텔이나 아파트를 얻을 수는 없을 것 같다."

소시지가 든 빵을 씹으면서 고영무가 말하자 모두 우물거리면서 그를 바라보았다.

밖은 어두워져 있었고 천막 안에는 30촉 전구 한 개가 매달려 있다. 그들의 시선을 받으면서 고영무는 가슴 한쪽이 무거워져 오는 것을 느꼈다. 10여 일 동안 같이 생활해 오면서 이제 마음으로부터 자신을 따르고 있는 것이 그들의 표정에서 드러나고 있는 것이다.

"다른 곳을 알아보아야겠군."

짐이 머리를 한쪽으로 누인 채 그를 바라보았다.

"보스, 도대체 어디에서 정보가 나갔을까요?"

"그건 아직 모른다."

고영무는 자르듯 말했다.

"곧 알게 되겠지. 브루노나 후안의 그룹이 무사히 도착해야 할 텐데."

"브루노는 열차를 타기로 했고, 후안은 고속도로니까 별일이 없었다면 내일 힐튼 호텔에 나가면 만날 수 있을 겁니다."

식사를 서둘러 마친 대원 두 명이 천막 밖으로 나갔다. 밖에서 경비하고 있는 다른 대원들과 교대하기 위해서였다.

보고타 교외의 검문소에서 2킬로쯤 떨어진 마을에서 내린 그들은 마을의 공터에 차를 세워놓고 앞장서서 안내하겠다고 굳이 우기는 마르비오를 앞세우고는 검문소를 우회해서 시내로 들어왔던 것이다.

짐 버클리는 마르비오에게 2백만 페소를 주었으므로 약속보다 두 배의 돈을 받은 마르비오는 춤을 추는 듯이 어깨를 올리고 발을 높게 떼면서 돌아갔다.

오후에 보고타로 들어온 그들은 곧장 부랑민 수용소로 들어왔는데 입고 있던 신부복은 모두 태워버렸다.

"짐, 내일 아침에 네가 LA로 전화를 해라. 내가 번호를 알려줄 테니까."

천막의 기둥에 등을 기대면서 고영무가 말했다.

"무슨 수를 써야지, 이 얼굴로 시내에 나갈 수는 없겠군."

손바닥으로 얼굴을 쓸며 고영무는 짐을 향해 방긋 웃었다.

"그놈은 보고타에 들어왔어. 틀림없다."

카를로스가 문도를 쏘아보며 말했다.

"지금 보고타의 어디엔가에 있다."

인구 4백만이 넘는 보고타에서 그를 찾기가 쉬운 일은 아니다. 문도는 어쨌든 머리를 끄덕였다.

"카를로스, 놈은 들어왔더라도 꼼짝할 수가 없을 겁니다. 그놈 얼굴이 도시 전체에 알려졌으니까요."

"방심은 금물이야. 에르난데스 같은 돼지에게 일을 맡기고 구경만 할 수는 없어."

카를로스는 문득 머리를 들었다.

"그놈이 한국인 집에 숨어들지도 모른다. 한국인들을 철저히 감시하도록 해. 같은 동포라고 숨겨 줄지도 모르니까."

"알겠습니다. 카를로스."

"카스틸로는 이 기회에 라파엘의 뿌리를 뽑아버릴 모양이다. 제1군을 움직여서 오르쿠에로 보낸다고 들었어."

어디에서 들었는지는 모르지만 커다란 사건이었다. 이제까지 1군은 서부 지역에 배치된 채 움직이지 않았던 것이다.

"에르난데스와 도밍고 둘 중의 하나가 연합군 사령관직을 맡게 될 텐데, 지금 카스틸로는 둘을 저울질하고 있어."

카를로스는 이맛살을 찌푸렸다.

"두 놈 다 믿지 않으니까 말이야. 두 놈 중에 더 바보 같고 약점이 많은 놈이 되겠지."

문도가 잠자코 머리를 끄덕였다. 1군을 오르쿠에로 이동시키려면 보고타를 통과해야 한다. 카를로스는 그것이 불안한 것이다. 1개 사단의 말 잘 듣는 사단장과 충성스런 연대장 세 명으로도 대통령궁을 점령할 수가 있다. 경호실이 있기는 하지만 전차와 포를 가진 군대에 대항할 수는 없다.

"고영무는 미국 마약부에서 보낸 놈이야. 카스틸로에게는 그런 이야기를 안 했지만 마약부는 CIA를 젖혀두고 이 일을 추진하고 있단 말이다."

카를로스가 콧수염을 쓸면서 말했다.

호화로운 응접실에는 향기가 풍겨 나왔다. 은근하고 조금은 습기가 밴 냄새였는데 응접실에 한 시간이 넘게 앉아 있다 보면 저절로 기운이 솟고 즐거워지는 기분을 느끼게 된다. 그것은 응접실 구석에 놓인 가습기에서 조금씩 뿜어져 나오는 마약의 기운 때문이다.

카를로스는 이런 독특한 방법을 개발해낼 줄 아는 사람이었다.

"카스틸로에게 그런 이야기를 하면 놈은 나를 잡으려고 할지도 몰라. 나를 제물로 해서 궁지를 벗어날 것이 틀림없어. 그렇지 않나?"

"맞습니다, 카를로스. 당연히 그럴 사람입니다."

"카스틸로는 라파엘을 잡는 데 전력을 쏟고, 나는 그놈, 그 한국인 암살자를 잡는 데 신경을 쓰면 우린 손발을 맞추는 거지."

"그렇군요, 카를로스."

문도가 정연한 그의 말에 빙그레 웃었다. 이것은 마약 기운 때문만은

아니었다. 카를로스의 명석한 두뇌회전을 보면 저절로 경탄하는 마음이
드는 것이다.

"문도, 부하들을 모두 이 일에 매달리게 해라. 에르난데스는 연합군 사
령관이 되든 안 되든 고영무를 잡을 의욕을 잃게 되어 있다. 서둘러라."

"알겠습니다, 카를로스."

"카를로스가 목표가 되는군."

신문을 탁자 위에 던지며 페르난도가 말하자 밀리카는 신문을 펼쳐
들었다.

"페르난도, 그럼 고영무와 그 일당들이 콜롬비아로 들어간 것이군요?"

신문에 시선을 준 채로 밀리카가 말하자 페르난도는 머리를 끄덕였다.

"카스틸로가 고영무를 이렇게 대대적으로 찾는 건 정보가 흘러 나갔
기 때문일 게다. 고영무는 마약부에서 보냈어. 그것을 카스틸로가 알고
있는지 어쩐지는 모르지만."

밀리카는 신문을 덮고 페르난도를 바라보았다. 검은 두 눈을 깜박이
며 한동안 입을 열지 않는 것이 무언가를 생각하는 표정이었다.

이윽고 그녀가 입을 열었다.

"페르난도, 고영무가 나를 받아들인 것은 아예 눈앞에 놓고 감시하려
는 것이겠지요?"

"글쎄."

페르난도가 찬찬히 그녀의 얼굴을 들여다보았다.

"그건 잘 모르겠다. 그럴 수도 있고. 또,"

"또 뭘까요?"

그의 말을 받아 그녀가 다그치듯 물었다.

페르난도가 입맛을 다셨다.

밀리카는 고영무의 저택에 머물다가 어제 다시 이곳으로 왔다. 그쪽에서는 오가는 것에 상관하지 않는 모양이었다.

"또, 네 행동이 더 이상 위험하지 않다고 판단되자, 이건 내 생각이지만 그러니까 받아들였겠지."

밀리카가 물끄러미 그를 바라보았다.

페르난도가 말을 이었다.

"우선 내가 고영무한테 적개심을 잃어 가고 있다. 그놈이 갑자기 엄청나게 커진 느낌이 들어서 전의를 잃어버렸다고나 할까. 그런 상황이 되었어."

그는 밀리카를 향해 빙그레 웃었다.

"더 이상 자신을 학대하기도 싫었다. 불가능한 일에 매달리다 보면 좌절감만 깊게 들 것이고, 그리고 그 이후의 내 모습을 상상하기가 두려웠다."

"지금"

"내가 그랬으니까 내 기준으로 너를 판단한 거지. 너는 내 동생이기도 하니까. 너도 이제 다 버리고 네 마음이 움직이는 대로 행동하면 된다. 다 지난일이니까."

"지금"

"너는 고영무에게 증오와 연민의 감정 양쪽을 가지고 있어. 이제 증오감을 버릴 때다. 솔직해질 때고."

"페르난도."

밀리카가 짧게 그를 불렀으나 이내 아랫입술을 깨물면서 시선을 돌렸다.

"오빠인 나부터 그런다고 말해 주었잖느냐? 놈은 차곡차곡 올라가는 놈이다. 은혜와 원한이 분명한 놈이고. 이제 그놈과의 사이에는 빚이 없다. 아무것도. 서로 주고받았어."

"페르난도, 그놈의 아이를 갖고 싶어요."

불쑥 밀리카가 말을 뱉었으므로 페르난도는 턱을 들었다. 그러나 눈을 치켜뜨고 그녀를 바라볼 뿐 입을 열지는 않았다.

"그놈의 아이를, 그것도 사내아이를 낳겠어요."

시선을 내리깔았으나 그녀의 얼굴이 상기되어 있는 것이 보였다.

"그 아이를 키우며 살고 싶어요."

"왜, 고영무 대신 그 아이에게 보복을 하겠다는 거냐?"

"지금"

"아니면 그 아이를 사랑하겠다는 거냐?"

페르난도의 말소리에 차츰 힘이 들어가고 있었다.

"당당하게 부딪쳐라, 밀리카. 이제는 마음을 열고."

"……"

"그러고 나서 아이를 낳든지 어쩌든지 해라."

그가 밀리카를 찬찬히 바라보았으므로 그녀는 머리를 돌렸다.

"나는 언제부터인가 그것을 조금 느꼈다, 밀리카. 그에 대한 너의 증오가 크면 클수록 그에 대한 미련과 연민이 있는 것 같았다. 부끄러운 일이 아니다, 밀리카."

"……"

"강한 놈에게 당연히 느끼는 여자의 감정일 것이다. 이제는 너도 당당하게 부딪쳐라. 네 마음을 속이지 말고."

밀리카는 페르난도의 어깨 너머를 바라본 채 한동안 움직이지 않았다.

공항에서 택시를 탄 장규식은 스쳐 지나가는 창 밖의 풍경을 바라보다가 머리를 돌렸다. 흑인 운전사가 제대로 말을 알아들었나 확인을 해 보고 싶었다.

"어이, 다운타운의 그랜드 호텔이야. 알아들었어?"

룸미러를 힐끗 올려다본 운전사는 어깨를 한 번 으쓱 추어올릴 뿐 대답이 없다.

"너 이 자식, 딴 데 데려다 놓았다가는 죽을 줄 알아."

그렇게 한국말로 중얼거리며 의자에 등을 붙이는데 흑인이 입을 열었다.

"염려 마라, 개새끼야."

한국말이었으므로 정신이 번쩍 난 장규식이 의자에서 등을 떼었다.

"너 뭐라고 했어?"

이젠 서슴없이 한국말이다.

흑인의 나이는 감 잡기가 힘들지만 30대일 것이다. 그렇다고 대놓고 개새끼라니, 장규식은 바짝 화가 났다.

"이 씨발놈의 새끼를."

흑인이 힐끗 룸미러를 올려다보더니 다시 한 번 어깨를 움찔 추어올렸다. 그러고는 기아를 변속시켰다 속력을 줄였다 하면서 고속도로를 달리고 있다.

한동안 그의 뒤통수를 쏘아보던 장규식은 이윽고 이놈이 한국말이라고는 '염려 마라, 개새끼야.' 밖에 배우지 못했다는 것을 깨달았다. 그러고 나자 저 혼자 흥분해서 냅다 욕지거리를 했던 것이 멋쩍어 그는 입맛을 다시면서 다시 의자에 등을 기대었다.

이번에 일을 성사시키려고 온 것은 아니지만 초장부터 이 꼴이니 입맛이 썼다.

그날 저녁 새 옷으로 갈아입은 장규식이 홍성희가 경영하는 룸살롱에 들어섰을 때 홍성희는 마침 이은영과 마주 앉아 이야기를 하고 있던 참이었다.

"어서 오세요."

자리에서 일어서던 홍성희가 이내 입을 따악 벌렸다. 그러고는 두 눈을 서너 번 깜박이더니 이윽고 입가에 웃음기가 맺혔다.

"어머나, 지배인님이 웬일이세요?"

그녀가 다가와 악수를 청했으므로 장규식은 그녀의 손을 잡았다.

"그저 지나다가 들렀습니다. 궁금하기도 하고."

그에게 자리를 권한 홍성희가 버릇처럼 문 쪽을 바라보았다. 그것은 그가 언제나 바늘과 실처럼 따라다녔던 유장수가 떠올랐기 때문일 것이다.

홍성희는 난데없는 장규식의 출현에 놀랐으나 차츰 마음을 가라앉혔다.

이제 장규식도 유장수와 등을 돌린 사이였다. 최대광의 말을 들으면 장규식과 유장수는 원수지간이 되었다는 것이다. 그리고 자신의 목숨도 따지고 보면 장규식의 정보로 살아난 셈이다.

"정말 반가워요, 지배인님. 오늘은 제가 술을 살게요."

활기를 찾은 홍성희가 웃으며 말하자 그는 머리를 저었다.

"그럴 수가 있습니까? 술 얻어먹으려고 온 건 아닙니다."

"그럼 매상 올려 주실래요?"

"이거 혼자 와서. 길에서 몇 사람이라도 주워 오는 건데."

장규식은 홀을 둘러보았다. 아직 저녁 8시밖에 되지 않아서 서울 같으면 이른 시간이었으나 테이블이 20여 개가 넘는 홀인데도 빈자리가 두어 개밖에 보이지 않았다. 대부분이 한국 사람이었다.

"장사가 잘 되는군요."

장규식이 말하자 그녀가 다시 웃었다.

"기분 내는 사람들 있잖아요. 여기라고 서울하고 다를 것 없죠. 한국 사람들이 몇 십만 되니까."

종업원이 쟁반 가득 안주와 술을 가져오더니 탁자 위에 내려놓았다.

"서울 일은 잘 되세요?"

그녀가 장규식의 잔에 술을 채우며 물었다.

"네, 대충 잘 됩니다. 그런데 최대광 씨는 어디 갔습니까?"

주위를 둘러보는 시늉을 하며 장규식이 묻자 그녀는 머리를 끄덕였다.

"여행 가셨어요. 왜요? 무슨 볼일이 있으세요?"

"네, 조금."

"급한 일이에요?"

"그럼 연락할 수는 있습니까?"

홍성희가 머리를 저었다.

"연락할 수는 없지만 무슨 일인지 말씀하시면 도와드릴 수는 있어요. 그이가 남겨 둔 사람이 있거든요."

"그럼 신용만 씨 말입니까?"

"아니, 신용만 씨도 함께 가셨어요. 그 사람은 우리 그이의 심부름을 하는 사람이에요."

장규식은 얼른 이해가 가지 않았으나 머리를 끄덕였다. 어쨌든 최대 광과 신용만이 여행을 떠나 LA에 없다는 것은 사실인 모양이었다. 그들이 자신을 피할 이유도 없는 것이다.

"그런데 무슨 일로 오셨는데요?"

궁금한지 홍성희가 다시 물었다.

"이것저것 사업도 알아보고 홍성희 씨 사업이 잘 되신다니까 저도 한 번 해볼까 해서 구경 왔지요."

"제가 여기 있다는 것은 어떻게 아셨는데요?"

장규식이 힐끗 그녀에게 시선을 주었다가 떼었다.

"김종무가 소문을 퍼뜨리고 다녔습니다."

"김종무?"

눈썹을 모은 홍성희가 눈을 여러 차례 깜박였다.

"지난번에 이곳에 왔다가 추방당했지요."

장규식의 말에 홍성희가 입을 벌린 채로 머리를 끄덕였다.

"아아, 그 사람이."

"그 친구, 이성철 씨라고 아시죠? 그 사람 부하입니다."

"활기를 찾아."

"유장수 씨도 아마 지금쯤은 알고 있을 겁니다. 홍성희 씨가 여기에서 이 사업 하신다는 것."

홍성희의 얼굴을 본 장규식은 눈을 치켜떴다. 당연히 놀라거나 불안해 할 줄 알았던 홍성희가 입가에 희미하게 웃음을 띠고 있었기 때문이다.

"까짓, 알면 어때요? 여긴 한국이 아니에요."

홍성희가 그의 빈 잔에 술을 채우며 말했다.

"전화 한 통이면 돼요, 그런 사람."

장규식은 끄덕이며 술잔을 들었으나 그 전화가 경찰에게 하는 것인지, 아니면 누구에게 하는 것인지는 짐작하지 못했다.

유장수는 열심히 그의 다리를 주무르는 임희정의 동그란 얼굴을 올려 다보았다. 긴 머리를 흐트린 채 두 손으로 그의 무릎을 누르던 그녀의 손길이 차츰 허벅지로 올라왔다.

"더 세게 해드려요?"

힘을 쓴 탓인지 얼굴이 빨갛게 달아오른 그녀가 물었다. 동그란 눈에 포도알맹이 같은 눈동자가 맑았고 입술은 도톰했다. 알맞게 선 콧등 위 에 조그만 땀방울이 맺혀 있는 것도 귀여웠다.

"응, 조금 세게."

그녀는 유장수가 최근에 발굴해낸 모델이다. 예쁘고 잘 빠진 여자를 찾으려면 한 시간 안에 백명이라도 찾을 수가 있다.

유장수의 지론은 그중에서 운을 타고난 여자가 유명인이 된다는 것이고, 자신은 그 운을 만들어주는 사람이라는 것을 언제나 당당하게 알려주었다.

임희정은 운을 믿으려고 유장수의 애인이 된 것인데 그것의 효과는 직통이었다. 하룻밤 동침 후에 그녀는 다음날 유명 음료수의 CF 촬영을 했고 일주일 후에는 대기업의 잠옷 CF 모델이 되었다.

유장수는 점점 그녀의 손길이 아래쪽으로 다가오는 것을 느끼면서 잠자코 천장을 바라보았다. 언뜻 홍성희의 얼굴이 떠올랐다가 지워졌다.

홍성희가 지금 LA에서 룸살롱을 하고 있다는 이야기를 들었다. 이성철이 생색을 내듯이 알려주었는데, 그놈은 방송국이나 신문사의 연예부 기자들에게 생색을 내는 것도 잊지 않을 것이다.

유장수가 가볍게 콧바람을 불었으므로 임희정이 손을 멈추고 이쪽을 바라보았다.

"왜요? 아파요?"

"아니, 괜찮아."

임희정의 손끝이 그의 중요한 부분에 닿았다. 그녀는 감질을 내듯이 그 부근의 다리를 주무르면서 손끝으로 그곳을 건드리고 있었다. 유장수는 입가에 조그맣게 웃음을 띠었다.

스물두 살밖에 되지 않았으나 임희정은 터득할 건 모두 터득해 놓고 있었다. 갖은 세파를 겪고 정상 부근까지 올랐던 홍성희보다도 어느 면에서는 더 숙달되었는데, 가정환경도 고생 없이 자란 집안의 딸인 것이다. 아마 이것도 세대 차이일지 모른다. 홍성희와 세 살 차이인데도 요즘의 3년은 무섭다는 말을 들었다.

이제 임희정은 그의 중요한 부분을 가볍게 어루만지고 있었다. 그녀는 그것이 팽창되자 파자마를 내리고는 얼굴을 가져다 대었다. 유장수는 손을 뻗어 그녀의 머리칼을 쥐었다. 그녀는 상체를 숙여 그의 아랫배에 밀착시켰다.

자신의 숨결이 조금씩 가빠지는 것을 느끼면서 유장수는 머리를 들었다.

"야, 인마, 올라와."

임희정은 두말 않고 얼굴을 떼더니 일어서서 잠옷을 끌어내렸다. 브래지어와 팬티를 벗자 윤기 흐르는 몸매가 드러났다.

그녀는 망설이지 않고 유장수의 몸 위에 걸터앉았다. 이윽고 유장수는 아랫도리에서 후끈한 느낌을 받았고 임희정은 턱을 들고는 억누른 신음 소리를 내었다. 방 안은 곧 임희정의 신음 소리와 가쁜 숨소리로 가득 찼다.

유장수는 임희정의 젖가슴을 움켜쥐고 모든 것을 잊었다.

이자영은 시계를 내려다보았다. 10시 5분이 되어 있었다. 아랫입술을 깨물며 주위를 둘러보던 그녀는 야외 커피숍의 건너편 정원에 앉아 신문을 읽고 있던 사내와 시선이 마주쳤다.

서로 얼른 얼굴을 돌렸지만 아마도 그는 일을 부탁한 출장사진사 임재학의 동료일 것이다.

이천에 있는 일급 호텔은 평일의 아침시간이었으므로 텅 비어 있었고 야외 커피숍도 마찬가지였다. 커피숍의 뒤쪽으로 거대한 유리벽을 사이에 두고 내부 커피숍이 있었는데 그쪽도 마찬가지였다.

몇 사람 있을지 모를 투숙객들은 아마 술에 만취해서 새벽녘에 찾아온 사람들일 것이고 그들은 이쪽으로 내려오지 않는다. 언젠가 지나치면서 들른 곳이었는데 오늘의 만남에 적당할 것 같아 장소를 이곳으로 정한 것이다.

다시 시계를 내려다보자 10시 10분이 되어 있었다. 그러자 호텔의 정문을 들어서는 검정색 벤츠가 보였다. 박주경의 차였다.

이자영이 잠자코 앉아 지켜보고 있는 동안 벤츠는 호텔의 정문에 섰다.

호텔의 보이가 달려 나오기도 전에 뒷문이 열리더니 박주경이 내리고 있었다. 그는 한 손에 꽤 커다란 봉투를 들고 있었다. 운전사가 그에게 다가가 무어라고 말을 했다.

박주경이 머리를 젓는 것이 보였다. 그는 주위를 휘둘러보다가 이쪽을 발견하고는 곧장 다가왔다.

그가 테이블 옆쪽으로 다가왔을 때에야 이자영은 자리에서 일어섰다. 그러나 입을 열지 않고 역시 입을 다물고 있는 박주경이 앉기를 기다려 따라 앉았다.

"그 자료인가 지랄인가는 모두 가져왔겠지?"

박주경이 불쑥 입을 열었다.

"입이 험해지셨어요, 회장님."

"잔소리 마라. 난 바빠. 어서 말해."

"우선 그쪽부터 확인해야겠어요."

"확인해 봐."

자신의 옆 의자에 놓인 봉투를 턱으로 가리키며 박주경이 말했다.

"봉투를 탁자 위로 놓아주세요, 회장님."

이자영을 쏘아보던 박주경이 마침내 봉투를 들어 탁자 위에 올려놓았다.

종업원이 다가왔다가 이자영의 조금 있다 오라는 소리에 물러났다.

이자영은 봉투의 뚜껑을 열고는 안에 있는 내용물을 꺼내었다.

1억짜리 CD 30장이 가지런히 묶여 있었는데 이자영은 그것을 꼼꼼히 세더니 장수가 맞는 듯 머리를 끄덕였다.

"어디 있어, 나한테 줄 건."

박주경이 재촉하였으므로 이자영은 얼굴에 웃음을 띠었다.

"가져오도록 할게요."

그러면서 그녀가 손을 들었으므로 박주경은 자신의 뒤쪽으로 머리를 돌렸다. 그러나 이쪽을 바라보고 있는 벤츠의 운전사 외에는 눈에 띄는 사람이 없다.

"쓸데없는 수작 부리지 마. 나도 연락만 하면 경찰이 오게 돼 있으니까. 너 같은 계집에게 협박당할 내가 아니야."

악문 이 사이로 뱉듯이 말하는데 뒤쪽에서 인기척이 났다. 사내 한 명이 가방을 들고 다가왔다.

"저기 있어요, 자료는."

이자영이 턱으로 가방을 가리켰다.

"이것으로 끝냅시다, 박주경 씨. 돈이 아까워 다른 생각 하신다면 난 얼마든지 당신을 옭아맬 수 있다는 것을 알아 두세요."

사내는 탁자 위에 가방을 올려놓았다. 그러자 정원에서 신문을 보고 있던 사내가 성큼성큼 이쪽으로 다가왔으므로 이자영은 이맛살을 찌푸렸다.

가방을 움켜쥐고 지퍼를 열려던 박주경도 사내를 쏘아보았다. 그러자 박주경의 뒤쪽에서 누군가가 달려오는 기척이 들렸다. 박주경의 운전사와 또 한 명의 사내였다.

"수작 부리지마, 당신들."

박주경이 이자영의 옆쪽에 서 있는 사내와 마악 다가선 사내를 향해 쏘아붙이듯 말했다.

"댁은 누구세요?"

이자영이 다가선 사내에게 날카롭게 물었다. 그러자 운전사와 박주경의 경호원이 그의 양쪽에 섰다.

"우린 가자."

가방을 움켜쥔 박주경이 이자영과 다가선 사내의 눈싸움을 무시한 채 일어섰다.

"그거, 이리 내."

사내가 이자영이 들고 있는 봉투를 서슴없이 쥐고는 잡아채었으므로 봉투가 그의 손에 들어갔다.

"어머나, 이……."

이자영이 가방을 들어다 준 임재학을 바라보았다. 그러자 그녀의 가슴이 철렁 내려앉았다. 임재학이 히죽 웃었던 것이다.

힐끗 그녀를 돌아본 박주경이 문득 멈춰 서더니 가방을 들어올렸다. 지퍼를 열고 안의 내용물을 끄집어낸 그가 버럭 소리를 쳤다.

"이게 뭐야!"

그는 손에 잡지책 묶음을 들고 있었다. 그러자 임재학이 다시 웃었고 30억 CD를 가로챈 사내도 따라 웃었다.

"이 사기꾼들."

이자영이 소리쳤다. 그러자 호텔 안에서 대여섯 명의 사내들이 이쪽으로 몰려왔다.

"무슨 일이오?"

사내 한 명이 버럭 소리를 쳤고 이자영이 그를 향해 말했다.

"글쎄, 이 사람이 내 돈을."

"빼앗아갔단 말이오?"

"네."

"너, 이리 와."

사내들이 우르르 달려들어 임재학과 돈을 쥔 사내를 끌고 갔는데 그때 마침 호텔 앞으로 승용차 두 대가 와서 멈췄다.

"타세요."

사내들이 재빨리 차에 오르며 이자영에게 소리쳤다.

"댁들은 누구세요?"

그러면서 이자영은 그들을 따라 차에 올랐고 저쪽에서 멍한 얼굴로 이쪽을 바라보고 있는 박주경과 두 명의 사내를 보았다.

승용차는 그들 앞을 쏜살같이 지나쳐 국도로 들어섰다.

"댁들은 누구세요?"

이자영이 옆에 앉은 사내에게 다시 물었다. 그의 옆에는 자신의 CD를 가로채 간 사내가 창 밖을 보며 앉아 있었다.

"우린 강도요."

사내가 흰 이를 내보이며 말했다.

"당신도 우리와 마찬가진 줄 알고 있는데."

이자영이 입을 벌렸으나 미처 말은 나오지 않았다.

차는 넓은 길을 속력을 내며 달리고 있었다.

"버스 정류장에서 내려줄 테니까 집에는 들어가지 말고 어디 다른 데로 피하는 게 나을 거야. 박주경이 찾을 테니까."

사내가 친절하게 말했다.

"가만, 내가 돈이."

사내가 꾸무럭거리면서 뒷주머니에서 지갑을 꺼내었다. 그는 지갑에서 만 원짜리 석 장을 꺼내어 이자영에게 내밀었다.

"이거, 택시값이야. 이걸 가지고 가."

이자영은 아랫입술을 깨문 채 그를 노려보았으나 사내의 얼굴이 똑똑히 보이지 않았다.

커피를 마시고 있는 유장수에게 임희정이 다가왔다.

"사장님, 응접실에서 손님이 기다리고 계세요."

그녀는 흰색 반팔 티셔츠에 반바지 차림이었고 발은 맨발이었다. 모두 유장수의 기호에 맞춘 것이다.

유장수가 응접실로 나가자 소파에 앉아 있던 강판술이 일어섰다. 얼굴의 피부가 반들반들한 것이 근처에서 세수를 하고 온 모양이었다. 그의 옆에서 따라 일어선 사내는 전우석이다.

"사장님, 일 끝냈습니다."

전우석이 노란색 봉투를 탁자 위에 내려놓으며 말했다.

유장수는 자리에 앉아 그것을 힐끗 바라보고는 머리를 끄덕였다.

"얼마를 빼온 거야, 그 여자가?"

유장수가 묻자 전우석이 빙긋 웃었다.

"30억입니다, 사장님."

"무엇이? 30억? 허어, 통큰 여잔데."

유장수가 눈을 동그랗게 떴다.

"하긴 박주경이를 상대로 하는 여자라면 그럴 만도 하지."

"그리고 여기, 여자가 박주경과 교환하려던 자료가 있습니다. 저희는 잘 모르겠습니다만 꽤 중요한 것 같더군요."

전우석이 검정색 가방을 탁자 위에 내려놓자 유장수는 부쩍 관심을 보이면서 가방을 열었다.

"허어, 이거 대단하다, 대단해."

내용물을 펼쳐 보던 유장수가 활짝 웃으면서 머리를 끄덕였다.

"이것이야말로 보물이다."

그는 힐끗 탁자 위에 놓인 봉투를 바라보았다.

"전실장, 반은 뚝 떼어서 강판술이 주고 나머지는 너하고 애들이 나눠 써라."

"네?"

전우석이 눈을 둥그렇게 떴고 전혀 계산과 어긋났는지 강판술도 입을 쩌억 벌렸다.

"사장님, 저는 그렇게 많이 필요 없습니다."

강판술이 상기된 얼굴로 말했다.

그는 이자영이 받아낼 돈을 3억이나 5억 정도로 예상해 자신의 몫을 1, 2억 정도로 계산하고 있었던 것이다.

"됐어, 생활 밑천으로 해. 집을 사든지, 가게를 하든지, 어쨌든 수고들 했어."

가방 속에 다시 서류를 담으면서 유장수가 말했다.

전우석은 그가 만족하고 있다는 것을 알았으므로 봉투를 들고 자리에서 일어섰다. 저 가방은 이자영이 박주경의 약점을 모아 놓은 가방일 것이고 그녀는 30억을 뜯어내었지만 아마 유장수는 그 열 배는 해낼 것이다. 전우석은 쉽게 짐작할 수 있었다.

양쪽 모두가 만족한 채 강판술과 전우석은 응접실을 나와 서로 마주 보며 활짝 웃었다.

유장수도 안방으로 들어가 화장을 고치고 있는 임희정을 뒤에서 껴안고 목덜미에 입을 맞추어주었다.

창 밖을 바라보고 앉은 김영지에게 메스티소로 보이는 운전사가 물었다.

"세뇨리타, 보고타가 처음이신가요?"

생각에서 깨어난 김영지의 시선이 그와 룸미러에서 마주쳤다.

"아뇨, 난 여기서 살았어요. 여기서 태어났고."

그녀의 유창한 스페인어에 주춤한 운전사는 잠자코 차를 몰았다.

한낮이어서 태양은 머리 위에 떠 있었으나 차창을 통해 들어오는 바람은 서늘했다. 6월 중순의 화창한 날씨였다.

“요즘 한국 사람인 고영무를 찾으려고 야단이라면서요?”

문득 김영지가 묻자 운전사는 커다랗게 머리를 끄덕였다.

“예, 세뇨리타. 하지만 군사이동으로 모두 정신이 없습니다. 오르쿠에
포위작전이 시작되었거든요.”

“……”

“하지만 우리 같은 사람이 그를 만나면 잡을 수나 있겠습니까? 그림
의 떡이지요.”

“왜요? 상금이 대단하다던데.”

“상금이 문제입니까? 내 목숨부터 건져야지요. 나는 처자식이 다섯이
나 딸린 목숨입니다.”

“……”

“소문을 들으면 키가 2미터가 넘는 거인이라고 해요. 사람을 죽이는
데도 머리를 한 바퀴 돌려 죽인다고 합니다.”

고영무의 저택에서 그런 거인을 본 적이 있었다. 그러나 목을 그렇게
돌린다는 이야기는 처음 듣는 말이었다.

택시는 시내를 빠져 나가 그녀의 공장과 집이 있는 거리로 들어섰다.
자신도 모르게 김영지의 가슴이 두근거렸다.

아버지인 호세 김이 30년 동안 일으켜 세운 공장이었다. 공장 안의 집
에서 그녀의 네 식구는 남이 부러워할 정도로 살아왔었다.

택시가 공장 앞에 멈추자 김영지는 차에서 내렸다. 낯익은 공장 종업
원이 그녀를 바라보고는 깜짝 놀란 듯 인사를 하더니 달려왔다.

“세뇨리타, 지금 오시는 길입니까?”

“잘 있었어요?”

“가방을 저에게 주십시오.”

그에게 가방을 주고 사무실 쪽으로 다가서자 서너 명의 직원들이 서

두르듯 다가오더니 인사를 했다. 기름이 묻은 작업복 차림들이다.

"영지야, 네가 갑자기 웬일이냐?"

민기철이 소리치며 다가오자 김영지는 아랫입술을 깨물며 그를 바라보았다. 그러고는 공장 앞에 내렸을 때부터 억눌러 왔던 감정이 두 줄기 눈물로 흘러내렸다.

"어쨌든 잘 왔다, 이놈아. 그동안 말랐구나."

구부정한 어깨를 펴고 얼굴에는 웃음을 띠고 있었으나 그의 목소리는 잔뜩 가라앉아 있었다.

집으로 돌아간 김영지는 응접실에서 민기철과 마주 앉았다. 손수건을 꺼내어 얼굴을 닦는 김영지를 물끄러미 바라보던 민기철이 입을 열었다.

"공장은 잘 된다. 네 아버지가 원체 기반을 잘 닦아놓아서. 그리고 직원들도 성실하고."

"……"

"어머니 얘기는 엊그제 내가 서울에 전화를 해서 잘 알고 있다. 여전하시더구나."

"아저씨, 정말 죄송해요."

"걱정 없다. 내 배들은 다른 놈이 맡아서 고기도 잘 잡고 돈도 많이 번다. 그리고 여기도 그렇고."

민기철은 말을 멈추고 물끄러미 김영지를 바라보았다. 이윽고 그가 입을 열었다.

"고영무는 이제 잊어버리는 것이 나을 거다. 그것은 네 힘으로 될 일이 아니다."

"소식 들으셨어요?"

"소식은 무슨?" 민기철이 이맛살을 찌푸리며 입맛을 다셨다.

"그놈 때문에 교민들이 못살 지경이다. 교민들 집집마다 놈들이 수색하고 있어. 감시가 따라붙고. 여기도 두어 차례 다녀갔다.”

“……”

“이젠 너도 안정을 찾아야지. 그래, LA에서는 괜찮은 사업이라도 찾아내었니?”

“아뇨, 아직.”

“여기 있어라. 그래도 여기가 네 고향이다. 네 친구들도 있고. 내가 도와주마, 내 배를 팔아서라도.”

김영지는 소리 죽여 가늘게 긴 숨을 내쉬었다. 그녀는 아직 무어라고 대답할 아무런 준비도 되어 있지 않았다.

고영무는 콧수염을 기르고 있었으므로 얼굴의 모습이 조금 다르게 보이기는 했다. 그리고 산토스를 상대로 맹렬하게 스페인어를 익혔으므로 이제는 어지간한 스페인어는 말하고 들을 수가 있었다.

그들은 카레라 4번 도로와 독립공원이 마주치는 근처의 허름한 아파트 두 채를 세내어 살고 있었는데, 아파트는 컸으나 내부 시설은 엉망이었다. 물과 전기 공급만 제대로 되었을 뿐 욕조는 깨어져 있고 벽에는 금이 가 있다.

그러나 부랑민 합숙소보다는 백 배 나았으므로 대원들은 그들의 임시 거처에 만족하고 있었다.

“페드로가 늦는구나. 한 시간 전에 도착했어야 하는데.”

시계를 내려다보면서 고영무가 말하자 산토스가 자리에서 일어섰다. 옆집의 짐 버클리를 찾아가는 모양이었다.

창가에 앉아 대원과 스페인어를 익히고 있던 최대광이 힐끗 이쪽을 바라보다가 다시 머리를 돌렸다.

이쪽 집에는 고영무와 산토스, 최대광, 그리고 다른 대원 네 명이 쓰고 있었고 옆집은 신용만과 짐 등 다섯 명이 쓰고 있었다. 아파트는 빈민자용으로 지어진 것이었으나 소유주는 수도 방위군 소속의 장군이라고 했다. 스물 몇 채가 들어 있는 아파트 한 동 전체가 그의 소유였고, 그는 관리인을 시켜 매월 집세를 받아내었다.

세입자 중에는 에콰도르에서 넘어온 여권 없는 도망자도 있었고 남자를 밤마다 끌어들여 사업을 벌이는 여러 종류의 여자들도 있었지만 기관에서 검문을 한 적은 한 번도 없다고 했다. 소유주인 장군의 영향력이 작용하고 있기 때문이다.

고영무는 자리에서 일어나 창가로 다가갔다. 최대광이 얼굴을 들고 그를 올려다보았다.

"별일 없을 겁니다. 페드로를 후안이 따라갔으니까요."

스페인어로 최대광이 말했다. 마주 앉은 대원이 빙긋 웃었다.

머리를 끄덕인 고영무는 3층의 아래를 내려다보았다. 빈민가였으므로 뛰노는 아이들의 차림새가 남루했고, 가끔씩 인디오 아이들도 눈에 띄었다.

그때 문에서 노크 소리가 들리더니 페드로의 모습이 보였다. 그리고 그의 뒤를 따르는 것은 브루노와 앙헬이다.

"보스."

브루노의 몰골은 험악했다. 그의 뒤를 따르는 앙헬도 마찬가지였다.

"아니, 브루노?"

놀란 고영무가 그의 뒤쪽을 바라보았으나 맨 나중에 들어온 산토스가 방의 문을 닫는 것을 보고는 어깨를 늘어뜨렸다.

"보스, 면목 없습니다."

고영무의 어깨를 껴안고 볼을 가져다 댄 브루노가 주르르 눈물을 쏟았다. 뒤쪽에 서 있던 앙헬도 소매를 들어 눈을 닦았다.

고영무는 그의 어깨를 안고 자리에 앉혔다. 브루노를 따라 들어온 짐과 신용만 등의 대원들도 그의 주위에 둘러앉았거나 섰다.

"보스, 저희 둘만 빼놓고 모두 죽었습니다."

어깨를 늘어뜨리고 방바닥을 내려다보면서 브루노가 말했다.

"네이바 분기점에서 뛰어내렸습니다만 철도수비대에게 발견되어서."

모두들 서로의 얼굴을 들여다본 채 입을 여는 사람은 없다. 앙헬이 코를 훌쩍 들이 마시는 소리만 들렸다.

"그렇다면 라파엘 측의 아홉 명을 사살했다는 신문보도가."

짐이 혼잣말처럼 말하면서 고영무를 바라보았다.

고영무는 잠자코 브루노를 바라볼 뿐 입을 열지 않았다.

"너희 둘이라도 살아와서 다행이다."

이윽고 고영무가 가라앉은 목소리로 말했다.

"우선 쉬어. 그리고 다시 이야기를 하자."

그러나 방 안에서는 한동안 움직이는 사람도, 입을 여는 사람도 없다.

브루노와 앙헬이 도착한 다음날 오후, 힐튼 호텔의 로비에는 유난히 사람들이 많았다. 이곳에서 주요 인사의 파티가 자주 열렸으므로 점심을 함께하는 모임이 있었던 모양이다.

오늘도 페드로는 신사복 차림으로 로비의 소파에 앉아 신문을 펼쳐 들고 있었는데 가끔씩 머리를 들어 입구 쪽을 바라보았다.

올해 들어 스물일곱 살인 그는 메스티소였는데 메데인 경찰청의 경찰관이었다가 아버지와 삼촌이 라파엘 일당으로 연루되어 체포되고 자신도 직장에서 해직당하자 곧장 어머니와 두 동생을 이끌고 LA로 밀항해 간 사내였다. 결단력도 있었고 기민했으므로 이런 일에는 적격일 것이다.

아침 10시부터 나와 기다렸으나 후안이 이끄는 그룹은 아직도 보이지 않았다. 현관 한쪽 구석에 짐 버클리와 신용만이 서서 호텔 내에 있는 옷가게를 바라보고 있다. 오늘은 그들이 따라 나와준 것이다.

2층의 계단으로 10여 명의 남녀가 떠들썩한 웃음소리를 내며 내려오고 있었다. 남자들의 대부분은 가슴에 번적이는 메달과 훈장을 붙인 영관급 장교였고, 여자들은 풍만한 몸집과 짙은 화장을 한 그들의 부인일 것이다.

은밀한 접선을 하는 데 사람이 적은 곳보다 사람이 많은 곳이 유리 하다는 것쯤은 기본 상식이다. 그러나 이곳 힐튼은 너무 번잡하다는 생각이 들었으므로 페드로는 신문을 덮고 자리에서 일어섰다.

짐이 힐끗 이쪽을 바라보았으나 그는 몸을 돌려 안쪽의 화장실로 다가갔다.

그가 사람들을 헤치며 화장실로 다가가는데 두어 명의 사내들이 옆을 스치며 지나갔다. 페드로는 주춤 걸음을 멈추고 몸을 돌렸다. 사내들과 함께 걷고 있는 자가 아무래도 어디서 본 얼굴 같아 보였기 때문이다.

화장실에 갈 것도 잊은 페드로는 그들을 따르다가 옆쪽으로 다가갔다. 낯익은 사내가 힐끗 이쪽을 보더니 눈을 조금 크게 뜨는 것 같다가 이내 머리를 돌렸다.

그 순간 페드로의 가슴이 덜컥 내려앉았다. 그는 후안의 그룹이었던 레몬이었던 것이다.

걸음을 늦춘 페드로는 다음 순간 다시 화들짝 놀랐다. 그는 순간적으로 레몬이 자신과 아는 체를 하지 않은 이유를 알아차렸던 것이다. 그러나 호텔의 현관 쪽에 있던 짐과 신용만은 사정이 달랐다.

우선 짐이 레몬의 얼굴을 먼저 보았다. 그는 레몬이 일부러 딴 곳을 바라보며 걷고 있는 것을 자신을 발견하지 못해 그런 것으로 착각하고 있었다.

짐이 앞장서서 사람들을 헤치고 이쪽으로 다가오는 것이 보였다. 페드로는 주위를 둘러보았다. 그러나 들끓는 사람들 사이에서 누가 누군지 알아낼 수 없었다.

짐은 레몬에게 다가가다가 그의 좌우에 서 있는 사람들을 보았는데 그쪽도 이미 이쪽에 시선을 잔뜩 주고 있는 중이었다. 순간 짐은 사정을 알아차렸으므로 머리를 돌렸다.

레몬은 체포된 것이다. 그래서 고문에 못이겨 자백을 했고 수사관과 함께 힐튼으로 나와 만나기로 한 일행들을 찾아다니고 있다.

레몬 쪽에서 먼저 이쪽을 지목해 주리라고는 수사관들도 기대하지 않는 것 같았다. 그들은 레몬과 눈을 맞추는 사람을 가려내려 하고 있었다.

"잠깐만, 선생."

아니나 다를까, 레몬의 왼쪽에 서 있던 사내가 짐의 어깨를 잡았고 어디에서인지 서너 명의 사내들이 사람들을 헤치고 다가와 짐을 둘러쌌다. 신용만은 짐보다 서너 걸음 뒤로 따라간 것이 다행이었다.

로비는 순식간에 밀치고 밀리는 사람들로 뒤엉겼다. 그때 짐의 어깨와 팔을 잡고 있던 사내 두 명이 입을 쩌억 벌리더니 바닥에 쓰러졌다. 그러자 사내들이 일제히 총기를 꺼내 들었는데 여자 몇 명이 그것을 보고 비명을 질렀다.

사내들은 총이 어디에서 발사되는지를 몰랐으나 우선 짐을 향해 두어 명이 총을 겨누었다. 그때는 신용만이 권총을 뽑아 들었을 때였다. 그는 사내들을 향해 방아쇠를 당겼고 페드로가 다시 뒤쪽에서 그들을 쏘았다. 로비는 수라장이 되었다.

짐은 현관을 향해 달아나는 사람들 사이에 끼어 아직도 레몬을 잡고 있는 사내를 향해 한 발을 쏘았다.

총알은 빗나간 모양이었다. 그러나 레몬이 사내의 옆구리를 팔꿈으로 찍고 몸을 빼는 것이 보였다.

신용만과 페드로는 아우성치는 사람들 사이로 들어갔다. 권총을 바지춤에 감추었으므로 수백 명의 인파들에 끼어 쏟아지듯이 현관 밖으로 밀려 나왔다.

그들은 사람들과 함께 달리면서 뒤쪽을 자꾸 돌아보았다. 사람들 사이에 낀 짐의 얼굴이 보였다. 그러나 레몬은 보이지 않았다.

아파트로 돌아온 그들은 고영무의 방에 모여 앉았다. 짐으로부터 자초지종을 듣고 난 고영무가 물었다.

"레몬이 총에 맞는 것을 보았나?"

짐이 조그맣게 머리를 끄덕였다.

"차라리 그 자리에서 죽었으면 좋을 텐데."

브루노가 머리를 돌리며 말했다.

"보스, 후안의 그룹은 모두 잡히거나 살해당했다고 볼 수밖에 없습니다. 그리고 이제는 힐튼으로 접선하러 갈 수도 없습니다."

짐이 머리를 들고 말하자 모두들 잠자코 있었다.

고영무는 주위에 둘러앉은 대원들을 둘러보았다. 28명이 산타마르타에 도착했지만 이제 보고타에 모인 것은 11명뿐이다. 자신이 이끌고 온 그룹 아홉 명이 모두 무사한 것은 오직 운이 좋았기 때문이지 다른 이유는 아무것도 없다.

"너희들도 잘 알다시피 우린 독자적인 행동을 취하는 조직이고, 누구에게도 명령을 받거나 지원을 받을 곳이 없다."

고영무가 입을 열었다.

"아마 사로잡힌 동지들을 고문한다 해도 나올 것이 없어. 이 조직은 내 자금으로 내가 훈련시킨 조직이고, 목표는 저놈들도 알고 있겠지만 카스틸로의 제거다."

모두들 잠자코 듣고 있었지만 알건 다 아는 사람들이다. 고영무가 미국 정부의 지원을 바탕으로 이렇게 조직을 만들었다는 것을 알고 있을 것이다. 그러나 뚜렷한 증거가 없는 이상 카스틸로 측에 잡혀 고문을 받고 모든 것을 털어놓는다 해도 여론이나 국제기관에 내놓을 게 없다.

물론 고영무는 다를 것이다. 그는 한때 미국의 여론에도 오르내렸던 인물이고 마약부와 관계가 있다는 것도 증명할 수가 있다.

"이제 인원은 11명으로 줄었지만 나는 이 계획을 끝까지 밀고 나갈 작정이야. 이대로 물러나거나 앉아서 개죽음을 당하지는 않는다."

고영무가 한 마디씩 힘을 주어 말했다.

"나는 목적이 달성되지 않으면 콜롬비아에서 죽겠다."

모두들 잠자코 그를 바라보았다.

"저도 따라 죽겠습니다."

브루노가 턱을 들고 말하자 짐이 머리를 끄덕였다.

"물론입니다, 보스. 하겠습니다."

그러자 모두들 한 마디씩 대답을 했는데 최대광과 신용만은 아직 입을 열지 않고 있었다.

그러다가 그것을 느낀 듯 서로 얼굴을 바라보았다. 제각기 얼굴을 제자리에 돌려놓고도 그들은 입을 열지 않았다.

"고맙다, 따라줘서."

고영무가 그들을 둘러보며 말했다.

"그러면 내일부터 시작한다."

9.
살아 있는 자들의 만남

카스틸로는 정장 차림이었는데 원수의 복장을 하고 있었다. 금몰이 장식된 견장 위에 둥근 별무리 견장이 붙어 있고 가슴에는 갖가지 훈장이 번쩍였다. 위압감이 넘치는 풍모였다.

그는 목을 조금 움직여 앞에 앉은 에르난데스와 도밍고를 바라보았다. 두 명의 대장도 호화로운 정장 차림이었는데 애를 쓴 흔적이 역력하였으나 에르난데스의 가슴에는 훈장을 떼어낸 듯 자국이 난 공간이 여러 개 보였다.

카스틸로는 금줄이 열 개쯤 쳐져 있는 소매를 들어 앞에 놓인 찻잔을 집었다. 영국에서 수입해 온 찻잔으로 카스틸로가 아끼는 것이다.

"이번 작전은 꼭 성공시켜야 돼."

그의 말이 누구를 집어서 이야기하는 것이 아니었으므로 두 대장은 똑같이 머리를 끄덕였다. 그들의 얼굴은 잔뜩 긴장되어 있었다.

"라파엘의 잔당들이 이번 작전으로 완전히 소탕되어야 하네. 마침 알폰소도 오르쿠에에 들어가 있다고 하니까."

"네, 각하."

"알았습니다, 각하."

전자는 도밍고이고 뒤의 대답은 에르난데스였다.

일주일에 걸쳐서 면밀한 작전 계획이 세워졌고 계획에 의해서 부대 이동도 끝마쳐 놓았다. 작전 계획 수립에는 프란시스코를 포함한 세 대장 모두가 참여했으므로 이제는 연합군 사령관직을 누가 맡느냐 하는 것만 남겨놓은 것이다.

아마 대통령궁의 기자실에서는 기자들이 오늘 회견의 결과를 보기 위해 안절부절못하고 있을 것이다.

오늘 임명되는 연합군 사령관은 명실공히 콜롬비아의 제2인자가 된다. 이제까지는 계엄군 사령관인 에르난데스가 제2인자였으나 그가 신임을 잃고 있다는 소문이 심심찮게 나돌고 있었다.

"에르난데스."

카스틸로가 부르자 에르난데스는 뻣뻣하게 상체를 굳혔다.

그는 늘어진 눈꺼풀을 최대한으로 치켜 올린 채 카스틸로를 바라보았다. 다음 말을 초조하게 기다리고 있는 것이다.

도밍고도 어깨를 치켜 올린 모습으로 똑같이 카스틸로를 바라보았다. 숨을 멈춘 것 같은 표정이었다.

"자네는 계엄사령관이야. 두 가지의 직책을 동시에 맡길 수는 없어. 따라서 연합군 사령관은 도밍고 대장으로 결정되었다."

카스틸로가 도밍고를 돌아보자 그는 멈춘 숨을 길게 뿜어내면서 얼굴에 감격어린 표정을 지었다. 그러나 에르난데스는 반대로 숨을 멈춘 얼굴이 되었다.

한 명은 계엄사령관이었고 다른 한 명은 연합군 사령관이다. 얼핏 들으면 전국을 장악하는 계엄사령관의 권위가 더 강할 것 같지만 군사력의 면으로 보면 연합군 쪽이 두 배 이상 강하다.

에르난데스가 눈시울을 늘어뜨리며 커다랗게 머리를 끄덕였다.

"각하, 현명하신 결단이십니다. 솔직히 연합군을 맡아 라파엘을 제 손으로 잡고 싶은 욕심이 있었습니다만 계엄사령부 일도 과중한 터이라."

그는 머리를 도밍고 쪽으로 돌렸다.

"장군, 축하드립니다. 부디 라파엘을 이 기회에 뿌리뽑기를 바라겠소."

"이번에는 해외 망명의 기회도 주지 않을 것이다."

카스틸로가 단호하게 말했다.

"라파엘 그놈은 다급하면 미국한테 손을 비빈다. 아마 궁지에 몰리면 미국 측이 로비를 해올 것이야. 이번에는 어떤 조건도 받아들이지 않을 것이다."

두 대장은 굳어진 얼굴로 카스틸로를 바라보았다. 카스틸로가 이런 식으로 공공연하게 미국에 대한 감정을 뿜어내는 것을 처음 보았기 때문이다.

"도밍고 대장!"

카스틸로가 부르자 도밍고는 검고 마른 얼굴을 들었다.

"네, 각하."

"지금 즉시 연합군 사령부로 부임하도록! 작전은 내일 아침부터 개시한다."

"알겠습니다, 각하!"

도밍고는 기세가 충천해 있었다. 이제까지 카스틸로의 수족으로 지내왔으나 언제나 에르난데스에게 선두 자리를 빼앗겨 왔다. 그것이 자신의 강직한 성격 탓이라고 주변에서는 오히려 칭송해 주는 분위기마저 있었다. 도밍고는 그것도 마땅치 않았다. 어차피 자신은 카스틸로의 수족이었고 정권이 바뀐다면 에르난데스와 같은 짐을 져야 할 신세인 것이다.

부하와 국민들의 신임을 받는 만큼 카스틸로의 눈에서 벗어난다는 것쯤은 도밍고도 알고 있었다.

도밍고와 에르난데스는 카스틸로의 집무실을 나와 기다란 복도를 걸었다.

복도 양쪽에는 정복을 입은 경비병들이 부동자세로 서 있었는데 대장 두 명이 지나가도 눈 한번 까딱하지 않는다.

복도 끝까지 가는 데 5분 정도가 걸렸으나 두 대장은 입 한 번 열지 않았고 눈길 한 번 맞추지 않았다. 그들이 만난 것도 6개월 만이었다. 연초의 시무식 때 만나고는 처음이었다.

카스틸로는 그들의 집무실 전화를 도청하고 있었다. 따라서 만일 그들이 전화로 이야기를 나누었다든가 친서를 교환하기라도 했다면 아마 다음날 잘하면 해임 통지서가 날아올 것이고 잘못하면 이등병으로 강등되거나 처형당하게 될 것이다. 그들은 그러한 사실을 서로가 잘 알고 있었다.

기다리고 서 있던 경비병에 의해 복도 끝의 거대한 나무문이 열렸다. 밝은 햇살이 퍼져 있는 정원에 대장기를 단 두 대의 승용차가 정지되어 있는 것이 보였다.

그들은 제각기 자신들의 승용차로 다가갔는데 서로 얼굴 한 번 돌리지 않았다.

"정면에 있는 사단은 3개 사단입니다. 예비 사단으로 제6사단이 바르비 마을 근처에 있습니다."

알폰소가 지휘봉으로 붉은 점이 쳐져 있는 부근을 짚었다.

상황실은 오르쿠에 시에서 10킬로쯤 후방에 있는 밀림 속의 가건물이
었다. 밀림에 언제나 깔려 있는 습기와 나무가 썩어 가는 가스 냄새로
상황실 안은 후텁지근한 열기에 싸여 있었다.

라파엘은 상황판에서 얼굴을 돌려 알폰소를 바라보았다.

"프란시스코는 어디에 사령부를 두었소?"

"오리엔탈 산맥의 기슭입니다. 이곳입니다."

알폰소는 지휘봉으로 한 곳을 짚었다.

라파엘의 얼굴이 침울해 보였는데, 그렇다고 이번의 정부군 대공세 때
문에 그런 것은 아니다. 그는 표정의 변화가 별로 없는 사람이었고 희로
애락의 감정이 잘 나타나지 않아 상황에 따라 보는 쪽이 짐작할 뿐이다.

라파엘은 알폰소 주위에 서 있는 참모들을 돌아보고는 나무 탁자 끝
쪽의 의자에 앉았다. 후줄근한 위장복 차림이었고 모기에 쏘였는지 목
의 옆쪽이 빨갛게 부어 있었다.

그의 얼굴은 햇볕을 받지 않았으므로 희었다. 검은테 안경을 쓰고 있
어서 학자풍으로 보였는데 실제로 10여 년 전에는 대학에서 정치학을
가르쳤다.

알폰소와 서너 명의 참모들은 그가 자리에 앉자 그의 주위에 둘러앉
았다.

"내 생각으로는 카스틸로가 이렇게 서두르는 이유가 한국인 고영무를
미국 측이 보냈다고 믿기 때문인 것 같은데."

라파엘이 얼굴에 웃음을 띠었다.

"우리로서는 우리가 고영무를 보냈다고 주장하고 싶지만 말이오."

알폰소를 비롯한 참모들이 따라 웃었다.

"각하, 고영무를 제가 미국 지역의 대리인으로 임명한 것이 동기가 되
었습니다."

알폰소가 말하자 라파엘이 머리를 끄덕였다.

"그렇군. 그러니까 동지들이 그에게 모였겠지. 그러다 보니 미국 측이 관심을 가지게 되었을 것이고."

그는 좌우를 둘러보았다.

"우린 집권 준비를 해둬야 하지 않겠소? 고영무가 보고타에 있는데 말이오."

젊은 참모 한두 명이 소리 내어 웃었고 나이든 참모들은 입술 끝으로만 웃었다.

알폰소는 이맛살을 찌푸린 얼굴로 입맛을 다셨다. 이것이 라파엘의 강점이자 약점이다. 지금 이런 분위기에서는 커다란 장점으로 전달되어 막료들의 신뢰를 더 받게 되겠지만 현실은 급박했다.

2개 군단의 20만 명에 가까운 병력이 오르쿠에 시를 중심으로 이곳저곳에 산재해 있는 1만 5천의 병력을 당장에 제압할 듯 육박하고 있다. 그렇지 않아도 프란시스코의 3군단을 상대로 해서 꼼짝하지 못하고 갇혀 있던 참이다.

알폰소는 머리를 들었다.

"각하, 이곳은 저에게 맡기시고 베네수엘라나 미국으로 몸을 피하시는 것이 어떻겠습니까? 각하만 무사하시면 나중에라도 저희들은 얼마든지 뭉칠 수가 있습니다만."

벌써 여러 번 해본 소리였다.

라파엘이 웃음기를 거두고 머리를 저었다.

"싫소, 알폰소. 병사 한 명 한 명이 모두 내 자식이오. 한 명이 남아 있더라도 같이 남아 있겠소."

아마 젊은 참모들은 눈물을 머금고 가슴이 메어 있을 것이라고 알폰소는 생각했다. 그러나 그는 짜증이 났다. 가슴이 메어서 개죽음을 당하느

니보다 즉사하게 욕을 얻어먹더라도 살아서 집권을 해야 하는 것이다.

"각하, 각하가 잠시 피하시면 병사들도 생명을 건지게 됩니다. 저는 부대를 해산시키도록 하겠습니다."

이것은 참모들끼리 어젯밤에 결정을 본 일이다.

라파엘이 주위의 막료들을 둘러보았다. 이제 모두의 얼굴은 침울해져 있었다.

이맛살을 찌푸린 채 알폰소는 라파엘을 바라보았다. 이런 때면 그는 언제나 엉뚱한 이야기로 분위기를 바꾸어 놓는다. 물론 그런 매력이 있기 때문에 월급 한푼 못 받고 가족을 버린 이 사람들이 그를 위해 목숨까지 바치려고 하는 것이다.

라파엘의 얼굴에 웃음이 떠올랐으므로 알폰소는 더욱 이마를 찌푸렸다.

"그렇지, 고영무를 지원합시다."

불쑥 라파엘이 그렇게 말하자 모두들 턱을 들었다. 그가 다시 말을 이었다.

"지금까지 우리는 그가 우리가 보낸 사람이 아니었기 때문에 방관하는 입장이었소. 이젠 우리가 그를 도울 차례요. 그렇군. 1개 중대, 아니 1개 대대 병력을 보내어 그를 돕게 합시다."

"각하."

너무 어처구니가 없는 말이었으므로 이제는 나이든 참모인 구로만이 나섰다. 좀처럼 없는 일이었다.

"각하, 여기도 병력이 모자라서 행정병이나 의무병을 초소로 보내고 있는 실정입니다. 그런데 그쪽에다 병력을……"

"그리고 우리는 고영무가 어디에 있는지도 모릅니다, 각하."

막료 하나가 더 나섰다.

"그는 우리와 연락 관계가 없습니다."

안경 속의 눈을 두어 번 깜박이며 라파엘이 그들을 둘러보았다. 놀란 표정 같기도 했으므로 참모들은 입을 다물었다.

라파엘이 눈물을 글썽이면 병사들은 운다. 참모들도 마찬가지였다. 그들은 지금 가슴 아파하고 있었다.

"각하, 저희들의 지금 형편으로는……"

누군가가 다시 말했을 때 알폰소가 손을 들어 그의 말을 막았다. 그는 참모장이다. 작전 명령은 모두 그의 결정사항이었다.

"각하의 말씀이 옳습니다."

알폰소의 말에 모두들 상체를 세웠다.

라파엘조차도 놀란 모양으로 다시 눈을 끔벅이며 그를 바라보았다.

"뛰어난 생각이십니다. 어차피 이곳의 병력이 모자라는 건 마찬가지입니다. 보고타를 심하게 교란시키면 시킬수록 이쪽의 공격력은 약해질 것입니다. 카스틸로가 당황해서 이쪽의 공격을 풀고 보고타의 방위로 돌릴 가능성도 있습니다."

알폰소의 말은 점점 확신에 차 있었다.

조지 로스만은 금발이 차츰 회색빛 머리칼로 변색되기 시작하는 50대 후반의 사내였으나 아직도 곧은 허리에 운동으로 단련된 강한 팔과 다리를 가지고 있었다. 젊었을 때부터 FBI의 마약 담당검사로 활약하다가 전직 대통령인 화이트 씨에 의해 마약부장에 임명된 인물이었다.

그가 백악관의 안보담당 보좌관실에 들어갔을 때 포크너는 막 전화를 내려놓은 참이었다.

"여어, 조지, 어서 오게. 기다리고 있었어."

자리에서 일어선 포크너가 다가와 그의 손을 잡았다.

"마거릿은 어떤가?"

"다이어트를 다시 시작했어."

포크너가 풀썩 웃었다. 그들은 의자에 마주 보고 앉았다.

"올해 들어서 세 번째야."

로스만은 주위를 둘러보면서 깊게 숨을 들이마셨다.

"자넨 담배를 안 끊었군. 그렇지? 내 코는 속일 수 없어, 포크너 선생."

"과연 마약부장답게 개코로군."

할 수 없다는 듯이 포크너는 어깨를 들어 보이면서 자리에서 일어섰다.

"어때? 커피 한잔 하겠나?"

"한잔 주게."

포크너는 창가에 놓인 커피포트로 다가가 커피를 따랐다.

"고영무는 보고타에 들어간 모양이더군."

커피잔을 들고 오면서 그가 말했다.

"반쯤 들어갔나?"

"아마 그쯤 돼. 많이 죽었어."

커피잔을 받아 한 모금 마신 로스만이 말을 이었다.

"힐튼 호텔에서 총격전이 있었어. 군 수사관 여섯 명이 죽었네. 고영무의 부하 한 놈이 죽고. 목격자의 말을 들으면 고영무의 부하가 총을 난사했다는 거야."

"호, 놀랍군. 놈들의 신문에는 한 줄도 안 난 것 같던데."

"감춘 거지, 부끄러운 일은."

로스만은 커피 잔을 내려놓았다.

"알폰소한테서 연락이 왔어. 부대원을 빼내어 보고타로 보내겠다는 거야. 고영무의 일을 돕겠다는군. 아니, 자신들이 카스틸로 제거의 주역이 되겠다는 거야. 고영무는 보조 역할을 하고."

포크너는 잠자코 그를 바라본 채 입을 열지 않았다.

“우리가 고영무하고 연결이 안 된다니까 믿지를 않아.”

“바보 같은 놈, 못 믿을 일이 따로 있지.”

포크너가 이맛살을 찌푸렸다.

그는 로스만과 대조적인 용모였다. 작은 키에 대머리였으므로 동년배였으나 서너 살은 더 나이 들어 보였다. 그러나 몸매는 곧고 군살이 없어서 재빠른 인상을 주었는데 정치학 교수를 역임하다가 대통령의 추천으로 보좌관이 된 인물이다. 그는 라파엘의 은근한 지지자였다.

“연결시켜서 좋은 일이 없어. 그렇지 않나? 지원을 받는 것은 나쁘지 않아.”

포크너는 로스만의 앞으로 상체를 숙였다.

“그 빌어먹을 워렌 놈이 누군가에게 정보를 흘리고 있어. 어제는 민주당의 로빈스키 녀석이 콜롬비아 정국을 안정시켜야 하지 않겠느냐고 전화를 해왔단 말이야.”

“……”

“그것은 곧 의회에서 문제를 삼겠다는 이야긴데, 증인으로 워렌을 부르면 그놈은 카드를 쥐게 되네.”

“왜? 임기연장을 바라고 있나?”

포크너가 눈을 둥그렇게 떴다.

“자네가 그걸 어떻게 아나?”

“그 자리가 얼마나 매력 있는 자리인데? 임기가 10년이야. 대통령이 연임 동의를 하면 놈은 앞으로 12년을 앉아 있게 돼.”

“미국에서도 없어져야 할 놈이 있는데.”

포크너가 나직하게 말하면서 의자에 등을 기대고 어깨를 늘어뜨렸다.

“아마 그쪽에서도 우리에게 똑같은 말을 할 거야. 쓸데없는 내정간섭으로 CIA 일을 엉망으로 만든다고.”

"크링거와 손을 잡고 있어, 그놈은."

그러자 로스만이 와락 이맛살을 찌푸렸다.

"이봐, 그렇게 만든 것이 누군데 그래? 자네 선임자들이야. 콜롬비아의 마약을 들여와 크링거를 통해 이라크와 이란에 뿌린 것이 누군데. 워렌 그 녀석은 중개상 역할을 했고."

입맛을 다신 포크너는 대답하지 않았다.

로스만이 다시 말을 이었다.

"워렌은 카를로스를 남겨 두고서 그를 조종하여 마약을 정책적으로 운용하자는 주의야. 우리하고는 틀려."

"……"

"놈은 우리 일을 사사건건 방해하고 있어. 대통령이 정한 일을."

이렇게 열을 낸다고 해도 지금은 어쩔 수가 없는 형편이다. 그것을 떠올렸는지 로스만은 입을 다물고 식은 커피잔을 들었다.

"이봐, 조지. 내가 자네를 부른 것은 다름이 아니라……"

포크너가 의자를 잡아당겨 다가앉았다.

"에르난데스가 지금 불안해하고 있지 않을까?" 로스만이 잠자코 그를 바라보았다.

"그놈은 항상 도밍고를 누르고 선두 자리를 차지해 왔거든. 제2인자의 자리를 말이야."

"왜? 놈하고 도밍고를 싸움시키게?"

로스만이 심드렁하게 물었다.

"여기가 어디냐?"

앞장 서 길을 걷던 고영무가 스페인어로 산토스에게 물었다. 그는 이제 항상 스페인어를 썼고 신용만과 최대광에게도 그렇게 지시했기 때문에 그들의 실력도 부쩍 늘어났다.

"묘지입니다, 보스."

"그래?"

묘지 앞을 지나던 고영무가 걸음을 멈추자 뒤를 따르던 산토스와 앙헬이 따라서 멈춰 섰다. 시내 지리를 익히려고 나와 한나절을 돌아다닌 다음 아파트로 돌아가는 길이다. 지금까지 서너 차례 이 길을 지나왔지만 담장만이 계속된 곳이어서 관심을 가지지 않았던 것이다.

"이곳에 한국인 묘가 있는가 알아보고 와, 앙헬."

고영무의 말에 앙헬이 머리를 끄덕이며 문도 없는 담장 안으로 들어갔다.

산토스가 힐끗 고영무에게 시선을 주었다가 몸을 돌렸다.

늦은 오후여서 드물게 오가는 행인들의 발길이 바빠 보였다. 계엄군의 모습이 별로 눈에 띄지 않는 것이 경계가 조금 풀린 것 같기도 했다. 오르쿠에 쪽에서 며칠 전부터 시작된 대공세에 모든 관심이 집중된 때문일 것이다.

앙헬이 판초 자락을 펄럭이며 나왔다.

"보스, 이곳에는 없습니다. 카레라 14번 도로의 끝 쪽에서 시외로 10킬로쯤 나가면 그곳에 한국인 묘소가 있답니다."

머리를 끄덕인 고영무가 몸을 돌렸다.

아파트로 돌아왔을 때 시내에 나갔던 브루노가 먼저 와 있었다.

"보스, 카스틸로는 좀처럼 외출을 하지 않습니다. 행사에도 참석하는 일이 드물고, 그가 즐겨 하는 행사는 대통령궁에서 요인들만 모아 놓고 하는 궁중행사더군요."

그는 종이를 고영무에게 내밀었다. 그것은 신문에서 베낀 것으로 대통령의 동향에 대한 것이었다.

대통령궁에서만 생활한다면 궁으로 들어가야 할 것이나 그것은 불가능한 일이다. 고영무는 종이를 탁자 위에 내려놓았다.

"칠레가 16번지에 메모리얼 빌딩이 있어. 8층 빌딩인데 1층에서 6층까지는 국제무역의 사무실이고 7, 8층은 회의실로 되어 있지."

브루노가 눈을 끔벅이며 그를 바라보았고 방 안에 있던 사람들도 모두 이쪽으로 머리를 돌렸다.

"그런데 실제는 그것이 대통령의 비밀 사무실이야. 6층까지는 경호실이 내외의 정보업무를 하는 곳이고, 7, 8층은 대통령의 휴게실이지."

고영무가 말을 이었다.

"대통령은 한 달에 두 번씩 그곳에 들러서 일을 하는데, 주로 저녁에 왔다가 다음날 아침 일찍 나가기 때문에 노출되지 않았지. 8층의 침실에서 자고 가는 거야."

대원들이 슬금슬금 모여들더니 그를 에워쌌다.

"두 달 전까지만 해도 TV 스타인 세실리아가 그때마다 들렀는데 지금은 알 수가 없어."

고영무가 주위의 사내들을 하나씩 둘러보았다.

"지금까지 15일 동안 지리도 익혔고 경비도 조금 느슨해진 것 같다. 내일부터는 메모리얼 빌딩이 목표다."

"보스, 왜 진즉 말해주지 않았습니까?"

브루노가 이맛살을 찌푸리며 물었다. 그는 나름대로 대통령의 동향이나 궁의 위치를 조사해 오고 있었다. 다른 대원들도 마찬가지였다. 짐 버클리는 궁과 정부청사 사이의 도로를 걸어서 다섯 번은 왕복했을 것이다.

"시기가 되었기 때문이야. 그렇게 알고 있으면 돼."

고영무가 자르듯 말하자 모두들 더 이상 불평하지 않았다.

시기는 지미 골드가 충고해주었다. 도착하자마자 메모리얼 빌딩을 목표로 하는 것은 지리도 익숙지 못한데다 저쪽의 경계가 강화될 것이므로 얼마간의 시기를 두라고 말해주었던 것이다. 메모리얼 빌딩의 정보도 지미 골드로부터 나온 것이었는데, 그것의 출처까지는 알 필요가 없었다.

고영무는 대원들이 겉으로는 투덜거렸지만 방 안의 분위기가 갑자기 팽팽해지는 것을 느낄 수 있었다. 목표가 확실하게 세워지게 되면 누구나 눈빛부터 달라지는 법이다. 그것은 아버지 고진호 씨가 한 말이었다.

가게에서 산 빵 두 개를 봉지에 넣은 페드로는 거스름돈으로 받은 잔돈을 세면서 머리를 들었다. 그러고는 머릿속으로 돈 계산을 하는 듯이 길거리 쪽을 바라보면서 머리를 한쪽으로 기울였다.

그러다가 다시 다른 쪽을 바라보며 갸웃하고는 이내 머리를 끄덕이고 돈을 호주머니에 집어넣었다. 그는 봉투를 가슴에 안고 길을 따라 걷다가 옆쪽 골목으로 들어섰다.

저녁 무렵이어서 행인들의 걸음이 빨라지고 있었다. 골목을 스쳐 지나가는 사람들은 바쁜 듯 어깨를 부딪쳐도 제대로 사과의 말도 던지지 않았다.

페드로는 골목을 빠져 나가자마자 아래쪽 골목으로 뛰어내렸다. 이쪽은 빈민가여서 골목이 2층으로 된 곳이 많았다. 건물들이 땅을 깎아 지은 곳이 많았기 때문이다.

페드로는 골목을 달려 골시 왼쪽으로 꺾어져 들어갔다. 아까부터 사내 한 명이 미행하고 있었는데, 그것이 메모리얼 빌딩 건너편의 환전소였는지, 아니면 그 다음인지 분명하지는 않았다.

348

10분쯤 달리고 난 페드로는 숨을 헐떡이며 아파트의 윗부분이 바라보이는 거리로 들어섰다. 인디오 아이들 두 명이 위통을 벗은 채 이쪽으로 달려왔다가 그를 지나쳐 갔다.

페드로가 막 좁은 길을 돌아 아파트 입구 쪽으로 향했을 때였다.

"선생, 잠깐만."

뒤쪽에서 부르는 소리에 몸을 돌린 페드로는 소스라치게 놀라 숨을 멈췄다. 아까부터 따라오던 녀석이었다. 도대체 이놈이 어떻게 여기까지 따라왔는지 생각할 겨를도 없이 우선 놀라웠다.

"놀라게 해서 미안합니다."

그러면서 사내는 웃으려고 입 끝을 올렸다.

"넌 누구냐!"

빵 봉투를 한 손으로 움켜쥔 채 오른손을 판초 속으로 조금씩 밀어 넣으면서 그가 물었다.

아직도 숨이 가쁘고 가슴이 뛰고 있었는데 이놈은 그저 조용히 콧김만 뿜고 있을 뿐이다.

"난 고영무 씨를 만나러 왔습니다. 당신 보스를 말입니다. 틀리지 않기를 바랍니다만."

"그건 무슨 소리야? 고영무가 누구야?"

이미 페드로의 오른손은 판초 밑의 권총 손잡이를 단단히 쥐고 있었다. 사람들이 오가고 있지만 어쩔 수 없는 일이다.

"나도 목숨을 걸고 당신에게 이야기하는 겁니다, 선생. 난 어제도 당신을 미행했는데 이 자리에서 당신을 놓쳤어요. 그래서 오늘은 이곳에서 먼저 기다린 겁니다."

사내는 30대 초반쯤으로 보였고 메스티소였다. 눈이 날카로운데다 입술이 얇아서 약삭빠른 인상이었으나 말투는 진실성이 있어 보였다.

“난 미국의 연락을 받고 온 겁니다, 선생.”

그가 다시 말했다.

“도대체 무슨? 나는 도무지 무슨 말인지 알아듣지를 못하겠는데.”

“연락을 않기로 한 것도 압니다. 하지만 목표점 부근에서 기다리면 만날지도 모른다고 해서 일주일째 기다렸습니다.”

이만하면 카스틸로의 꼬나풀은 아니라고 페드로는 믿었다. 그러나 아파트로 데려갈 수는 없다.

그는 이 사내를 믿은 책임을 혼자 지기로 마음먹었다.

“좋소, 당신을 믿겠소. 그런데 왜 우리 보스를 찾으려는 거요? 그리고 당신은 누구요?”

“난 마약부 소속으로 이곳의 책임자인 앙드레라고 합니다. 나는 이곳 시민입니다. 성당 앞에서 꽃가게를 하고 있지요. F의 전갈이라고 하면 당신의 보스가 알겁니다.”

“나에게 전할 수는 없소?”

“안 됩니다.”

그리고 그는 싱긋 웃었다.

“철저하시군요. 든든합니다.”

고영무는 앙드레를 찬찬히 바라보았다.

“앙드레, 그럼 알폰소가 보고타로 3백 명을 보낸다는 말이오? 날 도우라고?”

앙드레는 주위에 둘러싸고 있는 사내들을 바라보고는 머리를 저었다.

“본래 라파엘 씨의 의도는 그런 것이었습니다만 본부의 생각은 다릅니다. 이쪽은 라파엘 측에 노출시키지 않고 본래의 작전을 하고 라파엘 측이 이쪽을 지원하도록 하는 겁니다.”

“그렇다면 우린 그들을 만날 필요가 없겠군. 우리와 비슷한 얼굴인지 궁금했는데.”

브루노가 말했으나 아무도 웃지 않았다. 다만 앙드레가 희미하게 웃으며 머리를 끄덕였다.

“연락은 제가 합니다. 이쪽에서 어떤 지원이 필요한가만 말씀해 주시면 그들에게 제가 연락을 하지요.”

“그건 도대체 왜 그렇소?”

짐 버클리가 물었다.

“우리의 지원부대인데 우리가 직접 지시해야지, 안 그렇소?”

“이쪽은 미국에서 오신 분들이죠. 저쪽은 콜롬비아 현지에서 활동한 사람들이고. 본부에서는 이쪽이 미국에서 왔다는 것을 노출시키지 않으려고 합니다. 그리고……”

모두들 잠자코 그의 다음 말을 기다렸다.

“본부에서 다른 생각이 있는 것 같습니다.”

고영무는 그의 시선이 힐끗 자신을 스치는 것을 보았다.

그는 아파트로 들어서자 자신과의 단독 면담을 요구했다. 그러나 그것을 무시하고 모든 대원을 불러 이야기를 들려주었다.

대원들은 만족한 모양이었으나 앙드레의 본부 소리에 조금씩 저항감을 품고 있는 것이 느껴졌다. 그들은 라파엘의 추종자들이었고 현지의 동료들을 만나 함께 작전을 하고 싶어하는 것이다.

고영무는 머리를 끄덕였다.

“좋소, 앙드레. 미국이 내정간섭했다는 소리를 듣기 싫은 모양이로군. 어차피 우리는 우리만으로 계획을 세웠는데 지원이 있다면 더 말할 것도 없지. 그렇게 합시다.”

고영무가 말을 맺자 앙드레가 긴장이 풀린 듯 어깨를 내렸다.

"그럼 우리의 연락 방법을 정해야 할 것 아닙니까?"

브루노가 고영무와 앙드레를 번갈아 보면서 묻자 머리를 든 앙드레가 선뜻 대답했다.

"그건 제가 정해 가지고 왔습니다."

앙드레가 돌아가고 나자 짐 버클리가 고영무에게 다가왔다. 브루노가 뒤를 따라와 그의 앞자리에 나란히 앉았다.

짐이 입을 열었다.

"보스, 우리는 보스가 명령한다면 당장에 죽으러 갈 수도 있습니다. 그것을 먼저 알아 두셔야 합니다."

"알고 있어, 짐."

고영무가 선뜻 머리를 들었다.

"네가 무슨 말을 하려는지 알아."

짐과 브루노가 서로 얼굴을 마주 보았다.

"난 너희들과는 달리 콜롬비아 국민이 아니지. 그것은 인정한다."

"……"

"너희들과 다른 보상이 있어. 너희들은 새로운 정권과 자유겠지만 나는 그것이 아니야. 그건 너희들도 잘 알거야."

"……"

"앙드레의 일로 이것을 분명히 하게 돼서 잘됐다. 나는 너희들을 이끌고 카스틸로를 제거한다. 그것으로 너희들과 나와의 계약은 끝나는 거야."

브루노와 짐은 잠자코 시선을 내렸다.

"카스틸로를 제거하는데 내가 필요할거야, 짐. 그리고 아직까지는 내가 너희들의 보스이고."

"보스, 난 다릅니다."

브루노가 불쑥 말했으므로 짐이 그를 바라보았다.

고영무가 이맛살을 찌푸렸다.

"무슨 말이냐?"

"난 일을 마치고 나서도 보스를 따라갑니다, 만일 받아주신다면."

"정권이 바뀌면 너희들은 자유와 함께 큰 영예를 얻게 돼."

"내가 초등학생입니까? 내 아들도 그런 이야기를 들으면 웃습니다."

"그럼 뭐냐?"

"성공하면 보스, 나는 보스가 나눠 주는 수당을 받고 LA에서 다시 살 겁니다."

마침내 고영무가 빙그레 웃었고 그것을 본 브루노가 따라 웃었다.

짐은 입맛을 다시면서 머리를 숙였다.

"짐, 마약부에서 원하는 대로 우선 본래의 계획대로 집행한다. 지원군은 필요할 때만 지원을 받기로 하고, 연락은 앙드레를 통하는 수밖에 없어."

"알겠습니다, 보스."

"우린 마약부와 계약을 맺은 거야. 이 시점에서 등을 돌리면 안 돼."

짐이 다시 머리를 끄덕였다.

그를 바라보던 고영무가 문득 물었다.

"짐, 너도 브루노와 함께 일 끝내고 돌아갈 작정이냐?"

짐이 머리를 들어 고영무를 바라보았다.

"저는 우선 카스틸로를 제거하는 것에만 신경을 써서 그런 생각은 아직 해보지 않았습니다. 살아 있을지도 알 수 없고."

"난 너희들을 모을 때 만일의 경우를 생각해서 집에 가져다 줄 생활비를 나눠주었다. 하지만 일이 성공했을 때의 보상은 말하지 않았지."

고영무가 그들을 둘러보았다.

아파트 안에는 대여섯 명의 대원들이 있었으나 이쪽을 의식한 탓인지 응접실 쪽으로 다가오지 않았다. 최대광과 신용만은 어디로 갔는지 보이지도 않는다.

고영무가 말을 이었다.

"왜냐하면 내가 그것을 말해주면 너희들이 부끄러워할 것 같았기 때문이야. 돈 때문에 싸우러 간다는 건 이곳에 있는 동료들에게 부끄러운 일일 거라고 생각해서."

"......"

"하지만 이 기회에 분명히 말해 둘 것이 있어. 나는 28명의 대원에게 수당을 나눠줄 것이다. 죽은 자는 그의 가족에게 준다. 이것은 본래부터의 내 생각이야."

브루노와 짐이 눈을 깜박이며 그를 바라보았다.

"콜롬비아에 남아 있을 대원에게도 주겠다. 브루노, 이것을 대원들에게 알려줘라."

브루노가 커다랗게 머리를 끄덕였다.

대통령궁의 대연회장은 3백 평이 넘는 규모였으나 내외 귀빈들로 가득 차 있었다.

성장을 하고 부인을 동반한 장관과 장군, 학계와 종교계, 문화예술계의 유명인사들은 모두 모여들었고 해외사절들도 빠짐없이 참석해 있었는데 오늘이 독립기념일이었기 때문이다.

거대한 샹들리에가 휘황하게 번쩍이는 연회장에는 조금 전 카스틸로의 축사가 끝나고 댄스파티가 시작되고 있었다. 연회장 안쪽에 마련된 악단에서 경쾌한 음악이 흘러나오자 얼굴에 웃음을 띤 카스틸로가 부인인 소피아의 손을 잡고 플로어로 나왔다.

소피아는 중년의 나이였으나 젊었을 때의 아름다움을 잃지 않고 있었다. 흑갈색 눈과 갸름한 얼굴, 도톰한 입술은 아직도 사내들을 매혹시킬 만했고 대통령 부인으로서의 품위까지 갖추고 있었다.

그들이 플로어로 나가 왈츠를 추기 시작하자 하나씩 둘씩 장관과 장군, 외교사절들이 부인과 함께 플로어로 나가기 시작했다. 연회장은 이제 떠들썩한 소음과 음악 소리로 가득 차 있었는데 벽 쪽에는 술과 안주가 준비된 기다란 탁자가 놓여 있어서 그쪽에도 사람들이 몰려 있었다.

에르난데스는 왈츠가 한 곡 끝나자 부인인 막달레나의 손을 끌고 플로어를 벗어났다. 카스틸로도 소피아와 함께 옆쪽에 마련된 자리로 가고 있었으므로 에르난데스는 그의 옆으로 다가갔다.

"에르난데스, 난 이만 들어갈 테니까……"

카스틸로가 그를 바라보며 말했다.

"너는 여기에 남아 있도록 해. 도밍고가 고생하고 있는데 기분이 나지가 않아."

"네, 각하."

에르난데스가 힐끗 카스틸로를 올려다보았다. 그의 얼굴에는 웃음기가 가셔 있었고 이맛살을 찌푸린 채 연회장의 군중들을 바라보고 있었다.

"그럼 난 들어간다."

카스틸로는 몸을 돌려 소피아와 함께 옆쪽 문으로 사라졌다.

대통령이 나가자 연회장은 더욱 활기가 차오르는 것 같았고 소란스러워졌으나 에르난데스는 벽에 붙은 의자에 우두커니 앉아 있었다.

도밍고는 지난 6개월 동안 정부군이 점령하지 못했던 오르쿠에를 이틀 전에 함락시켰다. 라파엘이 주력부대와 함께 뒤쪽의 밀림 속으로 후퇴하기는 했지만 어쨌든 오르쿠에는 해방시킨 것이다.

밀림에 들어가면 대규모의 군사작전은 어려워진다. 잡으려는 쪽이나 쫓기는 쪽이나 부대를 작게 나누어 소모전을 치를 작정을 해야 하는 것이다. 또 한 가지 득이 있다면 이제 라파엘은 정권을 회복하기가 더욱 어려워졌다는 것인데, 그것은 기반이 되는 지역과 주력을 모두 분산시켰기 때문이다.

에르난데스는 손수건을 꺼내어 이마의 땀을 닦았다. 도밍고는 하루에도 여러 번씩 카스틸로와 통화를 하고 이틀에 한 번은 헬리콥터를 타고 날아와 대통령궁에서 장시간 머물다가 간다.

에르난데스가 자리에서 일어서자 막달레나가 그를 올려다보았다.

"나 저쪽 바에서 술 한잔 할 테니까."

그가 휘적거리며 옆쪽의 군상들 사이를 헤쳐 나가자 모두들 길을 비켜주면서 그에게 목례를 보냈다.

그들을 향해 웃는 얼굴로 머리를 끄덕여 보인 에르난데스의 가슴이 부글부글 끓었다. 만일 오르쿠에에서 도밍고가 와 있었다면 이 연놈들은 그놈에게 더 깊숙이 머리를 숙일 것이다. 이제 그놈은 명실상부한 제2인자인 것이다.

바로 다가간 에르난데스는 잔에 담아 놓은 샴페인을 들어 한 모금에 마셨다.

"장군, 오랜만입니다."

옆쪽에서 말을 거는 사람이 있었으므로 에르난데스는 몸을 돌렸다. 미국 대사인 맨스필드였다. 그는 둥근 얼굴에 사람 좋은 미소를 띠고 있었다.

"아, 맨스필드 씨. 그렇군요, 오랜 만에 이런 자리에서 만납니다."

다시 술잔을 집은 에르난데스가 머리를 끄덕였다.

"내가 항상 바빠서 대사들과의 모임에는 자주 못 갔습니다. 미안합니다."

"재미없는 모임이지요. 특히 대사들은 말입니다. 언제나 예의를 차리면서 본부의 명령을 받아야 움직이니까요. 화장실에 갈 때만 빼놓고 말입니다."

에르난데스가 입술을 부풀리며 웃었다.

"대사, 그럼 지금도 그렇소?"

멘스필드가 술잔을 입에 댄 채 플로어 쪽으로 얼굴을 돌리자 에르난데스는 술기운이 빠져 나가는 것을 느꼈다.

지금은 미국과의 관계가 매우 좋지 않은 상태였다. 카스틸로는 미국 정부가 자신의 정권을 전복시키려 한다고 믿고 있었다.

"곧 연락을 드리지요."

소음 속에서 그가 스쳐 지나가는 것처럼 말하는 소리를 들으며 에르난데스는 몸을 돌렸다.

다시 한입에 샴페인을 털어 넣었으나 이미 술기운은 달아나 있었고 속만 메스꺼웠다. 오늘은 거들을 너무 단단히 채운 것 같았다. 술잔을 내려놓던 그의 시선이 두 사람 건너 옆쪽에서 안주를 입에 넣는 사내에게 멈췄다. 한국 대사인 김상호였다. 그는 작년 말에 부임해 왔으므로 아직 이곳 물정에 서투르다.

"이보시오, 김대사. 샴페인 한잔 드시겠소?"

샴페인잔을 들며 말하자 그가 머리를 저었다.

"고맙지만 사양하겠습니다."

단정한 얼굴이었으나 이쪽을 바라보는 시선이 녹록하지가 않다. 한국 교민들의 집을 수색하는 것에 대해서 이놈은 외무부에 강력히 항의를 해왔다. 그것도 마음에 차지 않았는지 계엄사령부까지 찾아와 한참 동안이나 떠들다 간 놈이다. 전직이 국회의원이어서 그런지 노는 것이 전문 외교관하고 다르다.

"김대사, 이제 한국 교민이나 주재원에 대한 상황은 나아졌지요?"

"네, 덕분에. 고맙습니다."

그러나 얼굴은 전혀 고마운 표정이 아니다.

에르난데스는 다시 몸을 돌렸다. 그러자 문득 맨스필드가 지나치면서
한 말이 떠올랐다.

산토스에게 계단 위에서 기다리라고 이른 다음 고영무는 돌더미가 이
곳저곳 쌓인 밋밋한 능선을 걸어 올라갔다.

좌우에는 오래 된 석조 십자가와 제단들이 불규칙하게 세워져 있었는
데 곳곳에는 파헤쳐진 흔적도 보였다. 옛 무덤이었고 앞쪽의 새로 조성
된 묘지로 이장된 모양이었다. 앞으로 나아갈수록 잘 다듬어진 흔적이
보이는 묘지가 드러나고 있었다.

검은 상복을 입은 사람들이 하나둘씩 무표정한 얼굴로 그를 지나쳤다.
오른쪽 언덕 위에 한 무리의 사람들이 서 있는 것은 이제 막 땅에 묻힌
사람을 위한 의식일 것이다.

좌우의 묘지를 살펴 가며 걷던 고영무는 이윽고 눈에 익숙한 이름들
을 찾아내었다. 킴 프란시스코, 안 마리아, 최 아막리오 등의 이름은 한
국 이름을 가지고 이민 와서 살다가 하는 수 없이 이곳 이름을 붙이고
죽은 사람들이다.

주위에서 매일 마주치고 거래를 하는 사람들에게 영철, 옥순으로 발
음하기 어려운 본이름으로 불리게 할 수는 없다. 그것이 이곳 이름을 붙
인 가장 큰 이유의 하나인 것이다.

걸음을 늦춘 고영무는 좌측의 묘비명을 하나씩 훑어 나갔다. 점심시
간이 훨씬 지난 오후 4시경이어서 한낮의 비스듬한 햇살이 묘비에 긴
그늘을 만들어주고 있었다.

능선을 넘어온 부드러운 바람에 나무 냄새 같기도 하고 야채를 절인
냄새 같기도 한 묘지 특유의 공기가 코에 스며들었다. 숱한 죽음을 보아

온 셈이었다. 1년 동안 자신의 손에 죽어간 사람도 하나둘이 아니었다. 그리고 그것은 김강남의 피살을 신호로 시작되었던 것이다.

이윽고 그는 묻힌 지 얼마 되지 않은 새로운 무덤들을 찾아내었다. 그것은 좌측의 안쪽 능선 부근에 있었으므로 그쪽으로 다가갔다. 한국 이름이 적힌 묘비만 해도 5, 60개는 되어 보였는데 이민 2세대도 묻혀 가고 있는 시기였다.

묘비를 훑어가던 고영무의 시선이 옮겨지다가 한순간에 멈추었다. 바로 앞쪽 3미터쯤 떨어진 묘비 옆에 김영지가 정물처럼 서 있었던 것이다.

그들은 한동안 서로의 눈을 들여다보는 듯한 자세로 서 있었는데 이윽고 먼저 입을 뗀 것은 고영무였다.

"나는 김강남 씨를 죽이지 않았어."

그의 목소리는 이쪽저쪽의 묘비판에 부딪친 때문인지 조금 울렸다. 그러나 김영지는 듣지 못한 듯이 눈 한 번 깜박이지 않고 그를 바라보고만 있었다.

"물론 당신 아버님도 마찬가지야. 그럴 의도가 없었어."

고영무는 어깨를 늘어뜨리고는 시선을 돌렸다. 그러고는 이내 김강남과 호세 김의 묘비를 찾아내었다. 그녀의 뒤쪽에 나란히 서 있었던 것이다.

김영지를 지나 그들의 묘비 앞에 제각기 꽃을 놓고 고영무는 절을 했다. 호세 김의 묘 앞에서 절을 마친 고영무는 일어나 묘비를 바라보았다.

아직도 정으로 다듬은 자국이 생생한 대리석 묘비가 주변의 분위기와 어울리지 않았으므로 그것이 고영무의 가슴을 더욱 가라앉혔다.

한동안 우두커니 서 있던 고영무가 몸을 돌리자 이미 김영지는 보이지 않았다. 그는 예상하고 있었다는 듯 표정 없는 얼굴로 입구 쪽으로 나아갔다.

사무실 앞을 지나는데 민기철이 나왔다.

"영지야, 어딜 다녀오는 길이냐?"

그는 호세 김의 작업복을 입고 있었는데 옷이 컸으므로 소매를 두 번쯤 걷은데다가 바지는 자신의 것을 입어서 반코트를 걸친 것 같은 모습이다.

"저기, 친구 집에요."

얼떨결에 턱과 손을 한꺼번에 들어 시내 쪽을 가리켰는데 민기철은 그것을 보더니 입맛을 다셨다.

"외삼촌한테서 전화가 왔다."

나란히 집 쪽을 향해 걸으며 민기철이 말했다.

"어머니는 별고 없으시단다. 외삼촌은 오히려 너를 걱정하시더라."

"……"

"주문은 많은데 일손이 모자라서 직원을 몇 명 써야겠다."

"제가 내일부터 일할게요, 아저씨."

민기철이 머리를 돌려 그녀를 바라보았다. 놀란 듯 눈을 커다랗게 치켜뜨고 있었다.

"그게 정말이냐?"

"그럼요."

잠시 주춤거리던 민기철이 그녀의 옆으로 다가왔다.

"잘했다, 영지야. 이젠 네 생활을 찾아야지. 아버지도 기뻐하실 게다."

"……"

"네가 매일 묘지에 나가는 것도 알고 있었다. 불안해서 사람을 시켜 네 뒤를 따라가 보게 했지."

"……"

"어이구, 이젠 내가 살겠구나."

민기철이 여간 기뻐하는 것이 아니었으므로 김영지의 마음도 가벼워졌다.

집 안으로 들어선 김영지는 응접실로 다가가 수화기를 들었다. 외삼촌은 그녀가 어머니와 함께 서울에서 살기를 바라고 있다.

"여보세요."

신호가 가고 한참을 기다리자 저쪽에서 수화기를 들었다. 외삼촌의 목소리였다.

"외삼촌, 저예요. 영지예요."

"아, 영지냐? 그래, 별일 없지?"

"네, 저는 괜찮아요. 어머니는 어떠세요?"

"여전하다. 그래, 넌 언제 서울에 올 테냐?"

김영지는 숨을 들이 쉬었다.

"외삼촌, 저 그냥 여기 있겠어요."

"아니, 그곳에? 영지야."

외삼촌은 놀란 듯 잠시 말을 멈추었다. 아마 콜롬비아의 내전이 격렬해져 있다는 것은 전 세계가 알고 있을 것이다.

"외삼촌, 제가 비행기표를 보내드릴 테니까 어머니를 보내주시지 않겠어요? LA에서 갈아타시기만 하면 되는데, 누구 LA에 가시는 분한테 부탁해서……."

"안 된다."

외삼촌의 말소리가 냉랭해졌다.

"그곳이 어떤 곳인지 안 이상 네 어머니는 보낼 수 없다. 너도 이제 그곳을 정리하고 한국으로 와라."

"외삼촌."

김영지는 수화기를 고쳐 쥐었다.

민기철이 응접실로 들어왔다가 힐끗 그녀를 바라보더니 어깨를 굽힌 모습으로 돌아 나갔다.

"이곳도 사람 사는 곳이에요, 외삼촌. 그리고 이곳은 제 고향이에요. 비록 아버지와 오빠를 잃었지만."

김영지는 말을 그치고 침을 삼켰다.

"네 어머니는 폐인…… 아니다, 네 어머니까지 그렇게 만든 곳이다."

외삼촌이 그녀의 말을 잘랐다.

"난 너희들을 잃기 싫어서 그런다, 영지야. 너나 네 어머니는 지금 가족이 필요해. 돌아오너라."

"저는 돌아왔어요, 외삼촌."

김영지는 응접실 안을 돌아보았다. 콜롬비아에 돌아온 지 보름이 넘었지만 집 안의 가구를 이렇게 보는 것도 처음이다. 그리고 이렇게 가슴에 와 닿는 느낌도 처음이다. 20여 년 동안 낯익은 가구들이었으나 새로운 느낌이 들었다. 그리고 그것을 느끼게 된 동기가 무엇인지도 알고 있었다.

"저는 이곳에서 가족을 잃었지만."

김영지는 아랫입술을 깨물고 말을 멈췄다. 외삼촌은 이해하지 못할 것이다.

"어머니가 이곳에 오셔야 나아지시리라고 믿어요. 그건 확실해요, 외삼촌."

그는 김영지의 끈질긴 고집에 지쳤는지 아니면 화가 났는지 한동안 대답하지 않았다.

"외삼촌, 어머니를 낫게 해드리고 다시 한국에 갈게요."

김영지가 다시 말했다.

"이곳은 어머니나 저의 고향이에요, 외삼촌."

"네 어머니한테 물어보겠다."

마침내 그가 한숨 소리처럼 말을 뱉었다.

"네 어머니가 승낙한다면 보내주마."

말을 멈춘 어머니가 승낙과 거절을 몸짓으로 표현할 리는 없다. 오직 침묵으로 일관하는 어머니의 반응을 외삼촌이 어떻게 해석할지는 뻔했다.

"외삼촌."

김영지가 초조하게 불렀으나 외삼촌은 다음에 연락한다면서 전화를 끊었다.

전화기를 귀에 댄 채 박주경은 눈을 부릅떠 앞쪽을 바라보았다. 예상하고 있던 일이었으나 상대방은 너무 당당했다. 놈의 말소리가 다시 수화기를 타고 흘러 나왔다.

"따라서 나는 박회장이 요구조건을 수락할 것으로 믿습니다. 요즘 신혼이라 이것저것 바쁘시겠지만 이 일이 잘못되면 회사고 뭐고 순식간에 어떻게 된다는 것쯤은 잘 아실 테니까."

"이것 보시오."

박주경이 말소리를 높였다.

"당신은 30억을 가져갔소. 그런데 또 200억이라니. 그런 큰 돈도 없으려니와 당신에게 죄를 지은 것도 없소, 나는."

박주경은 한 마디 한 마디를 자르듯이 말했다.

"난 경찰에 신고할 테니까 그 서류를 뿌리든지 신문에 내든지 당신 마음대로 해요. 난 죄가 있다면 차라리 세금을 내든가 벌을 받겠소."

"그러셔도 좋습니다, 박회장. 과연 결단력이 강하십니다. 그럼 그렇게 합시다. 내일 아침부터 나는 일간지에 5단통으로 당신의 비자금에 대한 규모와 사용처를 광고로 내겠소. 물론 내 돈으로. 매일매일 낼 것이니까, 그럼.”

전화가 끊기자 한동안 수화기를 쥐고 있던 박주경은 전화기를 부서버릴 듯이 수화기를 내려놓았다.

이자영이 놈에게 모든 서류를 넘겼음에 틀림없었는데 과연 어디까지 깊숙하게 자료를 수집해 놓았는가는 아직 알 수가 없다. 그러나 이자영은 그의 분신과 마찬가지인 존재였다. 거의 밤마다 살을 섞었고 아버지인 박재룡 회장을 도태시키는 계획까지 잠자리에서 상의했던 사이였으니 어쩌면 자신도 모르는 일까지 수집해 놓았을 수도 있다.

박주경은 인터폰을 눌렀다.

“네, 회장님.”

비서실의 수행비서인 이한일의 목소리가 흘러 나왔다.

“내 방으로 들어와.”

우두커니 문 쪽을 바라보고 있는 그의 시선에 문을 열고 들어서는 이한일의 모습이 보였다. 그는 책상 앞에 다가와 섰다.

“부르셨습니까?”

“이자영의 소재는 아직 파악이 안 되었나?”

“아직 안 되었습니다, 회장님. 지금 찾고는 있습니다만.”

“……”

“영동 경찰서의 한반장에게 부탁해 놓았습니다. 그 사람이 사흘 안에 찾아내겠다고 장담은 했습니다만.”

박주경이 입을 다물고 있자 이한일은 초조한 듯 눈을 여러 차례 깜박였다.

비공개로 수사하느니만치 인력과 자금이 더 들어가고 있었다. 경찰서의 반장과 반원들에게 두툼한 수고비가 주어졌으므로 그들이 만사 제쳐놓고 이 일에 매달려 있지만 확실한 보장은 없다.

박주경은 입맛을 다시면서 머리를 돌렸다.

그년이 30억으로도 만족하지 못하고 그런 쇼를 부리면서 그 자리를 빠져 나가 이렇게 크게 놀 줄은 몰랐다.

본래가 교활한 계집이었다. 그리고 제 분수에 맞지 않은 허영으로 뭉친 꿈을 꾸는 년이었다. 그년과 결혼할 생각은 애초부터 눈곱만큼도 없었다고 자부한다.

"신문사의 광고담당 편집자를 만나야겠어, 모든 일간지의. 그래서 우리 회사, 특히 나에 대한 폭로광고 의뢰가 오면 싣지 못하게 해야 돼."

박주경의 가라앉은 목소리에 이 한 일이 눈을 둥그렇게 떴다.

그가 말을 이었다.

"어서 돈을 준비해 가지고 나가. 몇 사람이 서둘러야 돼. 이자영이 신문에 폭로기사를 실으려고 하니까 편집장들한테 광고비의 배를 주더라도 못 싣게 하란 말이야."

"알았습니다, 회장님."

그가 서둘러 방을 나가자 박주경은 책상 위에 놓인 전화기를 바라보았다.

놈이 일을 벌이기 전에 이쪽에서 미리 선수를 쳐야 한다. 이미 이쪽에서 어떻게 하겠다고 말을 해놓은 이상 저놈들도 대비하고 있을지도 모른다.

그가 막 전화기에 손을 뻗치는데 벨이 울렸다. 얼떨결에 깜짝 놀란 박주경은 놀란 것에 화가 났고 수화기를 움켜쥐자마자 버럭 소리쳤다.

"뭐야?"

그제서야 그는 자신이 쥐고 있는 전화기가 외부 전화라는 것을 깨달았다.

"어머나, 저예요."

그쪽에서도 놀란 듯 대답해 온 것은 오경선이었다. 박주경은 길게 숨을 내쉬었으나 아직 화가 풀린 것은 아니었다.

"웬일이야?"

"당신, 무슨 일 있어요?"

그가 물었는데 그쪽이 오히려 되물어 왔다.

"전화에 대고 그렇게 소리 지르는 법이 어디 있어요? 놀랐잖아요."

"……"

"저, 물어볼 것이 있어서 전화했는데요, 당신 혹시 이자영이라고 아세요?"

박주경이 눈을 치켜뜨고 수화기를 고쳐 쥐었다.

오경선이 다시 말을 이었다.

"어떤 남자가 전화를 해왔는데 집으로 무슨 서류를 보낸대요. 당신이 지시하신 것이라면서, 이자영에 관한 서류라고 했어요. 저, 받아도 돼요?"

침을 끌어 모아 삼킨 박주경은 잠시 대답하지 않았다.

"자영 씨, 요즘 얼굴색이 좋지 않아. 무슨 걱정거리라도 있는 거야?"

조한철의 걱정스러운 표정을 바라보던 이자영이 머리를 저었다.

"아녜요, 아무것두."

"그런 것 같지가 않단 말이야. 내가 보기에는."

"아무것도 아니라니까 그러네."

이맛살을 찌푸린 이자영은 시계를 내려다보았다. 11시 10분 전이었다.

바 안의 손님들은 10여 명이 넘었으나 모두 외국사람들이었고 내국인은 그들밖에 없었다.

"이제 그만 일어나요."

술잔을 집어 든 조한철을 향해 이자영이 말했다.

“피곤해요.”

“그러지, 그럼.”

술에는 미련이 없다는 듯 조한철이 선선히 대답하고는 자리에서 일어섰다. 둘이서 양주 한 병을 나눠 마셨으니 마실 만큼은 마신 것이다.

앞장서서 클럽 안을 빠져 나가던 조한철이 바 안쪽에 서 있는 바텐더의 인사를 받고는 한쪽 손을 들어 보였다.

바의 테이블에 둘러앉아 있던 서너 명의 외국인이 그녀를 유심히 바라보았다. 노골적인 시선이었으나 개의 꼬리가 흔들리는 것처럼 자연스러웠으므로 이맛살을 찌푸리던 이쪽이 오히려 무안해졌다.

“오늘 안 들어가도 돼요, 한철 씨.”

문 밖으로 나온 이자영이 문득 그렇게 말하자 조한철은 퍼뜩 눈을 치켜떴다. 이제까지 그와 대여섯 번 만나 왔지만 외박한 일은 없다. 조한철은 시원스런 성격이어서 은근히 눈치를 보이다가 이자영이 거절하면 두말 하지 않고 집까지 바래다 주었다.

영동에 있는 호텔의 방 안에 들어설 때까지 조한철은 몇 마디밖에 입을 열지 않았고 이자영도 마찬가지였다. 그는 조금도 들떠 있지 않았는데, 이런 성격이 이자영의 마음에 들었다. 얼굴값을 하는 남자들은 대부분 경망스럽고 말이 많았는데 조한철은 행동이 진득한데다가 필요한 말 이외에는 하지 않는 성격이다.

그러나 그를 결혼상대로 생각해본 적은 없다. 박주경으로부터 채워질 수 없는 신선한 분위기를 즐겼을 뿐이다.

“몸이 끈끈해요. 샤워부터 하고 싶어요.”

의자 위에 가방을 던져놓으면서 이자영이 말하자 조한철이 잠자코 머리를 끄덕였다.

그가 창가 의자에 앉아 담배를 꺼내 입에 무는 것을 보면서 이자영은 화장실로 들어섰다. 화장실 안의 커다란 거울에 비친 자신의 모습을 본 이자영은 손바닥으로 얼굴을 쓸었다.

이제는 도망자의 신세가 된 것이다. 두 눈에 음울한 광채를 내고 입술을 꼭 다물고 있는 자신의 모습에서 시선을 땐 그녀는 한 가지씩 옷을 벗어 세면기 위쪽에 내려놓았다.

샤워를 끝내고 난 이자영은 잠시 망설이다가 세면기에 놓인 옷 뭉치를 안고는 화장실 문을 열었다.

아까의 그 모습 그대로 조한철이 앉아 있다가 두 눈을 둥그렇게 떴다.

옷가지를 의자 위에 걸쳐놓은 이자영은 알몸이었다. 자리에서 일어선 조한철이 그녀의 온몸을 쏘아보았다.

이자영이 그의 시선과 마주치자 입가에 웃음을 띠면서 침대로 다가가 시트 속으로 하반신을 밀어 넣었다.

그는 이런 식의 도전에 당황하거나 주춤거릴 사람이 아니다. 이자영은 침대 머리에 등을 기대고 앉아 있었는데 그녀의 시선을 받으면서 조한철이 옷을 벗어 던졌다. 금방 그의 건강하고 미끈한 알몸이 드러났다. 이미 그의 남성이 단단하게 굳어져 있는 것이 보였다.

그는 상기된 얼굴로 다가와 거칠게 이부자락을 제쳤다.

그와의 입맞춤도 처음이었으므로 이자영은 눈을 감았다. 그의 입술이 자신의 눈에서 코로, 다시 입술로 내려오는 것을 여러 차례 반복하는 동안 그녀의 몸도 점점 뜨거워져 갔다. 그의 숨결이 귀를 간지럽힐 때는 참다 못해 두 다리를 꼬았다.

조한철은 서두르지 않았고 이자영도 마찬가지였다. 그는 그녀의 온몸을 확인이라도 해야겠다는 듯이 얼굴을 가져다 대었는데 이윽고 그의 입술이 아랫배를 지나자 그녀는 엉덩이를 들었다.

방 안은 뜨거운 숨결과 비릿한 땀냄새로 가득 차 있었다. 조한철은 그녀의 깊은 곳에 조심스럽게 입을 맞추고는 두 손길로 매끈한 허벅지의 안쪽을 어루만졌다.

이자영은 자신의 그곳에서 흘러내리는 액체가 밑쪽으로 흐르는 것을 느꼈다. 그녀가 눈을 떴을 때 조한철은 상반신을 끌어당겨 얼굴을 마주 보았다.

그러자 이자영은 아래쪽에서 뜨거운 충격을 느꼈고 그것은 가득 찬 포만감으로 연결되었다. 감탄하듯이 그녀의 입에서 신음 소리가 터져 나왔다.

허리를 번쩍 치켜들었으므로 그녀의 몸은 어깨와 두 발만이 침대를 짚은 자세가 되었고 그것이 조한철의 움직임과 맞추어 엉덩이를 들었다 가 내린다. 이윽고 그녀는 두 다리를 번쩍 치켜들고는 그의 허리를 감았 다. 그러고는 방 안이 터져 나갈 듯한 비명을 지르기 시작했다.

"당신은 신비로운 여자야."

가쁜 숨을 겨우 진정한 조한철이 천장을 바라보며 말했다. 아직도 방 안은 끈끈했고 장마 직전의 날씨처럼 비린내와 열기에 덮여 있었다.

알몸을 내팽개치듯 침대 위에 누운 채 이자영도 천장을 바라보았다.

"당신만큼 멋진 여자는 없었어, 내 인생에서."

그는 머리를 돌려 이자영의 옆얼굴을 바라보았다.

"자영 씨, 당신을 사랑해."

천장을 바라보던 이자영의 입술이 꼭 다물어진 채로 부풀어 오르더니 입술 끝이 천천히 위쪽으로 치켜 올라갔다.

"알고 계시면서. 난 결혼할 남자가 있는 여자예요."

"박주경 회장 말인가?"

그의 손이 젖꼭지를 건드리고 있었으므로 이자영은 시선을 내려 그것을 바라보았다. 의지와는 반대로 붉은 젖꼭지가 기쁜 듯 일어서는 중이다.

"동부그룹의 회장 딸과 결혼을 했더구만 그래. 나도 알아봤어."

"잘못 알아보았군요, 한철 씨. 난 박주경 회장의 심복이었을 뿐이에요. 깊은 관계는 없어요."

조한철의 한 손이 그녀의 깊은 곳에 닿았다. 그의 손가락의 촉감이 이쪽에게도 느껴졌는데 아직도 뜨거웠고 끈적거렸다. 조한철의 입김이 다시 귀에 닿았다.

"그렇다면 그랜드 호텔은 왜 자주 가서 묵고 왔지?"

"그 사람이 내 몸을 필요로 해서요."

"그것도 비서가 해야 할 일인가?"

"나도 필요하기도 했어요."

"나는 당신을 사랑해, 자영 씨."

이자영이 손을 뻗어 그의 남성을 부드럽게 쓸었다. 그것은 다시 단단해져 있었고 끈적거렸다.

"이제 우리의 관계는 끝났지만 당신의 그 말이 나에겐 큰 위안이 돼요, 한철 씨. 고마워요."

조한철의 손놀림이 멈췄으므로 이자영은 가늘게 한숨을 내쉬었다. 자신도 모르게 두 다리를 모으고 엉덩이를 들어 스스로 자극을 만든다.

"박주경과 만나는 동안에 내가 필요했었단 말인가?"

가라앉은 목소리로 그가 물었다.

"그와의 관계가 끝나면 이쪽도 끝나게 되는 것이었나?"

"당신은 신선한 남자였어요. 가끔 산소공급을 받는 것 같았어요. 당신을 만날 때에는."

이자영이 팔을 들어 그의 손을 자신의 손에서 빼내었다.

"하지만 지금은 아니에요. 당신 하나만으로 난 살 수가 없는 여자이고, 또……”

“또.”

그가 재촉하듯 뒷말을 따라 물었으나 이자영은 머리를 저었다.

“난 본래 당신을 결혼대상으로 생각하지 않았어요. 사랑의 대상으로도.”

“날 잘 아는 모양이지?”

웃음 띤 목소리로 그가 묻자 이자영이 머리를 끄덕였다.

“당신 회사가 이름과 전화번호만 걸어놓은 회사라는 것도 알아요. 더 자세한 것은 알려고 하지도 않았지만.”

이자영은 두 팔로 그의 목을 끌어안았다.

“사랑해줘요. 오늘 밤이 새도록.”

목에 힘을 주어 버티던 조한철은 바로 얼굴 밑으로 그녀의 달아오른 두 볼과 두 눈을 보았다. 조금 벌린 입술 사이로 흰 치아가 드러났다.

이윽고 조한철은 그녀의 몸 위로 상체를 실었다. 이제까지 이런 경험은 처음이었다. 그녀를 사랑할 수 없다는 것을 알았으나 지금은 미워할 수도 없었다.

이자영이 두 다리를 들어 그의 허리를 감고 있었다.

음식에 조미료를 너무 많이 넣었는지 찌개에서부터 김치에 이르기까지 단맛이 났다. 생선찌개를 몇 모금 삼키고 난 이자영은 수저를 내려놓고 주위를 둘러보았다. 시장 안에 있는 음식점이라 장을 보러 온 아줌마들과 따라온 아이들, 주변 가게의 아줌마와 아저씨들이 손님들의 대부분이다. 그들이 내지르는 밝고 거친 소음과 밖에서 들려오는 장사꾼들의 호객 소리가 가득 귀를 메우고 있다.

이자영은 도무지 그들과 어울리지 못할 것 같은 이질감으로 외로워졌다.

물론 그들과 어울리려고 이곳을 찾아온 것은 아니다. 집에 연락을 하였더니 형사들이 다녀간 후라 집 안이 벌컥 뒤집혀 있었다. 어머니는 다짜고짜 울음부터 터뜨렸고 아버지는 집에 계시는 것이 틀림없는 데도 말 한 마디 하지 않는다.

박주경이 경찰에 신고를 하였을 것이다. 이자영은 휴지를 집어 입가를 누르고 나서 자리에서 일어섰다.

계산을 치르고 식당을 나온 그녀는 질퍽거리는 시장바닥을 사람들과 부딪치며 걸어 나왔다. 일순간에 모든 것을 잃고 쓰레기에 묻혀 질퍽거리는 시장바닥과 같은 신세가 되었다.

그것의 시작이 부회장 비서로 발탁되었을 때부터인지 아니면 박주경의 유혹을 받아들여 그랜드 호텔의 열쇠를 손에 쥐었을 때부터인지는 알 수 없다.

시장을 빠져 나온 이자영은 시장 입구 쪽의 과일행상 사이에 파묻혀 있는 것처럼 보이는 공중전화 박스로 들어섰다. 동전을 넣고 버튼을 누르자 곧 신호음이 끊겼다.

"여보세요."

"저, 유혜정 씨 좀 부탁합니다."

"전데요."

"언니, 나야, 이자영이."

"어머나 니가 웬일이니? 나한테 전화를 다하구?"

저쪽에서 깜짝 놀란 듯 반가워했으므로 이자영은 가늘게 숨을 내쉬었다. 유혜정은 그녀의 대학 선배로 대한항공에 취직해 있었다.

"언니, 오랜만이야. 내가 바빠 자주 연락 못 해서 미안해."

주변에서 들리는 소음에 신경을 쓰면서 이자영이 말하자 유혜정은 짧게 웃었다.

"너, 바쁘다는 소문은 들었어. 바쁘면 좋지 뭘, 너 잘 되면 내가 네 덕

볼지 어떻게 알아?"

"언니, 지금 바빠?"

"아니, 괜찮아. 그런데 왜?"

"내가 급해서 그러는데, 미국 가는 비행기 중에서 어떤 것이 오늘 제일 빠르게 떠나?"

"누가 가는데?"

유혜정의 목소리에 웃음기가 가셨다.

"너희 회사 높은 분이야? 회장님?"

"아니, 내가 심부름으로."

"1등석도 괜찮아?"

"응."

"목적지는 미국 어디?"

이자영은 머리를 들어 앞쪽을 바라보았다. 바로 눈앞에 디스코장 웨이터 강철수의 빨간색 딱지가 붙어 있었다.

"LA."

"잠깐 기다려."

컴퓨터의 키를 두드리는지 철벅거리는 소리가 났다.

"됐다, 우리 비행긴데 오후 5시 출발이야. 두 시간 후니까 지금 공항으로 가야 돼. 너 비자는 있지?"

"응, 그런데 언니."

이자영은 아랫입술을 깨물며 다시 강철수의 이름을 들여다보았다.

"왜?"

의아한 듯 유혜정이 물었다.

"아냐, 그럼 내가 그쪽으로 갈게, 지금."

"공항으로 직접 가도 되는데 내가 네 이름을 입력시켜 놓았어. 네 코드넘버는 XQ1572야.”

“아냐, 떠나기 전에 언닐 잠깐 보려고.”

“그래, 어서 와. 사무실에서 기다릴게.”

30분 후에 이자영은 대한항공 본사 유혜정의 책상 옆에 그녀와 마주 앉아 있었다. 유혜정은 그녀가 반가운지 생글거리다가 이내 눈을 깜박이며 물었다.

“너, 무슨 일 있어?”

“언니, 박주경이가 결혼한 것 알지?”

문득 이자영이 되묻자 유혜정이 잠자코 그녀를 바라보았다.

“난 그놈에게 실컷 이용만 당하고 내팽개쳐졌어, 언니.”

이자영이 일성그룹의 회장인 박주경과 가깝다는 소문은 이미 동창생들 사이에서 소문이 나 있었다. 그리고 박주경이 동부그룹의 셋째 딸인 오경선과 결혼했다는 것도 모두 알고 있을 것이었다.

“박주경이는 결혼하고 나서도 날 잡아 두려고 해, 언니. 그래서 미국으로 나가 있으려고.”

“어머나, 세상에. 왜?”

오혜정이 눈을 둥그렇게 떴다.

“결혼하고 나서도 예전처럼 관계를 갖자고 협박하고 있어.”

이자영의 눈에 눈물이 고였다.

“언니, 공항의 세관 컴퓨터로 연결해서 내 신원조회 좀 해줘. 그 사람이 손을 썼는지도 몰라. 악랄한 사람이야.”

“세상에.”

휙 몸을 돌려 앉은 유혜정이 이자영의 여권을 바라보며 번개 같은 손놀림으로 컴퓨터의 키를 두드렸다.

“이상 없어, 자영아.”

이자영은 어깨를 늘어뜨리고 주르르 눈물을 쏟았다.

"애, 같이 가줄게, 공항까지."

유혜정이 의자에 걸린 핸드백을 들고 일어섰다.

"네가 떠나는 걸 봐야 내가 마음이 놓이겠다. 부모님한테는 잘 말씀 드렸겠지?"

"응, 유학이나 가려고 한다고 인사드렸어."

"가자."

이자영의 어깨를 안은 유혜정은 사무실을 나왔다.